ESPERIENZE

4

ESPERIENZE

TESTIMONIANZE DI VITA AUTENTICHE

1. Christel e Isabell Zachert, *Ci vediamo nel mio Paradiso*
2. Torey L. Hayden, *Una bambina e gli spettri*
3. Laura De Luca, *Vuota per sempre*
4. Carol Schaefer, *L'altra madre*
5. Ursula Barzaghi, *Senza vergogna*
6. Kay Redfield Jamison, *Una mente inquieta*
7. Jean-Dominique Bauby, *Lo scafandro e la farfalla*

**Carol Schaefer**, originaria del North Carolina, si è laureata in psicologia e ha lavorato per alcuni anni come assistente sociale. Trasferitasi con la famiglia a New York, ha intrapreso una carriera in campo pubblicitario. Dopo il suo matrimonio, nel 1970, ha seguito in California il marito Ron, con il quale ha avuto altri due figli, Brett e Kip. Ha cominciato la ricerca del suo primo figlio, dato in adozione subito dopo la nascita, nel 1984. Attualmente organizza gruppi di supporto e svolge attività di consulenza per organizzazioni di aiuto a genitori e figli coinvolti nei problemi dell'adozione.

Carol Schaefer

# L'ALTRA MADRE

Traduzione di
Maddalena Togliani

TEA

TEA - Tascabili degli Editori Associati S.p.A.
Corso Italia 13 - 20122 Milano


Published by arrangement
with Soho Press, Inc., New York


Titolo originale
*The Other Mother*

Prima edizione TEA Esperienze febbraio 1999

Ristampe: 10 9 8 7 6 5 4 3 2 1
2003 2002 2001 2000 1999

# L'ALTRA MADRE

*Ai miei figli Jack, Brett e Kip*

*Potrà forse una donna dimenticare il suo bambino,*
*da non sentire più compassione pel figlio delle sue viscere?*
*E se pur questa lo potrà dimenticare,*
*io non mi dimenticherò mai di te!*

Isaia 49:15

# 1

Era il 1965.

Eravamo sedute su due sedie di legno duro e scuro poste di fronte alla scrivania della suora. Le veneziane della larga finestra dietro il tavolo erano chiuse a tre quarti. La luce che filtrava disegnava striscioline più chiare sul soffitto; nessuna di esse, però, toccava l'abito nero della suora. Alla mia destra, la mamma si protese in avanti, ansiosa di dimostrare alla religiosa che ci trovavamo lì per fare quello che era giusto. Allora quel peccato mortale sarebbe stato cancellato dalla mia anima, e anche dalla sua. La mia penitenza sarebbe stata la permanenza alla casa per ragazze madri. L'assoluzione sarebbe giunta dopo la rinuncia al mio bambino. La suora ci stava dicendo che avrei dimenticato tutto. In futuro, sarebbe stato come se nulla fosse accaduto.

Le stecche della sedia mi si conficcarono nella schiena quando mi appoggiai pesantemente, alla ricerca di un sostegno. Suor Dominic si girò verso mia madre, rivolgendo verso di me la spalla destra come se non esistessi. Nessuna di loro vedeva me e mia madre come due esseri separati. Mi sentivo paralizzata, incapace di aprire bocca per difendermi da sola. Avrei desiderato che mia madre uscisse dalla stanza. Dovevo parlare alla suora, farle delle domande: esisteva un modo per permettermi di tenere il bambino? C'era forse qualcuno che avrebbe potuto aiutarmi a farlo?

Mentre aspettavamo fuori dall'ufficio di suor Dominic, dei Servizi sociali cattolici, con cui mia madre aveva preso appuntamento per organizzare la mia ammissione a Seton House, ci era stato consegnato un questionario da riempire. Mia madre aveva risposto alla maggior parte delle domande al posto mio. Non potevo oppormi; avevo già fatto abbastanza guai rimanendo incinta e rovinando la vita di tutti noi. Sentivo che stavo rischiando di perdere l'amore delle persone che mi stavano intorno. Non avevo paura delle recriminazioni della Chiesa quanto mia madre, ma, temendo di essere abbandonata, accettai senza protestare di abbandonare mio figlio.

« Volete che il bambino venga educato secondo la fede cattolica? »

« Oh, ma certo, sorella », rispose obbediente mia madre, come se si fosse trattato di una domanda del catechismo.

« Preferite che i genitori siano laureati? »

« Assolutamente », risposi, trovando finalmente la forza di parlare.

« Naturalmente troveremo dei genitori adottivi con lo stesso bagaglio etnico del bambino », ci assicurò la suora. Mi sentii leggermente a disagio, visto che non eravamo del tutto sicuri delle nostre origini. « Avranno un buon reddito e provvederanno a tutti i bisogni del bambino. Potete esserne certe », ci disse. E naturalmente, poiché sia io sia il padre, Chris, avevamo gli occhi azzurri, i genitori adottivi avrebbero avuto gli occhi azzurri, continuò la religiosa. Sorrise con benevolenza, sollevando leggermente la testa come se stesse già inviando l'ordinazione a Dio.

I genitori sarebbero stati, in tutti i sensi, un riflesso di me e di Chris; la nostra assenza non avrebbe in alcun modo nuociuto al bambino. Anzi, i Servizi sociali cattolici avrebbero trovato dei genitori in grado di provvedere a nostro figlio meglio di quanto io e Chris saremmo mai riusciti a fare. Noi due avremmo potuto terminare gli studi e, se a quel punto avessimo deciso di sposarci, avremmo potuto avere degli altri bambini. Dando il consenso per l'adozione del bambino stavo chiaramente prendendo la decisione giusta, la sola possibile.

Continuavo a sperare che mia madre uscisse dall'ufficio, in modo da poter parlare a quattr'occhi con la suora. Volevo sapere cosa sarebbe successo se avessi cambiato idea. Ma mia madre mi rimase accanto.

Firmammo i documenti e tutto fu sistemato. La data esatta del mio arrivo a Seton House sarebbe stata decisa in base alla disponibilità dei posti. La casa per ragazze madri poteva ospitare al massimo sedici ragazze, e la mia ammissione sarebbe dipesa dai parti che si sarebbero verificati in quel periodo. In ogni caso, sapevo che sarei stata ammessa durante il mese di ottobre.

Suor Dominic si sporse verso di noi e, premendo le mani sul piano della scrivania, si alzò. L'abito nero la faceva sembrare più alta della sua già notevole statura. Sembrava incombere su di noi.

Quando mia madre e io ci alzammo, ebbi l'impressione che i contorni della stanza si facessero sfocati. Le loro voci mi parevano distanti. Era possibile che tutto ciò mi stesse accadendo veramente?

Come ero finita in un pasticcio del genere? Proprio come accadeva a tante altre brave ragazze cattoliche.

Durante il penultimo anno di scuola superiore, la mia migliore amica era Jessica. Facevamo insieme ciò che tutti facevano nella nostra città del North Carolina quell'estate: ci recavamo in macchina nel parcheggio del drive-in Boar and Castle per incontrare i nostri amici e, di tanto in tanto, fare nuove conoscenze. Il parcheggio era diviso in due parti: il lato sinistro era illuminato e veniva utilizzato per studiare nuove possibili conquiste e per socializzare. Il lato destro era buio e silenzioso: era chiamato « la fossa dei serpenti ». Tutti i finestrini delle auto parcheggiate erano appannati, creando l'effetto di tendine chiuse. Quella sera, Jessica e io controllammo la fossa dei serpenti e parcheggiammo l'enorme Buick azzurro chiaro di suo padre sotto un imponente albero di acero sul lato sinistro del parcheggio, in modo che il suo ragazzo, Michael, ci potesse trovare. Michael faceva il turno di notte in una legatoria, e doveva incontrarci durante la pausa.

Quando arrivò a bordo della sua Austin-Healy, c'era accanto a lui qualcuno che non riconobbi. Quando Michael si sedette sul sedile posteriore della Buick dietro a Jessica, il suo amico prese posto dietro a me. Quando mi voltai per fare conoscenza con l'amico di Michael, notai per prima cosa le sue mani. Afferravano con forza il sedile anteriore felpato mentre egli si sporgeva in avanti per essere presentato. Aveva delle belle mani. Poi, quando il suo viso venne rischiarato, vidi che aveva un meraviglioso sorriso, che gli illuminava anche lo sguardo. Ebbi l'impulso quasi irresistibile di toccargli le mani. Sapevo che mi sarebbero sembrate familiari, ma resistetti.

Si chiamava Chris. Era al secondo anno di università e questo significava che dovevo lasciarlo perdere. Avevo la proibizione di frequentare gli studenti universitari: mio padre non ci avrebbe *mai* permesso di uscire insieme. Ma, all'interno della Buick di Jessica, ebbi l'impressione che il tempo si fosse fermato. Desideravo intensamente conoscere meglio Chris. Quando, più tardi, mi recai con Jessica a casa della nostra amica Cindy, mi gettai sul suo letto, e quel gesto equivalse a una resa adolescenziale all'amore.

Dopo la notte in cui ci eravamo incontrati al Castle, Chris e io incaricammo i nostri emissari personali, Michael e Jessica, di scoprire se eravamo entrambi interessati a uscire insieme. L'interesse era senza dubbio reciproco. La familiarità che avevo percepito in Chris a prima vista era ancora presente nel corso del nostro primo appuntamento, e non scomparve mai. Quando i miei genitori lo incontrarono, ne rimasero conquistati anche se era più grande di me e non era cattolico. Ci frequentammo durante il mio ultimo anno di superiori; Chris tornava dalla città in cui studiava quasi ogni due settimane. I sentimenti reciproci diventavano sempre più forti.

Tra i giovani della nostra generazione, negli anni Sessanta, c'era un codice morale molto rigido nel sud degli Stati Uniti, che ci obbligava a tenere sotto controllo la passione che provavamo l'uno per l'altra. Tutto era bianco o nero. Eri una brava ragazza o una sgualdrina, cioè avevi rapporti completi o non li avevi, indipendentemente dalla durata della relazione. Vivevi nel quartiere giusto oppure no, appartenevi al circolo sportivo alla moda oppure a uno scadente o, peggio ancora, a nessuno. Indossavi gli indumenti delle marche «giuste», altrimenti eri un perdente. Ci trasferimmo nel North Carolina quando frequentavo il primo anno di scuola superiore. Nell'Ohio andavo a una scuola femminile cattolica, e mi recai nella nuova scuola indossando scarpe di tela Keds perché nell'Ohio erano di moda. Quando Jessica e io diventammo buone amiche, mi confessò che alcuni compagni di scuola pensavano che fossi povera perché indossavo le Keds. Ed essere poveri non era bene.

La valutazione con due pesi e due misure era profondamente radicata. Se un giovane si accorgeva di spingersi troppo in là, anche solo con l'immaginazione, con una «brava» ragazza, l'istinto di un gentiluomo del sud si sarebbe manifestato e avrebbe ripristinato il controllo sulla mano vagante o il pensiero appassionato. La riserva di autodisciplina che dovemmo sviluppare per amoreggiare quattro ore di fila, sulle note di Johnny Matis, senza fare l'amore, contribuì probabilmente in modo determinante allo sviluppo del nostro carattere.

La notte in cui rimasi incinta era la seconda volta in cui io e Chris facevamo l'amore, e probabilmente la centesima volta in cui tentavamo di resistere all'impulso da quando, due anni prima, avevamo cominciato a uscire insieme. Nel frattempo ero diventata matricola al Winthrop College, un'università femminile del South Carolina. Entrambi eravamo tornati a casa per le vacanze di Pasqua. A causa degli esami non ci eravamo visti per più di un mese, il periodo più lungo di separazione da quando avevamo cominciato a frequentarci. Quella notte avevamo poco tempo per stare insieme. Era Venerdì Santo, e prima di incontrarmi con Chris avevo dovuto fare le stazioni della Via Crucis.

Parcheggiammo la Ford Galaxy color acquamarina nel parcheggio del circolo sportivo Greenwood, vicino ai campi da tennis. Il parcheggio era deserto. Il cielo era nero pece, un colore che mi pareva adatto a un Venerdì Santo. La Via Crucis aveva sempre un profondo effetto su di me. Parlammo. I nostri sentimenti divennero troppo intensi, e non riuscimmo a tenerli sotto controllo.

Ero troppo presa per ricordare a Chris di fare attenzione. Dopo, Chris uscì dall'auto, infilò di nuovo la testa all'interno e mi chiese se era un brutto periodo del mese per me. Mi disse che il preservativo si era rotto. Ma ero sempre stata irregolare e non avevo le mestruazioni da quattro mesi. Gli dissi di non preoccuparsi.

Quando passò un altro mese senza mestruazioni, però, fui io che cominciai a preoccuparmi. Mi sentivo strana, diversa dal solito. Non volevo andare da un dottore della zona, quindi presi appuntamento con il ginecologo della sorella della mia compagna di camera Blair, a Charlotte. Ma al Winthrop agli studenti era proibito allontanarsi più di quaranta chilometri dal campus senza il permesso dei genitori. Al ritorno dalla visita fui scoperta e l'università avvisò i miei genitori. Dopo un paio d'ore mia madre mi telefonò, dicendo che aveva trovato il ginecologo e parlato con lui (alla faccia del segreto professionale). L'esame, tuttavia, era negativo. Mi venne proibito di lasciare il campus universitario fino alla fine dell'anno. Non sopportavo di essere trattata dall'università, dai miei genitori e dal medico come una bambina, ma era così che mi vedevano.

Chris apprese con sollievo che il test era negativo, ma io non mi sentivo troppo sicura.

Ero così tesa che fui bocciata agli esami. I miei mi accolsero con espressioni severe quando tornai a casa. Ma nessuno toccò il discorso, salvo mia madre che mi chiese se mi erano venute le mestruazioni. Le risposi di no.

Era la situazione a cui mio padre aveva sempre pensato con terrore, nelle innumerevoli notti trascorse, aspettando il mio ritorno, sulla grande poltrona azzurra in soggiorno. In genere, quando rientravo lo trovavo addormentato, e la luce della lampada a stelo di ottone cadeva sul libro o sulla rivista che aveva letto per rimanere sveglio. Mi chiudeva in casa, con la proibizione di uscire, se arrivavo in ritardo di cinque minuti rispetto all'ora del coprifuoco, probabilmente perché doveva concedersi una pausa dalla preoccupazione e dalle notti trascorse sulla grande poltrona azzurra. Provavo tenerezza nei suoi confronti, ma anche una rabbia profonda, perché pensava di non poter avere fiducia in me. Diceva che si fidava di me, ma non dei ragazzi con cui uscivo.

Mio padre mi proibì di rivedere Chris. Poiché non potevo evitare di incontrarlo, lo facevo di nascosto.

Passò un altro mese. Mi sentivo bene, ma le mestruazioni non arrivavano. Era la fine di giugno. Chris conosceva qualcuno in ospedale, e potei quindi rifare l'esame senza che si venisse a sapere.

Questa volta il risultato fu positivo.

Non parlammo finché non fummo al parcheggio dell'ospedale. Il sole scottava sull'asfalto nero. L'aria, a causa dell'umidità, ci sembrò più compatta e densa del solito. Volevo prendere le distanze dall'accaduto, ma l'aria bollente contribuiva a tenerci incatenati al mondo reale. Faceva troppo caldo per salire in macchina a parlare. Restammo lì fuori, in piedi. Era difficile comprendere la concretezza di ciò che appariva ancora così irreale.

Se non fosse stato per le mestruazioni che non arrivavano e per il test di gravidanza positivo, non avrei saputo che ero incinta. Non accusavo alcun sintomo, il mio corpo non era cambiato. Chris stava guardando la stessa persona che conosceva da sempre. Eppure nulla era più uguale a prima, né mai lo sarebbe ritornato.

L'unico sistema per abortire consisteva nel prendere un aereo per le Bahamas, e non c'era modo di compiere una simile impresa! Non avevamo i soldi necessari per l'aborto e, se avessimo chiesto aiuto ai miei genitori, sapevo che non mi avrebbero *mai* permesso di abortire. Chris non aveva ancora accennato alla possibilità di sposarci. Se me lo avesse proposto, avrei accettato? Accanto alla macchina, con i piedi quasi ustionati dall'asfalto surriscaldato, mi accorsi di riascoltare mentalmente la « registrazione » di tutti i commenti che avevo udito sulla situazione in cui mi trovavo. I maschi ridevano delle ragazze che si facevano mettere incinte come delle sgualdrine. La gente diceva che alcune ragazze « intrappolavano » gli uomini, facendo in modo di rimanere incinte e inducendoli a sposarle. Chris avrebbe forse avuto quel dubbio tutta la vita? E io? Avrei mai smesso di chiedermi se mi amava davvero? Da dove venivano tutte quelle domande? Certo non dal mio cuore. Ma del mio cuore non mi fidavo.

Decidemmo di dirlo ai nostri genitori.

Chiesi a mia madre di venire in camera mia il mattino dopo. Stavo seduta per terra, accanto a un punto del pavimento illuminato dal sole. Le dissi semplicemente, senza mezzi termini, che avevo fatto un altro test di gravidanza e che era risultato positivo. Sapevo che per lei non sarebbe stata una sorpresa. Senza alcun indizio, aveva scoperto che avevo infranto la regola dei quaranta chilometri al Winthrop per recarmi da un medico, temendo di essere incinta. Pareva che fosse riuscita a indovinare le mie intenzioni scrutando il cielo azzurro, quindi come avrebbe potuto sorprendersi allora? Non fu sorpresa, ma si dimostrò ugualmente scandalizzata.

« Dovevi essere ubriaca », commentò.

Risposi: « No, ero del tutto sobria ».

« Non ci credo », ribatté, « dovevi essere ubriaca. »

« No, mamma, non è vero », dissi con la maggiore chiarezza possibile. Volevo aggiungere « ero innamorata », ma quelle parole non mi uscirono di bocca. Perché dava per scontato che dovevo essere stata ubriaca? Forse che l'ebbrezza dovuta all'alcol avrebbe, come per magia, scusato il mio comportamento o ripristinato la mia verginità? Temeva forse per il peccato mortale che gravava sulla mia anima?

« Chris ha intenzione di sposarti? » chiese. Le risposi che non lo sapevo. Lasciò la stanza per parlare con papà. La macchia di sole sul pavimento si era spostata. Rimasi seduta in quella posizione per molto tempo, e guardai la chiazza che si allontanava sempre più.

Mio padre aveva un'espressione irata dipinta sul viso, e gli occhi esprimevano una profonda tristezza. Aveva l'aria ferita. Avrei voluto scomparire. « Tua madre e io aiuteremo te e Chris in tutti i modi possibili », disse. « Abbiamo sempre pensato che vi sareste sposati, un giorno o l'altro. Contribuiremo anche alle spese dell'ultimo anno di università di Chris, se questo gli sarà indispensabile per finire. »

Ero confusa dalla loro generosità nell'accettare la situazione. Con tre figli più piccoli a cui provvedere, sapevo che per loro non sarebbe stato facile, da un punto di vista economico. Papà disse che voleva parlare ai genitori di Chris, e si accordarono per vedersi il giorno successivo dopo la messa.

Mentre i genitori parlavano tra loro, Jessica e io gironzolammo senza meta con la Buick di suo padre. Il sole, anche se estremamente caldo, sembrava velato. Passammo dal Castle per bere una Coca, ma fuori faceva così caldo che il Castle era deserto. Mi chiesi cosa si stavano dicendo i nostri genitori. Mi chiesi cosa stava facendo Chris. Credo che né i miei né i suoi genitori avessero preso in considerazione la possibilità di farci assistere al loro incontro. Dopotutto, era del *nostro* futuro che stavano parlando. Ripensai a ciò che avevo letto sul tempo in cui i matrimoni erano regolarmente frutto di accordi, affari decisi tra capifamiglia, in cui i figli non avevano voce in capitolo, anche se si trattava del destino a cui andavano incontro.

Dopo qualche ora, passammo davanti a casa mia. L'auto dei genitori di Chris non c'era più. Jessica mi fece scendere. Percorsi lentamente il vialetto. Era strano pensare che i genitori di Chris erano stati in casa mia. Sapevo che Chris aveva un buon rapporto con loro, ma non mi era mai capitato di incontrarli.

« Sembrano persone per bene », disse mio padre quando oltrepassai la porta d'ingresso. « Ho offerto loro tutto ciò che ti ho detto. La decisione è nelle loro mani. »

Chris telefonò la sera successiva, chiedendomi di incontrarlo al Castle dopo una mezzora. Presi l'auto in prestito e mi precipitai fuori. Mentre passavo in quelle strade tanto familiari nella nostra Chevy Impala, tutto cominciò improvvisamente a sembrare minaccioso nell'oscurità. Cominciai ad avere paura. Rallentai. D'un tratto, non ebbi più tanta fretta di vedere Chris.

Parcheggiai accanto alla sua auto, ferma nella zona della fossa dei serpenti. Prima che potesse uscire dalla macchina, fui io a entrarvi e a sedermi accanto a lui. Anche se non mi ero ancora voltata per guardarlo, il mio corpo presagiva già la risposta. Quando finalmente incrociai il suo sguardo, i nostri occhi si fissarono a lungo. La mia testa cominciò a muoversi, a fare segno di no, prima ancora che Chris avesse cominciato a parlare.

Voleva che sapessi che la decisione era interamente sua, e che i suoi genitori avevano promesso di sostenerlo qualunque fosse stata la sua scelta. Suo padre, tuttavia, gli aveva dato il consiglio che Chris intendeva seguire. Aveva detto al figlio che, con un inizio così infelice, il nostro matrimonio non sarebbe mai durato. Cominciare la nostra vita coniugale con un debito nei confronti dei genitori, nell'impossibilità di diventare autonomi per chissà quanto tempo, e con un bambino di cui prenderci cura, sarebbe stata la rovina per noi. Egli era sicuro che « tra qualche anno » ci saremmo sposati, ma quelli erano il modo e il momento sbagliati.

Voltai le spalle a Chris, in preda alla collera. Dappertutto, attorno a noi, c'erano case tanto perfette da sembrare uscite da una cartolina, circondate da prati curati in modo impeccabile, ma chi viveva all'interno aveva i suoi problemi, alcuni imbarazzanti, altri anche peggiori. Nessuno aveva una vita priva di problemi. Cosa c'era che non andava negli sforzi? La capacità di evitare i problemi dava forse la misura di una vita ben riuscita? Sapevo che avremmo potuto farcela. Perché *gli altri* dicevano che non ci saremmo riusciti? Quando emisi il profondo respiro che avevo trattenuto, mi sciolsi in singhiozzi che temevo non si sarebbero mai arrestati.

Mio padre aveva detto che, se Chris avesse rifiutato di fare ciò che era giusto nei miei confronti, non avrebbe potuto rivedermi mai più. Ma non sapevo come gestire l'amore che provavo ancora per lui. Mi era impossibile dire a Chris di uscire per sempre dalla mia vita. Eppure i dubbi di mio padre sull'amore che Chris nutriva per me cominciarono a tormentarmi.

Dissi a Chris che, da quel momento in poi, avremmo dovuto prendere accordi per vederci tramite Jessica o Cindy. Chris promise di non abbandonarmi.

Tornai a casa in stato di choc. Tenni una mano sul ventre, pregando che il nostro bambino non si sentisse mai rifiutato, non provasse mai un'angoscia simile. Entrai in casa e dissi ai miei genitori, senza guardarli negli occhi, che non ci saremmo sposati. Poi andai a letto. Trascorsi una notte insonne.

Qualche giorno dopo io e Chris incontrammo di nascosto un'altra coppia attorno a un tavolo, coperto da una tovaglia a quadretti bianchi e rossi, addossato alla parete posteriore di un locale chiamato The Jockers Three. Ogni volta che si apriva la porta che dava sul locale con la pista da ballo, frammenti di brani dei Beatles, dei Temptations e di Johnny Matis si diffondevano nella stanza sul retro. The Jockers Three era stato il nostro locale preferito. Era sempre pieno di gente. Avevamo ballato per ore sulla pista ricoperta di segatura. Ma era la prima volta che vedevo la stanza posteriore: la luce era fioca e le pareti sembravano cariche di segreti. L'oro liquido della caraffa di Budweiser sembrava brillare come una sfera di cristallo al centro del tavolo. Ted, un buon amico di Chris, e sua cugina Sarah, erano seduti di fronte a noi. Non vedevo Sarah da molto tempo, e ne rimasi affascinata. Era bionda e molto bella, ma non era quello che mi aveva colpito. Era cambiata profondamente. Aveva una nuova forza, e insieme una grande tristezza. Solo un paio di mesi prima aveva dato alla luce una bambina e l'aveva fatta adottare. Da quando avevo scoperto di essere incinta, avevo pregato che si trattasse di un maschio, perché temevo che una bambina non avrebbe retto all'esperienza dell'adozione.

Sarah ci parlò della piccola casa per ragazze madri di Richmond, in Virginia, in cui era stata. Fui sollevata dalla notizia che esisteva un'alternativa alla «fabbrica» di Florence Crittendon, una catena di case per ragazze madri che, avevo sentito dire, ospitavano ciascuna settanta ragazze per volta.

Mentre parlava, mi asciugai una lacrima con la mano destra. Non volevo che qualcuno mi vedesse piangere. Chris mi teneva stretta la sinistra, come se temesse che uno di noi due potesse volare via. Fissai il colore caldo della caraffa di birra, come se avesse potuto rivelarci chissà quale verità. Speravo che Chris ascoltasse con attenzione, perché la mia mente riusciva a seguire solo brevi tratti della conversazione.

La sola frase «casa per ragazze madri» aveva sempre suscitato in me un fascino morboso. Era lo stesso timore, intenso ma distante, prodotto dai missionari che predicavano la bontà e la carità davanti alle famiglie come la mia: uomini impettiti e dalle spalle larghe, mogli dalle acconciature rigide, figlie con guanti bianchi e scarpe di pelle, figli con i capelli tagliati a spazzola e il viso coperto di lentiggini, un'assemblea di famiglie cattoliche «perbene». Mi sentivo lontana dal mio futuro soggiorno in una casa per ragazze madri quanto quegli onesti fedeli si sentivano lontani dai ventri vuoti dei poveri mentre gettavano qualche moneta nella cassetta delle elemosine.

I nostri boccali tintinnarono contro la brocca ancora mezza piena quando li appoggiammo sul tavolo. Gli occhi di Sarah incontrarono i miei quando si alzò per andarsene. Avrei voluto interpretarne il messaggio. Fissai Chris negli occhi quando allontanò dal tavolo la mia sedia per aiutarmi ad alzarmi. Vidi tutto l'amore che ci legava e la tensione che anche lui stava provando. Era ancora difficile per me credere che non ci saremmo sposati.

Una volta che la decisione fu presa, per i miei genitori tornai a essere una bambina. Mia madre prese in mano la situazione e fissò un appuntamento con i Servizi sociali cattolici per organizzare la mia permanenza a Seton House, la casa dove anche Sarah era stata ospitata. Aveva guidato lei per andare al colloquio, quel mattino. Io ero stata semplicemente un passeggero nell'auto, una spettatrice durante l'incontro.

Mi resi improvvisamente conto che il colloquio era terminato, e che gli accordi erano stati presi. Dopo tre mesi sarei diventata un'ospite in una casa per ragazze madri. La suora stava stringendo la mano di mia madre, rassicurandola sul fatto che avevamo preso la decisione giusta per il bambino e per me. Per una frazione di secondo pensai che mia madre si sarebbe inchinata e avrebbe baciato la mano della suora per manifestarle la sua gratitudine. Cercai di diventare insensibile per annientare il dolore.

Riuscii a raggiungere l'auto. Mia madre si sedette al posto di guida e avviò il motore. Aveva parcheggiato all'ombra di un salice, ma l'interno era comunque un forno. Mise la mano sul cambio, poi si fermò e si volse verso di me. «Nessuno deve sapere del tuo stato», disse. «Dev'essere un segreto assoluto, e questo vale anche per le tue amiche, Jessica e Cindy.» Come se, dietro un mio ordine, avessero potuto dimenticare tutto ciò che sapevano! E avrei dovuto cominciare a indossare una guaina, anche se il mio ventre era ancora piatto.

Non risposi. Fissai il salice davanti a me mentre ce ne allontanavamo in retromarcia.

Era difficile ormai per me e Chris vederci, anche se cercavamo di incontrarci il più spesso possibile. Ci vedevamo ancora al Castle, ma avevamo sempre paura che i miei genitori ci scoprissero.

Non abbandonai il mio lavoro estivo nel negozio di abbigliamento J.C.Penney's, all'interno del Friendly Shopping Center. Un giorno mia madre rientrò ridendo istericamente, con le lacrime che le scendevano sulle gote. Improvvisamente sembrava essere diventata una mia coetanea. Una vicina che abitava sull'altro lato della strada l'aveva fermata, quel mattino, per dirle quanto le ero sembrata *magra* quando l'avevo aiutata da Penney's. Sembrava che lo stratagemma della guaina nascondesse alla perfezione la mia situazione imbarazzante.

Per mia fortuna la moda, quell'estate, non era concentrata sulla sottolineatura del punto vita. In agosto dovevo essere madamigella d'onore al matrimonio di mia cugina Joanie. Il vestito arrivò e lo provai. Non avevo avuto idea della tensione che mia madre aveva covato finché non l'udii emettere un sospiro di sollievo quando vide che lo chiffon rosa dell'abito scivolava senza difficoltà oltre il bacino. Ringraziammo il Signore per il fatto che il vestito era stile impero. Però mancava ancora un mese al matrimonio.

La mattina del matrimonio, la casa di mia cugina era piena di gente. Ero di sopra a vestirmi quando mia madre venne a controllare i miei progressi. Il vestito mi andava bene anche se ero ormai al quarto mese di gravidanza.

Le guaine che aveva portato per me erano ancora nella valigia. Quando mia madre vide che non le indossavo, andò su tutte le furie. Con un sussurro furibondo insistette perché le mettessi *entrambe*. I suoi « bisbigli » rischiavano di svelare il segreto molto prima di quello che avrebbe fatto il mio corpo senza guaine. Una era lunga, partiva subito sotto il reggiseno e mi arrivava quasi alle ginocchia. Dal momento che una delle giarrettiere mancava, la guaina continuava ad arrotolarsi sulla gamba, finché non ebbi l'impressione di avere un laccio emostatico attorno alla coscia. Chiunque mi avesse toccato la vita si sarebbe insospettito. Respiravo a fatica, mi muovevo con difficoltà, e immaginavo che, conciata a quel modo, era come se avessi una « I » scarlatta cucita sul vestito. Ma mia madre mi restò alle costole finché non indossai le guaine, e non si allontanò da me finché non arrivammo in chiesa.

Una luce screziata filtrava dalle finestre con i vetri colorati e cadeva su di noi come migliaia di petali. Avanzammo lungo la navata. Ero immediatamente davanti a Joanie, la sposa. Mi sentivo onorata dal fatto di essere damigella d'onore. Sotto il bouquet, la mia mano era appoggiata leggermente sul ventre. Credetti di avvertire un movimento dentro di me: sollevai lo sguardo verso l'altare e, improvvisamente, seppi di essere in pace con Dio riguardo alla mia situazione. Sapevo che Egli mi voleva nella Sua chiesa come damigella d'onore di Joanie Tuttavia passai più volte dalla vergogna a una malcelata allegria quando mi chiesi come avrebbero reagito il sacerdote e i fedeli riuniti per il matrimonio se avessero saputo. Mi domandai come mia madre avesse potuto conciliare il mio ruolo in quella circostanza con le sue convinzioni religiose.

Evidentemente, sembrava che tutti avessero deciso di toccarmi i fianchi e la vita quando mi si avvicinarono per salutarmi dopo la cerimonia. Ero certa che tutti si chiedessero perché indossavo una guaina lunga sotto un abito in stile impero, dal momento che ero molto magra. Il marito di Joanie, Tom, in preda al nervosismo mi presentò come «John». Il suo testimone continuò a chiedere a «John», cioè a me, di ballare. Mio padre era fuori di sé. Mia madre era ridotta a uno straccio anche se tutto stava andando bene. Mi sembrava naturale, non perverso, cercare di divertirmi al matrimonio di Joanie, anche se era difficile non pensare che avrei voluto essere io a sposarmi.

L'università ricominciava a metà agosto, meno di due settimane dopo. Nella mia città tutti pensavano che sarei tornata a studiare. All'università tutti pensavano che avrei trascorso un semestre con un'amica in Florida. In realtà, sarei rimasta nell'appartamento di Tessa, la sorella della mia compagna di camera, a Charlotte.

Le bugie e i segreti mi stavano logorando. L'intera estate, per me, era stata un susseguirsi di bugie. I figli illegittimi erano un argomento di conversazione molto interessante, ma che non veniva toccato se non con sussurri e allusioni. Per l'intera comunità, così come per i miei genitori, la segretezza era l'atteggiamento più facile da adottare. Non mi sentivo una « ragazza madre », né riuscivo a considerare «illegittimo» l'essere che cresceva dentro di me. Sapevo di avere in grembo un bambino che sentivo di amare già molto. Ma accettai la situazione, perché era quella la prassi da seguire.

Cominciai a sentirmi veramente incinta verso la fine dell'estate. Mi resi conto della situazione quando le mie amiche cominciarono a prepararsi per tornare a scuola, riempiendo bauli interi di nuovi vestiti e nuove speranze. Gli abiti a vita alta cominciavano a perdere la loro linea e a diventare vestiti a sacco, indumenti senza forma caratterizzati dalla vita bassa e da pieghe voluminose in vita. Per quanto riguarda la foggia degli abiti, non avrei potuto scegliere un momento migliore per trovarmi in quella situazione.

Dovevo fingere con tutti di essere emozionata per l'inizio del mio secondo anno di università, e ai miei genitori dovevo dare l'impressione di riuscire ad affrontare senza problemi le bugie e i mesi che mi aspettavano. Spesso mi chiedevo se stavo impazzendo. Avevo il cuore gonfio di dolore, ma non riuscivo a piangere. Sapevo che dovevo essere coraggiosa. Avevo riposto la mia fiducia nei miei genitori e nella Chiesa, che mi avevano consigliato sulla scelta più giusta da fare. Certamente erano più saggi di me, una diciannovenne. Attribuivo il mio dolore celato alla mia follia. Non mi avrebbero mai incoraggiato a fare una scelta del genere se avessero saputo quali sofferenze mi avrebbe causato.

Prima di partire per Charlotte, dovetti farmi visitare dal medico. Mia madre non mi accompagnò. Due donne, in stato ormai avanzato di gravidanza, erano sedute nella minuscola sala d'aspetto. Tenni la mano sinistra in tasca perché non si accorgessero che non portavo la fede. Ero profondamente umiliata e imbarazzata per il fatto di dover nascondere la mia gravidanza. Le due donne, rese enormi dai bambini che avevano in grembo, erano radiose. Speravo che si rendessero conto della loro fortuna. Mentre quella di fronte a me faceva a maglia un piccolo maglioncino per neonato, cominciai a tessere un bozzolo in cui rifugiarmi. È un bene che abbia cominciato allora. Durante l'esame, il medico mi trattò come se avessi avuto la lebbra. Mi sentii umiliata dalla sua mancanza di compassione. Il suo unico commento fu che ero stata piuttosto stupida a ficcarmi in quel guaio. Era come se mi avesse sputato addosso, come se fossi stata una povera mendicante su una strada polverosa che portava a Babilonia. Ma, ormai, una parte di me non poteva dargli torto.

Tenni le tende chiuse nell'appartamento di Tessa. Due giorni dopo il mio arrivo la pancia cominciò a vedersi un po'. Tessa era dolce con me, come una sorella maggiore. Era una donna nubile che lavorava, una razza rara in quegli anni, in cui la maggior parte delle donne si sposava subito dopo aver terminato gli studi. Era affascinante trovarsi nell'appartamento di una donna che viveva da sola. Ma la vergogna che provavo mi impediva di uscire. Non volevo mettere in imbarazzo Tessa: passavo le giornate sospesa nel limbo, con la televisione accesa la maggior parte del tempo.

Ormai sentivo continuamente il mio bambino che scalciava. Man mano che trascorrevo le ore guardando episodi di «Jeopardy» – un gioco a premi – e di *soap operas*, il piccolo divenne il mio compagno; tenevo quasi sempre la mano sul ventre per mantenerci in contatto. Ero sempre stata socievole e pronta a intraprendere mille attività: quello stato di isolamento costituiva un cambiamento radicale per me.

Un fine settimana Tessa andò fuori città, e Chris guidò per otto ore, partendo dall'università, per raggiungermi. Più la gravidanza avanzava, più mi sentivo donna e più certe situazioni mi sembravano assurde. Perché dovevo nascondermi per incontrare il padre del mio bambino? Eppure continuavo a sentirmi colpevole. Quando Chris entrò nell'appartamento, sentii di guardarlo da lontano, da molto lontano, come se fosse stato uno sconosciuto. Erano passate sei settimane dal nostro ultimo incontro. Stava facendo l'ultimo anno di università: sembrava che la sua vita non fosse cambiata molto. I cambiamenti per me, invece, all'interno e all'esterno, erano stati enormi.

Non sapevo cosa provavo a rivederlo. Nessuno dei due aveva avuto un aiuto esterno, un consiglio: dovevamo affrontare e risolvere da soli i nostri pensieri e sentimenti. In quell'appartamento di Charlotte, eravamo come due bambini da soli nella foresta. Quella notte, mentre eravamo stesi l'uno accanto all'altra, Chris mi appoggiò una mano sul ventre e sentì il nostro bambino che si muoveva. L'imbarazzo che entrambi provavamo si dissolse e ci sentimmo di nuovo vicini e legati.

Alla metà di ottobre giunse finalmente la telefonata. Si era liberato un posto a Seton House. Per un attimo pensai alla ragazza che avrei rimpiazzato e al suo bambino, ormai separati. Fui colpita da un'ondata di panico mentre preparavo i bagagli. Mi sentivo come se stessi partendo per un paese straniero, con la prospettiva di non tornare mai più.

# 2

Quando avevo quattro anni avevo guardato il sole che creava riflessi brillanti sulle mie scarpe nuove, nere e di vernice, e avevo lasciato che il vento gonfiasse il mio vestito giallo per poterlo spingere giù con i pugni; mi sentivo una principessa, con il mio cappellino di paglia verde, annodato con un fiocco di velluto sui capelli biondi, lunghi e ondulati. Ero in macchina, e sedevo davanti: avevo papà tutto per me, mentre mi accompagnava in ospedale per farmi togliere le tonsille. Poi, ricordo, erano arrivati i freddi bordi di acciaio del tavolo operatorio, e il dottore si era sporto sopra di me e mi aveva detto che, non appena mi avessero fatto l'iniezione, le tonsille sarebbero sparite. Anche a quattro anni, ciò mi era sembrato assurdo. Quando mi misero la mascherina dell'etere sul viso fui presa dal panico. Cercai di divincolarmi e chiamai mio padre. Ma non era lì.

Quando mio padre mi condusse a Seton House non era il vento che gonfiava il mio vestito.

Era pomeriggio inoltrato, e il cielo era oscurato da fitte nubi quando passammo in Monument Avenue a Richmond. Guardai i volti di pietra degli eroi della guerra civile e avvertii un rimprovero proveniente dalle statue.

Seton House si trovava su una delle arterie principali, accanto a uffici, a condomini e a un centro commerciale. Vi erano numerosi alberi che facevano ombra sulla facciata, ma questa non era per me nascosta a sufficienza. Mi chiesi se suscitava la curiosità morbosa degli automobilisti di passaggio. Mi chiesi se i bambini si nascondevano dietro i cespugli per spiarla. Mi chiesi se gli adolescenti vi si recavano regolarmente per fare degli scherzi a Halloween o in altre occasioni. (Una giovane non era mai rimasta seduta, in atteggiamento di silenziosa compassione, sul sedile posteriore mentre i suoi amici gridavano e facevano schiamazzi passando davanti a Seton House in macchina?)

Mi chiesi se qualche genitore, guidando nei paraggi, avesse mormorato una preghiera silenziosa perché alle figlie e a se stesso fossero risparmiate quella sofferenza e quella umiliazione. O avesse detto una preghiera di ringraziamento ad alta voce perché i suoi figli avevano scongiurato quel pericolo e stavano realizzando i suoi sogni di genitore. Non riuscivo a credere che avrei vissuto tra le mura di un posto del genere. Non riuscivo a credere che mio padre se ne sarebbe veramente andato e mi avrebbe lasciata lì. Ma fu quello che fece, anche se sono certa che gli si spezzò il cuore quando si allontanò in auto.

Venni portata a fare rapidamente il giro di Seton House. La cena sarebbe stata servita mezzora dopo. Suor Beatrice inclinò la testa verso l'atrio per mostrare che la visita aveva inizio. La seguii con trepidazione, portando con me la mia unica piccola valigia. Non mi sarebbe servito molto in un posto del genere.

Una luce grigiastra, proveniente dal cielo coperto, filtrava nell'atrio. A sinistra dell'ingresso si trovava l'ufficio della madre superiora, dove si sbrigavano le pratiche di ammissione delle ragazze e dove, mi venne detto, i genitori adottivi sarebbero venuti a prendere il piccolo. Con una certa amarezza, pensai che in quell'occasione ci sarebbe stato un sole magnifico.

Cercai di fare in modo che le impressioni non si fissassero in modo troppo profondo in me, poiché tentavo di proteggere il mio cuore e il mio bambino da ciò che stava succedendo. Purtroppo, non mi sfuggì nulla.

Dopo l'ufficio della madre superiora c'era la sala da pranzo, e alla destra dell'entrata vi era la cappella. Sbirciai all'interno: faceva buio e si sentiva un leggero odore di incenso. Le camere delle ragazze si trovavano tutte lungo un corridoio su un lato dell'edificio. Due grossi bagni comuni, ciascuno fornito di diverse cabine per la doccia, la lavanderia, e la cabina del telefono si trovavano sul lato opposto del corridoio. Alla fine del corridoio, dietro delle porte doppie, c'era la sala della televisione e di ricreazione. Lungo i muri c'erano delle sedie, e un grande tavolo circolare si trovava nell'angolo più lontano. Quando ci voltammo per uscire, la suora disse che le stanze delle religiose si trovavano nell'ala di sinistra: le suore di Maria Maddalena a destra, quelle della Vergine Maria a sinistra.

Mentre seguivo la minuscola religiosa, udii il profondo fruscio del suo abito nero. I grani di legno del rosario cozzavano tra loro al ritmo del suo passo regolare. Cominciò a recitare la litania delle regole: non dovevamo correre nei corridoi, era proibito accedere alla sala della televisione prima di pranzo, la messa era tutti i giorni alle otto, il dottore visitava il giovedì sera, sabato era il giorno dedicato al lavaggio degli indumenti e alle altre grosse pulizie, non ci era permesso saltare un pasto.

La regola più importante, tuttavia, ci proibiva di dire a chiunque il nostro cognome, la provenienza, le scuole che frequentavamo. Nessuno doveva avere alcuna informazione personale sulle ragazze. La violazione di tale norma avrebbe comportato l'espulsione immediata da Seton House. (Avrebbero veramente messo su una strada una ragazza incinta?) Se volevamo, potevamo inventare un nome o un soprannome.

Era una possibilità affascinante. Era dall'età di undici anni che non pensavo più a cambiarmi il nome. Avevo ora l'opportunità di creare una persona completamente nuova; avevo cinque minuti, il tempo che mi separava dalla cena, per pensare a un nome prima di essere presentata alle altre ragazze.

La sorella mi portò in una stanza disadorna, color marrone verdastro. Su ogni letto era appeso un crocifisso. La mia compagna di stanza mi aspettava per incontrarmi. Era minuta, con lunghi capelli castani che le arrivavano quasi alla vita. Aveva un'espressione seria. Occupava il letto vicino alla finestra: la data prevista per la nascita del suo bambino era posteriore alla mia, quindi dovetti abbandonare le speranze di poter in futuro passare nel suo letto. Si presentò come Anne-Marie. Mi chiesi se era il suo vero nome.

La monaca rimase sulla soglia. Aveva la pelle sottile come un foglio di carta, trasparente e cerea. Solo le suore riuscivano ad avere una carnagione così pallida. Mentre seguivamo la monaca lungo il corridoio, mi chiese se avevo pensato a un nuovo nome. Sfortunatamente, non me n'era venuto in mente nessuno: fui delusa dalla mia mancanza di immaginazione. Forse, se fossi riuscita a ricreare me stessa in quell'istante, avrei avuto anche la forza di lottare per tenere con me il bambino. Ma riuscii solo ad accettare – passivamente, e piena di sensi di colpa – tutto ciò che mi veniva detto.

Mentre camminavo lungo il corridoio, mi toccai il ventre che sporgeva, trasmettendo il mio amore al bambino attraverso il contatto della mano. Stranamente, mi sentii finalmente al sicuro. Potei rilassare i muscoli che avevano contribuito a nascondere il mio orribile segreto. Potevo assumere ormai il ruolo di madre in attesa, ciò che ero. Fui pervasa da un senso di pace del tutto inaspettato.

Eppure, man mano che mi avvicinavo alla sala da pranzo mi sentii piena di brutti presentimenti. Anch'io avevo delle idee preconcette sull'aspetto di una « ragazza madre », sebbene io stessa fossi una di loro. Temevo che le ragazze in sala da pranzo fossero solo un pochino meglio di delinquenti minorenni. Sicuramente erano truccate pesantemente, con gli occhi bistrati e messi in evidenza come quelli delle prostitute egiziane; uno spesso strato di cerone copriva la pelle brufolosa, e i capelli ossigenati erano raccolti sul capo in enormi acconciature rigonfie che non erano state toccate da due settimane. Tutte certamente masticavano *chewing gum* all'unisono, e avrebbero sghignazzato al momento delle presentazioni.

Oppure erano delle sciocche ragazzine di campagna con gli occhi stanchi e radi capelli biondi. I loro ragazzi tenevano il fucile nei camioncini che guidavano, ed esse probabilmente non sapevano neppure chi era il padre del loro bambino. Avrebbero evitato di guardarmi negli occhi al momento delle presentazioni. Oppure le immaginavo come donne motocicliste, con tenute premaman di pelle nera con le borchie argentate, i capelli neri tirati indietro con la brillantina come quelli dei loro ragazzi. Mi avrebbero squadrato dalla testa ai piedi, poi avrebbero avuto un attacco di riso isterico e mi avrebbero voltato le spalle.

Il calore, proveniente dall'adiacente cucina, si diffondeva nella sala da pranzo, e un soffio tiepido mi colpì e passò oltre quando aprii la porta. Il locale era inondato dalla luce dei neon appesi al soffitto. Le chiacchiere delle ragazze si sovrapponevano al tintinnio delle posate e allo sbattere di pentole e padelle proveniente dalla cucina. Si fece il silenzio e venni rapidamente presentata con il nome di battesimo.

I visi che si rivolsero verso di me sembravano tutti piuttosto normali. Avrebbe potuto trattarsi della mensa universitaria, se non fosse stato per le pance. Intimidita, mi sedetti accanto alla mia compagna di stanza, che mi presentò – sempre con il solo nome – le altre ragazze sedute dalla nostra parte del tavolo. Cominciarono immediatamente a raccontarmi tutto quello che c'era da sapere sulle suore e su Seton House. Eravamo tutte attente a non rivelare informazioni che potessero fornire indizi sulla nostra identità; era piuttosto difficile fare conoscenza senza infrangere quella regola. La ragazza più giovane aveva quindici anni, la più vecchia ventitré; la maggior parte aveva diciannove o vent'anni.

Sei ragazze stavano programmando di recarsi al vicino caffè e al centro commerciale il sabato successivo. Il pranzo sarebbe stato il più enorme affogato al cioccolato che fossero riuscite a farsi preparare. (Scoprii che la dieta di Seton House era piuttosto rigida, e che non prevedeva in alcuna occasione dei dolci. Ed era meglio scordarsi perfino i cetrioli.) L'uscita era organizzata in onore di Cathleen: avrebbe partorito dopo due settimane, e sarebbe stata l'ultima volta in cui avrebbe avuto il permesso di lasciare Seton House, era la regola. Seduta di fronte a me, dall'altra parte del tavolo, Cathleen sembrava la Madre Terra in persona. Aveva i capelli biondi, e il suo viso attraente distribuiva in giro sorrisi e calore umano. Sollevava il morale di tutte: i bambini le sarebbero probabilmente restati attaccati alle gonne tutto il giorno. Parlava con grande affetto alle ragazze che conosceva bene, ma non tentò di stringere un legame con me. Visto che sarebbe presto partita, doveva probabilmente selezionare i suoi investimenti emotivi. Riuscii a vedere il dolore che le velava gli occhi, ma non raccontò la sua storia. Forse guardandomi vedeva se stessa al suo arrivo, tre mesi prima. Le sei ragazze formavano un gruppo piuttosto chiuso, ma mi chiesero di unirmi a loro sabato. Prima dovetti però ottenere un permesso speciale, perché un'altra regola impediva alle ragazze di uscire dalla proprietà durante i primi quattro giorni di permanenza.

La lavanderia era così carica di umidità che mi aspettavo quasi di udire, da un momento all'altro, i richiami striduli di uccelli esotici. Anche se rischiavo di dare fastidio a tutte con la ventata di aria gelida, aprii la porta che dava sul retro per far circolare l'aria. Fui l'ultima a terminare il bucato. Anne-Marie era furibonda, perché una delle regole per il sabato era che si aveva il permesso di andarsene solo quando anche la compagna di stanza aveva terminato le sue incombenze. Poiché non ero ancora pratica del sistema, mi trovai abbandonata in lavanderia molto tempo dopo che tutte le altre avevano finito. Anne-Marie, al colmo della frustrazione, doveva aspettarmi in camera. Oltre al bucato, il sabato c'era l'ispezione delle stanze, che dovevano essere in ordine (cassetti compresi). E a ognuna di noi era assegnato un lavoro domestico. A me toccava lavare e lucidare il lungo pavimento di linoleum tra l'atrio e la cappella. Quell'occupazione, da sola, sembrò protrarsi per la maggior parte della mattina.

Le ragazze mi aspettarono, anche se ero in ritardo. Ci riunimmo nell'ingresso. Quando ci fummo tutte, una aprì le doppie porte che ci mettevano in collegamento con il mondo esterno. Anche se ero arrivata solo due giorni prima, fu un grosso choc. La radiosa luce del sole mi accecò per un attimo. Le auto di passaggio e l'energia di un animato sabato pomeriggio mi urtarono. Come potevo aver dimenticato tutto ciò in così poco tempo?

Sembravamo un gruppo di oche mentre avanzavamo, dondolando, lungo il marciapiede. Cercai di non prendermela e di conservare la mia dignità, anche se avevo la sensazione che tutti gli occhi fossero puntati su di noi. Quando entrammo nel caffè, una parte di me desiderava lasciar perdere e rimanere fuori. Naturalmente gli unici séparé liberi erano in fondo al locale. Chiedemmo permesso innumerevoli volte mentre procedevamo in fila indiana tra i tavoli a sinistra e il banco a destra. Alcune delle ragazze avevano una pancia enorme, e la gente doveva alzarsi e spingere la sedia contro il tavolo per farle passare. Portavamo tutte e sette la fede che ci veniva consegnata per le uscite, ma probabilmente non ci credette nessuno. La maggior parte delle persone che ci rivolgevano uno sguardo, mentre avanzavamo una dietro l'altra, aveva espressioni gentili dipinte sul volto.

Non riuscii a riconoscermi nel detto che «l'unione fa la forza». Non sapevo se avanzare respirando a malapena o ridere fino a star male. Le altre passarono davanti ai tavoli come se fossero state le proprietarie del locale, ed era effettivamente l'unico sistema valido. Gli affogati al cioccolato erano davvero enormi, ma non mi divertii per niente.

Con un'andatura resa parecchio più ondeggiante dai giganteschi gelati ingurgitati, uscimmo e ci recammo al centro commerciale. Alcune delle ragazze volevano comprare del filato per fare a maglia degli indumenti per i bambini. I golfini, precisò Cathleen, non sarebbero stati dati ai nostri bambini, per ovvie ragioni, ma sarebbero stati donati a qualche altro neonato. Quali erano le «ovvie ragioni» di cui parlava? Toccai le estremità a punta dei piccoli ferri e sfiorai il filato morbido e fragile, cercando di immaginarmi nell'atto di scegliere il rosa, il giallo o l'azzurro e di fare un maglioncino, una cuffia o una coperta. Avrei voluto fare anch'io qualcosa a maglia, ma non ci riuscivo. Consideravo le ragazze che ci riuscivano delle vere e proprie sante. Mi chiesi se mio figlio l'avrebbe mai scoperto e sarebbe riuscito a perdonare il mio egoismo: non potevo fare un indumento per il bambino di un'altra quando sapevo che non avrei potuto tenere mio figlio. Ero furibonda all'idea che non potessimo lasciare qualcosa di nostro ai piccoli che mettevamo al mondo.

Comprai un vasetto di cetrioli e lo nascosi sotto il materasso al ritorno. Mi sdraiai sul letto, sentendomi esausta e svuotata, in attesa della cena. Non pensavo che avrei avuto voglia di uscire, in futuro. Era troppo umiliante.

Tre giorni dopo il mio arrivo, la pancia cominciò a ingrossarsi, come se avessi emesso un profondo sospiro di sollievo. Fino ad allora, il mio corpo aveva collaborato al mantenimento del segreto, ma ora voleva provare la gioia della creazione della vita. Mi chiedevo cosa provavano, nella parte più profonda di loro, le suore nei nostri confronti. Eravamo delle peccatrici manifeste, eppure eravamo radiose e piene di vita. Costituivamo forse un'offesa al loro voto di castità?

I giorni si susseguivano secondo una monotona routine. Non riuscivo a credere che avrei dovuto trascorrere tre mesi in quel luogo. La colazione veniva servita alle sette e mezzo. Dovevamo esserci tutte, dopo avere rifatto il letto ed aver fatto la doccia. La mattina veniva dedicata alla corrispondenza, alla lettura o allo studio. Dopo pranzo, tutte convergevamo verso la sala della televisione. Trascorrevamo l'intero pomeriggio a guardare le *soap operas*, come se la nostra vita non fosse già stata abbastanza melodrammatica. Julie, nella serie « Days of Our Lives », aveva avuto un figlio illegittimo. Gli sviluppi della storia riguardavano la questione di chi avrebbe allevato il bambino. Eravamo affascinate dalle sue vicende, e questo dimostrava la capacità che avevamo di prendere le distanze dalla nostra situazione presente.

Il momento più atteso della giornata era la cena, perché veniva distribuita la posta. Suor Agatha consegnava le lettere con mille precauzioni, in modo che nessuno potesse leggere le buste e scoprire informazioni su coloro che le ricevevano. Per contro, il momento più duro era quello in cui una lettera attesa non arrivava. Chris scriveva ogni giorno e mia madre, Jessica, Cindy e Blair diverse volte alla settimana. Mia madre scriveva che correva a controllare per prima la cassetta delle lettere, per fare in modo che non venisse scoperto il timbro postale di Richmond sulle lettere in cui descrivevo le mie esperienze all'università e affermavo di divertirmi un mondo. Mamma leggeva quelle falsità a mio fratello Bob e alle mie sorelle Janice ed Ellen.

Nel cuore della notte, due settimane dopo il mio arrivo, fui destata dal rumore secco dei grani di rosario che battevano l'uno contro l'altro, e dal fruscio delle tonache mentre le suore passavano davanti alla mia porta, nel corridoio buio. Mi si rizzarono i capelli. Fissai l'oscurità completa con gli occhi sbarrati, e avvertii un'elettricità nell'aria. Cathleen aveva le doglie.

Dovevano essere tutte sveglie, con le orecchie tese per cogliere il minimo rumore. Ma solo la compagna di camera poteva assistere una ragazza in travaglio, anche se si era legata maggiormente a una compagna che dormiva in un'altra stanza.

I mormorii davano all'evento un'aria di mistero estremo. Trovai il coraggio di avventurarmi nel corridoio, che attraversai per andare in bagno. Un filo di luce filtrava da sotto la porta di Cathleen, e immaginai le suore che l'assistevano. Avvertii dapprima un vago timore, che si trasformò in vero e proprio terrore.

Poco tempo dopo la porta della sua stanza si aprì, e i bisbigli e i passi ovattati svanirono, spostandosi in corridoio nella direzione opposta alla mia. Quando la porta di Cathleen sbatté accidentalmente dopo la loro uscita, ebbi la sensazione che essa venisse portata via per essere giustiziata. Udii il fruscio delle sue pantofole interrompersi due volte: doveva essersi fermata, in preda al dolore. Non chiusi occhio per il resto della notte.

A colazione venimmo a sapere che era ancora in travaglio, e che non ci si aspettava che partorisse prima del pomeriggio. Apparentemente le contrazioni erano lunghe e intense, ma ancora piuttosto distanziate, e si era dilatata solo di tre centimetri. In un certo senso, eravamo tutte con lei. Per tutto il giorno avemmo un'aria distante e distratta. Quando ci ritrovammo nella sala per il pranzo, non c'erano nuove informazioni: ancora nessun progresso. Quindi ci trascinammo fino alla sala della televisione per vedere le *soap operas*. Neppure sullo schermo c'erano delle novità.

A cena le notizie erano sempre uguali. Cominciammo a sentirci in preda al panico, per Cathleen e per noi stesse. Ricevetti una lettera di Chris, che mi riconfortò e mi fece sentire meno sola. Tuttavia, cominciai a provare qualche avvisaglia di collera davanti al divario tra le nostre situazioni. Quando infilai la lettera nella tasca del mio camicione di velluto a coste marrone, vi cacciai dentro anche la rabbia. Non mi sentivo pronta ad affrontare il risentimento che provavo.

Mentre mi dirigevo verso la mia camera per tentare di far luce sui miei sentimenti, passai davanti alla cappella e mi infilai silenziosamente nell'ultima fila di panche. Le monache con la testa china, durante la preghiera della sera – e gli occhi che evitavano, come sempre, qualunque contatto significativo – sembravano inavvicinabili. Con chi potevo parlare? Suor Bartholomew, che ci preparava da mangiare, mi piaceva. Aveva un carattere allegro e un calore che contrastava in modo macroscopico con la riservatezza delle altre religiose. Mi chiesi se le Sorelle della Misericordia avevano mandato a Seton House le monache più austere per tentare di raffreddare la nostra natura, evidentemente troppo focosa. A dire il vero, probabilmente suor Bartholomew rimaneva allegra in mezzo alla nostra sofferenza perché non era molto dotata in termini di interessi intellettuali o di immaginazione. Era la sua salvezza, senza dubbio; la sua indole gaia ci faceva del bene molto più di quello che la religiosa avrebbe potuto fare a parole.

Le suore cantavano le loro preghiere a voce alta. Con entrambe le mani sentii il bambino che si muoveva dentro di me. Non ero ancora arrivata al travaglio e al parto, ma sentivo già che era *mio*. Mentre ascoltavo il canto, capii all'improvviso che ciascuna di noi ragazze doveva trovare da sola il modo di affrontare le sua paure e i suoi sentimenti. I nostri genitori non erano lì per aiutarci. Dal momento che non ci avevano davanti agli occhi, potevano fingere di ignorare ciò che stavamo passando. Forse era solo a causa del mio egoismo che soffrivo così. Cosa sapevo della vita, a diciannove anni? Questa era la cosa migliore che potevamo fare per noi stesse, per i nostri bambini, per la meravigliosa coppia che avrebbe dato ai piccoli ciò che era meglio per loro, per le nostre famiglie e per la società. Avevamo fatto la scelta migliore, il gesto d'amore più grande, per tutti. Si trattava, in effetti, della volontà di Dio. Inoltre, avremmo dimenticato tutto. Di cosa mi lamentavo, allora? Perché ero così infelice?

Le monache si alzarono dalle panche contemporaneamente, come una vasta ondata nera. Nel silenzio immobile che si lasciarono dietro, trovai in me la forza di sfidarle tutte. Giurai a me stessa di studiare tutte le possibilità che esistevano di tenere il bambino. Ma suor Dominic, l'assistente sociale, non sarebbe passata per un altro mese.

Non appena si spensero le luci per la notte, il telefono in corridoio suonò. Da una camera all'altra si sparse la voce: Cathleen aveva appena avuto una bambina.

Tornò a Seton House due giorni dopo, con il ventre sgonfio e lo sguardo assente. Rabbrividii non appena la vidi. Cercava di dare l'impressione di essere felice, ma era chiaramente una farsa. Parlò del lungo e difficile travaglio come se fosse stata un guerriero tornato dalla battaglia, orgogliosa e stupita per il fatto che era sopravvissuta. Disse che sua figlia era splendida e che aveva i capelli che sembravano fili d'oro. Raccontò di come le aveva detto addio, e piangemmo tutte. Era più facile piangere per le altre che per noi stesse. Cathleen passò la maggior parte del tempo da sola, in camera sua, e si allontanò progressivamente dalle amiche a cui si era legata. Non avevamo il permesso di scambiarci gli indirizzi. Se, in futuro, ci fossimo incrociate per la strada, avremmo dovuto fingere di non conoscerci, sebbene avessimo condiviso l'esperienza probabilmente più traumatica e profonda della nostra vita. In quel posto le perdite si succedevano l'una all'altra, e dovevamo accettarle tutte.

Ogni volta che Cathleen mi passava accanto, mi scoprivo a fissarla. Sembrava trasformata, più vecchia e più saggia. Poi me ne ricordai improvvisamente. Sarah aveva quello stesso sguardo. Il ricordo mi fece tremare di nuovo.

I genitori di Cathleen la vennero a prendere giovedì pomeriggio. Alcune di noi l'accompagnarono fino all'atrio per salutarla per l'ultima volta. Si separò da noi non appena giungemmo all'ingresso dell'atrio e si avvicinò ai suoi genitori. Si abbracciarono timidamente. I suoi non sollevarono mai lo sguardo dal pavimento per posarlo su di noi. Cathleen si voltò indietro un'ultima volta mentre superavano le porte doppie. Tornammo lentamente alla sala della televisione, sentendoci appesantite da quella tragedia non confessata.

Quella sera ci fu la visita settimanale con il dottor Mandel, che doveva controllare il nostro stato, pesarci e misurarci la pressione. Aspettammo tutte in una stanzetta adiacente all'ambulatorio. Sarebbe stata la prima notte senza Cathleen: le sue amiche si sentivano perse senza di lei e mi accorsi, ancora una volta, di un atteggiamento ostile di cinque ragazze verso di me. In passato avevo creduto di essere paranoica, ma quella sera fu chiaro che non mi ero sbagliata.

Le cinque si trovavano attorno a un tavolo e, stimolate dalla loro rabbia giustificata, discutevano animatamente dell'indegnità di tutti gli uomini. Marsha, ventitré anni, era la più vecchia. Aveva lavorato in una grande zona metropolitana; immaginai che si trattasse di Washington. La sua amica, Cynthia, era rimasta incinta quasi contemporaneamente a lei, ed erano venute a Seton House insieme. Il padre del bambino di Cynthia era sposato. Il ragazzo di Marsha l'aveva lasciata non appena aveva saputo che era incinta, e si era messo con una ragazza che frequentava già mentre usciva con Marsha. Anche lei era rimasta incinta, ma lui l'aveva sposata.

I loro commenti amari sugli uomini in generale sembravano essere indirizzati specialmente a me. Non avevo la più pallida idea del motivo per cui ero il loro bersaglio. La stanza si svuotò lentamente, finché non rimasi sola con Marsha e Cynthia. Respirai profondamente e mi voltai verso di loro. Non ero ancora sicura se si trattava di una mia fissazione o se realmente mi detestavano, e, in quel caso, non sapevo cosa avevo fatto per meritare una tale animosità. Gli occhi di Marsha mi fissavano con un odio gelido. Mi aggredì con tutta la forza del suo dolore e furore, e mi definì una stupida Pollyanna a causa dei miei rapporti con Chris. Se era così meraviglioso, perché non mi aveva sposata? La mia ingenuità e stupidità erano intollerabili.

Ricordando il risentimento provato leggendo le lettere di Chris, mi risultò difficile difendermi, ma non erano comunque affari suoi, ed erano lei e le altre le stupide se lasciavano che la mia vita influenzasse la loro.

Il viso giovane e bello del dottor Mandel fece capolino sull'uscio e chiamò Cynthia. Io e Marsha rimanemmo sedute in silenzio assoluto. Dopo fu il suo turno. Quando il dottor Mandel mi chiamò, fui sorpresa che non accorresse a curare la mia ferita aperta e sanguinante.

Dopo quell'episodio cercai di evitarle, e venni ostracizzata dalle altre ragazze del gruppo. Ero troppo imbarazzata per raccontare il tutto a Chris o alle amiche che avevo a casa. Feci fronte da sola a quel muro di ostilità, sapendo che avrebbero entrambe partorito in meno di un mese. In realtà, Marsha ebbe il bambino con due settimane di anticipo. Poiché era già maggiorenne, ebbe la possibilità di firmare per farsi dimettere dall'ospedale e non tornò a Seton House per la convalescenza. Senza di lei, Cynthia era più tranquilla. Diede alla luce un maschietto una settimana dopo Marsha e non tornò neppure lei a Seton House.

Quando se ne furono andate rimanemmo solo in tredici. L'intera atmosfera della casa sembrò farsi più leggera. Alcune sere più tardi, eravamo tutte riunite nella sala della televisione e riempivamo delle buste per la parrocchia con la signora Hogan, la volontaria che veniva una o due volte alla settimana per farci compagnia. La maggior parte delle ragazze stava seduta con lei attorno alla grande tavola rotonda. Io ero seduta in disparte, ancora insicura dopo il periodo di ostracismo.

Suor Agatha stava recitando il rosario, incurante di ciò che avveniva all'altra estremità della stanza. La mia timida compagna di camera era seduta accanto alla signora Hogan, e le due parlavano fitto. La signora Hogan era una specie di matrona imponente con i capelli scuri, e aveva cinque figli. Fino a quel momento non aveva fatto alcuno sforzo per conoscermi. Poi attorno al tavolo si fece silenzio e tutte mi guardarono.

La signora Hogan parlò a nome del gruppo. Anne-Marie le aveva chiesto di aiutarmi a capire che le ragazze sedute attorno al tavolo non erano più sotto l'influenza di Marsha e Cynthia; erano dispiaciute per quanto era accaduto.

Si dichiararono unanimemente d'accordo con Marsha per una cosa, però. Tutte aborrivano il sabato a causa mia: in quel giorno, infatti, erano costrette a udire il suono della lucidatrice per un tempo interminabile. Divenni rossa come un peperone: forse ero diventata un tantino ossessiva nell'esecuzione dell'incarico che mi era stato assegnato. Si era trasformato in una specie di meditazione Zen: entravo quasi in trance mentre facevo passare per dodici volte la lucidatrice su ogni riga di linoleum. Un sabato, suor Beatrice si era fermata mentre stavo osservando meditabonda la superficie a specchio che avevo creato. Il corridoio non era mai stato tanto bello, aveva detto. Alla fine mi sentivo sempre purificata e, in un certo senso, maggiormente in pace con me stessa.

Apparentemente la pace provata dalle altre ragazze era molto minore, poiché erano obbligate a sentire il lamento ipnotico della lucidatrice per quella che a loro pareva un'eternità. Avevano anche cominciato a mettere in dubbio la mia sanità mentale, mentre la loro diminuiva lentamente, sabato dopo sabato. Fui mortificata quando mi resi conto di aver provocato un tale disagio, e mi scusai immediatamente. L'atmosfera di tensione si dissolse. Suor Agatha alzò gli occhi dal rosario con un'espressione perplessa, come se avesse avuto l'impressione che fosse successo qualcosa. Raccolsi il mio mucchio di buste e mi avvicinai al tavolo, e promisi che avrei ridotto la durata della lucidatura del pavimento.

La settimana era piuttosto noiosa. Il gruppo era privo di energia e di dinamismo: non avevamo nulla di cui parlare. Eravamo serene, ma cominciai a domandarmi se sarei riuscita a ricordarmi il comportamento da tenere una volta tornata nel mondo esterno. Guardai fuori della finestra, tra i rami spogli degli alberi, e osservai le auto che passavano in lontananza. Diedi un'occhiata alla signora Hogan che aiutava una delle ragazze a fare a maglia un golfino bianco da neonato. La signora Hogan aveva una vita autentica là fuori: sembrava il nostro solo anello di congiunzione con il mondo. Era allarmante vedere con quanta facilità perdevamo il contatto con esso.

Il sabato successivo venni sollevata dall'incarico di lucidare il pavimento. L'avevo svolto in modo così coscienzioso che venivo premiata con la mansione di pulire e preparare la chiesa e l'altare per la messa della domenica. Non ero certa di essere la persona più adatta a quel compito, data la mia innata irriverenza, ma non avevamo la possibilità di dire la nostra opinione sugli incarichi che ci venivano assegnati.

Seguii suor Beatrice camminando sul pavimento che avevo tirato a specchio, e mi chiesi tristemente dopo quanto tempo avrebbe cominciato a mostrare i segni dell'assenza delle mie attenzioni Zen.

Credevo che solo i sacerdoti potessero toccare l'altare. Se ci avessi riflettuto meglio, tuttavia, avrei capito che le monache, naturalmente, e non i preti, avevano l'incarico di pulirlo. Alle donne non era permesso superare la bassa ringhiera dell'altare eccetto che per la cresima. Solo una volta, in passato, mi ero avvicinata tanto a un altare, e in quell'occasione solenne avevamo ricevuto uno schiaffo, un gesto simbolico che mirava a mettere in dubbio la nostra fede.

Una luce grigia e pesante cadeva dalle alte finestre sull'altare, dandogli un'aria inaspettatamente fredda. Neppure l'aria che si respirava nella cappella trasmetteva un senso di calore. Si sarebbero dovute spalancare le finestre per far entrare un po' di Madre Natura e fare uscire l'odore di stantio (probabilmente si trattava di un pensiero pagano). Mi era stato insegnato che il Corpo di Cristo si trovava sempre nel tabernacolo, e fui colta di sorpresa quando mi resi conto che non avvertivo la Sua presenza. Avrei dovuto sentirmi piena di timore nell'avvicinarmi a un altare sacro: invece nulla, per quanto avanzassi sempre più verso di esso, sembrava fuori dall'ordinario.

La monaca mi mostrò le tovaglie di lino e l'ordine in cui dovevano essere disposte sull'altare. Avrei dovuto preparare i paramenti del sacerdote, sei abiti diversi, nell'ordine in cui li avrebbe indossati. Ognuno di essi, mi ricordai, aveva un significato sacro. Era tutto piuttosto affascinante: i ricami fatti dalle religiose erano meravigliosi. C'era un contrasto palpabile tra la loro opera meticolosa e mirabile e il fruscio virile e atletico con cui il prete indossava i paramenti. Dovevo fare in modo che ci fosse acqua santa all'entrata e incenso da bruciare. Dovevo infine sistemare i fiori, attività molto ambita, perché non ne tenevamo nelle altre zone della casa.

Da piccola avevo attraversato un periodo in cui creavo degli altari nei boschi, in genere nelle cavità degli alberi, dove sistemavo fiori selvatici, sassi e piume, e di tanto in tanto quelle che immaginavo essere delle punte di freccia. A volte celebravo delle cerimonie per uccelli morti, ma in genere mi piaceva semplicemente stare seduta e osservare la mia creazione. I rami curvi, che si protendevano l'uno verso l'altro e si toccavano, diventavano una cattedrale. La luce del sole che filtrava tra le foglie creava l'impressione di vetrate policrome. Mi sembrava sempre che ci fosse un angelo lì con me. Cercai di ricreare la stessa impressione di sacro che avevo ricevuto dagli altari nei boschi, ma l'innocenza di Madre Natura non si trasmetteva al marmo.

Ero sola nella cappella, intenta a sistemare i fiori, quando padre O'Brien entrò. Aveva l'aria preoccupata, e si accorse a malapena della mia presenza. Era grosso, assomigliava a un orso, e piombava tra di noi per la confessione del sabato e la messa domenicale; sembrava comicamente fuori posto nella minuscola cappella riempita di suore e ragazze incinte. Quella volta lo osservai con sfrontatezza dalla mia posizione di vantaggio sull'altare. Da quella prospettiva mi sembrò più umano, più accessibile. Dopotutto eravamo tutti umani, tutti uguali. Questa era una rivelazione consolante. Se lui, in quanto prete, poteva entrare in sintonia con gli angeli e trasformare il suo io umano in qualcosa di superiore, non avremmo forse potuto riuscirci anche noi? Temevo di essere troppo irriverente per quel lavoro. Diedi un'occhiata al crocifisso dorato sopra il tabernacolo, e la parte di me che era andata a catechismo temette che i fulmini provenienti dalla croce mi incenerissero. Nulla. Oppure sentii una risatina leggera?

Mi voltai per guardare. Le religiose e qualcuna delle ragazze si stavano avviando verso il confessionale per confessarsi. Il sacerdote, un po' in ritardo e trafelato, vi giunse contemporaneamente a loro. Le suore si inchinarono con un atteggiamento molto simile all'adulazione. Egli abbassò con grazia il capo per ricambiare il saluto ed entrò nel vano centrale del confessionale di quercia intagliato.

Cosa si poteva confessare in un posto del genere? Dovevamo già ammettere di aver commesso uno dei più gravi peccati mortali, anche se la confessione sembrava superflua, visto che il frutto del nostro peccato era evidente. La vita tra le mura di Seton House non dava modo di confessare un grande numero di peccati. Mi benedica, padre, perché ho peccato. Questa settimana ho avuto pensieri scortesi ma divertenti sulle suore in cinque occasioni. E le monache confessavano forse i pensieri cattivi che avevano nei nostri confronti? Ho mentito ai miei genitori tre volte. (I numeri erano sempre stati una componente arbitraria delle mie confessioni.) Ho detto loro che tutto va benissimo. Hanno forse peccato anche loro quando mi hanno creduto? Ho mangiato quattro cetrioli. Mi sono arrabbiata una volta con la mia compagna di stanza. Ho peccato di egoismo molte, molte volte quando ho pensato di tenermi il bambino.

Avrei voluto trovare il coraggio di confessare di aver inventato le confessioni per tutta la vita.

Di domenica potevamo dormire un'ora di più. La messa era alle otto e mezzo, e facevamo colazione dopo la comunione. Nessuna osava disturbare una compagna durante quella preziosa ora supplementare; era meglio stare sdraiate a letto senza fare rumore. Durante la messa le suore si sedevano a sinistra, praticamente in adorazione del sacerdote. Noi ci sparpagliavamo e prendevamo posto, con andatura malferma, sulle panche di destra. Il nostro comune dolore non veniva mai affrontato nel corso della predica. Era un momento tranquillo in cui stavo seduta e giocavo con il bambino, che dava pugni, calci e si muoveva, e ai suoi movimenti rispondevo con dei colpetti. In quel modo mi sentivo in sintonia con Dio. Dopo la messa e la colazione, in genere tornavamo a letto. Le domeniche erano interminabili, ma Chris mi chiamava la domenica sera, e l'attesa di quel momento mi infondeva un'energia sufficiente per superare il profondo stato di letargo che regnava su Seton House.

Passò una settimana, e quelle di noi che erano rimaste cercarono di creare una nuova atmosfera. Poi, lunedì arrivarono due ragazze nuove, e mercoledì altre due.

Mary, alta, una ragazza dall'aspetto tipicamente americano, veniva dalla costa occidentale e venne immediatamente soprannominata « Maria Vergine ». Per tre anni aveva frequentato lo stesso ragazzo, che studiava in un'altra università. Mary aveva sempre pensato che si sarebbero sposati, e fu sconvolta quando ricevette una lettera in cui lui, di punto in bianco, diceva che la lasciava perché aveva conosciuto un'altra. Non avevano mai fatto l'amore in quei tre anni. La sera in cui aveva ricevuto la lettera era andata a una festa di studenti e si era ubriacata. Per ripicca aveva flirtato con uno dei ragazzi, e le effusioni si erano spinte troppo in là. Lo studente si era lasciato trasportare dalla passione; Mary aveva cercato di opporre resistenza ma aveva perso conoscenza. Non si era accorta di essere stata violentata. Quando non le erano venute le mestruazioni aveva fatto un test di gravidanza, che era risultato positivo. Avrebbe dovuto partorire la vigilia di Natale. Il suo imene non era stato lacerato.

Susan, che arrivò anch'essa il lunedì, era enorme. C'era la possibilità che si trattasse di due gemelli. La gravidanza sembrava essersi impadronita del suo intero corpo. Solo i lunghi e lucidi capelli biondi sembravano quelli della *cheer lady* dell'università che Susan era stata. Ci preoccupammo per noi stesse quando vedemmo cos'era successo a lei, poiché non sapevamo come avrebbero reagito i nostri corpi. Le smagliature di Susan sembravano dei tagli fatti con una cinghia sottilissima. Le linee rosse sembravano una mappa che le copriva il ventre, la schiena e le gambe. Era disperata.

Ci preoccupavamo tutte non appena appariva la più piccola smagliatura. Per nascondere il fatto che eravamo dei prodotti ormai avariati potevamo mentire e raccontare di esserci lacerate l'imene andando in bicicletta a nove anni, ma eravamo terrorizzate al pensiero che le smagliature diventassero un marchio indelebile che permetteva agli altri di identificarci come ragazze madri. Le smagliature contraddicevano la promessa che avremmo cancellato per intero questa esperienza e avremmo continuato a condurre un'esistenza felice e normale. Gran parte dell'ansia inespressa che circondava la validità di quella promessa veniva trasferita sulle smagliature, perché nessuna tornava a raccontarci com'era la vita dopo avere abbandonato il proprio figlio.

I genitori di Susan detestavano il suo ragazzo, anche se lei era innamoratissima di lui. Suo padre non era ancora al corrente della gravidanza. Susan e sua madre temevano le sue reazioni se l'avesse saputo, quindi essa aveva rotto ogni rapporto col suo ragazzo per proteggerlo. Entrambi i suoi genitori erano alcolizzati: era Susan che teneva assieme la sua famiglia. La possibilità dei gemelli era catastrofica, ma almeno, pensava Susan, ognuno di loro avrebbe avuto l'altro.

Nora arrivò il mercoledì assieme a Pamela. Anche Nora era piuttosto grossa; avrebbe dovuto partorire lo stesso mio giorno, il ventotto dicembre. Era giunta a Seton House il più tardi possibile, perché pagava di tasca sua tutte le spese. Né i suoi genitori né il suo ragazzo erano al corrente della gravidanza, ed era ben decisa a continuare a tenerli all'oscuro. Stavano facendo progetti di matrimonio, ma non voleva che lui si sentisse obbligato a sposarla. Diceva di essere troppo orgogliosa, che fosse vero o no. Pamela veniva da una famiglia in vista nella sua città, così come il suo ragazzo. I quattro genitori erano dell'avviso che i due non si dovessero sposare subito: il matrimonio avrebbe interferito con gli studi di lei e la carriera di lui. Il ragazzo stava studiando per diventare avvocato. I progetti per la vita di Pamela sembravano perfetti, ed ebbi l'impressione che non li avesse mai messi in dubbio.

Parecchie di noi avrebbero partorito attorno a Natale. Pregavamo che ci venisse risparmiato il dolore di partorire il giorno di Natale. Del resto eravamo sicure che, se fosse capitato a una di noi, si sarebbe sicuramente trattato della Vergine Maria.

# 3

Era il sabato prima del Ringraziamento, in novembre. I miei genitori erano venuti in macchina a trovarmi per portarmi i regali di Natale. La cena al ristorante era il nostro pranzo di Natale. Il tovagliolo di lino pesante mi trasmetteva una piacevole sensazione alle mani. Seguii con un dito i contorni delle rose ricamate sulla tovaglia. Il tailleur di flanella grigia mi copriva il ventre senza stringere, e secondo me non si vedeva neppure che ero incinta. Ero ingrassata solo di due chili. Portavo, tuttavia, la fede necessaria per le uscite, in modo da evitare ogni situazione imbarazzante con gli sconosciuti. Raccontai storielle divertenti e chiesi come stavano Bob, Janice ed Ellen. Dissi che le ragazze erano tutte gentili e simpatiche e che le suore ci trattavano bene. Ridemmo della nostra escursione al centro commerciale. Vidi chiaramente, guardandoli in volto, che non concepivano di affrontare la situazione in modo diverso, che avevamo preso la decisione migliore. Capii che non ce l'avrebbero mai fatta a sopportare l'incredibile imbarazzo del mio ritorno con un bambino e senza un marito; l'intera famiglia avrebbe dovuto portare il mio marchio d'infamia. Ciò avrebbe influenzato il modo in cui i genitori degli amici avrebbero giudicato Janice, Ellen e Bob. Sarebbero state considerate persone da non frequentare. Mio padre avrebbe addirittura potuto perdere il lavoro. Non potevo fare questo alla mia famiglia.

La mamma mi aveva comprato del filo perché facessi ai ferri un maglione per la montagna: mi mostrò come iniziare. La signora Hogan mi avrebbe aiutato a terminarlo. Parlammo del fatto che nessuno sospettava nulla. Papà era nervoso e impaziente di ritornare a casa. Faceva molta fatica ad accettare la situazione e voleva uscire dal ristorante. Mi riaccompagnarono in macchina fino a Seton House.

Le foglie secche mi scricchiolarono sotto i piedi quando girai attorno all'auto per raggiungere il portabagagli e scaricare i miei regali di Natale. La mamma mi raccomandò di non aprirli fino a Natale. Mi abbracciarono forte e mi accatastarono i pacchetti sulle braccia. In qualche modo riuscimmo a sorriderci. Avrei tanto voluto risalire in macchina e tornare a casa con loro. Non riuscivo a capire come potevano lasciarmi lì, ma se ne andarono. Mentre guardavo le ruote che giravano e sparpagliavano le foglie morte sul vialetto, ricordai la prima lettera che mia madre mi aveva scritto poco dopo l'inizio dell'università. Diceva che aveva pianto quando se n'erano andati e mi avevano lasciata lì, perché ero la sua figlia maggiore. Era l'espressione di affetto più esplicita che riuscii a ricordare da parte sua.

Infilai le scatole sotto il letto. Non mi preoccupai neppure di accendere le luci; mi bastava il chiarore proveniente dal corridoio mentre mi riposavo, semisdraiata, sul letto. La stanza era gelata: il riscaldamento non era stato acceso. Le altre ragazze erano ancora a cena. Mi sentii completamente sola. Capii che mi ero presa in giro da sola: avevo sperato che *qualcuno* cedesse, che non sarei stata davvero obbligata a portare a termine tutto come previsto. Mi tenni il ventre mentre il bambino si muoveva e guardai in faccia la cruda realtà. Mi addormentai quasi seduta e non mi svegliai fino al mattino dopo.

Qualche giorno dopo, suor Agatha bussò timidamente alla mia porta. Ero sprofondata nella lettura, quindi i colpi sull'uscio mi fecero sobbalzare. Era strano che venisse in camera mia. Il mio cuore si fermò per un istante quando annunciò che suor Dominic era arrivata. Seguii suor Agatha lungo il corridoio, cercando di assumere un aspetto dignitoso senza dare nell'occhio. Suor Agatha bussò di nuovo in modo esitante, poi aprì la porta, lasciando che le passassi dietro per entrare nel piccolo ufficio. La stanza era inondata di sole, ma la presenza di suor Dominic sembrava sovrastare la luce stessa. Pareva che dovesse lottare per trovare spazio sufficiente in un locale tanto piccolo.

Quando si alzò, al di là della minuscola scrivania, per salutarmi, la pesante tonaca nera le oscurò il corpo. Non c'era in lei alcuna dolcezza. Assomigliava più a un sacerdote dalla volontà ferrea che a una passiva sposa di Dio. Mi fece cenno di sedermi sulla sedia davanti alla scrivania. Suor Agatha chiuse la porta e ci lasciò sole.

L'ultima volta che mi ero seduta di fronte a lei ero stata un'ingenua adolescente accompagnata da mia madre. Ora mi sentivo più matura, e avevo la sensazione di essere diventata quasi una donna anziana. Mi protesi coraggiosamente e appoggiai le mani intrecciate sul bordo del tavolo. « Non ce la faccio », affermai, guardandola fissamente negli occhi. Poiché fino a quel momento avevo vissuto un'esistenza protetta nella bambagia, non sapevo esattamente cosa chiedere in termini di assistenza. Non conoscevo nessuna ragazza madre che aveva cresciuto suo figlio. Forse la monaca avrebbe saputo indicarmi una via d'uscita.

La religiosa si irrigidì. Ne avevo parlato con Chris? No; lui aveva preso la sua decisione e nulla mi suggeriva che avesse cambiato idea. Ero troppo orgogliosa per tornare di nuovo sul discorso. Inoltre, il mio desiderio di essere con Chris non c'entrava. Ciò che mi aveva spinto a rivolgermi alla suora era il mio desiderio di tenere il bambino.

Gli occhi marrone scuro della monaca mi sfidarono da sotto il velo nero. Come pensavo che sarebbe stata la vita per il mio bambino senza un padre? La mia memoria si affannò per trovare una risposta, ma non conoscevo nessuno che fosse cresciuto senza la presenza paterna. La voce del mio cuore parlò timidamente, senza troppa convinzione: anche senza un padre, un bambino non sta forse meglio con sua madre che con degli sconosciuti? Com'era possibile che lo amassero quanto lo amavo io?

Cominciai a sentire che le mie domande la infastidivano, come se tutto fosse stato deciso molto tempo prima. Era ansiosa di ripartire per il North Carolina. Non stavo parlando con un'alleata.

« Su, Carol. Come potresti provvedere al bambino meglio dei genitori adottivi? Li ho incontrati, sono persone fantastiche. Lui ha un buon lavoro. Hanno una bella casa e aspettano con ansia il bambino. Possono offrirgli molto di più di quello che potresti fare tu. »

Non avevo preso in considerazione che la suora avesse già

scelto i genitori, che essi pensassero già che avrebbero adottato il *mio* bambino. Probabilmente avevano già arredato la sua camera, acquistato tutto il necessario per i neonati. Forse lei gli aveva fatto un golfino a maglia. Quando la suora si spostò sulla sedia, sporgendosi verso di me, io mi ritrassi.

« Se ami davvero tuo figlio », disse, battendo leggermente il pugno sulla scrivania per sottolineare quanto stava dicendo, « lo darai a genitori che potranno provvedere a tutti i suoi bisogni. *Quella* è una dimostrazione d'amore nei suoi confronti. Bisogna essere molto coraggiosi e molto saggi per amare a tal punto qualcuno. Se lo tenessi, sarebbe un gesto molto egoista da parte tua. Vorrebbe dire che ami te stessa più di quanto ami il piccolo. Ha bisogno di una casa vera, che tu non sei in grado di dargli. »

Se lo tenevo, voleva dire che non gli volevo bene davvero. Che cosa orribile, per il mio bambino, avvertire che non lo amavo davvero. Sarei morta se avesse provato una cosa del genere.

Poi la monaca disse, con tutta la delicatezza che riuscì a produrre: « Sarebbe illegittimo se lo allevassi tu. Sarebbe considerato un bastardo, e forse canzonato dai compagni di scuola. Vorresti accollarti una responsabilità del genere? È questo che vuoi per tuo figlio? »

Sollevai lo sguardo dal piano della scrivania fino a incrociare il suo e scossi il capo. Poi dissi: « Cosa pensa che direbbero i miei genitori se chiedessi loro di aiutarmi a tenere il bambino? Le hanno parlato di questa possibilità? »

Mi accorsi che mi stavo spingendo troppo oltre: le stavo quasi mancando di rispetto. Ripensai alla mia professoressa di latino, in prima liceo, alla St. Joseph's Academy, che batteva la riga sul mio banco se sollevavo lo sguardo e la guardavo negli occhi.

« I tuoi sono persone meravigliose. Ho parlato con loro della visita che ti hanno fatto sabato scorso. Tua madre mi ha raccontato che tuo padre è distrutto nel vedere che devi affrontare tutto questo. Rovinerebbe completamente la vita che hanno creato per te dopo anni di duro lavoro. Le loro vite sarebbero distrutte se tenessi il bambino. Ciò che hai in mente è frutto esclusivamente del tuo egoismo. Sei fortunata ad avere dei genitori che ti stanno vicini in un momento del genere. »

Cominciò a radunare le carte e a riporle nella valigetta; il nostro colloquio era finito. Mi alzai e la guardai dall'alto, quasi paralizzata dal senso di colpa e dalla rabbia.

Alzò gli occhi dalla valigetta e ripeté: « Se ami davvero tuo figlio, devi rinunciare a lui ».

« Grazie, sorella », dissi, e uscii dal piccolo ufficio.

Forse sarebbe successo qualcosa, una specie di miracolo. Non potevo abbandonare le speranze. Tornata in camera mia, non sapendo come sfogare la collera che provavo, mi infilai un maglione e uscii nel cortile posteriore usando la porta della lavanderia.

Vicino all'edificio c'era freddo, perché il sole invernale non raggiungeva mai le pareti esterne di Seton House. Un po' più lontano il sole splendeva, ma non avevo la forza di raggiungerlo. La fragranza degli aghi di pino umidi pervadeva l'atmosfera. Rimasi lì finché i pini non ebbero assorbito tutto il mio dolore, poi rientrai.

Per il Ringraziamento ci recammo alla messa. La cappella aveva un'aria lugubre e desolata. Ci sparpagliammo sulle panche, sconosciute accomunate da circostanze tragiche. L'inizio delle nostre famiglie, famiglie che non avremmo potuto tenere, stava crescendo dentro di noi. Quella sarebbe stata probabilmente l'unica festa del Ringraziamento che avremmo trascorso con i nostri bambini: ero riconoscente anche solo per quell'occasione. Cullai il mio bambino, circondando il ventre con le braccia. Lo sentii muovere.

La giornata fu mortalmente tranquilla. La cena sarebbe stata alle diciotto. Nel tardo pomeriggio il telefono nel corridoio non smise di suonare: le famiglie delle ragazze chiamavano incessantemente. Avevamo deciso che avrei telefonato a casa. A Bob, Janice ed Ellen era stato detto che trascorrevo il Ringraziamento a Charleston. Non ero mai stata a Charleston, ma pensai che era meglio fingere di essere lì che in un altro posto.

Le monete scesero con un tintinnio brusco nella feritoia del telefono a gettoni. Rispose mia madre. La sua voce era resa stridula dalla forzata allegrezza. Fece domande agitate e frenetiche sul mio meraviglioso Ringraziamento. Bob e Janice mi fecero più domande di quello che avevo previsto, ma risposi a tutte in modo dettagliato. Cominciai a sentirmi nervosa, e fummo tutti sollevati quando fu il momento di riattaccare.

Alcune di noi andarono in cucina in anticipo per fare arrabbiare suor Bartholomew, dicendole di sbrigarsi con il tacchino. La monaca non era abituata a un comportamento tanto irriverente e scherzoso, e fu evidente che le piacque. Forse i voti non avevano completamente cancellato i suoi ricordi. Dovevamo in qualche modo ricreare l'atmosfera di casa per sentirci davvero in pieno Ringraziamento; la suora ci permise di restare per aiutarla a preparare la cena. Quando le altre religiose entrarono ordinatamente, sembrarono imbarazzate dalla nostra sfacciataggine. Alcuni membri della chiesa vicina avevano donato delle torte. Era strano essere, per una volta, i destinatari della beneficenza in occasione del Ringraziamento.

Venne organizzata una cena abbondante, che non riuscì però a farci dimenticare dove ci trovavamo. Cercammo tutte di prolungare la cena, ma il nostro atteggiamento era troppo forzato.

Le lacrime, che avevano cominciato a formarsi dentro di me dopo la telefonata a casa, iniziarono a inumidirmi gli occhi durante la cena. Temevo che non sarei riuscita a terminare il dolce senza scoppiare a piangere. Poiché non volevo che le mie lacrime scatenassero quelle delle altre, corsi nella cappella appena potei alzarmi da tavola.

All'interno c'era quasi buio pesto. Una pallida luce avvolgeva l'altare e mi sentii come se stessi attraversando un'oscurità fitta di angeli. Se solo fossi riuscita a vederli... Mi inginocchiai e piansi lacrime che sembravano provenire da ogni mio poro. Chiesi perdono al mio bambino per la tristezza che rischiavo di causargli con le mie lacrime: non volevo che gli rimanessero impresse nell'anima. Formulai una preghiera al bambino nel buio. Sentii che era con me, come se fosse già nato. Pregai che capisse il motivo per cui non potevo tenerlo. Pregai che sapesse sempre quanto lo amavo. Pregai gli angeli di custodirlo e di prendersi cura di lui al posto mio. Pregai che sapesse sempre di essere protetto. Giurai che l'avrei ritrovato quando sarebbe stato abbastanza cresciuto.

Natale divenne l'avvenimento su cui si concentrarono tutte le nostre energie. Era la dirittura d'arrivo per quelle di noi – una mezza dozzina – che avrebbero dovuto partorire in quei giorni. La signora Hogan diceva che succedeva sempre così: le vacanze di Pasqua erano responsabili dei bambini nati a Natale.

Quelle di noi che erano prossime al traguardo seguivano suor Beatrice nella sala di ricreazione una mattina alla settimana, a partire dalla settimana successiva al Ringraziamento. Durante la prima lezione cercai con tutte le forze di credere alla realtà di quando stava cercando di spiegarci. Non era forse come un cieco che guidava altri ciechi? Ci illustrò le diverse forme di anestesia che potevamo scegliere: la caudale o l'epidurale, l'anestesia totale o quella locale. Si parlò solo di sfuggita del parto naturale. Era come se preferissero che non ci accorgessimo di mettere al mondo un figlio.

Mary domandò alla suora se era meglio che non vedessimo i bambini. Solo da poco veniva data alle ragazze madri la possibilità di tenerli in braccio. Anzi, secondo suor Beatrice Seton House era all'avanguardia in questo; nella maggior parte delle case per ragazze madri tale opzione non esisteva. Consigliò comunque calorosamente di evitare quel contatto con i neonati.

Non riuscivo a immaginare che *non* avrei visto mio figlio, anche se quei brevi attimi insieme mi sarebbero costati molto, in seguito. Cathleen aveva raccontato una storia orribile, su come, in alcuni posti, le madri venivano intontite con l'anestesia e bendate in modo che non potessero vedere i bambini. Delle cuffie sulle orecchie impedivano loro di sentire il primo vagito dei piccoli, e le braccia delle puerpere erano legate al tavolo perché non potessero protenderle e toccare i neonati. Questo apparentemente accadeva nei Secoli Bui, solo pochi anni prima.

Cosa rendeva il contatto tra la madre e il figlio tanto forte che si cercava con ogni mezzo di evitarlo? Grazie a Dio potevamo decidere di tenere in braccio i nostri bambini. Assorta com'ero nei miei pensieri, ascoltavo la monaca solo distrattamente. Sottolineò di nuovo che ci consigliava di non *rischiare* di vedere i piccoli. Immagino che, se avessimo percorso con le dita la loro pelle morbida come quella degli angeli, lasciato che quelle minuscole dita si aggrappassero alle nostre, accarezzato la loro nuca, e guardato nei loro occhi fiduciosi, non saremmo riuscite a fare quello che era meglio per loro: abbandonarli. Sarebbe stato più difficile incominciare la nostra «nuova vita».

Chiesi alla monaca se il neonato sarebbe stato turbato quando, dopo averlo tenuto in braccio, sarei scomparsa. Essa sembrava pensare che il bambino non avrebbe subito ripercussioni. Ciò contraddiceva quanto mi veniva suggerito dall'istinto. Ma come potevo provare i suggerimenti dell'istinto? Si trattava di impressioni o sensazioni che godevano di scarsa credibilità.

Fui felice quando la lezione terminò, e potei tornare a fingere che non avrei dovuto affrontare quello che mi aspettava.

Sembrava ormai che solo un sottile velo mi separasse dal bambino. Riuscivo a riconoscere al tatto la testa, il sederino, le ginocchia e i piedi così chiaramente che potevo quasi contargli le dita. Avevo l'impressione che fosse sempre con me, come se trasportassi, sospeso al ventre, un piccolo pellirossa. Giocavo con lui e sentivo che reagiva. Spingeva verso l'esterno il suo piccolo sedere, io gli davo dei colpetti e riprendeva la posizione iniziale. Avevo paura a parlarne durante le lezioni. Non discutevamo mai sullo sviluppo del bambino o sul modo di comportarsi con il neonato: tutto ciò che ci veniva insegnato riguardava il travaglio e il parto. Tenevo le mani sul ventre continuamente e stabilivo un contatto con mio figlio. Sapevo che mi stava ascoltando.

Natale si avvicinava a grande rapidità. Dopo una settimana le mie amiche avrebbero terminato gli esami e sarebbero tornate a casa per le vacanze; il Castle sarebbe stato il centro di innumerevoli ritrovi, le luci colorate avrebbero cominciato ad abbellire le case. Seton House cominciò a sembrare il mozzo di una ruota: con il corpo eravamo lì, ma la nostra mente si allontanava in molte direzioni, ed era dominata dal desiderio di tornare a casa. Celebrare Natale a Seton House equivaleva a negarne lo spirito: avremmo festeggiato la nascita di un bambino mentre abbandonavamo il nostro, celebrato la famiglia mentre la famiglia veniva completamente negata.

Eppure, eravamo decise a passare Natale nel miglior modo possibile. Ci incontrammo diverse volte con la signora Hogan per organizzare la vigilia e il Natale. Ognuna avrebbe fatto un regalo a un'altra ragazza, pescando il suo nome in un cappello pieno di bigliettini. A me toccò la mia compagna di stanza. Poi ci facemmo venire delle idee originali per regali comuni da offrire alle suore. Il pensiero delle loro reazioni ci aiutò a sentire maggiormente lo spirito della festa. Aumentammo anche le preghiere per non partorire il giorno della vigilia o per Natale,

Eravamo sedute nella sala di ricreazione a guardare «Days of Our Lives» quando Susan, enorme per i due gemelli che portava in grembo, ebbe le prime doglie. Alla televisione, l'eroina stava architettando un modo per vedere suo figlio, che era stato adottato dalla sua migliore amica. Susan sbiancò, e noi con lei. Mary e io ci alzammo e ci avvicinammo a lei. Dopo la contrazione successiva l'aiutammo ad alzarsi, poi, prendendole un braccio ciascuna, l'accompagnammo lungo il corridoio fino in camera sua. Le si ruppero le acque proprio sulla soglia della sua stanza. Anne-Marie corse a chiamare suor Beatrice. Facemmo stendere Susan sul letto proprio quando suor Beatrice arrivò. Dovevamo andarcene, solo la sua compagna di stanza poteva restare. In meno di mezzora, Susan era partita per l'ospedale.

Mary e io percorremmo insieme il corridoio. Ci dividemmo davanti alla mia camera ed essa continuò fino alla sala di ricreazione. La guardai mentre si allontanava; era un rischio enorme affezionarsi così a qualcuno in quel luogo. Era però troppo tardi per cancellare il coinvolgimento emotivo che ci legava. Doveva essere cresciuto, di soppiatto, con l'avvicinarsi delle festività.

Il mattino successivo, per colazione, andai in cucina e implorai suor Bartholomew di darmi qualcosa d'altro invece dell'uovo alla coque che veniva servito una volta alla settimana. Mi veniva da rimettere al solo pensiero di mangiarlo, ma ero così affamata che non sarei riuscita a rimanere digiuna fino all'ora di pranzo. La monaca, tuttavia, fu inflessibile, e rifiutò di modificare il menù per non creare un precedente. Inaspettatamente la signora Hogan entrò e annunciò che Susan aveva dato alla luce due gemelle. Rimasi in silenzio, inorridita. Poi mi ricordai le parole di Susan: almeno sarebbero state insieme, ciascuna di loro avrebbe avuto l'altra. Quel giorno fummo tutte piuttosto silenziose e remissive.

Il pomeriggio successivo, sul tardi, tornò Susan. Il suo corpo aveva già perso gran parte dei liquidi che le avevano gonfiato il viso e alterato i graziosi lineamenti durante la gravidanza. Era davvero bella: i capelli biondi erano lucidi e il colorito era tornato roseo e sano. Ma i suoi occhi azzurri erano vacui, come se avesse visto un fantasma. Non trasmettevano neppure tristezza: era difficile entrare in contatto con lei. Non riuscì a parlare delle gemelle.

Quella notte Mary entrò in ospedale. Nessuna lo seppe fino all'ora di colazione del mattino successivo. Ci aspettavamo, in fondo, che per lei sarebbe successo proprio quello. Aveva consumato ogni sua energia nel tentativo di sollevare il morale di tutte, di organizzare la festa di Natale come se facessimo parte di un'associazione femminile universitaria. Eppure, sembrava considerare la sua gravidanza con freddo distacco, e sua madre condivideva quell'atteggiamento. Il bambino sembrava non avere alcuna importanza per lei, era semplicemente un problema da risolvere, visto che il padre era uno sconosciuto, un uomo che l'aveva violentata. Ma che dire della metà di bambino che sarebbe sempre stata di Mary? Prima di mezzogiorno aveva partorito una bambina.

Quel pomeriggio, Susan era nel corridoio, con una valigia in ogni mano. Avrebbe dovuto avere una bambina in ogni braccio. Sua madre le si avvicinò per prendergliele; sentimmo che l'alito le puzzava di alcol. Mi chiesi se suor Agatha se n'era accorta. Susan non riuscì neppure a fare un sorriso quando ci disse addio agitando la mano. Ci sarebbe mancata per Natale.

Sembrava sempre che le ragazze sprofondassero in un abisso quando se ne andavano. Non riuscivo a immaginare cosa sarebbe successo loro dopo la partenza.

Addobbammo l'albero dopo cena, la sera della vigilia di Natale. La sua mole divise in due la sala di ricreazione. C'erano ornamenti già utilizzati negli anni passati e altri che avevamo fabbricato noi. Mary tornò dall'ospedale proprio mentre stavamo decorando l'albero. Sembrava il fantasma del Natale passato quando varcò la soglia della sala. Si avvicinò lentamente all'albero, sistemò i suoi regali assieme ai nostri e si sedette su un cuscino. Cercava di essere allegra, di tornare a essere la ragazza divertente di un tempo.

Spegnemmo tutte le luci nelle nostre camere, in corridoio, in cucina, nell'infermeria, e ci sedemmo, in pace, avvolte dalla luce dorata dell'albero. Avevamo l'impressione che l'albero cercasse di lenire il nostro dolore.

Rimanemmo lì sedute, in attesa dell'arrivo delle suore. Udimmo, dal corridoio immerso nell'oscurità, il ticchettio dei loro tacchi sul linoleum e i rosari di legno che cozzavano, prima di riuscire a vederle. Quando furono illuminate dal chiarore dell'albero, vedemmo la sorpresa dipinta sui loro visi. Chiedemmo loro di prendere posto sulle sedie d'onore. Consegnammo per primi i loro regali e, mentre le mani, in genere nascoste dalle maniche nere, si allungavano per prenderli, mi accorsi che un muro aveva cominciato a cadere. Riuscii a vedere una porzione maggiore delle loro braccia quando si sporsero ancora di più per ricevere i regali: la loro pelle sembrava argilla grigia e cedevole. Un brivido mi corse lungo la schiena: quelle donne non avevano alcuna vitalità. Con tutte le loro preghiere, sembravano le ombre delle ragazze sedute di fronte a loro. Poi, da un punto nascosto e mai sfiorato prima, una scintilla comparve negli occhi di suor Agatha, e poi gioia autentica, suo malgrado. Conscia del fatto che si stava scoprendo troppo, cercò di soffocare quell'impulso vivace. Troppo tardi. Scoppiò a ridere. Le altre monache, sedute con un atteggiamento pudico, cominciarono ad arrossire e a ridere anch'esse felici, allietate dai nostri piccoli regali.

Alle nove la campana che chiamava ai vespri riecheggiò, e il suo fragore insistente dissolse la magia che circondava l'albero. L'incantesimo si ruppe. Le buone religiose si aggiustarono l'abito nero, spianandolo, ci benedissero per i regali e sparirono in corridoio.

Ripetemmo tra di noi, imitandole, le reazioni delle suore ai nostri regali, poi ci accingemmo ad aprire i nostri. Dopo aver cantato qualche inno di Natale, raccogliemmo i regali e i nostri sentimenti e spegnemmo le luci dell'albero.

Anne-Marie era già profondamente addormentata quando entrai in camera. Tutto sembrava perfettamente immobile e silenzioso. Avrei voluto avvicinarmi alla finestra e guardare le stelle, ma non volevo svegliarla. Mi sedetti sul letto e, sdraiandomi, appoggiai il ventre su un cuscino, come avevo recentemente cominciato a fare. Poi tirai le coltri, coprendo me e il bambino. Anche se non si muoveva, sapevo che era sveglio. Dopo aver passato quel Natale con mio figlio, non riuscivo a sopportare di pensare a quello dell'anno successivo.

Il presepio era stato preparato immediatamente dietro la ringhiera della Comunione, alla destra dell'altare. Il bambino Gesù era ora nella mangiatoia: una delle monache doveva averglielo sistemato dentro prima di andare a dormire. Maria, la Madonna, era inginocchiata accanto alla culla di paglia: la statuina aveva un sorriso più enigmatico di quello di Monna Lisa. Giuseppe stava dietro a loro. C'erano anche le pecore, le mucche e i Re Magi. La nostra Mary era seduta insieme a noi, mentre la sua bambina era in ospedale, lontano da lei. Aveva il viso bagnato di lacrime, e il corpo era sotto sforzo nel tentativo di controllare i singhiozzi. Le suore sedevano nei loro banchi, incuranti delle lacrime, ed erano assorbite nelle preghiere.

Sollevai lo sguardo e osservai la statua della Vergine Maria, a sinistra dell'altare. Era quella la donna che aveva dato alla luce il migliore degli uomini e lo aveva guardato morire sulla croce. Eppure quella statua, come tutte le altre statue che la raffiguravano, non lasciava trasparire nulla della saggezza e della forza di spirito che la caratterizzavano. Su quel viso, invece, appariva la vacuità dolce, innocente, impenetrabile che mi fissava sempre quando guardavo le Sue sembianze. Volevo scoprire sul Suo viso che aspetto doveva avere una donna che si trovava ad affrontare l'orribile dolore del mondo. Lei lo sapeva. Sapevo che lo sapeva.

Il modo in cui la rappresentavano i Padri della Chiesa sulle immagini sacre e nelle statue non le rendeva giustizia. Mi sembrava che la mostrassero piena di dolcezza e senza cervello. Ignoravano la profondità infinita della Sua compassione quando la mettevano su un piedistallo.

Mentre uscivamo dalla cappella nella fredda luce del sole invernale cercai con gli occhi Mary, ma non la vidi da nessuna parte.

Quella notte, dopo cena, eravamo tutte sedute nella sala della televisione e guardavamo un programma dedicato al Natale, quando Mary arrivò correndo. James, il suo ex-ragazzo, aveva telefonato alla madre di Mary per cercare di rintracciarla. Le aveva scritto diverse lettere, che erano state tutte rispedite al mittente, quindi aveva pensato che la ragazza si fosse trovata un altro. Le aveva scritto di aver commesso uno stupido errore, quando aveva pensato di voler rompere con lei. Aveva bisogno di trovarla.

Mary voleva sapere come comportarsi. Come faceva a raccontargli cos'era successo, quando, nonostante l'amore reciproco che li legava, non avevano mai fatto l'amore? Anche se Mary era stata violentata, era divenuta la madre del bambino di un altro. Non riusciva a trovare una via d'uscita, e neppure noi avevamo una risposta da darle.

Se ne andò il giorno dopo.

# 4

Mi svegliai lunedì 28 dicembre: era la data prevista per il parto. La sveglia sarebbe suonata un'ora dopo. La fioca luce del mattino filtrava tra le veneziane. Sistemai i cuscini per appoggiarmi meglio e mi sedetti. Sapevo che avrei dovuto pensare o provare qualcosa di straordinario, ma non sapevo che cosa: mi ero immaginata quel giorno per tanto tempo... Aspettai, sperando che il senso della realtà filtrasse dalle veneziane insieme all'alba. Man mano che la luce riempì la stanza, cominciai a sentirmi soffocata dal mio stesso respiro. Tutti i sentimenti che provavo, per chiunque, svanirono. Mi sentii presa dal panico e lontana da tutto. Avevo l'impressione di essere un coniglio in trappola destinato a essere ucciso dai segugi, in cui lo spirito ha già abbandonato il corpo.

Misi i piedi giù dal letto e li appoggiai sul pavimento gelido. Mentre attraversavo il corridoio per andare in bagno, mi stupii di trovarmi nello stesso posto in cui avevo vissuto negli ultimi tre mesi. A causa del distacco che provavo, mi sentivo come una visitatrice proveniente da un altro pianeta. Continuavo a immaginare che tutto ciò che toccavo sarebbe scomparso. Le mie reazioni sembravano provenire dall'altra estremità di un tunnel, e per questo erano molto lente ad affiorare. La sola cosa che riuscivo a vedere davanti a me era l'università. Se avessi potuto riprendere gli studi, la mia sanità mentale sarebbe stata salva. Non permettevo a me stessa di pensare a cosa mi sarebbe accaduto se avessi perso il mio bambino e non fossi riuscita a tornare a scuola in tempo per iscrivermi al semestre primaverile.

Mentre percorrevo il corridoio per recarmi a colazione, mi guardai il ventre. Il mio bambino era silenzioso. Il cuore cominciò a battermi forte per la paura. Gli diedi dei colpetti sul sederino, come per resuscitarlo. Ci mise un po' di tempo per reagire, e nel frattempo pensai con terrore che mi aveva già lasciato. Finalmente rispose con un calcio. Avevamo ancora del tempo da trascorrere insieme.

In « Days of Our Lives » Julie parlava alla sua migliore amica Susan, del fatto che rivoleva il suo bambino. Seguivamo affascinate le sue vicende, mentre noi stesse vivevamo la stessa tragedia di Julie e non coglievamo l'ironia della situazione. Le *soap operas* erano la nostra unica catarsi: ci permettevano di restare passive. Quando la puntata del giorno non veniva trasmessa, un panico inesplicabile si propagava tra di noi come un incendio, ed eravamo tutte incredibilmente agitate e nervose per tutto il giorno e per parte del successivo, finché le puntate ricominciavano e ricevevamo la nostra dose quotidiana.

Mentre i giorni successivi si succedevano con lentezza esasperante, cominciai a chiedermi se il limbo non era forse peggiore dell'inferno. Chiamai la mia compagna di università, Blair, a casa sua per controllare le date d'iscrizione per i ritardatari. L'ultimo giorno in cui era possibile iscriversi era il 17 gennaio. Per poter tornare all'università, anche ipotizzando che il necessario periodo di convalescenza a Seton House fosse il più breve possibile, l'ultimo giorno in cui potevo partorire era il 9 gennaio. Se avessi partorito il 10 sarebbe stato impossibile.

Provavo sensazioni confuse. Da una parte ero inorridita al pensiero di dare alla luce il mio bambino, perché sapevo che l'avrei perso per sempre, visto che un miracolo sembrava improbabile. Man mano che il momento della sua nascita si avvicinava, cominciai a *credere* che sarei stata egoista a tenerlo, perché gli avrei precluso la possibilità di avere una vita migliore. Me l'avevano ripetuto così spesso, che avevo cominciato a pensare che sarei stata la peggiore delle madri per lui. E se ero davvero la madre peggiore, sarebbe stato del tutto irrazionale tenerlo. Da quando suor Dominic aveva accennato ai genitori adottivi, avevo cominciato a preoccuparmi del fatto che li avrei distrutti se avessi cambiato idea. Mi prendevo a cuore e tentavo di proteggere tutti quanti. Non volevo dare alla luce il mio bambino, ma nello stesso tempo volevo tornare a studiare. Dovevo andarmene da quel posto, rivedere le mie amiche e tornare normale.

Ero come sempre in ritardo quando mi recai all'ambulatorio per la visita del giovedì sera. Quando aprii la porta della piccola sala d'attesa, ne uscì una risata. Le ragazze si chiedevano se uno dei nostri bambini sarebbe stato il primo nato dell'anno nuovo. Come sarebbe stata data la notizia sui giornali? Dopo tutti i tentativi per mantenere il segreto, la notizia sarebbe stata pubblicata in prima pagina? Nora si chiese se l'informazione sarebbe stata trasmessa anche ai quotidiani delle nostre città. Per me era di pessimo gusto scherzare su un argomento del genere, perché ero una delle candidate più probabili, assieme a Nora e a Pamela. Eravamo come delle bombe a orologeria con due gambe. Se una di noi avesse partorito il primo bambino dell'anno nuovo si sarebbe trattato del più terribile dei cattivi scherzi del destino.

Il dottor Mandel disse che non ero prossima al parto. La testa del bambino non era ancora nella posizione giusta e non avevo cominciato a dilatarmi.

Per l'ultimo dell'anno andammo al cinema. Era la mia terza uscita. Suor Agatha mi accordò un permesso speciale per uscire anche se avevo superato la data prevista per il parto, dal momento che la signora Hogan ci avrebbe accompagnate. Era piacevole vestirsi con cura per uscire. Mentre frugavo nei cassetti alla ricerca della falsa fede, la mia immagine riflessa nello specchio mi colse di sorpresa. La piccola lampada sul cassettone spandeva una luce dorata nella stanza e su di me. Mi guardai meravigliata, vedendomi piena del mio bambino. Avrei voluto che Chris mi vedesse.

Al pomeriggio del primo dell'anno apparve chiaro che Pamela aveva cominciato ad avere le doglie. L'avevo indovinato dal fatto che era stata estremamente calma per tutto il giorno, ma Pamela era sempre piuttosto tranquilla. Dal momento che apparentemente era stata trattata come una bambola per tutta la vita, non sapeva farsi valere. I genitori e il suo ragazzo aspettavano, in qualche luogo lontano, che l'errore venisse corretto, che il bambino venisse partorito e allontanato. Avrei voluto arrabbiarmi al posto suo, ma sarebbe stato inutile.

Gridò improvvisamente. La signora Hogan le si avvicinò di

corsa e ci fece segno di rimanere indietro. Una delle ragazze corse in corridoio alla ricerca di suor Beatrice. Guardai il viso di Pamela: era come se si fosse finalmente svegliata.

La domenica diede alla luce un maschietto. Aveva chiesto di essere incosciente durante il parto e di non vedere il bambino. Era la prima che conoscevo ad aver scelto quell'opzione.

A messa, quel mattino, cercai di pensare per che cosa pregare. Ero in ritardo per il parto di quasi una settimana, almeno secondo i miei calcoli; forse mi ero sbagliata. Oppure, forse mio figlio e io cercavamo di rimanere insieme il più a lungo possibile. Pregai soprattutto per potermene andare da quel posto il più presto possibile. Chris era già tornato all'università, e aveva iniziato il suo ultimo semestre.

Ogni mattina, a colazione, Nora e io ci cercavamo con gli occhi. Avremmo dovuto partorire lo stesso giorno. Ci limitavamo a scuotere il capo, chiedendoci quando ci sarebbero cominciate le doglie e incapaci di controllare in alcun modo la situazione. Più il bambino tardava a nascere, più le mie possibilità si assottigliavano. Il nove di gennaio era per me la data in cui la mia vita si sarebbe trovata a un bivio. O tornavo all'università in tempo, oppure ero perduta. Man mano che il giorno si avvicinava, aumentava per me il panico.

Giovedì pomeriggio, io e Nora guardavamo la *soap opera* alla televisione. Quella sera ci sarebbe stata la visita del dottor Mandel, ed entrambe ci attendevamo qualche novità dall'esame. Nora disse che gli avrebbe chiesto di provocare le doglie stimolando la dilatazione. Non sapevo che era possibile, e pensai che gliel'avrei chiesto anch'io. Domenica sarebbe stato il 9 gennaio.

Mi stesi sul lettino per farmi visitare, con i piedi sollevati dalle staffe, cercando come potevo di mantenere un aspetto dignitoso. Suor Beatrice era alle mie spalle, a sinistra, e sorreggeva gli strumenti per il dottor Mandel. Era troppo bello per fare quel lavoro: sembrava il Principe Azzurro. Lui e padre O'Brien erano gli unici uomini che vedevamo in quel luogo. Il dottor Mandel sollevò lo sguardo, togliendosi con uno schiocco i guanti di gomma. Il collo dell'utero si era un po' ammorbidito. Egli aveva cercato di dare inizio alla dilatazione, ma non poteva assicurarmi che quello avrebbe accelerato le cose. Pensava che ci sarebbe voluta al massimo un'altra settimana. Avevo perso due chili quella settimana, ed era quello il principale motivo di preoccupazione per lui. Avevo mangiato normalmente e non ero in grado di spiegare la perdita di peso. Tutti i miei valori erano normali. Temeva che fossi troppo tesa, ma purtroppo sullo stress non potevo esercitare alcun controllo.

Nora e io decidemmo di andare a fare una passeggiata il giorno successivo, per cercare di stimolare un po' i bambini. Ci svegliammo nel bel mezzo di una radiosa e tiepida giornata di primavera, anche se eravamo in gennaio. Non sapevo da dove veniva tutto quel sole. Il tempo era così bello che altre cinque ragazze decisero di unirsi a noi. Ci accordammo per uscire dopo pranzo, ma verso le undici Nora cominciò ad avere le doglie. Noialtre decidemmo di avventurarci fuori comunque.

La zona dietro a Seton House era boscosa, fitta soprattutto di pini. C'erano un paio di sentieri. Uno portava al pascolo al limite della proprietà di Seton House e, ispirate dal tempo magnifico, decidemmo di seguirlo. Una volta che fummo lontane dal campo di forza generato da Seton House, ci sentimmo quasi come ninfe dei boschi. Ridemmo all'assurdità dei nostri corpi enormi mentre scavalcavamo i tronchi che si trovavano sul sentiero. La luce del sole screziava i sempreverdi, che emanavano un profondo aroma balsamico. Uno spesso tappeto di foglie secche e di aghi di pino impediva al fango di entrarci nelle scarpe.

Alla fine del sentiero c'era un recinto di filo spinato che impediva alle mucche di vagare nei boschi. Spinte da un piacevolissimo impulso di ribellione, alcune di noi decisero di scavalcare la recinzione e di avventurarsi nel territorio proibito. Non si vedeva alcuna mucca e il prato era meraviglioso e invitante. Il filo spinato mi strappò il vestito in due punti, ma non mi importava. Ero improvvisamente libera. Il sole splendeva sul prato, c'era tanto spazio per correre liberamente: mi ero dimenticata che sensazioni dava lo spazio aperto.

Stavamo attraversando senza timore il pascolo quando una delle ragazze rimaste al di là della recinzione gridò. Ci voltammo e ci trovammo di fronte un enorme toro, che si avvicinava seguito dalle femmine. Lo sguardo che gli lessi negli occhi comunicava che non aveva nessuna voglia di scherzare. Con un sincronismo perfetto, ci mettemmo tutte a correre a grande velocità in direzione del recinto. Ognuna di noi si strappò il vestito oltrepassando il filo spinato il più rapidamente possibile. Ridemmo così forte da sentirci quasi male. Ci voltammo e vedemmo il toro che si avvicinava tranquillamente, e si pavoneggiava quasi per il potere che si era accorto di esercitare. Fissandolo in modo spavaldo da un posto sicuro, dall'altra parte della recinzione, Anne-Marie disse che era la quintessenza del maschio.

Il sole calò dietro un gruppo di alberi nel tardo pomeriggio e venimmo avvolte da una coltre di aria fredda e umida mentre ci incamminavamo sulla via del ritorno, calpestando le foglie fradicie. Cominciai a temere di aver fatto male al bambino durante la fuga dal toro. Forse aveva battuto la testa contro il mio osso pelvico e si era procurato delle lesioni gravi? Credevo che sarebbe stato attivo dopo tutto il movimento a cui l'avevo sottoposto; invece era silenzioso e stranamente immobile. Diventai immobile anch'io, per percepire qualche suo segno di vita.

Dopo l'aria fresca, l'atmosfera all'interno di Seton House sembrava stantia. Nora era già andata in ospedale: mi chiesi se ero destinata a rimanere lì fino a Pasqua.

Il mattino successivo aprii gli occhi lentamente: non volevo muovere neanche un muscolo prima di capire se mio figlio era in pericolo. Percepii solo la stessa assoluta immobilità del giorno prima. Dopo colazione, rintracciai suor Beatrice e le confessai i miei timori. Il suo viso non lasciò trasparire alcuna preoccupazione mentre la seguivo verso l'infermeria. Disse che tutti i bambini smettevano di muoversi alcuni giorni prima del parto. Nell'infermeria, mi appoggiò lo stetoscopio ghiacciato sul ventre e riuscì a sentire il battito cardiaco del bambino. Tutto sembrava a posto, grazie a Dio.

Quel pomeriggio, scoprii di essere rimasta da sola: le altre avevano organizzato un'uscita, poiché era sabato. Vagando senza scopo nella sala di ricreazione, presi in mano il numero di gennaio della rivista per adolescenti *Seventeen*, e fissai la radiosa ragazzina sulla copertina, che sorrideva con aria vivace e innocente. Mi lasciai scivolare il giornale dalle dita, e atterrò sul tavolo con uno schiocco rumoroso. C'era un silenzio incredibile: probabilmente erano uscite anche le suore. Studiai il maglione che avevo cominciato a fare lavorando con i ferri: l'avevo quasi terminato. Per un po' non ero riuscita a guardarlo, dopo essermi accorta – troppo tardi – che avevo lasciato cadere un punto e che il disegno era venuto sbagliato. Dopo tutti quei punti, ne era bastato un solo sbagliato per mandare all'aria il disegno.

Nel dormiveglia del sonnellino pomeridiano, sentii le ragazze che ritornavano. Era stato un pisolino senza sogni. Da quando il bambino aveva smesso di muoversi ero priva di emozioni; senza la sua compagnia mi sentivo abbandonata, priva di vitalità. Per fortuna, al rientro dall'uscita pomeridiana le ragazze avrebbero avuto parecchi aneddoti da raccontare, acquisti da mostrare e cibi proibiti da introdurre in camera di nascosto. Per un po' avrei smesso di pensare al vuoto che mi aveva preso quel pomeriggio. Anne-Marie entrò con la notizia che Nora aveva dato alla luce una bambina.

A cena ricevetti una lettera: era di Chris. La feci scivolare in tasca e la tenni in serbo per leggerla prima di andare a dormire.

Sedetti sulla sponda del letto, nella luce soffusa della lampadina appoggiata sul cassettone, e lessi la lettera di Chris. Avvertii la sua angoscia leggendo tra le righe. Era preoccupato per il ritardo: trapelava un sentimento di impotenza, che contrastava con il tono ottimistico e incoraggiante che generalmente caratterizzava le sue lettere. Anche lui doveva sopportare da solo quel pesante fardello emotivo.

Spensi la luce, mi sdraiai sul letto e tenni sollevato il ventre grazie a un cuscino. Il nostro bambino stava ancora dormendo profondamente. Tenni la lettera di Chris vicino al cuore: potevo quasi avvertire la sua presenza, le sue braccia attorno a noi, e riuscivo a immaginare noi tre insieme, come sarebbe dovuto essere. Scivolai in un sonno profondo.

Domenica 9 gennaio 1966. Spalancai gli occhi alle prime luci dell'alba. Avevo dormito profondamente e non mi ero mossa durante la notte. Era il giorno in cui sarebbe nato mio figlio, non so perché, ma ne ero certa. Levai la coperta dal letto e mi avvolsi per proteggermi dal gelo mattutino, poi percorsi il corridoio, diretta alla sala di ricreazione. Mi sedetti su una sedia, come una vecchia nonna indiana. La stanza era pervasa da un grigiore pesante. Stetti seduta in una sorta di attesa assente, eppure ero consapevole del più minuscolo dettaglio della stanza. Sarebbero passate ancora due ore prima che tutte si alzassero. Tutto sembrava aver perso di importanza, meno la mia coscienza che abbracciava ogni particolare. La prima contrazione mi attanagliò il ventre, e una lacrima mi scivolò su una guancia. Dovevo cominciare a dire addio.

Fissando lo schermo nero della televisione, ripensai ai momenti che avevamo vissuto insieme. Mi sentii avvolta in un bozzolo, completamente sola, eppure assistita da levatrici angeliche invisibili. Mi sentii quasi una regina, come se mi trovassi in un altro luogo e in un'epoca diversa, e contemporaneamente a Seton House.

Giunse come un'ondata un'altra contrazione. I crampi partivano dalla parte bassa della schiena. Il dolore sembrava avere inizio in un punto vicino alla base della spina dorsale e propagarsi a ventaglio da lì. I fianchi mi si irrigidirono, ma le contrazioni non riuscivano a incontrarsi al centro del ventre. Anche se non erano come mi erano state descritte, sapevo che non mi stavo sbagliando.

La prima porta del bagno sbattuta – segno che le ragazze avevano cominciato ad alzarsi – mi sorprese. Non sapevo bene come, ma erano trascorse due ore. La luce che entrava nella sala di ricreazione si era fatta più intensa, e i colori erano diventati più vivaci. Quando l'ultima contrazione fu passata, mi alzai e lasciai che la coperta mi cadesse dalle spalle. Procedetti con precauzione lungo il corridoio e tornai in camera. Sapevo che non avrei potuto andare a messa, ma le contrazioni erano ancora sopportabili, quindi decisi di tenere per me il segreto ancora per un po'.

Entrai nella cabina della doccia, lasciando che l'acqua mi bagnasse il ventre mentre mi lavavo i capelli. Piegarmi per radermi le gambe fu piuttosto difficile, ma ero decisa ad avere le gambe lisce in un momento così importante, quello della nascita di mio figlio. L'acqua diventò fredda prima che avessi finito del tutto. Se le suore avessero saputo cosa stavo combinando, si sarebbero davvero preoccupate.

Dopo essermi asciugata i capelli e avere indossato abiti puliti, andai al telefono in corridoio per cercare di chiamare Chris. Non rispose nessuno. Decisi di non chiamare a casa fin dopo il parto: non volevo dovermi preoccupare del fatto che i miei genitori erano in ansia per me. Avevo bisogno di risparmiare le energie.

Mentre tornavo in camera mia ebbi la prima contrazione violenta. Il dolore ebbe origine nella schiena e si irradiò nelle gambe. Dovetti appoggiarmi al muro. Decisi che era meglio tornare a letto.

Mi sedetti a letto con un libro e un orologio. Le contrazioni continuavano a partire dalla schiena. Forse non si trattava del travaglio vero e proprio, dopotutto: con le doglie i muscoli addominali avrebbero dovuto indurirsi. Eppure, qualunque cosa fosse, si ripeteva ogni cinque minuti. Lessi per un po', intanto che controllavo l'intervallo tra le contrazioni, poi scivolai in un sonno leggero.

Una forte contrazione mi svegliò, e dovetti soffocare un grido. Guardai verso la finestra, e vidi Anne-Marie seduta sul bordo del suo letto che mi guardava. Mi sentii improvvisamente molto vicina a lei. Disse che aveva sospettato che avessi le doglie quando mi aveva vista seduta da sola nella sala di ricreazione. Mi chiese se doveva chiamare suor Beatrice, e la pregai di aspettare ancora un po'.

Alle tre del pomeriggio, quelle strane contrazioni si succedevano a tre minuti di distanza l'una dall'altra. Chiesi ad Anne-Marie di chiamare suor Beatrice. Il fruscio del suo abito ondeggiante ne annunciò l'arrivo. Aveva l'aria piuttosto efficiente quando si sedette sulla sponda del mio letto, mettendomi una mano sul ventre, e aspettò la contrazione successiva. Ci volle un tempo interminabile: sembrava che l'arrivo della monaca le avesse spaventate. Aveva quasi deciso di alzarsi e andarsene quando ne arrivò una forte. Il dolore fu così violento che dovetti puntare i talloni sul materasso per sopportarlo. La religiosa mi guardò, sempre con la mano sul mio ventre, e disse che non aveva sentito nulla. Corrugò le sopracciglia in un'espressione teatrale di profondo dubbio. Rimasi stupefatta. A quel punto, io non avevo più alcun dubbio. Ero arrabbiata: come poteva starsene lì e dirmi che non avevo le doglie, quando sapevo perfettamente che il travaglio era iniziato? Come potevo credere alla suora più che al mio corpo?

Per compiacermi, rimase lì, in attesa di un'altra contrazione. Dovemmo attenderla nove minuti. Ancora una volta, il dolore alla schiena era piuttosto intenso, ma il ventre era soffice come un piumino da cipria.

La croce del rosario oscillò quando si alzò per lasciare la stanza. Il fruscio del suo abito produsse un soffio d'aria sul mio viso. Quando i passi della suora si furono allontanati in corridoio, dissi ad Anne-Marie che, se suor Beatrice non avesse cambiato idea, avrebbe dovuto occuparsi lei di far nascere il mio bambino. Il dolore alla schiena si fece più forte. A ogni contrazione, i talloni scavavano solchi più profondi nel materasso. Il raggio del dolore si era ampliato, risalendo lungo la schiena, ma il ventre rimaneva cedevole.

Alle quattro e mezza, quando i dolori si ripetevano ogni due minuti, chiesi ad Anne-Marie di andare a chiamare suor Beatrice. Tornò con aria affaccendata: il suo scetticismo era evidente. Di nuovo non riuscì ad avvertire la contrazione. Scosse il capo con uno sguardo che a me sembrava carico di pietà. Poi cominciai a puntellarmi di nuovo con i talloni dopo meno di due minuti, e la religiosa mi prestò maggiore attenzione. Chiese ad Anne-Marie di rintracciare suor Agatha per chiederle un parere. Pregai che non ci volesse troppo tempo.

Suor Agatha arrivò di corsa. Chiese ad Anne-Marie di riassumerle l'andamento del travaglio, se di travaglio si trattava. Perché non lo chiedeva a me? Cosa dovevo fare per convincere quelle due suore che non solo avevo le doglie, ma che il bambino sarebbe nato quella sera?

Alla cinque, anche se non erano molto convinte, chiamarono il medico e decisero di mandarmi all'ospedale. Chiesi ad Anne-Marie di chiamare Chris. Mentre le ragazze mi aiutavano a percorrere a piedi il corridoio, suor Beatrice disse loro che probabilmente sarei tornata quella sera stessa.

L'aria che mi toccò il viso mi apparve incredibilmente fredda quando gli uomini dell'ambulanza aprirono le doppie porte con la barella. Fissai suor Beatrice con uno sguardo di protesta angosciata: non immaginavo che il trasporto in ospedale avvenisse in ambulanza, ma non avevo voce in capitolo. I due uomini mi si misero ai fianchi. La religiosa li guardò mentre mi sollevavano per farmi sdraiare e mi fissavano alla barella con delle cinghie. Mi accorsi che avevo cominciato a iperventilare per la claustrofobia, l'indignazione e la mortificazione. Non capivo la necessità di tutto ciò: non ero malata, morente o pazza. Non ancora, almeno.

Mi spinsero oltre le porte nella gelida aria della sera, nel bel mezzo di una contrazione. Il nome «Lakeside Volunteer Rescue Squad», Squadra di Soccorso di Volontari di Lakeside, era scritto in grosse lettere rosse sul lato dell'ambulanza bianca. Spinsero la barella sulla rampa. Uno dei volontari saltò su con me, mentre l'autista chiuse le porte. Partimmo nell'oscurità della sera.

L'interno del veicolo era scarsamente illuminato. La poca luce veniva riflessa dalle finiture di cromo e dagli strumenti d'acciaio. Guardai negli occhi l'uomo al mio fianco. Mi fissava con una comprensione e una compassione che non vedevo da molto tempo. Però ero ancora scioccata per il fatto di essere da sola, legata a una barella in un'ambulanza, con due uomini sconosciuti, e nella situazione più vulnerabile per una donna. Poi il volontario si allungò verso il tetto dell'ambulanza e accese la sirena. Avvertii un orrore indicibile. Dopo tutti i segreti e le bugie – la tensione che mia madre viveva ogni giorno, quando correva per prima alla cassetta delle lettere; le storie eccitanti inventate sulla vita all'università per le amiche della mia città, sulle meravigliose spiagge della Florida per le compagne di studi; l'incredibile numero di menzogne che erano state, e venivano ancora raccontate per far sì che la mia gravidanza restasse un segreto –, quell'uomo accendeva la sirena e l'annunciava al mondo intero. Cominciai a ridere istericamente e il volontario rise con me. Gli chiesi, tuttavia, di spegnere la sirena. Non avevo mai udito nulla di così rumoroso. Disse che non poteva, e mi invitò a stare calma e a godermi il viaggio.

Mentre l'ambulanza imboccava l'entrata del pronto soccorso, inondata di luce, egli spense finalmente la sirena e mi tenne il braccio, bloccato dalla cinghia, durante un'altra contrazione. L'autista saltò giù dal posto di guida e corse ad aprire le porte. Insieme spinsero la barella su una rampa che portava all'interno del pronto soccorso. Si fermarono nel mezzo della sala. Alla mia sinistra era seduto un vecchio di colore, col cappello in mano e gli occhi arrossati e acquosi, dall'aria esausta e abbattuta. A destra i medici e le infermiere entravano e uscivano di corsa dagli ambulatori, indaffarati ed efficienti. I due volontari mi stavano alle spalle, e aspettavano pazientemente che un'infermiera venisse a prendermi in consegna. I neon erano abbaglianti dopo tre mesi di scarsa illuminazione a Seton House, dove dovevamo sempre spegnere le lampade per risparmiare elettricità.

Mentre mi trovavo lì, sdraiata sulla barella, pregai che mi spostassero da quel luogo pieno di gente, prima che tutti gli occupanti dell'ospedale leggessero l'insegna luminosa che mi lampeggiava sul corpo e che mi smascherava come una delle ragazze di Seton House. A quel punto il dolore prodotto dall'umiliazione pubblica divenne più forte di quello del travaglio.

Un'infermiera bionda si staccò dal gruppo composto di pazienti e medici e, dopo avermi studiato attentamente, sollevò gli occhi verso i volontari, rivolgendo con lo sguardo una domanda silenziosa. Essi annuirono, confermando che ero io quella che lei aspettava. Guardai ciò che succedeva attorno a me, sentendomi impotente come una bambola di pezza. Dove mi avrebbero appoggiata successivamente? Il volontario che mi era stato accanto durante il tragitto disse all'infermiera che avrebbero aspettato, perché la suora non credeva che avessi le doglie. L'infermiera, vedendo il dolore che mi deformava i lineamenti del viso, mi tastò il basso ventre. «Portatela subito di sopra in maternità», ordinò a due inservienti.

Salii con l'enorme ascensore in compagnia di altri due sconosciuti. Le porte si aprirono con un brontolio. Gli occhi mi bruciavano per le lacrime che stavano sgorgando, ma non potevo asciugarle perché avevo ancora le mani prigioniere delle cinghie. La barella venne posta accanto a un letto nella stanza del travaglio. Gli inservienti slacciarono le cinghie, mi sollevarono e mi trasferirono abilmente sul letto. Poi spinsero via la barella.

Nel letto accanto al mio, a pochi metri da me, una donna cominciò a lamentarsi sottovoce, poi il tono aumentò e, dopo grida e oscenità, tornò ad abbassarsi in borbottii di proteste rabbiose. L'infermiera bionda del pronto soccorso era venuta a controllare che fossi stata portata nel posto giusto. Notò lo sguardo allarmato sul mio viso, prodotto dalla mia compagna di camera, e mi assicurò che la donna avrebbe presto partorito. Tirò la tendina tra i nostri due letti, mi diede un colpetto sulla spalla e disse che un'infermiera mi avrebbe presto raggiunto.

Dopo qualche minuto, giunse un'infermiera che mi esaminò rapidamente. Ero già dilatata di cinque centimetri. Poi arrivò un'altra infermiera, e le due mi prepararono, senza neppure attendere che la contrazione terminasse. Ero certa che si sarebbero dimostrate più cortesi con la donna accanto a me, che aveva un marito in sala d'aspetto e la cui presenza era considerata legittima. Poi le infermiere aprirono la tenda. Non riuscivo a evitare di fissare la donna. Ero affascinata dalla sua capacità di sfogare tutti i suoi sentimenti senza alcuna inibizione. Giurai di non gridare: avrei fatto vedere a tutti che, anche se venivo da Seton House, avevo un certo amor proprio.

Dopo una breve attesa, un medico alto dall'aria distinta entrò. Il suo arrivo mi permise di intravedere di nuovo la donna che urlava, ma la tendina venne rapidamente chiusa e la donna venne con altrettanta rapidità trasportata in sala parto.

Ero ormai l'unica con le doglie in sala travaglio. Due infermiere spinsero il mio letto in corridoio e mi parcheggiarono contro un muro color giallo senape di fronte alla stanzetta che fungeva anche da cucinotto per il personale. Mi sentivo come una bambina abbandonata in un recinto; ancora una volta, pensai che non si sarebbero prese una libertà del genere con la donna sposata. L'orologio appeso sopra al frigorifero del cucinotto diceva che erano le 18.45. Le infermiere si sedettero al tavolo di formica e si misero a giocare a carte. Io ero supina, con le ginocchia ripiegate, e a ogni contrazione mi voltavo verso il muro color senape, afferrando le sponde di acciaio del letto. Era un colore davvero orribile. Quando le contrazioni si calmavano, abbandonavo la posizione fetale che avevo assunto e guardavo le infermiere che giocavano a ramino: non sollevavano mai gli occhi dalle carte. Una di loro stava per chiudere, quando emisi un grido che mi sorprese. Udii il rumore delle carte sbattute sul tavolo, e le due accorsero. Senza una parola, mi riportarono in sala travaglio.

Una rimase con me, l'altra corse al tavolo delle infermiere a chiamare il dottor Jordan. Erano le otto e mezzo di sera. Ero dilatata di otto centimetri, e il dolore alla schiena era sempre più forte. Avevo l'impressione che la spina dorsale mi si sarebbe spezzata in due o si sarebbe disintegrata in milioni di frammenti. Se io soffrivo tanto, non riuscivo a immaginare come poteva sentirsi il bambino. L'infermiera tornò con la notizia che il dottor Jordan era uscito a cena con la sua famiglia e non aveva lasciato un recapito telefonico, immaginando, basandosi su ciò che gli aveva riferito suor Beatrice, che non avrei partorito così presto. Senza il suo consenso, non potevano farmi l'epidurale. Il medico non sarebbe tornato tanto presto. Mi chiesi se sarei riuscita a non svenire. Continuai a scusarmi per il fatto di non sopportare meglio il dolore, ma mi assicurarono che ero piuttosto coraggiosa.

Allo nove la dilatazione era completa. Vidi la preoccupazione sul volto di un'infermiera mentre l'altra correva a cercare di nuovo il dottor Jordan. Tornò: non aveva avuto fortuna. La caposala chiese al dottor West, l'anestesista, di tenere tutto pronto, in modo da poter cominciare nell'istante in cui avessero avuto notizie del dottor Jordan.

Udii le ruote del carrello con gli attrezzi che ticchettavano sulle grosse piastrelle di linoleum. Poi il dottor West mi mostrò il lungo ago che avrebbe infilato nella spina dorsale, con cui avrebbe iniettato l'analgesico. Poiché le contrazioni mi partivano dalla schiena, non volevano farmi l'iniezione caudale. L'infermiera annunciò che era apparsa la testa del bambino. Fui percorsa da un brivido. Disse al dottor West di procedere. Mi raccomandò di rimanere immobile, anche se arrivava una contrazione violenta: se avesse sbagliato il punto di inserimento dell'ago, poteva provocare una lesione grave. Il liquido mi entrò alla base della spina dorsale, e si propagò come uno sgradevole calore finché non fui sopraffatta dall'intorpidimento. Detestavo quella sensazione e mi feci prendere dal panico. Volevo sentire il mio bambino che nasceva. Mi chiesero se volevo un farmaco che mi avrebbe fatto perdere conoscenza, e rifiutai fermamente. Mi diedero comunque un sedativo, molto più forte di quello che mi ero aspettata, che mi offuscò la mente e le emozioni. Lottai contro quella confusione per rimanere vigile e capire cosa stava accadendo.

L'infermiera aveva fatto portare tutto il materiale di cui aveva bisogno per far nascere subito il bambino. Ciò non mi spaventava: avevo fiducia in lei, e capivo che il buon esito del parto le stava a cuore. Mi resi conto di essere sul punto di partorire, e mi sentii molto emozionata.

Poi, dall'altra estremità del corridoio giunse la notizia che il dottor Jordan era arrivato. La sua presenza dissipò il clima cameratesco e l'allegria prodotta dalla condivisione di un momento tanto importante. Prese il comando della situazione e ordinò di portarmi immediatamente in sala parto. Senza neppure degnarmi di uno sguardo, si allontanò per andare a lavarsi. In silenzio le infermiere, con aria sottomessa, mi prepararono per il parto. Mi fecero indossare un camice pulito, poi mi trasferirono su una barella facendo attenzione a non spostare l'ago. Il nuovo lettino a ruote, con il materasso stretto, mi trasmise una certa insicurezza. Le lenzuola pulite mi sembrarono ruvide. Tutto stava cambiando rapidamente, sfuggendo al mio controllo.

L'estremità della barella spinse e fece aprire le porte che conducevano in sala parto. L'infermiera che mi aveva fatto compagnia e infuso coraggio non poté restare. Con un colpetto di incoraggiamento sulla spalla, mi affidò all'infermiera della sala parto, che non mi dimostrò alcuna comprensione. Sotto i capelli tinti di nero, il suo viso era incapace di sorridere. Non mi guardò mai in faccia. Mi spaventava. Lei e il dottor West mi trasferirono dalla barella al lettino per il parto. Mi bloccarono le gambe nelle staffe e le braccia lungo il corpo. Ero imprigionata, incapace di muovermi. La donna non mi aveva ancora rivolto la parola, e io ero troppo terrorizzata per dirle qualcosa. L'anestetico leniva in parte il panico che avvertivo. Guardai negli occhi il dottor West: aveva smesso di fare battute per tenermi su di morale. Gli chiesi di ridurre l'anestetico. Capii che gli dispiaceva molto per me. Era difficile provare la gioia del parto in una simile atmosfera.

L'infermiera si mise sull'attenti alla mia sinistra, in attesa che il dottor Jordan prendesse il controllo della situazione. Aveva portato a termine il suo lavoro. Il dottor West, silenzioso, rimase alla mia destra, dietro la mia testa e quindi fuori dal mio campo visivo. Avrei voluto vederlo: avevo bisogno di qualcuno che mi facesse sentire al sicuro. Mi trovavo in una stanza di dimensioni limitate, che brillava di un bianco smagliante. Le potenti luci ci immergevano in un chiarore impietoso. Eravamo tutti a disagio.

Finalmente il dottor Jordan entrò. Con un'efficienza distaccata, prese posto tra le mie gambe immodestamente divaricate. Volevo liberarmi le braccia dalla cinghie per appoggiarmele sul ventre e trasmettere amore e forza al bambino per gli ultimi sforzi eroici che doveva compiere. L'infermiera mi disse di non muovermi, a causa dell'ago epidurale. Intontita e bloccata, non potei aiutare il mio bambino a nascere.

C'era un piccolo specchio, alle spalle del dottore, in cui potevo vedere il parto. Il corpo del dottore, però, mi impediva di vedere. All'inizio pensai che quella posizione era necessaria, ma poi capii che non gli importava se riuscivo a vedere o no. Gli chiesi timidamente se poteva spostarsi leggermente, così avrei potuto vedere il mio bambino nascere. Senza commentare, ma con uno sguardo infastidito, cambiò posizione. Ora potevo vedere, anche se a fatica. Non mi importava. Nulla avrebbe potuto togliermi quel momento: apparteneva solo a me e a mio figlio.

Riuscivo a vedere la testa del piccolo che spuntava. Rimasi sconvolta e affascinata da quel miracolo. Lentamente e con precauzione, le mani del dottor Jordan, con i guanti lucidi di sangue e muco, afferrarono la testa del bambino e cominciarono a tirarlo fuori mentre diedi l'ultima spinta. Guardai piena di stupore il mio ventre che si afflosciava, svuotato. Erano le 21.51.

Il dottor Jordan tenne il bambino per i piedi minuscoli. Nella gioia del momento, dimenticò le circostanze della nascita del piccolo. Lo accolse nel mondo e riconobbe la mia nuova condizione di madre. « È un maschio », disse sorridendo. « Suo figlio è un bambino bellissimo. »

Volevo tenere stretto il corpicino nudo del piccolo così com'era, come era uscito dal mio corpo, ma avevo le braccia ancora bloccate. Avvertii il desiderio profondo di stringerlo a me mentre le infermiere gli mettevano delle gocce negli occhi, lo lavavano e lo pesavano. Volevo il mio bambino: quella separazione improvvisa era uno choc troppo violento. Non li perdevo di vista un attimo.

Pesava tre chili e mezzo ed era lungo quasi mezzo metro. Le mani e i piedi avevano tutte le dita, e il mio piccolo era perfetto. L'infermiera lo fasciò e lo depose nella culla di plastica trasparente accanto al mio letto. Le chiesi di darmelo in braccio. Sembrò sorpresa dalla mia richiesta e incerta se soddisfarla o no. Il mio sguardo la convinse ad accontentarmi. Dovette fare il giro del letto per sciogliere le cinghie e liberarmi le braccia. Non gli tolsi mai gli occhi di dosso. Era così bello... Avevo finalmente le braccia libere. Le chiesi di estrarre le mani del mio piccolo dalla coperta in modo che potessi vederle e toccargliele. Sembrò scocciata. Non mi importava.

Accarezzai il corpo minuscolo di mio figlio, seguendone il contorno attraverso la morbida flanella. Solo il giorno prima l'avevo toccato attraverso la mia pelle. Era di una dolcezza indicibile. Sembrava un piccolo indiano, con dei ciuffetti di capelli neri che spuntavano dalla coperta. L'utero mi si contrasse per il desiderio di lui. Il seno cominciò a gonfiarsi per la voglia di allattarlo. Il mio cuore ci circondò e, per un attimo, fummo soli nella stanza.

Poi l'infermiera me lo prese dalle braccia. Sapevo che sarebbe successo, l'avevo imparato nelle lezioni di Seton House. La procedura abituale consisteva nel portare i bambini nella camera a essi riservata per tenerne sotto controllo i segni vitali. Ciò che durante la lezione era sembrato logico ora mi pareva un'atrocità. Non avevo scelta: dovetti guardarla mentre lo portava via.

Solo quando la sua culla scomparve prestai attenzione a ciò che accadeva al mio corpo. Il dottor Jordan stava ricucendo l'episiotomia. Sentivo l'ago e il filo che tiravano, ma non avvertivo alcun dolore. Improvvisamente mi sentii svuotata, distrutta. Il dottor West mi spiegò che mi avrebbe praticato un'iniezione per arrestare la produzione di latte. La mia mente era troppo stanca per realizzare il significato di quelle parole, ma il mio corpo reagì con una nausea improvvisa.

Fui portata in una stanza buia con quattro letti, dove avrei potuto riposarmi. Al mio ingresso, la donna che era accanto a me nella sala del travaglio venne spinta fuori sul lettino a rotelle. Era cosciente solo a metà, ed era sotto l'effetto di potenti sedativi. Mi venne dato un sonnifero e mi venne detto di cercare di dormire.

Mi raccomandarono di non cercare di alzarmi senza aver chiamato l'infermiera con un campanello per farmi aiutare. C'era solo una lucina fioca sul lavandino all'altra estremità della stanza. La fissai, cercando di combattere le lacrime e il senso di solitudine. A un certo punto mi addormentai. Più tardi, nel corso della notte, venni trasferita in un'altra stanza.

# 5

Un'infermiera aprì le persiane dell'alta finestra in camera. Il sole illuminò un letto vuoto accanto alla finestra, e tirai un sospiro di sollievo. Non volevo dividere la camera con un'altra donna. Sarebbe stato troppo imbarazzante inventare una storia per spiegare come mai ero sempre da sola e nessuno veniva a trovarmi. Credevo anche che non sarebbe stato facile sopportare la vicinanza di una puerpera, con il suo bambino, circondata dal marito e dai familiari.

La stanza dove si trovava mio figlio mi sembrava lontana mille miglia. Chiesi all'infermiera come stava il piccolo: disse che stava bene e che aveva dormito profondamente. La donna, sulla soglia, cambiò posizione, sentendosi a disagio, come se avesse voluto andarsene. Quando avrei potuto vederlo? Disse che non sapeva se avevo il permesso di vederlo. Mio Dio, era il *mio* bambino. Non era ancora stato adottato. Replicai che era stato deciso che gli avrei dato io il biberon mentre ero ricoverata. Rispose che, se ciò rispondeva a verità, me l'avrebbero portato alle nove, dopo la colazione e il primo giro di visite.

Il profumo della pancetta e delle uova raggiunse la mia camera prima del vassoio. Avevo udito l'inserviente che percorreva il corridoio facendo un mucchio di domande a tutte le altre neomamme. Quando arrivò alla mia camera, mi allungò il vassoio senza una parola o un sorriso. Cominciai a sentirmi imbarazzata. Era il tipo di disagio provato da una tredicenne quando tutti i compagni di scuola la trattano crudelmente; ridono di lei alle sue spalle ma non ammettono l'ostilità che provano nei suoi confronti, facendola sentire doppiamente insicura. Avevo voglia di andarmene da lì, di tornare a Seton House dove, almeno, mi accettavano. Però il mio bambino era lì, e dovevo restare con lui il più a lungo possibile. Il mio corpo doleva per la sua assenza.

Chiamai Chris. Aveva saltato delle lezioni per aspettare la mia telefonata. Anne-Marie l'aveva chiamato la sera prima per dirgli di nostro figlio. Lui e Ted sarebbero venuti in macchina a trovarmi: non gli importava se ciò l'avrebbe messo nei guai. Avrebbero trovato il modo di infilarsi in camera mia di nascosto. Dopo tutti i mesi di reclusione, in cui avevo avuto paura di infrangere le regole, stavo quasi per tirarmi indietro. Ma dovevamo vederci, con o senza il consenso altrui.

Sapevo che la chiamata successiva doveva essere quella ai miei genitori: erano sicuramente ansiosi di sapere che era finito tutto. Cercai di farmi forza mentre componevo il numero. Nell'annunciare ai miei la nascita del loro primo nipote, avrei voluto presentarla come una notizia lieta. Rispose mia madre. È un maschio, dissi. Dall'altra parte ci fu silenzio, come se fosse rimasta sconvolta da quello che le avevo detto. Avevano forse creduto che non avrei partorito nulla?

Suor Dominic ci aveva detto che tutti avremmo dimenticato. Temevano forse che quell'informazione avrebbe compromesso la loro capacità di scordare l'accaduto? Potevo solo immaginare i loro pensieri. Non vi fu alcun cenno ai sentimenti. Mia madre non mi chiese nulla sul travaglio, sul parto o su come mi sentivo. Volle solo sapere quando sarei tornata a casa. Venerdì, risposi. Sarebbero arrivati venerdì il più presto possibile, mi promise, come se fossero state delle parole magiche in grado di rimettere tutto a posto. Mi sentii abbattuta quando riagganciai.

Poi udii i pianti dei neonati che si avvicinavano in corridoio. Quel suono bastò a destarmi dalle fantasticherie immediatamente. Il seno mi si gonfiò, in previsione dell'arrivo di mio figlio. Ascoltando i suoni, capii che la mia stanza sarebbe stata l'ultima in ordine di tempo. Mi sforzai di individuare il « clic clac » delle ruote della culla del mio piccolo mentre la spingevano verso di me. Finalmente me lo portarono. L'infermiera lo sollevò e me lo porse. Il cuore quasi mi scoppiò. Dormiva il sonno più tranquillo e profondo che avessi mai visto. Il suo viso aveva una serenità celestiale; il suo corpicino era solido e inaspettatamente forte. Il suo calore mi investì, come il profumo dei gelsomini. Era fasciato come una mummia nella copertina di flanella azzurra, e mi riempiva perfettamente l'incavo del braccio, arrivando a toccarmi il cuore. Guardai il suo viso beato: volevo che si svegliasse e che stesse con me. Avevamo così poco tempo per stare insieme...

L'infermiera mi allungò una bottiglia di acqua zuccherata. Capii che sapeva che ero una ragazza di Seton House, perché non si preoccupò di spiegarmi nulla sulla cura del bambino. Tutti quei piccoli messaggi silenziosi, apparentemente insignificanti, mi arrivavano forti e chiari. Ma quando guardai il mio bambino che dormiva, la sua pace invase anche me. Assaggiai una goccia dell'acqua zuccherata con la punta del dito: era piuttosto dolce. Gli sfiorai il contorno delle labbra con la tettarella, inumidendola. Un sorriso saggio e malizioso gli increspò un angolo della bocca e si allargò, illuminandogli il viso. Aveva ancora gli occhi chiusi. Il suo sorriso sembrava provenire da un lontano ricordo. Un bambino davvero intelligente, che sorrideva al suo primo giorno di vita. Il latte mi riempì di nuovo il seno all'improvviso, cogliendomi di sorpresa. Avrei voluto cercare di allattarlo, ma avevo l'impressione di non averne il diritto; se mi avessero scoperto, correvo il rischio che non me lo portassero più. Erano già riusciti a convincermi del fatto che non avevo alcun diritto su di lui. Potevano concedermi il privilegio di tenerlo in braccio, ma non era mio.

Ricordai vagamente che mi avevano fatto un'iniezione per interrompere la lattazione. Quella sostanza avrebbe potuto avvelenare il latte e fare del male al piccolo, quindi soffocai l'impulso di fargli succhiare il seno. Cominciai a chiedermi se, in effetti, non sarebbe stato meglio senza di me. Non ero una madre abbastanza valida per lui. Quando udii il suono delle ruote delle culle, ebbi un tuffo al cuore. Vennero subito da me. Dissi all'infermiera che non era giusto che me lo portassero per ultimo e lo tornassero a prendere per primo. Mi rispose che le altre madri avevano bisogno di un po' di tempo in più per acquistare dimestichezza con i bambini prima di portarli a casa. Quando mi prese il bambino dalle braccia, ebbi la sensazione che si portasse via anche il mio cuore.

Attendendo la sua prossima visita, pensai a come chiamarlo. Volevo conoscerlo meglio per essere certa che fosse il nome giusto per lui, ma desideravo anche dargli un nome il più presto possibile. Restrinsi la scelta a Phillip e Paul senza alcuna ragione, a parte il fatto che entrambi i nomi mi piacevano. Poi pensai che avrebbe dovuto avere il nome di Chris, giacché sull'atto di nascita sarebbe comparso solo il mio cognome. In quel modo saremmo potuti essere entrambi con lui.

« Phillip » suonava meglio quando lo dicevo insieme al cognome: « Phillip Christopher ». « Phillip » era un nome che denotava forza, che aveva un suono regale, e nello stesso tempo sembrava dolce e sensibile. Avrebbe potuto essere il nome di un artista. Auguravo tutto ciò a mio figlio. Ora che gli avevo dato un nome, aspettavo solo che me lo riportassero.

Le lenzuola inamidate dell'ospedale mi irritavano un po' la pelle. Spinsi lo sguardo dall'altra parte della stanza e osservai il linoleum bianco, il letto vuoto e la grande finestra. Riuscivo a sentire le infermiere che entravano e uscivano dalle camere delle altre madri, dove chiacchieravano allegramente. In camera mia non veniva nessuno. Sentendomi isolata, incapace di chiedere aiuto – e temendo di non ottenerlo neanche se l'avessi chiesto – rimasi seduta, appoggiata ai cuscini inamidati e rigidi. La loro fodera di plastica scricchiolava al più piccolo movimento. Il tempo sembrava interminabile.

Qualcuno bussò alla mia porta socchiusa e una brunetta con i capelli alla paggetto fece capolino e si guardò attorno, cercandomi con gli occhi. Ero seduta sulla sponda del letto, e mi accingevo a provare ad attraversare il corridoio per andare in bagno. Non indossavo la vestaglia, ma solo la sottile camicia da notte dell'ospedale.

Mi salutò allegramente, come se ci trovassimo a una festa. « Ti dispiace se entriamo? » chiese, ed entrò senza aspettare il mio consenso. La seguivano due uomini: i tre indossavano abiti civili. La donna stringeva contro il petto un raccoglitore con fermaglio a molla e si presentò come assistente sociale. Non riuscii a capire chi erano i due uomini che la accompagnavano. I tre mi si avvicinarono, forse un po' troppo; mi sentivo nuda e vulnerabile nel camice leggero. Mi avrebbe rubato solo un istante, disse la donna in modo sbrigativo. Avevano bisogno della mia firma per autorizzare l'ospedale a prendersi cura di mio figlio. Era una formalità, mi assicurò.

Avrei voluto che con me ci fosse qualcuno in grado di consigliarmi se firmare o no. Non avevo mai firmato alcun documento legale in tutta la mia vita. Chiesi se avrebbe avuto un valore permanente. Mi rispose di no, ma disse che era meglio se lo firmavo. Mi chiese di scrivere il nome del bambino, se gliene avevo dato uno, e di firmare in basso. Sentii di non avere scelta. Firmai, e i tre scomparvero subito.

Alle tredici udii il ticchettio delle ruote delle culle, e gli « ooh » e gli « aah » ricominciarono. Poi vi fu silenzio per lungo tempo. Non mi portarono il bambino. Suonai il campanello per chiamare un'infermiera. L'infermiera che avevo già visto aveva finito il turno: ne giunse un'altra, anziana e con un'espressione severa sul viso, che arrivò in camera con passo rapido. Le chiesi dov'era mio figlio, temendo che gli fosse successo qualcosa. Reagì con stupore: non ero una ragazza di Seton House? Le risposi di sì, spiegandole che avevo preso accordi per dargli io da mangiare finché mi trovavo in ospedale. Aveva un atteggiamento ostile ma finì per cedere, e tornò rapidamente in corridoio. Dieci minuti dopo tornò con mio figlio. Me lo posò in braccio con una smorfia, come se le ripugnasse contaminare un neonato inerme in quel modo. Disse che avevo cinque minuti e che il piccolo aveva già mangiato. Temevo che si sarebbe arrabbiata se avessi insistito per avere più tempo, e che avrebbero finito per impedirmi del tutto di vederlo.

Lo tenni stretto. Dopo cinque minuti esatti, l'infermiera tornò e me lo prese senza tante cerimonie. Di nuovo provai un dolore fisico al momento del distacco. Ogni volta che me lo toglievano, una parte maggiore di me se ne andava con lui. Nessuno, neppure suor Dominic, le suore di Seton House o mia madre, mi avevano preparato a quella sensazione.

Dal momento che, dandolo a due bravi genitori, stavo compiendo la scelta migliore per il mio bambino, avrei dovuto essere felice. La gioia prodotta dalla sensazione di compiere la cosa giusta avrebbe dovuto soffocare l'attaccamento che provavo. Quel sacrificio era in realtà una fortuna, l'opportunità per me di riconquistare l'identità che avevo perso rimanendo incinta. Quel sistema morale, del tipo « rubare a Pietro per dare a Paolo », mi era stato inculcato costantemente dalle prime lezioni di catechismo. Se si commetteva un peccato, bisognava far penitenza per poter fare *tabula rasa* delle colpe e ricominciare da capo. I rapporti sessuali prima di ricevere il sacramento del matrimonio e il concepimento di un figlio illegittimo erano peccati mortali, allo stesso livello dell'omicidio. Rinunciare al bambino che era frutto del mio peccato più grave era una punizione perfettamente giusta agli occhi della Chiesa, e l'unica speranza che avevo di tornare a godere della grazia di Dio e di andare in Paradiso. Non credevo a tutto ciò, ma temevo il potere della Chiesa tanto da dubitare dei miei sentimenti e del mio istinto.

Dopo una rapida occhiata in corridoio, lo attraversai per tornare in camera dopo essere stata in bagno a farmi la doccia. Ero forte e piena di energie. I punti non mi davano fastidio. Il ventre mi era tornato piatto, dal momento che ero ingrassata pochissimo durante la gravidanza; anzi, ero più magra del normale. Attendevo con impazienza la visita di Chris.

Chiusi le veneziane e accesi la luce accanto al letto. La stanza mi apparve confortevole, quasi un nido. Tornai a letto e cedetti a un'illusione di felicità perfetta. Mi portarono il bambino per il pasto serale e gli sussurrai nell'orecchio minuscolo che suo padre sarebbe venuto a trovarci. Saremmo andati davanti alla sua stanza per vederlo, quindi gli chiesi di cercare di tenere gli occhi aperti. Gli dissi che suo padre era orgoglioso di lui. Ero immersa nella mia fantasia di una famiglia felice, e quasi non mi mossi quando me lo levarono. Eravamo uniti, dopotutto, non avrebbero mai potuto separarci davvero.

Galleggiai un'altra mezzora in quello stato di semicoscienza. Poi udii delle voci maschili e un chiacchierio provenienti dall'altra parte del corridoio. Era cominciata l'ora delle visite. Chris sarebbe presto arrivato. Mi avvicinai alla soglia della stanza per andare in bagno con lo spazzolino da denti già in bocca. Il mio cuore si fermò e le gambe mi si piegarono per la sorpresa: Chris era di fronte a me. Per poco non gli colpii il mento con lo spazzolino. Provò un sollievo enorme quando mi vide: aveva avuto paura di chiedere il numero della mia stanza, quindi si era fidato del suo istinto, sicuro che mi avrebbe trovato. Gli chiesi di aspettarmi in camera mentre andavo in bagno. Salutai con la mano Ted, che si nascondeva dietro una grossa pianta di plastica nella zona dell'accettazione. Mi rispose con un cenno, ma sembrava ansioso di tornare nel suo nascondiglio. Non avevamo idea di cosa sarebbe successo se ci avessero scoperto.

Mi sentii finalmente, profondamente donna quando tornai in camera e mi sedetti sul letto accanto a Chris. Quando cominciammo a parlare del nostro bambino mi accorsi di quanto fosse aumentata la mia capacità d'amare. Vidi che anche Chris stava lentamente arrivando alla stessa conclusione.

Ma, ancora una volta, fui assalita dai dubbi. Ero una peccatrice, una sciocca. Chris non mi amava davvero. Come avrebbe potuto? I miei genitori si sarebbero vergognati, le monache sarebbero inorridite. I medici e le infermiere sarebbero venuti ad arrestare Chris per lo scandalo che stavamo facendo in ospedale. Come avremmo potuto ostentare la nostra situazione di fronte a tutti quelli per i quali avevamo peccato? Come potevamo dimostrare l'amore che provavamo per il bambino se facevamo sì che la sua vita cominciasse nella vergogna? Avevamo commesso un errore, e ora *dovevamo* pagare.

Volevo uscire da quella stanza al più presto. Presi Chris per mano e camminammo insieme fino alla stanza dei bambini. Il corridoio era scarsamente illuminato, ma la finestra della stanza con le culle gettava un alone chiaro sui visi felici che si profondevano in commenti estasiati davanti ai neonati. Chris e io ci facemmo largo e trovammo un po' di spazio in un angolo. Scrutai tutti quei visini ma non trovai il nostro bambino. Poi lo vidi.

Era nella sua culla di plastica trasparente addossata al muro posteriore della stanza, isolata dalle altre. Aveva il viso voltato dall'altra parte, verso la parete. L'avevano fasciato e sdraiato sul lato sinistro. Ero sorpresa che potesse dormire in quella posizione. Si trovava a otto metri di distanza: riuscivamo a vedere solo i capelli scuri.

Bussammo timidamente contro la finestra, ma l'infermiera all'interno ci ignorò. La riconobbi: era quella del pomeriggio presto. Chris bussò di nuovo, in modo più insistente. Eravamo imbarazzati, detestavamo attirare l'attenzione in quel modo. Con la fronte corrugata, l'infermiera aprì la porta di uno spiraglio, quanto bastava per fare capolino e domandare cosa volevamo. Le spiegai che Chris era il padre del bambino, e le chiesi se poteva avvicinare la culla alla finestra, così avrebbe potuto vederlo. Scosse il capo e chiuse la porta.

Non riuscivo a crederci. Chris aveva l'aria sbalordita. Bussammo di nuovo. La stessa infermiera la aprì e ci spiegò, con un bisbiglio impaziente, che non era consentito portare vicino alla finestra i bambini di Seton House. Poi richiuse la porta.

Ci avvicinammo ancora di più alla finestra, increduli e impotenti, e fissammo il nostro bambino contro la parete. Poi l'infermiera tornò sui suoi passi e chiuse la tenda.

Fu difficile per entrambi allontanarci dalla finestra; eravamo troppo tristi per parlare.

Quando tornammo in camera mia, Chris mi disse che avremmo dovuto sposarci.

Il mio cervello sembrò spaccarsi in due metà distinte. Una metà sapeva che avremmo potuto farcela; non sarebbe stato facile, e non sarebbe stato come nei sogni, tutto rose e fiori, ma sarebbe stato bello perché era la cosa giusta da fare. L'altra metà sembrava brulicare delle opinioni e delle voci di tutte le altre persone, che dicevano che era impossibile, egoista, sbagliato.

Non riuscii a guardarlo negli occhi. Fissai invece la sua mano che teneva la mia. « Se ci sposiamo adesso, dopo che è nato, sarebbe sempre chiamato un bastardo. Ci odierebbe », dissi. « Bastardo » era a quell'epoca un termine di proporzioni mitologiche. Dissi a Chris che avremmo dovuto rifletterci entrambi e parlarne con i nostri genitori. L'ora delle visite era terminata dieci minuti prima, e l'infermiera avrebbe potuto scoprire che Chris si trovava ancora con me. Fu quasi impossibile lasciarlo andare. Sentivamo le infermiere che passavano di camera in camera per fare le medicazioni. Guardai in corridoio per vedere se c'era via libera. Ted era ancora seduto, con aria nervosa, dietro la pianta di plastica. Chris gli fece segno di seguirlo; mi salutarono con la mano e scomparvero.

Quando mi chiusi la porta alle spalle, sentii il tepore confortevole della stanza che svaniva. Mi avvicinai alla finestra per vedere se riuscivo a vederli partire, ma la finestra non dava sul parcheggio. Tornai a letto e mi tirai le coperte fin sotto il mento. Rimasi così, immobile, in silenzio, in attesa che una soluzione mi si affacciasse in modo chiaro alla mente. Ingoiai la pillola per dormire e quella contro il dolore, spensi la luce e mi lasciai inghiottire dall'oscurità.

A un certo punto, nel cuore della notte, mi trovai seduta sul letto. Nell'ospedale regnava il più totale silenzio. La luce bianca della luna scivolava sui mobili, evidenziando angoli e spigoli e trasformando in ghiaccio il cromo e l'acciaio. Il mio corpo era scosso dai singhiozzi che erano cominciati mentre dormivo. Mi sentii orribilmente sola.

Il centralino era staccato, quindi non potevo fare telefonate fuori dall'ospedale. Del resto, chi avrei potuto chiamare? Perché rattristare qualcun altro? Ebbi l'impressione che il cuore mi si spezzasse per la violenza dei singhiozzi. Cercai di lacerare le lenzuola con tutta la forza che avevo in corpo, tentando di riacquistare il controllo. Avrei voluto chiedere all'infermiera di farmi tenere il bambino per qualche minuto, ma rinunciai, ritenendo di esserne indegna. Mi ero svegliata con il desiderio di morire: se avessi trovato sul comodino accanto al letto una boccetta di pillole, probabilmente le avrei prese. Pregai di sentirmi meglio. Finalmente mi addormentai.

Due infermiere affaccendate entrarono verso le sette del mattino. Dovevo raccogliere i miei oggetti personali e trasferirmi in un'altra stanza, proprio accanto al reparto di maternità. Il reparto era infatti pieno di puerpere. Immaginai di non essere considerata una vera neomamma. Feci giurare loro che avrebbero continuato a portarmi il bambino.

La nuova stanza era più luminosa, la finestra più grande e le pareti di un bianco più brillante. Il pavimento era formato da piastrelle di linoleum bianco. Scelsi il letto vicino al muro, invece di quello accanto alla finestra: l'angolo formato dalle pareti mi faceva sentire più al sicuro. La stanza, decisamente più grande della precedente, sembrava anche più vuota.

Dopo essermi sistemata e lavata, mi rimisi a letto dove rimasi seduta, appoggiandomi ai cuscini. C'era una radio che funzionava, e l'appesi alla testata del letto in modo che fosse vicina al mio orecchio sinistro.

Poi udii l'infermiera che mi portava il bambino. Era una ragazza graziosa, felice di annunciarmi che il piccolo era sveglio. Provai un sollievo immenso: la notte precedente, avevo temuto che non avrei mai visto gli occhi di mio figlio. Mi ero chiesta se le infermiere gli davano il latte prima di portarmelo per fare in modo che dormisse. Allungai le braccia e me lo avvicinai, stringendolo forte. Il calore proveniente dal suo corpo si diffuse in ondate potenti e mi pervase tutta. L'infermiera stava per andarsene, e le chiesi se poteva passare a prenderlo per ultimo. Disse che capiva.

Lo guardai negli occhi, e un sorriso affiorò alle mie labbra dalla parte più profonda di me, quando le nostre anime si incontrarono. Fui stupita dal fatto che un neonato di appena due giorni potesse avere uno sguardo tanto intenso. Sembrava dolcissimo e saggio. Continuai a sorridergli meravigliata. Sembrava che ascoltasse la musica proveniente dall'altoparlante della radio appoggiata al cuscino. Era possibile? Gli avvicinai la radio al capo perché potesse udire meglio. Stava *davvero* ascoltando. Mi guardò con aria pensosa, come se volesse dirmi qualcosa. Dopo tutte le volte in cui avevamo giocato assieme quando era dentro di me, sentivo che stavamo semplicemente continuando la nostra amicizia. Cominciai a parlargli. Gli raccontai tutto di Chris, di me e della mia famiglia, dell'amore che provavamo per lui. Gli raccontai tutto quello che mi venne in mente. Tesi l'orecchio, cercando di individuare il suono delle culle che si avvicinavano, ma c'era solo un profondo silenzio. Dovevo approfittare di quell'opportunità. Mi misi di fronte il bambino, appoggiandolo sul letto, e aprii lentamente la coperta di flanella azzurra. All'inizio mi sentii come una bambina che sta per essere scoperta mentre apre un regalo di Natale prima del tempo. Poi le mie paure aumentarono: mi avrebbero picchiata per quell'atto? Si trattava di un crimine?

L'apertura della coperta aveva diffuso nell'aria un profumo inebriante di neonato. Cercai di imprimermi rapidamente nella memoria ogni centimetro quadrato del suo corpo. Contai e ricontai le dita delle mani e dei piedi, e ammirai ogni suo particolare, minuscolo eppure perfetto. Mi sentii enormemente orgogliosa per aver dato vita a una simile perfezione. Era un miracolo.

Aveva una fossetta sul mento, come me: era un tratto caratteristico della famiglia di mio padre. Mi chiesi se mio padre, vedendo che aveva il nostro mento, sarebbe riuscito a darlo a degli sconosciuti. Lasciai che mio figlio mi stringesse forte un dito. Poi udii il suono delle ruote delle culle.

Feci per fasciarlo, con aria furtiva, ma capii che non avevo idea di come fare. Ogni mio gesto sortiva risultati disastrosi. Decisi di non dire nulla, sperando che neppure le infermiere vi alludessero. L'infermiera carina che me l'aveva portato tornò a prenderlo. La ringraziai per tutto quel tempo in più che mi aveva lasciato. Non volevo che fosse allontanato da me mentre era ancora sveglio. Non volevo che qualcun altro lo tenesse in braccio intanto che si addormentava o che lo deponesse nella culla dove avrebbe pianto fino ad addormentarsi.

Chiesi all'infermiera come si comportava nella stanza dei bambini. Disse che era molto bravo. Non aveva mai pianto, a parte una crisi, la notte precedente, che era durata circa un'ora. L'aveva visto annotato sulla sua cartella. Mi feci anch'io un appunto mentale, allibita. Mi chiesi chi di noi due aveva cominciato a piangere per primo; immaginai che ero stata io. Avrei dovuto controllarmi meglio, almeno per il suo bene.

Nel silenzio della camera rimasi immobile. Un nuovo aspetto di me aveva cominciato a rivelarsi. Era una specie di saggezza che esisteva già prima, ma di cui non mi ero mai accorta. Cominciai a prestarvi attenzione.

Avevo cominciato a sentirmi legata a quella fonte di sapienza interiore mentre ero a Seton House e il mio bambino cresceva dentro di me. Eppure allora non avevo saputo come impiegarla, e non lo sapevo neppure ora. La sensazione si era fatta più forte dopo la nascita del piccolo. Avevo l'impressione di sapere qualcosa in più rispetto alla maggior parte della gente, ma non sapevo in cosa consisteva tale sapere.

Andai a farmi una doccia, per cercare di pensare ad altro. Mentre guardavo l'acqua che mi scorreva sul ventre, mi sentii sgonfia e abbattuta come un pallone bucato. Cominciai a pensare ai genitori adottivi. Dovevano essere al corrente della sua nascita, del fatto che fosse un maschietto. Non volevo pensare a loro, ma non potei evitarlo. Suor Dominic li aveva forse chiamati per dare quella meravigliosa notizia? Sicuramente non aveva chiamato *me*.

Riuscivo a immaginare la bellissima e immacolata stanza che lo aspettava. Conteneva moltissimi giocattoli e una culla antica. Avevano già scelto un nome per lui, o aspettavano invece di vederlo prima? Avrebbero chiesto che nome gli avevo dato?

Immaginavo *lei* come una versione più matura di me, come il tipo di persona che i miei genitori speravano sarei diventata. Dove, fino ad allora, avevo fallito, lei avrebbe trionfato.

Un motivo continuava a risuonarmi nelle orecchie, una canzone che avevo ascoltato e riascoltato di continuo quando ero piccola. La madre di Dumbo la cantava al suo piccolo prima che glielo portassero via perché si era infuriata nel tentativo di difenderlo. Mettevo il 45 giri sul giradischi e piangevo, poi riascoltavo la canzone e piangevo di nuovo. Quel motivo non mi abbandonava, anche se cercavo di scacciarlo dalla mente.

Le culle cominciarono a essere sospinte lungo il corridoio, secondo un rituale che si ripeteva in eterno ogni quattro ore.

Fu la stessa infermiera a portarmi mio figlio. Era ancora sveglio. La ragazza mi diede il biberon di acqua zuccherata, ed egli la bevve avidamente. Era meraviglioso nutrirlo.

Con un colpetto secco, il dottor Jordan aprì la porta, raggiunse il mio letto e lesse la cartella fissata alle sbarre di acciaio, dalla parte dei piedi. Leggendo i dati riportativi dichiarò che stavo bene e che sarei stata dimessa quello stesso giorno, nel tardo pomeriggio o in serata. Sollevò lo sguardo dalla cartella, mi fissò e sembrò avere una brusca reazione a qualcosa che aveva visto. Continuando a scrivere, diede le spalle al letto, voltandosi verso la finestra. Quando fu in procinto di andarsene, mi guardò di nuovo.

Lo fissai negli occhi e, con un sarcasmo che sconvolse anche me, esclamai: « Che bello spettacolo! La Madonna col Bambino! »

Immediatamente mi feci piccola per l'imbarazzo: avevo intuito l'entità della mia amarezza, io che non ero abituata a esprimere i miei sentimenti. Mi lanciò un'occhiata senza essere capace di rispondere, e lasciò la stanza in silenzio. Ero mortificata per la mia maleducazione.

Mi telefonò la signora Hogan: sarebbe venuta a prendermi per riaccompagnarmi a Seton House quella sera. Guardai mio figlio, calcolando che ci sarebbero restate solo due visite. Come sarei riuscita a sopportarlo? Da dove avrei tratto la forza? Lo tenni stretto al cuore e cercai di non essere troppo turbata per non far soffrire anche lui. Poi l'infermiera venne a prenderlo.

Mentre preparavo i bagagli cercai di preparare il mio addio al bambino. Volevo che ricordasse un'infinità di cose. Volevo riuscire a imprimere nel suo cuore in modo indelebile l'amore che provavo – e che avrei sempre provato – per lui. Dovevo trovare le parole giuste, così avrebbe portato in sé quella verità per tutta la vita.

La scelta delle parole si rivelò estremamente impegnativa. Decisi di dirgli addio alla visita successiva, nel caso che succedesse qualche imprevisto, e in effetti quella volta fu proprio l'ultima.

Quando le rotelle delle culle cominciarono a girare per la poppata del pomeriggio, cominciai a ispezionare la stanza freneticamente, cercando inconsciamente un qualche sollievo. Accolsi mio figlio in un silenzio cupo. Era profondamente addormentato. Dovette però capire che stava per ascoltare la sua prima predica: le palpebre gli tremarono, e seppi che si stava svegliando. Lo tenni contro il petto e pensai di cominciare a parlargli, ma per qualche motivo capii che non era la posizione giusta. Dopo diversi spostamenti, finii per tenerlo con entrambe le braccia in modo da averlo di fronte. Così avrei potuto parlargli guardandolo in faccia.

Era difficile capire se mi prestava attenzione. Dopotutto, si trattava di una conversazione a senso unico: nessuno gli chiedeva la sua opinione sulla situazione. Era alla mercé di tutti; non era in grado di decidere se preferiva una famiglia stabile e benestante o quella che suo padre e sua madre tentavano, contro tutte le previsioni, di creare.

Dentro di me non ero convinta che sarebbe stato meglio senza di noi, nonostante i pareri di tutti gli altri. Eppure cercai di dirgli che sarebbe vissuto in una casa molto migliore di quella che avrei potuto dargli io. Le mie parole sembravano false. Gli dissi che i suoi nuovi genitori erano molto eccitati all'idea di accoglierlo, e che erano le persone più fortunate del mondo ad adottarlo. Nulla mi usciva dalla bocca con il suono che avrei voluto. Dallo sguardo che mi lanciava, avevo la strana sensazione che neppure lui si bevesse tutti quei discorsi.

Lasciai perdere il discorso che mi ero preparata e lo abbracciai. Gli occhi mi si gonfiarono di lacrime, e gli dissi semplicemente le parole che mi sgorgavano dal cuore. Gli dissi che l'avrei sempre amato, che non sarebbe passato un solo giorno della mia vita in cui non avrei pensato a lui, e che avrebbe sempre dovuto credere al mio amore indipendentemente dalla distanza che ci separava. Gli dissi che sapevo che Chris la pensava allo stesso modo. Gli promisi che un giorno l'avrei ritrovato, gli dissi di non temere perché l'avrei fatto davvero. Niente e nessuno avrebbero potuto impedirmi di trovare mio figlio una volta cresciuto. Avrei vissuto in attesa del giorno in cui l'avrei rivisto.

L'infermiera entrò. Le diedi il bambino. Disse che la signora Hogan sarebbe passata presto, quella sera. La pregai di portarmi il bambino un'altra volta.

Il sole era ormai tramontato, quindi chiusi le veneziane, e mi lasciai cadere stancamente sul letto. Il latte mi gonfiò il seno e cominciò a gocciolare. Forse, proprio in quel momento, il mio bambino mi desiderava quanto io desideravo lui? Chiamai l'infermiera perché mi portasse nuovi tamponi per il latte.

Mi vestii al rallentatore. I miei vestiti mi sembrarono strani: era da quattro mesi e mezzo che non indossavo abiti normali. Quanto tempo fa avevo messo in valigia quel vestito con l'intenzione di indossarlo per tornare a casa dall'ospedale? Cercai di ritornare nei panni della ragazza che ero stata quando l'avevo indossato l'ultima volta. Ma ebbi una sensazione che i vestiti mi intrappolassero in una bugia, camuffandomi e facendomi apparire come la persona che non ero più. Volevo strapparmi gli abiti di dosso e correre urlando verso la camera dei bambini, afferrare mio figlio e scomparire. Ma così avrei solo confermato che non ero adatta a fare da madre al piccolo. Per qualche motivo avevo il terrore che, se non mi fossi comportata in modo perfetto, a mio figlio non avrebbero riservato la famiglia migliore. Il benessere di mio figlio dipendeva dalla correttezza del mio comportamento.

L'infermiera mi portò quella volta mio figlio in braccio, invece che nella culla. Me lo mise con dolcezza tra le braccia. Non ebbi la forza di ringraziarla, ma sapevo che aveva capito.

Lo tenni in braccio, avvertii il suo calore e cercai di infondergli il mio amore. Rimanemmo seduti, immobili, come sospesi. Lo baciai sulla fronte, sul naso, sulle minuscole e dolci labbra. L'infermiera tornò a prenderlo. Gli aprii le dita che si erano avvolte attorno al mio indice: sembrava non voler lasciare la presa. Me lo prese dalle braccia e li guardai che uscivano dalla camera.

Infine giunse la signora Hogan, che apparve sulla soglia con l'aria di chi è arrivato di corsa. Il freddo della notte innevata aleggiava attorno al suo cappotto.

Le dissi che avevo avuto un magnifico bambino, e le chiesi se voleva dargli un'occhiata dalla vetrata della camera dei bambini. Rispose che aveva molta fretta. Il mio corpo docile lanciò uno sguardo in corridoio alle famiglie felici davanti alla vetrata delle culle. In quel momento, una grande parte si staccò da me e andò da lui. Quando abbandonai il mio bambino, la mia anima abbandonò me per essere con lui.

# 6

Le luci erano spente quando tornai a Seton House. L'oscurità nascondeva la tristezza che vi si annidava, una tristezza che sembrava accresciuta dopo i pochi giorni di assenza, trascorsi in una luce abbagliante. Due ombre si materializzarono e mi si avvicinarono. Mi accorsi del nuovo rango, della celebrità che attribuivamo alle neomamme quando Anne-Marie e Nora mi giunsero accanto. Eravamo eroine che tornavano dall'abisso profondo, e la nostra presenza rassicurava le altre sul fatto che anch'esse sarebbero sopravvissute. Notai alcune altre sagome che punteggiavano qua e là il corridoio, nella speranza di apprendere qualche particolare in più sull'esperienza. Avrei voluto soddisfare il loro bisogno di capire cosa avrebbero dovuto affrontare; purtroppo non esistevano le parole per descrivere dov'ero stata e dov'erano dirette. Quindi accampai la scusa di una grande stanchezza e presi congedo da loro per andare a dormire, promettendo maggiori dettagli il mattino successivo. Capivo la loro ansia di sapere e il mio obbligo nei loro confronti. Chiusi la porta della stanza e le lasciai tornare alla sala della televisione e alla loro innocenza, che presto sarebbe andata in frantumi.

Assorbita dalla notte, posai lentamente la testa sul cuscino. Nessuna delle suore era venuta a vedermi. Immaginai che il mio bambino fosse ancora all'ospedale. Non mi ero informata sui dettagli del trapasso verso la sua vita futura, e nessuno si era proposto di spiegarmeli. Non sapevo com'ero riuscita ad andarmene dall'ospedale senza di lui. Ero in uno stato di choc, mi comportavo « normalmente » ma ero completamente staccata da me stessa.

In quel momento di profonda disperazione formulai una preghiera, tessuta con l'ultimo filo che ancora mi collegava a una forma di spiritualità. L'unica ragione per cui non avevo tranciato quel legame era una flebile speranza di restare connessa a mio figlio. Dovevo credere in quel filo. Pregai Maria, la Madre per eccellenza, perché esaudisse il mio desiderio:

*Madre Divina, custodisci mio figlio per me, ti prego. Per favore, amalo e prenditi cura di lui al mio posto. Fa' in modo che i suoi genitori lo amino e si occupino di lui come avrei voluto fare io stessa. Benedici loro e i fratelli e le sorelle del mio bambino, se ne avrà. Ti prego di aiutarlo a credere nel mio amore e a sentirne la presenza nel suo cuore. Dagli un abbraccio e un bacio da parte mia in questo momento.*

Rimasi in attesa, e sentii che veniva abbracciato e baciato dalla Vergine Maria, dolce e misericordiosa. Mentre recitavo quella preghiera capii che avevo invocato una verità profonda, un antico mistero. Ebbi la sensazione che la preghiera mi avviluppasse il cuore e che si protendesse per consolare il mio bambino, ovunque si trovasse. Dovevo credere nell'efficacia delle preghiera per poter continuare a vivere. Quando finalmente mi addormentai, fu come precipitare in un'oscurità totale.

Ebbi due giorni interi per abituarmi a vivere con solo una metà di me prima dell'arrivo dei miei genitori. Era lo stesso tipo di adattamento cui doveva sottoporsi una persona a cui era stata amputata una gamba. Staccai la spina dei sentimenti e rimasi con metà dell'anima.

Non mi presentai a colazione, fingendo di dormire, e cominciai a preparare i bagagli, rimandando il più possibile le domande delle ragazze. Riuscivo a descrivere ciò che mi era successo dal punto di vista fisico, ma non ero in grado di capire quello che mi era accaduto dal lato emotivo, e quindi non potevo prepararle.

Cercai Nora e la trovai in camera sua. Un'amica sarebbe arrivata a prenderla da un momento all'altro. Sembrava ancora infiammata dalla gioia per sua figlia. Parlava come se avesse la bambina ancora in braccio. Feci allusione al mio dolore per vedere la sua reazione: avrei voluto parlare con lei di ciò che provavo. Ma Nora era persa in una fantasia, e non volli mandare in frantumi la sua bolla protettiva. Mi unii alle altre nella sala della televisione.

Quando tentai di raccontare la mia storia, riconobbi a stento la mia voce.

Tutte mi sembravano diverse da come mi erano apparse prima di andare in ospedale. Avevo davvero trascorso tre mesi lì con loro, compresi i giorni del Ringraziamento e di Natale? Erano delle sconosciute più di quando le avevo incontrate la prima volta. Mentre cercavo di costruire un recinto intorno al mio dolore, mi isolavo e mi impedivo di provare dei sentimenti riguardo a qualsiasi cosa. L'istinto di autoconservazione non faceva alcuna distinzione.

Nessuno mi aiutò ad affrontare quel momento, nessuno mi consolò. Nessuno fece menzione di mio figlio. L'attenzione era concentrata sul mio benessere fisico in previsione della partenza. Il fatto che dovessi tornare all'università dopo solo una settimana destava qualche preoccupazione, ma sapevo che potevo farcela.

Giovedì pomeriggio venni sottoposta all'ultimo controllo di suor Beatrice. Mi diede dei tamponi da applicare sul seno per evitare perdite di latte. I tamponi erano di garza su un lato e avevano una supporto di plastica dall'altra parte. Davano una forma quadrata a ciò che indossavo e facevano rumore quando mi muovevo. Come avrei potuto continuare la mia farsa, una volta all'università, con un seno scricchiolante e quadrato?

Dei peli ispidi avevano cominciato a ricrescere dove ero stata rasata, prima del parto. Il prurito era insopportabile. Mi sentivo esposta e imbarazzata, senza protezione, innaturale. Come facevo a usare il bagno comune del dormitorio, con il seno che perdeva latte e l'aspetto di un pollo spennato? C'era anche un rituale che dovevo compiere nel corso delle tre settimane successive. Ogni volta che andavo in bagno, dovevo sciacquarmi con una soluzione di amamelide. Come facevo a portarmi in giro quella bottiglietta e convincere le mie amiche che ero reduce da quattro mesi spensierati in Florida? Sentii il freddo della tavola di metallo attraverso la sottile camicia da notte. Chiesi coraggiosamente a suor Beatrice come stava mio figlio. C'era qualcuno con lui? Mi rispose che c'era chi si prendeva cura di lui, ma una sensazione allo stomaco mi disse che era tutto solo. La monaca sembrava a disagio con tutte quelle domande. Il messaggio implicito era che Seton House aveva rispettato la sua parte dell'accordo: si erano prese cura di me quando non avevo nessun altro a cui rivolgermi. Ora dovevo mantenere la mia promessa e dare loro mio figlio. Si trattava di un patto primordiale.

Finii i bagagli, poi cercai in fondo al cassetto del comò ed estrassi il mucchio di lettere che Chris mi aveva mandato e che avevo conservato. Cercai uno dei fiocchi dei regali di Natale e legai le lettere. Speravo che un giorno avrei potuto darle a mio figlio: forse, leggendole, avrebbe potuto capire meglio come eravamo. Avrebbe saputo che lo amavamo, e che la nostra situazione ci era parsa terribilmente difficile. Le infilai nella tasca dello scamiciato, avvolte in un fazzoletto, così i miei genitori non le avrebbero scoperte. Non sapevano che io e Chris eravamo ancora in contatto. Era difficile pensare di mentire ancora per poter stare assieme. Era strano tornare a farsi trattare come una bambina dopo essere diventata madre.

Contemplai la possibilità di riprendere la mia vita di un tempo, ma non riuscii a immaginarmela. Ero cambiata troppo.

Qualcosa cadde per terra: era un ornamento dell'albero di Natale. Lo gettai nella valigia, come ricordo dell'unico Natale che mio figlio e io avevamo trascorso insieme. Suor Agatha mi aveva dato un cartoncino con una preghiera. Lo nascosi dietro la copertina del messale: era una preghiera per il « bambino che non potevo tenere ». Mi sembrava che tutti i miei gesti fossero finalizzati a nascondere le prove del fatto che ero diventata una donna.

Non appena chiusi il lucchetto della valigia bianca, udii qualcuno bussare. Era suor Beatrice: era arrivata suor Dominic. Aveva molta fretta e doveva vedermi immediatamente per i documenti. Erano quasi le sei, mancava poco alla cena, l'ultima che avrei consumato in quel luogo.

Aprii la porta dell'ufficio in cui mi aspettava. Si alzò, alta e imponente dietro la scrivania. Rimase in piedi mentre mi invitò, con un gesto, a prendere posto sulla sedia di fronte alla sua. Quando si appoggiò sul tavolo per sporgersi verso di me, le pieghe del suo abito si impigliarono nello schienale della sedia. Si creò un piccolo spazio tra il pesante e rigido velo bianco che le incorniciava il viso e il tessuto nero che partiva dalla fronte e le scendeva lungo la schiena. Riuscivo a vedere le punte dei corti capelli grigi, il bordo esterno dell'orecchio e, in parte, il collo. Mi sentivo indiscreta, ma ero affascinata. C'era qualcosa di estremamente umano in quella piccola parte di lei che era nascosta per il resto del mondo e, probabilmente, anche per lei. Sembrava particolarmente vitale in contrasto con il suo viso arido e la carnagione grigiastra che spuntava dall'abito. I dipinti dei santi rappresentavano visi che esprimevano un rapimento mistico. Non quella donna.

La suora tornò a sedersi, ma continuavo ad avere l'impressione che incombesse su di me. Le pieghe del velo tornarono al loro posto. Cercai di guardarla negli occhi, ma essa evitò accuratamente di ricambiare il mio sguardo. Armeggiò invece con l'apertura della valigetta, l'aperse ed estrasse alcuni fogli che appoggiò pesantemente sulla scrivania tra di noi. Continuò a non guardarmi negli occhi, ma si sporse verso di me. Premetti il più possibile la schiena contro la sedia per ritrarmi, con le spalle piegate in avanti.

Guardò l'orologio per ricordarmi che aveva poco tempo a disposizione. In tono sbrigativo mi spiegò il significato di ogni documento.

Sul primo formulario dovevo giurare che ero la madre di mio figlio. Poi dovevo dichiarare che non ero stata sposata al momento del concepimento, durante la gestazione e alla nascita del bambino, e che, per quanto ne sapevo, mio figlio non era stato legittimato, con il riconoscimento o in altro modo, prima che io avessi dato il consenso all'adozione. Il documento seguente era la « Richiesta per la separazione dalla madre ». Sembrava più adatto a essere firmato da mio figlio. Spiegò che le serviva per dimetterlo dall'ospedale e per darlo in affidamento per trenta giorni.

Era la prima volta che si parlava di affidamento: mi era sempre stato fatto credere che il mio bambino sarebbe stato immediatamente consegnato ai genitori adottivi perfetti. Le dissi che in nessun caso avrei firmato un documento perché venisse dato provvisoriamente in affidamento. Anzi, in quel caso non avrei firmato più nulla.

Mi spiegò che tale prassi era necessaria per assicurarsi che non ci fossero « problemi ». Ero scandalizzata. Mi dava la nausea il pensiero che riservassero ai loro clienti solo dei bambini perfetti. E se il mio piccolo non lo era? Me l'avrebbero detto? Ebbi improvvisamente visioni da incubo del mio bambino che languiva in un istituto, solo per il resto dei suoi giorni. E non l'avrei mai saputo. Il mio corpo cominciò a reagire in modo violento; temevo di rimettere sulla valigetta della suora.

Le dissi che avrei firmato solo se i genitori adottivi lo avessero portato a casa entro tre giorni. Senza darmi una risposta diretta, mi assicurò che non avevo motivo di preoccuparmi. Disse che avrei distrutto la vita dei genitori adottivi se avessi cambiato idea ora.

Il terzo documento che mi mise di fronte era per la rinuncia alla patria potestà e per l'autorizzazione e il consenso del genitore all'adozione. Dovevo prima di tutto giurare che ero sana di mente e in pieno possesso delle facoltà mentali. Dopo aver letto quelle parole dovetti fermarmi. Non ne ero così certa. Lessi il resto: dovevo dichiarare che non avevo subito pressioni da parte dell'agenzia, e che essa avrebbe avuto pieni poteri per decidere chi sarebbero stati i genitori del mio bambino. In altre parole, il piccolo apparteneva a loro. In futuro non avrei in nessun modo dovuto interferire con la vita di mio figlio.

Quando ebbi firmato, la suora emise involontariamente il respiro che aveva trattenuto (ce ne accorgemmo entrambe) negli ultimi minuti. Mentre raccoglieva le sue carte, mi disse che quella era la volontà di Dio. Dopo trenta giorni quei documenti avrebbero assunto un valore definitivo.

Ora, se avessi trovato un sistema per tenere mio figlio, non solo avrei ferito e imbarazzato i miei genitori, sarei diventata un elemento negativo per la società, avrei segnato il destino di mio figlio, avrei annullato le possibilità mie e di Chris di avere una vita dignitosa, ma avrei anche sfidato la volontà di Dio.

Guardai, ipnotizzata, la valigetta che si chiudeva, le fibbie che scattavano. La suora l'afferrò per il manico e la sollevò dal tavolo. La osservai mentre se la lasciò cadere lungo il fianco. L'immagine di una suora con la valigetta aveva un aspetto vagamente assurdo. I grani del lungo rosario di legno cozzarono l'uno contro l'altro per un minuto, finché ognuno si adattò all'altro. Quando fu sulla soglia si voltò verso di me e disse: « Che Dio abbia pietà di te ».

Fui incapace di alzarmi. Mi lasciò lì in ufficio e sparì nella fredda sera di gennaio con i documenti più decisivi e importanti che abbia mai dovuto firmare in tutta la vita. Le conseguenze di quelle firme avrebbero permeato ogni aspetto della mia vita, quella di mio figlio, di Chris, e molte altre vite per sempre. Non avevo potuto beneficiare di nessuna consulenza, legale o psicologica. Avevo diciannove anni ed ero sola. Rimasi seduta per un po', sbalordita, vinta dal mio dolore. Infine spensi le luci dell'ufficio e me ne andai.

A cena le altre sembravano sottomesse. Non sapevo come dire loro addio. Non avrei mai saputo che fine avrebbero fatto. Un altro velo mi cadde addosso per attenuare il dolore; a ogni velo diventavo sempre meno consapevole di ciò che succedeva dentro di me. Ognuno di essi smorzava il dolore al centro del mio essere, rendeva più debole il desiderio di mio figlio. Cominciai a sentirmi un'osservatrice casuale della mia vita. Ma potevo continuare a comportarmi in modo normale, anche se gli addii ebbero un suono falso e vuoto nelle mie orecchie.

Andai a salutare suor Bartholomew. Non mi unii alle altre nella sala della televisione. Feci invece una doccia e andai a letto. Mi sdraiai sulla schiena, ricordando le notti in cui ero stata enorme a causa del bambino. Recitai la preghiera alla Madonna, chiedendole di tenere stretto il bambino al posto mio in ospedale, dove si trovava tutto solo. Poi mi sollevai sul letto. Suor Dominic l'aveva forse portato con sé? Non avevo idea di quali fossero i suoi progetti, non me ne aveva parlato. L'ipotesi più logica era che l'avesse portato via con sé, altrimenti sarebbe dovuta tornare a Richmond dopo due giorni. Ma poteva darsi che i genitori adottivi abitassero in Virginia... Venni presa dal panico quando compresi che non avevo alcuna idea di *dove* si trovasse.

Vi fu un leggero battito alla porta. Suor Agatha infilò dentro la testa per dirmi che i miei genitori erano arrivati. Si era intrattenuta con loro: erano felici di riavermi a casa. Poi la suora sollevò lo scatolone dei regali di Natale, io presi il resto dei bagagli e seguii il fruscio del suo vestito nel lungo corridoio semibuio per l'ultima volta.

Mi trovai davanti i miei genitori nell'atrio. Erano felici di vedermi e stupiti dal mio aspetto meraviglioso. Fu quella l'unica frase con cui presero atto di ciò che era successo. Forse qualcuno aveva consigliato loro di parlarne il meno possibile. Sono certa che furono sollevati quando si accorsero che non portavo i segni visibili della recente gravidanza. La finzione poteva cominciare subito.

Mi abbracciarono. Papà uscì per caricare i bagagli in macchina. La mamma fu molto gentile con la monaca, che a sua volta fu cortese e simpatica.

Rimasi in silenzio, leggermente in disparte, e guardai il punto in cui, secondo me, i genitori adottivi si sarebbero trovati quando avrebbero visto il mio bambino la prima volta. Immaginai le loro espressioni entusiaste. Speravo che, in qualunque luogo si verificasse l'incontro, i raggi del sole li avrebbero baciati e che sarebbe stato per loro un momento magico. Mi sentivo prossima allo svenimento.

Papà rientrò e annunciò che era tutto pronto. Mi accomiatai con una stretta di mano da suor Jerome e suor Beatrice e le ringraziai. Rimasero sulla soglia e ci salutarono con la mano mentre salivamo in macchina.

Mio padre stava per avviare il motore, ma gli chiesi di aspettare un momento. Volevo dirgli qualcosa. Avevo ripetuto le parole nella mia mente da quando ero tornata a Seton House. Dal momento che non parlavamo mai di sentimenti, avevo l'impressione che, facendo quel discorsetto, mi sarei lanciata da un dirupo profondissimo. Ma non avevo scelta, dovevo parlare.

« Papà », dissi, « volevo solo dirti che non farò mai più nulla che ti possa deludere. »

Le parole mi uscirono strozzate e impacciate. Dopo averle udite, avrei voluto riprenderle. Avevo paura di ciò che sarebbe successo se avessi pronunciato un'altra parola. Dovetti fare appello a tutta la forza che possedevo per non versare le lacrime che mi bruciavano gli occhi e per evitare di urlare. Non sapevo perché era necessario che dimostrassi tutto quello stoicismo. Forse avevo la sensazione che, se fino ad allora non avevano intuito la mia sofferenza per l'esperienza appena vissuta, non l'avrebbero mai fatto. Non ero certo la prima che se ne andava senza il suo bambino da una casa per ragazze madri. Se avessero avuto dei dubbi, per dissiparli i miei non dovevano fare altro che voltarsi indietro e guardare le suore sorridenti e gesticolanti, che benedicevano in modo entusiastico la nostra scelta mentre ci allontanavamo dal vialetto d'ingresso di Seton House.

Ebbi l'impressione che mio padre fosse stato profondamente toccato dalla mia dichiarazione. Lo lasciò senza parole. Non era mai stato facile per lui esprimere ciò che provava, ma fino ad allora non avevo mai avvertito la necessità che lo facesse, poiché glielo avevo sempre letto negli occhi. Mia madre si voltò leggermente verso di me, appoggiando il braccio sullo schienale del sedile anteriore, e con le dita toccava quasi la spalla di mio padre. Nonostante la torsione, non aveva girato il viso abbastanza da guardarmi.

« Non dobbiamo più parlarne », disse. « Presto dimenticheremo tutti ciò che è successo. »

Ma avrei dovuto sollevare l'argomento un'altra volta, per vedere cosa pensavano ora del mio matrimonio con Chris. Volevo aspettare di arrivare a casa, per saggiare il terreno prima con mia madre. Sapevo che, se avessi fatto il nome di Chris in quel momento, mio padre l'avrebbe investito con l'auto o mi avrebbe fatta scendere.

La mamma cominciò a chiacchierare e mi aggiornò su ciò che era accaduto in mia assenza, cercando di sollevarmi il morale. Ancora una volta, i grandi eroi della guerra civile di Monument Avenue si ergevano maestosi sopra di noi. Sbirciai con aria furtiva tra di essi, sperando di intravedere l'ospedale di Richmond.

Più ci allontanavamo da Seton House e dal Memorial Hospital di Richmond, più ogni dettaglio assumeva un aspetto surreale. Osservai affascinata l'andirivieni degli automobilisti e dei pedoni sui marciapiedi. Sembravano tutti finti. Se mi fossi protesa per toccarli, sarebbero scomparsi nell'etere. Come avrei fatto a ritrovare il mio posto nel mondo reale?

Fissai intensamente il viso di ogni persona che attraversava la strada di fronte alla nostra macchina. Le dispiacerebbe davvero se tenessi il mio bambino e sposassi suo padre, anche se il matrimonio avvenisse dopo la nascita del piccolo? Davvero i suoi bambini lo deriderebbero ai giardini e lo chiamerebbero « bastardo » per il resto della vita? Non ne ero certa.

L'impressione di trovarmi in un sogno cresceva sempre più, man mano che procedevamo tra le morbide colline e il grazioso paesaggio campestre. Lo chiusi fuori dai miei pensieri serrando le palpebre e cercai di dormire, nel tentativo di trovare un angolo della mia mente privo di dolore. Non riuscii a fermare le lacrime che mi sgorgavano, brucianti, dagli angoli degli occhi.

Giungemmo infine in Friendly Road, l'arteria principale alla periferia della mia città. Lasciammo Friendly Road per immetterci nella nostra via. Guardai le case dei vicini e mi chiesi se si rendevano conto del potere incredibile che esercitavano. La preoccupazione per ciò che « essi » pensavano era uno dei motivi principali per cui non avevo il mio bambino tra le braccia quella sera, tornando a casa. E conoscevamo a malapena la maggioranza di essi.

Quando il motore fu spento, i miei sembrarono liberarsi di ogni loro preoccupazione con un profondo sospiro di sollievo. La dura prova alla quale erano stati sottoposti era finalmente terminata: la *loro* primogenita era tornata a casa.

Mi sentii un'estranea quando entrai in casa. Papà si chiuse nello studio. Io mi allontanai, dicendo che volevo rinfrescarmi e sdraiarmi un po'. Sapevo che mia madre desiderava fare qualcosa per me, ma non c'era niente che potesse fare, a parte trovare un sistema per farmi tenere il mio bambino.

Dopo aver eseguito il rituale con l'amamelide in bagno, entrai nella camera che dividevo con Janice. Mia sorella era ancora a scuola. Accatastai parecchi cuscini sul letto, in modo da poter restare seduta sul materasso e cercare di pensare lucidamente. La mia vecchia stanza, in cui avrei dovuto sentirmi al sicuro, sembrava essersi ribellata a me. La sua familiarità creava un profondo contrasto con la poca familiarità che avvertivo nei confronti della vecchia me. Sapevo che nessun'altra esperienza futura sarebbe stata peggiore di ciò che avevo provato. Dopo essere sopravvissuta a quello, potevo sopportare qualunque altra prova. Eppure, fu con il cuore attanagliato dal terrore che cercai di formulare la mia richiesta di sposare Chris.

Mi alzai dal letto e cercai di spianare le pieghe del vestito. Gli indumenti mi stavano larghissimi, non ero mai stata così magra. Trassi un respiro profondo per calmarmi, girai la maniglia di ottone della porta della stanza e cercai, ancora una volta, di non perdere le speranze.

Trovai la mamma in cucina, impegnata con la minestra e in procinto di prepararmi un pasto caldo da portarmi a letto. Disse che era meraviglioso riavermi a casa. Mi chiese di uscire sul retro per potermi scattare una foto. Dovetti cercare un giaccone perché faceva freddo. Presi in braccio Gigi, il nostro barboncino nano, e uscii nell'aria umida del pomeriggio. Fu uno choc dopo aver respirato l'aria stantia che regnava in casa. Tenni Gigi in braccio, inconsapevole del mio bisogno di stringere qualcosa tra le braccia per rendere completa la foto. La mamma armeggiò con l'apparecchio, mentre aspettavo pazientemente. Scattò due foto. La osservai attentamente, in attesa del momento perfetto. Non aveva notato che non ero più la sua bambina? Non si rendeva conto che non avrei più potuto – e voluto – esserlo?

Tornammo in casa e mangiammo la minestra in salotto. Mi sedetti sul divano, mentre mia madre prese posto sulla poltrona alla mia destra. Ero sorpresa perché ora mi sentivo alla pari con lei. Ma non avevamo compiuto insieme quell'evoluzione, quindi il cambiamento risultava sconcertante. La diplomazia non era il mio forte, quindi affrontai direttamente il nocciolo della questione.

«Mamma», cominciai. «Io e Chris abbiamo continuato a scriverci e a parlarci. Ci amiamo ancora.» Non esplose dopo quelle parole, quindi proseguii. «È venuto all'ospedale la sera successiva alla nascita del bambino.» Mi interruppi, aspettando una reazione diversa dalla cortese attenzione con cui ascoltava la mia storia. Forse stava cercando di rimanere impassibile per aiutarmi. Non lo sapevo. C'era un abisso tra noi, e mi pareva di non essere in grado di superarlo. Forse era una situazione impossibile da capire se non la si era vissuta in prima persona. Forse quello che stavo cercando di dirle le giungeva alle orecchie sotto forma di una lingua straniera. Ma lei stessa aveva avuto quattro figli, l'ultimo solo quattro anni e mezzo prima. Volevo che mi abbracciasse e mi consolasse dopo tutto quello che avevo dovuto affrontare da sola, ma non l'avrei mai implorata. Diverse ragazze di Seton House avevano genitori che rivolgevano loro la parola a malapena, che erano furiosi perché le figlie si erano fatte «inguaiare». Dovevo essere riconoscente, come aveva detto la suora, per il sostegno continuo da parte dei miei. Dissi con un filo di voce: « Chris vuole che ci sposiamo, e lo voglio anch'io ».

Ci fu una pausa. « Be' », replicò mia madre, « sai bene che tuo padre e io ti aiuteremmo in ogni modo possibile. Però dovreste trasferirvi in un altro stato, almeno per un po'. Altrimenti tuo padre rischierebbe di perdere il lavoro. Cosa penserebbe la gente? Come potremmo spiegare la situazione? »

Cercai di immaginarmi la scena: io, sola con un neonato e il mio nuovo marito, in un nuovo stato, senza amici e senza familiari. Cercai di immaginare Chris che compiva un sacrificio del genere per me. Non mi ritenevo degna di chiedergli una cosa del genere. Era come chiedere a Chris e a nostro figlio di vivere nella vergogna con me, probabilmente per il resto delle nostre vite, da quello che potevo prevedere. Quando ci sarebbe stato permesso di uscire dal nascondiglio, di mettere fine all'esilio?

Dissi che non riuscivo a immaginare di fare qualcosa del genere. E mia madre rispose: « Perfetto. Non ne riparleremo più ».

Con calma posai la fondina sul vassoio e mi alzai dal divano. Con voce atona chiesi il permesso di andarmi a riposare, dal momento che dopo due giorni sarei tornata all'università. Il seno mi si riempì, e il latte mi bagnò la camicia. Il mio bambino aveva bisogno di me? Stava piangendo? C'era qualcuno che lo prendeva in braccio e lo consolava? Mi sdraiai sul letto, fissando con sguardo assente il soffitto. Mi sentivo quasi in stato catatonico.

Udii dei suoni smorzati. Per prima cosa, la porta d'ingresso sbatté: Janice era tornata a casa da scuola. Vi fu un ammonimento rapido e furtivo, appena sussurrato: non doveva venire in camera, ero tornata dall'università con un'influenza terribile. Il telefono suonò in cucina. Poi udii Janice che correva in corridoio appena in tempo per afferrare Ellen, che stava girando la maniglia della mia porta. Gigi le inseguiva, abbaiando eccitato. Con un tono di voce più alto, mia madre disse: « Tienila lontana. Carol deve riposarsi per guarire dall'influenza ».

Una bugia ne generava un'altra. Quand'è che sarebbero diventate superflue tutte quelle menzogne? Il sacerdote considerava peccati quelle bugie « necessarie »? E mia madre aveva almeno il coraggio di confessarle?

La domenica mattina mamma, papà, Janice ed Ellen andarono

a messa senza di me. Mentii, dicendo che volevo serbare le forze per il ritorno a scuola. In realtà non avevo alcun desiderio di mettere piede in chiesa. Sarebbe stato ridicolo e ipocrita.

Nella solitudine della casa, pensai a mio figlio che aveva una settimana. I ricordi di quella domenica di una settimana prima erano ancora estremamente vividi, e mi sembrava di essere tornata indietro nel tempo e di rivivere gli stessi avvenimenti. Ora mancava una settimana di meno al momento in cui avrei potuto cominciare a cercarlo.

# 7

Giunse l'auto delle ragazze che mi avrebbero dato un passaggio al Winthrop College. Le quattro passeggere erano delle studentesse che conoscevo superficialmente. Erano tutte a conoscenza del fatto che avevo saltato il semestre precedente, quindi dovetti rispondere alle loro curiose domande sul meraviglioso periodo trascorso in Florida. Probabilmente sapevano la verità, ma per gentilezza e cortesia mi lasciarono continuare la commedia. Era risaputo che, quando una ragazza scompariva per un po', significava che aspettava un bambino.

Il seno perdeva latte, e controllai furtivamente per vedere se i tamponi di garza avevano nascosto la prova delle mie bugie. Per quella volta ero salva.

Rimasi in silenzio per la maggior parte del viaggio, approfittando del fatto che le altre erano molto amiche e che chiacchieravano continuamente. Preferivo guardare fuori del finestrino, rigato da gocce di pioggia, e sognare il mio bambino. Quella sera avrei potuto chiamare Chris.

Quando giungemmo davanti all'alloggio degli studenti, le ringraziai del passaggio e trascinai la pesante valigia fino in camera. Non avrei dovuto sollevare dei pesi così presto; speravo di non aver provocato delle lesioni interne.

Blair era seduta sul letto insieme a Barbara e Sheila, le ragazze che dividevano l'appartamento con noi. Aspettavano che la mensa aprisse per la cena, e si precipitarono ad abbracciarmi. Intuii che erano impacciate perché non sapevano cosa aspettarsi da me, dopo quello che avevo passato. Quando mi guardavano, vedevano anche ciò che più temevano. Pensavano che fossi stata sfortunata, ma io non riuscivo a considerare il mio bambino una sfortuna: era troppo meraviglioso.

Avevo sperato di ritrovare la mia vecchia vita nel momento dell'entrata in camera, ma ciò non avvenne. Tutto sembrava piatto, irreale. Mi sembrava di ascoltare la mia voce dall'angolo della stanza, dal soffitto, dalla finestra. Sapevo che era tutto inutile: non riuscivo più a trovarmi a mio agio con le vecchie amiche. Conoscevo qualcosa che loro ignoravano; avevo avuto un bambino che mi era cresciuto in grembo, avevo provato il travaglio, partorito. Avevo tenuto tra le braccia la carne della mia carne, il sangue del mio sangue. Tutto quanto il mio corpo si struggeva dal desiderio per lui, e la mia vita non poteva più essere uguale alla loro o alla mia esistenza precedente.

Il seno mi si gonfiò, mi dolse e cominciò a stillare latte. Per nascondere il pasticcio tenni la borsa stretta al petto. Il tampone scricchiolò. Cercando di apparire disinvolta, mi avvicinai al cassettone, voltando le spalle alle altre. Credo che le mie amiche fossero un po' spaventate da me. Del resto, mi facevo paura da sola. Mi chiesero se volevo cenare con loro. Respinsi l'invito, dicendo che dovevo disfare i bagagli, e chiesi loro di portarmi qualcosa da mangiare. Volevo semplicemente restare da sola.

Più tardi, quella notte, quando non riuscivo a dormire, scrissi a Chris. Avevo cercato di telefonargli, per dirgli che era impossibile sposarci, ma non ero riuscita a trovare il coraggio. Ero troppo addolorata e piena di vergogna.

Passarono i giorni, e feci ogni sforzo per tornare a essere la vecchia Carol, allegra ed estroversa. Forse ci sarei riuscita, quando la lattazione fosse finita, quando i peli che mi avevano rasato fossero ricresciuti, quando avessi potuto smettere le lavande disinfettanti, quando il ricordo delle cinghie che mi avevano immobilizzato durante il travaglio si fosse fatto più vago. Solo allora sarei potuta tornare a essere quella di un tempo. Allora, forse, avrei potuto scrollarmi di dosso quell'infinita tristezza e smettere di preoccuparmi della mia sanità mentale. Ma osservai che la mia vita stava acquistando un carattere di immobilità progressiva. Mi scoprivo seduta sul letto in uno stato di torpore dopo le lezioni, quasi incapace di muovere un muscolo per contrastare l'atmosfera opprimente attorno a me. Quando cercavo di comunicare, le parole sembravano impigliarsi nella rete sempre più fitta che mi circondava, e vi restavano appiccicate. Imitavo tutti i gesti della vita quotidiana senza provare nulla, sentendomi isolata e abbandonata. Nessuno mi aveva preparato per simili sentimenti, e immaginai di essere la sola a provarli, a causa della debolezza del mio carattere.

Sapevo che l'ultimo giorno in cui avrei potuto considerare veramente nostro il piccolo sarebbe stato San Valentino, trenta giorni dopo la rinuncia alla patria potestà. La mia mente, in una condizione simile al letargo, prese nota di ogni giorno che passava man mano che il 14 febbraio si avvicinava. Nel frattempo, immaginavo mio figlio in base alle promesse ricevute: felice e sorridente con la sua nuova madre, splendida e perfetta. Suo padre, uomo di successo, gli aveva probabilmente comprato quintali di giocattoli. Lo presentavano a tutti come loro figlio; probabilmente nella sua memoria non era rimasta la più debole traccia di me, come ci avevano assicurato le suore. I suoi genitori pensavano forse che la sua mente era una *tabula rasa*. Dopo avere visto la sua anima, guardandolo negli occhi, sapevo che non era così. Mi chiesi se pensavano mai a me. Avevo la sensazione di no.

Era orribile non sapere dove abitavano. Li immaginavo in ogni luogo. Mi sentivo al sicuro finché restavo nel campus e non ero obbligata a vedere madri con i loro bambini e a chiedermi se ognuno di loro poteva essere mio figlio.

Rimanevo sempre sveglia finché le altre non si erano addormentate, così non mi avrebbero sentito piangere. L'unico modo in cui riuscivo ad addormentarmi era lasciare sgorgare le lacrime. Sembrava che non ci fosse un altro sistema, a meno che non avessi voluto nascondere sotto il materasso – e usare al momento opportuno – una bottiglietta di vodka. La notte prima di San Valentino, pregai con più fervore del normale la Vergine Maria, chiedendole di aiutare mio figlio a capire il mio gesto, a rendersi conto di quanto l'amavo e l'avrei sempre amato, di far sì che la sua vita fosse priva di problemi. Pregai con una sensazione di panico.

La mattina del 14 febbraio mi svegliai con la nausea, corsi in bagno ed ebbi una violenta crisi di vomito. Credevo di avere l'influenza. Mi sentii completamente disorientata per tutto il giorno.

Suor Dominic non chiamò per costringermi ad affrontare la realtà di quel giorno. Nella tranquillità del suo ufficio, a quaranta chilometri di distanza, estrasse i documenti che avevo firmato quasi quattro giorni dopo la nascita di mio figlio e li controfirmò con il suo nome, decidendo la nostra sorte.

Dal momento che Winthrop era un'università solo femminile, durante il fine settimana era sempre deserta e desolata come una città fantasma. Anche uno studente senza problemi personali si sarebbe trovato nella più cupa disperazione dopo un week-end di noia e solitudine completa.

Nel tentativo di combattere la mia depressione, Blair e alcune altre amiche mi incoraggiarono a frequentare dei ragazzi. Esse uscivano spesso e si divertivano con i ragazzi di una vicina università cattolica maschile. Sapevo che non avrei potuto continuare così per sempre, e un fine settimana decisi di unirmi a loro. Mi misero in coppia con un ragazzo il cui padre aveva una fattoria con i cavalli. Cavalcammo per delle ore: la gita a cavallo risvegliò una deliziosa follia in me. Vidi di nuovo la bellezza della natura, annusai l'aroma ricco della terra, delle foglie e dei pini. Sentii rinascere in me una risata. Però ora la bellezza mi toccava troppo in profondità e mi riapriva la ferita. Mi chiesi se sarei mai riuscita a sfuggire a quel dolore.

Il mio cavaliere teneva in un nascondiglio del bourbon, e nel tardo pomeriggio cominciammo tutti a bere. Quando l'alcol cominciò a entrare in circolo, il mio corpo, per la prima volta da un anno a quella parte, smise di avvertire il peso di un dolore atroce. Il sollievo fu una beatitudine. Il contrasto mi colse di sorpresa.

Dopo cena, le mie amiche si appartarono con i loro ragazzi e io rimasi sola con il mio compagno. Avrei voluto essere una maga e trasformarlo in Chris.

Nessuno mi aveva detto che il programma era di passare la notte al ranch. Io e il ragazzo, rimasti soli, ci fissammo con imbarazzo. Mi versai un altro bourbon e mi chiesi cosa avrebbe pensato se avesse saputo la verità sul mio conto.

Nell'enorme camino di pietra scoppiettava il fuoco. Il calore non faceva in tempo a raggiungere il divano su cui ero seduta, quindi mi strinsi addosso il giaccone. Fissai le braci rosso brillante mentre il ragazzo uscì per andare a prendere altra legna. Di cosa mai avremmo parlato? Come facevo a raccontargli di me senza dirgli che avevo un figlio di due mesi, che stavo cercando di riavermi dal fatto di averlo abbandonato, e che ero ormai certa che non mi sarei mai più ripresa? Come avrei potuto stringere un'amicizia con qualcuno senza rivelare l'aspetto più importante della mia identità? Ma sapevo che dovevo imparare a essere allegra, altrimenti avrei trascorso da sola nel mio alloggio ogni fine settimana. Dovevo fuggire, dimenticare, non crogiolarmi nella mia depressione.

Il ragazzo tornò. Mi stava parlando di sé, con voce monotona. A Seton House avevamo spesso discusso su quale fosse il momento migliore per confessare a un uomo che ci interessava che avevamo avuto un bambino. Alcune sostenevano che bisognava aspettare un impegno da parte sua, mentre secondo altre non bisognava dirlo mai. Dal momento che eravamo dei « prodotti danneggiati », pensavamo di dover essere riconoscenti se avessimo trovato un uomo tanto buono da interessarsi a noi nonostante l'« orribile errore » che avevamo commesso. Avremmo dovuto strisciare per la gratitudine. Ci saremmo dovute sentire in debito con ogni uomo che non solo ci perdonava il fatto di non essere vergini, ma che tollerava di avere con noi un figlio che, per noi, era il secondo. Eravamo ossessionate dal nostro imene lacerato, ed eravamo invece inconsapevoli delle lacerazioni nel cuore, nello spirito, nella mente.

Guardai in silenzio il mio compagno che muoveva i ceppi con un grosso attizzatoio di ferro battuto. Uscì di nuovo e tornò con altri tre ceppi e li gettò nel fuoco. Ero stupita di me stessa: ero rimasta in silenzio per molto tempo. Prima la conversazione spicciola mi risultava facile, ora non riuscivo più a conversare amabilmente.

Il ragazzo era più vecchio di me, aveva ventitré anni. Si trovava lì per un breve soggiorno, quindi mi sentivo al sicuro. Anzi, era l'uomo perfetto con cui tastare il terreno. Alla luce del fuoco scoppiettante, e dei numerosi bourbon che avevo già bevuto, quando si voltò verso di me, capii che stava per baciarmi.

Mi strinsi addosso la giacca, sebbene il calore del fuoco avesse oramai raggiunto il divano. Quando mi circondò le spalle con un braccio, dissi che doveva sapere qualcosa sul mio conto. Rimasi esterrefatta dal mio tono di voce: sembrava che mi stessi scusando per averlo illuso e incoraggiato e che lo stessi avvisando del fatto che era stato gentile verso una specie di intoccabile. Mi stavo sminuendo ai suoi occhi ancora prima che fosse lui a farlo.

Mentre raccontavo la mia storia a quello sconosciuto, avevo la voce di una persona che confessa di odiarsi profondamente. Invece di comunicare la bellezza dell'esperienza della maternità, parlai della mia vergogna. Non ero sicura da dove proveniva quel sentimento. Credevo che il mio orgoglio fosse rimasto intatto. Ora, mentre parlavo con quel ragazzo, mi accorsi del mio errore.

Mi ascoltò con attenzione, e probabilmente si sarebbe dimostrato più comprensivo nei miei confronti se anch'io lo fossi stata verso me stessa. Mi accorsi immediatamente del cambiamento dei suoi sentimenti, che non erano più quelli di un innamorato ma erano diventati fraterni. Del resto, mi andava bene così.

Nella discreta luce del mattino, mi sentii imbarazzata per le rivelazioni della sera precedente. Mi ero pentita di essermi sentita costretta a raccontare la verità prima di essere pronta. Il ragazzo non ne fece accenno. Ero decisamente felice del fatto che avrebbe lasciato la città dopo poco tempo.

L'ufficio postale del Winthrop College era, per una volta, buio e silenzioso. Composi la combinazione della mia cassetta postale e aprii lo sportellino. C'era una sola lettera, da parte di Chris. Quando estrassi la lettera dallo scomparto, avvertii la sua presenza. Potevo percepire il dolore che ne emanava anche senza aprirla. Chiusi delicatamente lo sportello della cassetta e rimasi nell'oscurità. Avevamo scoperto che avevamo ancora più bisogno l'uno dell'altra ora. Avremmo dovuto smettere di provare rimorso; il dolore avrebbe dovuto dissiparsi, ormai, ma per noi si faceva sempre più profondo. Potevamo almeno aiutarci a vicenda a sopportare la rabbia e il senso di colpa che provavamo per esserci fidati della gente sbagliata invece di ascoltare noi stessi. Neanche tra noi riuscivamo ad affrontare la realtà inesprimibile della situazione: avevamo lasciato il nostro bambino a degli sconosciuti e lo avevamo abbandonato a un destino ignoto.

Sapevo che un giorno avrei perso anche Chris. Stare insieme non faceva che ricordarci la nostra perdita. Non avevamo altra scelta: i nostri cammini si sarebbero separati. Ma per il momento avevamo troppo bisogno l'uno dell'altra per allontanarci. Nessun altro poteva starci vicino e aiutarci a sopportare il dolore. Nessuno sembrava disposto a farlo.

Non tornai a casa per due mesi, e anche in quella occasione lo feci solo per vedere Chris e i miei amici. Continuavo a rimandare il ritorno a casa perché avrebbe significato una nuova serie di bugie ai miei genitori, menzogne sul fatto che non vedevo più Chris, che avevo dimenticato tutto, bugie su chi ero, bugie sulla felicità ritrovata. Lo sforzo di mantenere quella facciata mi costava troppo. Evitavo il più possibile di tornare a casa, evitavo di parlare con loro. Sapevo che ciò li feriva e forse anche li stupiva, ma non avevo in me forza sufficiente per lenire il loro dolore, anche se mi sentivo in colpa per le sofferenze che causavo loro.

Quando uscii di casa per il mio primo incontro segreto con Chris dopo la nascita del bambino, avvertii la rabbia di mio padre nei suoi confronti. Ne fui così spaventata che per un attimo mi mancò il coraggio di recarmi all'appuntamento e di rischiare di farmi scoprire. Ma *dovevamo* vederci.

Mi accorsi del dolore violento che mi provocavano le emozioni solo quando lo vidi. Mi sentii a pezzi, eppure più viva. Quando lo vedevo provavo dei sentimenti, e allo stesso tempo sapevo che non potevo convivere con essi. Avrei dovuto morire per ricominciare a vivere.

Quando passai in macchina vicino a Charlotte per tornare all'università, cominciai a tremare. Pensai che fosse per il ricordo della permanenza in casa di Tessa. Ma poteva significare forse che il mio bambino era vicino? Suor Dominic ci aveva detto che i bambini sarebbero stati mandati lontano dalle madri. Se avessi saputo che era stato adottato da una famiglia dei dintorni, avrei cominciato a perlustrare le strade e a guardare in ogni carrozzina. Probabilmente avrei abbandonato gli studi per trovarlo. L'incubo peggiore che mi ossessionava era che un giorno avrei potuto guardarlo in faccia senza riconoscerlo. Quel pensiero mi gelava il sangue e mi faceva sudare.

Tornata all'università passavo ore intere a fantasticare su com'era mio figlio, sui suoi nuovi genitori, sul luogo dove abitava. Oscillavo tra la convinzione che fosse circondato di amore e il timore che fosse abbandonato a se stesso. Spesso, immersa nei miei pensieri, mi spingevo fino alle grandi querce che segnavano il perimetro del campus, e mi stupivo della normalità delle esistenze dei passanti. A volte, sotto le querce, avevo l'impressione di sentir piangere un bambino.

Nel corso di arte drammatica, studiavamo le tragedie greche. Avevo amato quel corso il primo anno, ma ora quelle lezioni, come tutte le altre, avevano smesso di interessarmi. Tuttavia una frase del professore riuscì a squarciare la nebbia che mi avvolgeva. Probabilmente mi si era dapprima scolpita nell'inconscio, perché quando spostai lo sguardo dalla finestra al docente, avevo già gli occhi sbarrati per l'orrore. Stordita, cominciai a prestare attenzione alla storia di Edipo che, senza saperlo, aveva sposato sua madre e ucciso suo padre. Non riuscii a smettere di ridacchiare. La vita mi apparve d'un tratto come uno scherzo di cattivo gusto. In un certo senso perverso, quelle erano le prime nozioni che riuscivo ad assimilare da quando ero tornata a studiare.

Il professore mi lanciò uno sguardo sorpreso. La campana suonò e la lezione ebbe termine. Uscita dall'edificio vecchio di un secolo, sentii la pioggia che mi bagnava le mani mentre cercavo di proteggere i libri dall'acqua. Sollevai il viso che si inondò di pioggia e lacrime.

Quando giunsero le vacanze di Pasqua, cominciai a sentirmi eccitata. Era la prima festa che trascorrevo a casa da un anno a quella parte, cioè da quando ero stata allontanata. Mi chiesi che ne era stato delle altre ragazze di Seton House e mi domandai se loro se la cavavano meglio di me.

Jessica sarebbe stata il tramite tra me e Chris. Dopo essere giunta a casa, il Venerdì Santo, ci vollero sei conversazioni furtive per organizzare il nostro incontro e una per disdirlo: mia madre insistette perché andassi anch'io alla Via Crucis per dare il buon esempio a Janice ed Ellen.

L'aria fredda, proveniente dalla riserva inesauribile all'interno delle colonne gelide di marmo della chiesa, mi colpì in viso quando entrammo. Era mescolata all'odore di incenso. Il vecchio pavimento di legno scricchiolò mentre ci infilavamo in un banco e l'inginocchiatoio rivelò, con un tonfo secco, il nostro leggero ritardo. Sentivo ancora l'acqua benedetta sulla fronte.

Non avevo messo piede in una chiesa dai tempi di Seton House. Non cercai neppure di prestare attenzione alle parole del sacerdote: il loro ritmo mi serviva solo come rumore di fondo per i miei pensieri, rivolti al Venerdì Santo dell'anno prima. Asciugai rapidamente con la mano la traccia umida di acqua santa che ancora mi bagnava la fronte, e mi ravviai i capelli per cercare di controllarmi e tornare alla realtà.

Un bambino si mise a piangere verso il fondo della chiesa, e dopo qualche istante la grossa porta si richiuse con un tonfo dopo che la madre lo ebbe portato fuori per non disturbare la celebrazione. Sentii sulla lingua il gusto delle lacrime, e non avevo neppure un Kleenex o una preghiera per farle smettere. Guardai mia madre. Il suo viso era l'immagine stessa della devozione mentre pregava con gli altri fedeli e con il prete.

Alla stazione numero tredici, Gesù cadde per la terza volta. I miei occhi, offuscati dalle lacrime, cercavano di seguire gli spostamenti del sacerdote e di mettere a fuoco le fiammelle delle alte candele portate dai chierichetti. La chiesa era immersa nell'oscurità; solo due candele illuminavano l'altare. Il velluto color porpora nascondeva le statue. L'aria era pesante e l'incenso la appesantiva ancora di più. Tutto stava morendo quella sera. Mi sembrava di respirare la polvere acre sollevata dal movimento della processione del Calvario. In quell'atmosfera opprimente come piombo, riuscii a sentire il sapore della sabbia e del sudore.

All'esterno si stava per scatenare un temporale. Dopo la cerimonia fummo accolti dalle prime gocce di pioggia. Mamma, Bob, Janice, Ellen e io ci accatastammo in macchina e tornammo a casa senza dire una parola. Era come se fossimo degli estranei. Stava succedendo qualcosa alla nostra famiglia. Guardai i fasci di luce proiettati dalla nostra Chevy Impala. Forse sarebbe stato impossibile continuare a essere una famiglia felice con un membro così importante assente e non riconosciuto. Scendemmo dall'auto ed entrammo in casa, imbronciati come lo eravamo stati per tutto il giorno.

In chiesa la domenica di Pasqua tutti avevano un'aria sorprendentemente «nuova» e a disagio, agghindati com'erano. Quando ero piccola, ogni domenica di Pasqua assumevo un'andatura particolare. Per evitare che le suole delle mie scarpe di vernice si graffiassero e non scivolassero come volevo sul tappeto del salotto dopo la messa, camminavo sui lati o facevo piccoli passettini. Non funzionava mai. Nonostante i miei sforzi, quando tornavamo a casa le suole erano graffiate. Mi chiesi allora come sarebbe stato vestito mio figlio per la sua prima Pasqua. Estrassi il cartoncino con la preghiera, nascosto nel messale, datomi da suor Agatha, e lo lessi tre volte, come se fosse stata una formula magica in grado di garantirgli una Pasqua felice.

Dopo la messa i miei genitori andarono a giocare a golf. Quel pomeriggio, Chris scese dall'auto dei suoi, fece il giro e mi aprì la sportello per permettermi di scendere. Agitati per la sua visita, avevamo parcheggiato in strada, di fronte a casa, invece che nel nostro vialetto di accesso, anche se potevamo stare tranquilli almeno per un'ora, mentre i miei giocavano a golf. Janice era da sempre infatuata di Chris, e mi aveva pregato di portarlo a casa.

Mentre camminavamo sul vialetto leggermente in salita che portava a casa mia, Janice uscì dall'ingresso principale e ci venne incontro. Era felice di rivedere Chris. Ci avviammo verso la casa e ci fermammo nell'ombra protettiva dei pioppi che separavano la nostra proprietà da quella dei vicini. Mi sentivo senza fiato ed esausta, come se avessi scalato una ripida montagna. Rimasi immobile sul vialetto di asfalto caldo, assorbendo tutto il calore che emanava, proprio come avevo regolarmente assorbito la rabbia che mio padre provava per Chris. Egli era il capro espiatorio, il parafulmine su cui si scatenava la collera di tutti. Dovevo permettergli di andare per la sua strada verso una prospettiva migliore, proprio come dovevo lasciare che mio figlio avesse una vita più serena e felice di quella che avrei potuto dargli io. O, almeno, così dicevo a me stessa.

Tornai all'università; quella notte il telefono a gettoni suonò molto tardi. Il responsabile del gruppo di alloggi di cui faceva parte il mio venne in camera e mi disse che era per me.

Era mio padre. Aveva scoperto, non so come, che avevo visto Chris e che era venuto a casa nostra, ed era furibondo. Janice era stata messa in castigo, con la proibizione di uscire, perché aveva permesso l'incontro, e papà minacciò di chiamare Chris il giorno dopo. Lo scongiurai di non telefonare a lui o ai suoi genitori: solo l'idea mi faceva sentire mortificata. Gli promisi che, se non l'avesse chiamato, avrei finalmente troncato il nostro rapporto.

Attraversai di nuovo il corridoio e tornai in camera mia. Blair era ancora sveglia; era un'ottima ascoltatrice, e mi sedetti sulla sponda del suo letto, dove le esposi la situazione e le diverse possibilità che mi si presentavano.

Andai a dormire ancora incerta sul da farsi.

Le mie giornate erano percorse da una corrente sotterranea, un'ansia crescente riguardo al benessere di mio figlio. A volte avevo la terribile sensazione che avesse qualche problema fisico. Altre volte, come per compensare i cattivi presagi, avevo una fantasia che rivivevo continuamente nella mente: la sua adozione non era andata in porto. Immaginavo che suor Dominic telefonasse e chiedesse se volevamo prendere in considerazione la possibilità di tenere nostro figlio. Non riuscivo a immaginare che i genitori adottivi fossero morti in un incidente aereo o automobilistico, quindi era difficile pensare a un sistema per eliminarli dal quadro. Finalmente mi venne un'idea: immaginai che la madre fosse rimasta incinta e che non fosse in grado di crescere due bambini contemporaneamente. In quel modo, tutti sarebbero stati contenti.

Il compleanno di Chris cadeva la domenica successiva, giorno della festa della mamma. Tornai a casa per il fine settimana come Blair, la mia compagna di stanza, che viveva poco lontano. Chris e io ci accordammo per vederci in segreto il sabato sera. Gli avevo accennato alle minacce di mio padre, ed entrambi ci sentimmo terrorizzati al momento di fissare l'incontro. Poiché Jessica era rimasta all'università, fu Blair a fare da tramite.

La casa di Blair stava cominciando a fornirmi il calore che non ricevevo più in seno alla mia famiglia, ma di cui avevo così disperatamente bisogno. La cucina di casa sua era spaziosa e accogliente, e aveva sempre un aspetto vissuto. Sua madre era di buona compagnia. Il loro vecchio e grosso dalmata divideva con lei una tazza di caffè tutte le mattine. Essa non faceva troppe domande.

Sabato sera, come programmato, andai da Blair a giocare a bridge. Chris sarebbe passato il prima possibile ma solo a notte fatta. La madre di Blair era appassionata di bridge, e bisognava farle capire che, a un certo punto della serata, avrei dovuto smettere di giocare e andare a parlare con qualcuno che mi aspettava fuori. Dovevo uscire non appena udivo il rumore della macchina nel vialetto, indipendentemente dal punto in cui ci trovavamo nel gioco: non volevamo che sapesse che vedevo Chris, perché non volevamo metterla nelle condizioni di dover mentire per noi.

Concentrarmi mi richiese uno sforzo enorme. Fui aiutata dalla provvidenza. Il gioco era stato sospeso quando vidi i fari di Chris attraverso le tende del salotto. I pneumatici scricchiolarono sulla ghiaia e si arrestarono.

Raggiunsi a piedi l'angolo più buio del vialetto e salii in macchina. Rimasi colpita dal suo aspetto leggermente in disordine. L'avevo sempre visto vestito bene e con cura. Da quando gli era stato proibito di frequentare casa mia e le abitazioni dei miei amici, doveva aver cominciato a sentirsi una specie di criminale. Cercai in ogni modo di restare calma, ma quando lo guardai venni assalita da una sensazione estremamente dolorosa.

L'aria era fresca, ma non tanto da rendere necessario l'uso di maglioni. I grilli cantavano. Una brezza profumata di gelsomino entrava dai finestrini aperti. Ero consapevole della lucentezza delle stelle e dei raggi lunari che inondavano i grossi boccioli di magnolia.

Chris, con un tono spaventosamente cupo, disse che sentiva che qualcosa non andava per nostro figlio. Venni attanagliata dal terrore, perché stava confermando i miei terribili presagi. Mi chiesi se era il caso di chiamare suor Dominic.

Non credevo che ci avrebbe detto nulla. Avevo paura di parlarle. Rimanemmo sospesi in un silenzio greve. Fissavo le magnolie davanti a me. I boccioli vennero illuminati dalle luci di una macchina che si avvicinava. Trattenni il fiato. Il silenzio tornò a regnare.

Udii la mia voce dire: «Non possiamo più vederci». Vidi il suo corpo incassare il colpo, poi sospirò. «Non riesco più a sopportare di dover ricorrere a sotterfugi per vederti. Non ho più la forza per oppormi al volere di mio padre, e non riesco a persuaderlo a cambiare atteggiamento nei tuoi confronti. Non vedo alcuna via d'uscita per noi due. Ricorda che ti amerò sempre.»

Non potevo restare un secondo di più in quell'auto. Mi faceva troppo male. Cercai di non guardare mentre faceva retromarcia nel vialetto, ma mi voltai in tempo per vedere scomparire le luci dei fari.

Era la festa della mamma, ma mio figlio la trascorreva con un'altra madre. Recitai la mia preghiera alla Madonna perché lo abbracciasse e baciasse, e vegliasse su di lui. Quando la ripetevo, facevo in modo che fosse sempre mattino presto o sera tardi, quando il piccolo dormiva, in modo che non interferisse con la sua vita da sveglio. Mentre ripetevo la preghiera, mi spinsi con la mente così vicino a lui da poterlo sollevare dalla culla, tenerlo stretto e dirgli quanto lo amavo. Avvertii allora una pace infinita. Annusai il dolce profumo del suo capo, che mi tolse il respiro. Quel momento mi sembrò durare in eterno.

In chiesa, il giorno della festa della mamma, pensai ai suoi nuovi genitori. Lei pensava a me? Mi aveva cancellato dalla mente, come le aveva certamente consigliato di fare suor Dominic? O faceva fatica a non pensare a me e si chiedeva perché, credendo forse che l'incapacità di dimenticarmi fosse un problema legato a una sua deficienza? Aveva diritto a mio figlio più di me: era sposata e aveva del denaro. Forse i miei pensieri amari provavano proprio la mia indegnità come madre? Spaziai con lo sguardo sull'oceano di cappelli estivi e guanti bianchi, veli di pizzo fissati con mollette ad acconciature gonfie e cotonate, che completavano la tenuta domenicale delle fedeli ipocrite e sicure della loro santità. Era un peccato continuare a considerare tale mio figlio?

# 8

Piangevo oramai molto di rado, a parte quando mi trovavo da sola. Ero orgogliosa delle mie poche lacrime. Dimostravano che avevo un carattere forte: non ero una donna debole che frignava. Mi gettai a capofitto nella vita universitaria, frequentai dei ragazzi, sostenni gli esami.

Ebbi finalmente l'opportunità di vedere davvero la Florida. Ci andai con la mia compagna di appartamento Sheila, per una breve vacanza subito dopo la fine della scuola. Mi presentò a un suo vecchio amico: facemmo coppia fissa. Era una persona meravigliosa, che sembrava tenere molto a me. Ma era troppo difficile: alla vigilia della partenza crollai del tutto e gli raccontai la verità sul mio conto. Gli chiesi di non chiamarmi in seguito. Ero convinta che meritasse una ragazza migliore di me. In realtà, non riuscivo a permettere a nessuno di amarmi.

Tornai a casa per seguire dei corsi estivi all'università, in modo da laurearmi in corso, come se non avessi perso quel semestre. Ero ossessionata dall'idea di dovermi a tutti i costi laureare in tempo.

Ripresi a lavorare da J.C. Penney's, giocai spesso a bridge, uscii con vecchi amici e riempii ogni momento della giornata con attività, letture, rapporti personali. Se mi fermavo anche solo per un minuto, venivo presa da un panico gelido.

Tornando all'università per l'inizio del penultimo anno, fui sorpresa dai tremiti che mi colsero quando passammo da Charlotte. La mia apprensione, anzi, sembrava aumentata, non diminuita. Cominciai a respirare affannosamente e il vecchio panico riaffiorò. Poi, quando ci avvicinammo a Winthrop, mi calmai.

Che cos'era? Charlotte era forse posseduta dai fantasmi? O forse lo ero io?

Avevo terminato gli esami fondamentali: ora potevo cominciare a scegliere una specializzazione. Nonostante lo spettro dell'addestramento di un topo vivo per psicologia sperimentale e l'obbligo di sostenere un esame di statistica, decisi di specializzarmi in psicologia. Non volevo fare come le altre, che ottenevano un diploma di insegnante solo per sposarsi subito dopo la laurea e cominciare ad avere dei bambini. Non volevo limitarmi a fare ciò che ci si « aspettava » dalle donne. Mi sentivo troppo diversa per avere una vita uguale alle altre. Poiché avevo vissuto in molte altre zone diverse dal sud degli Stati Uniti, ed ero quindi più sofisticata della maggior parte delle mie coetanee un po' bigotte, lo consideravo logico. Non pensai di attribuire il mio spirito di ribellione al fatto di avere avuto un figlio, cosa che mi rendeva irreparabilmente e permanentemente diversa in ogni caso. Non mi venne mai in mente che forse mi sentivo così in collera da fare il contrario di ciò che avrei dovuto.

L'aula di psicologia sperimentale era spaziosa. Il dottor Murdy entrò con un topolino in una gabbia e lo mise sul mio banco. Avevo il cuore che mi batteva per la trepidazione. Mi ci vollero solo due secondi per innamorarmi del topolino.

I docenti del nostro dipartimento di psicologia erano comportamentisti. Il professor Murdy sembrava propenso a credere che B.F. Skinner fosse quasi una divinità. Mentre ci spiegava il condizionamento operante e le scatole di Skinner rimase in piedi, appoggiato alla lavagna, con la cravatta allentata e la giacca di tweed che gli stava un po' larga. La pipa puntava sempre verso il cielo. Mentre ascoltavo la lezione del professor Murdy, guardai il mio topo che correva in tondo nella gabbia. Decisi di chiamarlo Herman. Aveva un musetto da Herman, e speravo che un nome così serio l'avrebbe aiutato a ottenere migliori risultati nella scatola di Skinner. Il mio futuro accademico dipendeva dalla sua capacità di imparare rapidamente. Dovevamo condurre una serie di esperimenti, ideati con lo scopo di dimostrare il potere del rinforzo positivo. L'esperimento di quel giorno sarebbe stato la base per tutti quelli successivi, che sarebbero diventati progressivamente più difficili. Ogni lunedì il topolino doveva svolgere un esercizio via via più complesso. Non era raro che gli studenti passassero notti e fine settimana in laboratorio con il loro topolino, nel tentativo disperato di insegnargli le operazioni da svolgere.

Portai Herman vicino alla scatola di Skinner accanto alla finestra. Prima di mettervelo dentro, avemmo una conversazione piuttosto impegnativa sull'importanza di apprendere velocemente. Aveva l'aria di ascoltarmi con attenzione. E in effetti, fu il primo a imparare l'esercizio e a premere la leva. Era così bravo che uscivo sempre per prima dal laboratorio. Lo consideravo come il mio partner, e spesso mi fermavo solo per dirgli ciao.

L'abilità di Herman mi permise di procedere sulla strada della psicologia. Ero affascinata da tutto ciò che imparavo, però la mia coscienza cattolica mi rendeva ansiosa. Molti cattolici credevano che lo studio della psicologia fosse inconciliabile con la religione. Molti studenti battisti del sud pensavano che gli studenti di psicologia avessero imboccato la strada che li avrebbe condotti all'inferno. Tale scienza era considerata un'accozzaglia di credenze narcisistiche, destinate a fiaccare il carattere invece che a rafforzarlo. Chi studiava psicologia veniva ritenuto pazzo. Nel mio caso, pensavo che avessero ragione. Studiavo per l'esame di psicopatologia e cercavo al contempo di capire cosa mi era successo.

Visitammo con la classe un ospedale psichiatrico, il South Carolina State Mental Hospital. Dopo la visita guidata negli edifici nuovissimi in cui alloggiavano i pazienti in fase di riabilitazione, il nostro professore chiese di vedere il cuore della struttura. La nostra guida si dimostrò piuttosto riluttante, e cercò con gli occhi un superiore che venisse a salvarla. Non c'era però nessuno. Ci condusse, sebbene controvoglia, su un sentiero che tagliava a metà il prato, e giungemmo in un cortile polveroso. Gli edifici che circondavano quello spiazzo sterile sembravano molto vecchi. I pazienti si affacciarono alle finestre e fecero delle scene « da pazzi », così non saremmo rimasti delusi dalla visita.

Il professore chiese all'accompagnatrice di portarci al reparto peggiore. Con uno sguardo che diceva « l'avete voluto voi », aprì la prima di una serie di porte. Man mano che gli usci venivano aperti, lo strepito di voci deliranti si fece più assordante. Ci trovavamo nel reparto femminile che ospitava le pazienti con schizofrenie gravi o in stato catatonico. Tutto appariva del colore della polvere. Era come se un uragano avesse lasciato un velo beige-rosa su ogni oggetto e persona.

Nel reparto erano ricoverate circa venticinque pazienti. Molte si dondolavano in modo monotono, stando in piedi o sedute per terra o sul letto. Atre erano sdraiate in posizione fetale. Nessuna ci guardò. Una donna continuava a spazzare lo stesso punto con una scopa dalle setole ormai consunte. Quel posto era squallido e aveva un cattivo odore. Quali erano state le cause del ricovero per quelle pazienti?

La nostra guida ci chiese di non guardare nella stanzetta imbottita per non disturbare la paziente. Naturalmente non persi l'occasione di restare indietro e di sbirciare dalla finestrina che si apriva nella porta chiusa a chiave. Mi sembrava di un'importanza fondamentale vedere chi vi era ospitata.

Indossava una camicia di forza ed era stesa sul fianco come se fosse stata gettata in quella posizione. I capelli biondo sabbia erano arruffati e le ricadevano sul viso. Le gambe lunghe e snelle erano ripiegate contro il petto. Sembrava avere la mia età. Il suo viso, il disegno degli zigomi e della mascella suggerivano una bellezza ormai svanita, anche se negli occhi azzurri sbarrati c'era il vuoto totale. I miei occhi, invece, si riempirono di lacrime. Avrei voluto entrare nella cella e parlare con lei, aiutarla. Feci un milione di domande sul suo conto mentre venivamo fatti allontanare dal reparto.

Per prepararci alla nostra visita successiva al South Carolina Home for Exceptional Children – la casa per bambini eccezionali – (uno dei migliori eufemismi per indicare i bambini con problemi di carattere psichiatrico), studiammo l'opera di Harry F. Harlow. Gli esperimenti di Harlow mettevano a confronto scimmie allevate con «madri» surrogate di fil di ferro con quelle le cui finte madri erano di ferro coperto di spugna. I suoi esperimenti giunsero alla conclusione che le scimmiette preferivano il calore e la morbidezza delle madri di spugna anche se le madri di fil di ferro avevano il biberon pieno. L'intensità della reazione alla madre surrogata era direttamente in rapporto con l'intervallo tra la nascita e la presentazione di detta madre. I piccoli che erano con la madre surrogata dalla nascita si legavano a lei in modo più forte; il legame si indeboliva in modo proporzionale al ritardo. Nell'età adulta nessuna delle scimmie allevate con un tipo o l'altro di madre surrogata aveva un funzionamento efficace. Solo quelle cresciute dalla vere madri erano mature e in buona salute. Lo studio del materiale fu orribile per me.

Fissavo, senza riuscire a distogliere lo sguardo, la fotografia nel mio manuale: rappresentava una scimmietta spaventata che si aggrappava alla sua « mamma » di spugna.

Lessi e rilessi un passo tratto da un saggio di Harlow intitolato « La natura dell'amore ».

« Anche se i tassi di mortalità e di malattie per i bambini separati dalla madre sono superiori a quelli dei bambini che sono allevati dalla madre, i fattori forniti dalla madre sono sconosciuti. Certo non sono il cibo, i vestiti e il calore, dal momento che questi vengono forniti anche negli istituti. »

Secondo l'esauriente ricerca compiuta dal dottor John Bowlby: « la sanità mentale dei bambini viene danneggiata in modo tragico dalla separazione dalla madre ». La gravità del danno dipendeva, naturalmente, dalla qualità dell'esperienza con il sostituto della madre, dall'intervallo di tempo necessario per fornire un sostituto adeguato e dal numero di tali sostituti nei primi tre anni di vita. In una certa misura, la separazione creava « un'impressione caratteristica » sulla personalità. I bambini apparivano emotivamente isolati. Non riuscivano a sviluppare legami di affetto con altri bambini e con gli adulti. Si poteva trovare in loro una « socievolezza superficiale, ma, se il soggetto veniva sottoposto a un'analisi profonda, si scopriva che non aveva sentimenti né radici solide in quei rapporti ». Le loro relazioni sociali erano caratterizzate da una « mancanza di risposte emotive, un'assenza di sentimenti, prove limitate o assenti di un attaccamento autentico ». Quel destino era forse preferibile, mi chiesi, alla vita con una madre che aveva avuto rapporti sessuali prima del matrimonio?

Peccato che Harlow non avesse pensato di osservare il comportamento delle madri delle scimmie dopo che i loro piccoli venivano loro tolti e affidati a madri surrogate di fil di ferro o di spugna. Uccidevano le madri, dal momento che non sapevano più cosa farsene? Un vero peccato. Perdevano l'opportunità di osservare se diventavano psicotiche, catatoniche, schizofreniche, alcolizzate o se manifestavano tendenze al suicidio senza i loro piccoli. Avrebbero dovuto studiarle per vedere se vivevano esistenze normali e riuscivano a dimenticare.

Oppure, se vivevano, diventavano anch'esse depresse e distanti? Sarebbero riuscite a stabilire rapporti sociali normali? Avrebbero avuto paura di altri rapporti sessuali per il terrore di restare nuovamente incinte? Sarebbero state in grado di allevare i piccoli successivi bene quanto le madri « normali »? O sarebbero, invece, diventate sterili?

Se avessero studiato le madri, forse avrei potuto scoprire cosa aspettarmi. Si sentivano anch'esse isolate come mi sentivo io, provavano lo stesso dolore profondo, avevano gli stessi interrogativi? E cosa succedeva ai padri? Che ne era di Chris?

Cosa stava succedendo al mio bambino?

La struttura che ospitava i bambini « eccezionali » del South Carolina era nuova di zecca. Non c'era, però, un solo albero o un'aiuola di fiori a rompere la monotonia del prato curatissimo che conduceva all'edificio. L'aria era umida in modo oppressivo, e il cielo era di un colore innaturale, un pesante grigio simile al bronzo per cannoni.

A differenza di quando ero andata all'ospedale psichiatrico, non attendevo questa visita con impazienza ma con terrore. Avevo cercato di evitarla, ma non ero riuscita a trovare una scusa convincente. Non potevo certo spiegare che la mia riluttanza derivava dal terrore di vedere realizzato il mio peggior incubo: *avrei trovato lì mio figlio*.

Quando la paura di non sapere dov'era o come stava sfuggiva al mio controllo, finivo per immaginarlo sdraiato, tutto solo, in una culla in un istituto come quello. Nessuno me l'avrebbe detto, ed egli sarebbe vissuto e scomparso senza che lo sapessi.

Mi era sembrato perfetto sotto tutti gli aspetti, ma in classe avevo letto che l'idrocefalo si sviluppa tre giorni dopo la nascita. Fui presa dal panico. L'idrocefalo, un ammasso di liquido sul cervello, aumenta il volume della testa di tre o quattro volte e provoca un ritardo mentale. Non ero rimasta con lui abbastanza tempo per scoprire se ne era affetto, e suor Dominic mi aveva fatto capire che solo i bambini perfetti potevano essere dati in adozione. Cosa accadeva agli altri?

Quando raggiungemmo l'entrata, dopo aver percorso l'interminabile marciapiede di cemento, ero pietrificata. Venimmo accolti dall'amministratrice. Senza troppi preamboli, aprì la porta del primo reparto, quello dei bambini con i ritardi più gravi. C'erano circa venti culle in quella piccola stanza, eppure vi regnava un silenzio strano. Dalle incommensurabili profondità del nulla, degli occhi ci fissavano da visi infantili completamente deformi.

L'amministratrice ci parlò di ogni bambino, illustrando eziologie ed età diverse – sei anni, dodici anni –, come un giardiniere avrebbe descritto tipi particolari di fiori e arbusti. Una viola del pensiero aveva più vitalità dei visi di quei bambini. Secondo la nostra guida, la maggior parte dei genitori non tornava mai a rivedere i figli. Era troppo doloroso, e i bambini comunque non avrebbero potuto riconoscerli.

«Nell'angolo», disse, «c'è Jonathan, gravemente idrocefalico.»

Mi voltai immediatamente per affrontare la mia paura più grande. A differenza degli altri diciannove bambini che restavano sdraiati nei loro lettini, Jonathan era seduto, nonostante il peso nella sua testa enorme. Una testa così grossa su un corpo tanto esile! Che coraggio. Ci osservava con quello che a me parve uno sguardo intelligente. C'era una forma di consapevolezza in lui, una scintilla nei suoi occhi. Nel frattempo, l'amministratrice descriveva il suo stato, simile a quello di un vegetale. Nessuno lo aveva guardato negli occhi o aveva avvertito la sua presenza? Avrei voluto toccargli la spalla, assumere io stessa parte del suo fardello. Avvertivo la necessità di comunicare con lui, anche se non sapevo cosa dirgli. Ma ci era stato detto di non toccare nessun paziente, perché quel gesto avrebbe potuto scatenare reazioni inconsulte. Disse che Jonathan aveva sedici anni, un'età estremamente avanzata per chi era affetto da idrocefalo. Perché voleva continuare a vivere? Cosa sapeva della vita che io ignoravo e che gli dava la forza di andare avanti? Cosa nutriva la volontà di Jonathan?

Nel bel mezzo delle Smoky Mountains c'era un ingorgo. Un enorme albero giaceva sul bordo della strada, abbattuto dai venti invernali, con le radici rivolte verso l'alto, esposte e vulnerabili.

Senza le solide radici, l'albero non aveva alcuna dignità. Tutto ciò che aveva avuto di maestoso era scomparso.

Mio fratello Bob e io ci stavamo recando nella nuova casa di Akron, nell'Ohio. Mio padre era stato trasferito, e la mia famiglia l'aveva seguito appena avevo iniziato il semestre. Bob studiava alla Clemson University, a un paio d'ore di distanza dal Winthrop College, quindi decidemmo di recarci insieme nella nostra nuova casa. Non l'avevamo vista per la festa del Ringraziamento: il viaggio sarebbe stato troppo lungo. Avevo trascorso il Natale precedente in uno strano posto dove mi preparavo a rinunciare a mio figlio. Questo Natale sarei andata in un luogo sconosciuto, lontano dalla città che amavo. Forse sarebbe stata l'occasione per ricominciare tutto da capo. Mi chiesi se lo pensavano anche i miei genitori.

Giungemmo in macchina davanti a una graziosa casa in stile coloniale, a due piani, circondata da un bosco. Venimmo accolti dapprima dalle luci dell'albero di Natale, che si vedevano dalla grande parete di vetro. Le luci colorate danzavano su una morbida coltre di neve. Avrebbe potuto trattarsi di un'immagine da cartolina. Mi chiesi che fine avevano fatto Mary, Susan, Anne-Marie, Nora e le altre. Anche per loro era così difficile? Mi mancavano, anche se conoscevo solo i loro nomi di battesimo.

Era il primo Natale di mio figlio. Ormai doveva spostarsi a quattro zampe. Riusciva già a reggersi in piedi, a camminare? Cosa progettavano di regalargli per Natale?

La tiepida aria di casa, pervasa dall'aroma di biscotti che cuocevano nel forno, si diffuse nella fredda aria notturna. Mamma e papà, Janice ed Ellen corsero a salutarci. Ma i miei ricordi mi sembrarono più reali di ciò che stavo sperimentando. Era quasi come se, aprendo un'altra porta, avessi potuto ritrovarmi là. Non ci avrei pensato due volte per schiudere quell'uscio, solo per tornare a essere incinta, avere di nuovo tutto per me il mio bambino e ricominciare a sentirmi intera.

Quell'anno ci dedicammo a molte attività con tutta la famiglia, perché Bob e io non conoscevamo nessuno ad Akron. Ironicamente, ogni gesto carino che mamma cercò di fare durante quella vacanza non fece che peggiorare le cose.

Tim, un ragazzo che avevo cominciato a frequentare, sarebbe venuto a trovarmi dopo Natale. Tim si era laureato in una piccola e selettiva università maschile del North Carolina, e ora compiva studi di specializzazione all'università del Kentucky. Suo padre era un ministro del culto. Dubitavo che avrebbe approvato la relazione di suo figlio con una ragazza madre, se ne fosse venuto a conoscenza.

Avevo parlato a Tim di mio figlio, ed egli aveva giurato di non farne mai parola con nessuno. Con Tim iniziai una relazione a distanza. Vista la lontananza tra noi, potevo evitare una vera e propria intimità pur avendo un rapporto di coppia. Il semestre precedente ero andata a molte feste della Sigma Chi, l'organizzazione di studenti di cui aveva fatto parte, con i suoi compagni, e li avevo frequentati come amici. Sapevano che Tim era il mio ragazzo. Mi divertivo molto in loro compagnia e mi sentivo al sicuro.

Più cercavo di scacciare i pensieri dell'assenza del mio bambino e di soffocare i ricordi di Seton House, più gli uni e gli altri mi assillavano. La vigilia di Natale, durante gli acquisti dell'ultimo minuto, mi ritrovai, come se mi fossi appena svegliata, davanti a un'esposizione, preparata in un grande magazzino, di un presepe. Le campanelle dell'Esercito della Salvezza tintinnavano non lontano, e i fiocchi di neve volteggiavano attorno alle teste dei compratori affaccendati. Fissai la culla vuota e piansi.

Mi costrinsi ad allontanarmi dalla vetrina. Venni assalita da una serie di immagini che sembravano quasi volersi prendere gioco di me. Un bambino piccolo. È il suo primo Natale? Un grosso orso di peluche, un vecchio cavallo a dondolo di legno. Poteva essere il mio quel bambino con la donna alta e bionda e il suo affascinante marito? Potevano forse, per un caso fortuito, essersi trasferiti anche loro ad Akron, Ohio? Corsi a casa su gambe malferme.

Sì, mamma. Ho trovato tutto quello che cercavo. Sì, i negozi erano affollati. Tutto era meraviglioso. Non avrei potuto divertirmi di più. Volevo restare per conto mio, ma lo sforzo era enorme. Facevo il conto dei giorni che mancavano al mio ritorno all'università.

Quella notte mangiammo lo zabaione insieme e rivolgemmo tutti l'attenzione a Ellen. Aveva solo cinque anni e credeva ancora a Babbo Natale. Recitò una filastrocca natalizia e facemmo una grande confusione. Preparammo i biscotti per Babbo Natale.

Il mio bambino amava le luci di Natale? Le considerava magiche? Cosa lo aspettava sotto l'albero? Dio, come avrei voluto averlo con me. Natale non sarebbe più stato lo stesso per me senza di lui. Avrei dovuto tenerlo tra le braccia e mostrargli le decorazioni dell'albero. Avrei voluto leggergli dei racconti di Natale, come avevano fatto i miei genitori, che si vantavano della mia velocità nell'impararli a memoria. Di nuovo mi si affacciarono spontaneamente alla memoria i ricordi del nostro alberello a Seton House. Nonostante l'angoscia di quel Natale, ero stata più felice allora di quanto lo fossi il Natale successivo.

Il primo compleanno di mio figlio cadde di lunedì, il primo dopo la ripresa delle lezioni. Ero probabilmente fortunata ad avere una giornata piena di lezioni per distrarmi.

Dopo, decisi di spingermi fino alla chiesa. Aprii l'imponente portone grigio ardesia ed entrai. Una donna anziana stava accendendo una candela votiva. Il velo nero le ricadeva sulle spalle; sembrava essere in lutto. Avevo lasciato il velo nel mio alloggio, quindi, seguendo il protocollo – e sentendomi sciocca per il fatto di rispettarlo – mi fissai con un fermaglio un lembo di Kleenex sulla sommità del capo. Perché le donne dovevano coprirsi la testa e gli uomini no?

Nell'aria aleggiava un pesante odore di incenso che mi avviluppò quando mi inginocchiai in un banco. L'unica luce proveniva dalle finestre di vetro colorato.

Aspettai l'arrivo dei ricordi. Nulla. Cercai di ricordare un dettaglio – un frammento anche minimo –, ma la mia mente restò cocciutamente vuota. Provai a recitare una preghiera. Niente. Tutto, all'interno della chiesa, cominciò a darmi fastidio. Un uomo sulla cinquantina, terreo e dall'aria ottusa, vestito con un completo di lana dello stesso colore dei capelli sabbia, entrò da una porta laterale e si inginocchiò pesantemente in un banco. La donna in lutto, con i capelli neri striati di grigio e la carnagione olivastra, recitava il rosario, inginocchiata davanti alle candele votive. Entrambi borbottavano le loro preghiere a voce alta, turbando il silenzio che avrei voluto.

Tutto ciò a cui riuscii a pensare era che mi stavo perdendo la cena in mensa. Forse avevo mentito a me stessa per tutto un anno, *autoconvincendomi* che sentivo la mancanza del bambino e che lo amavo alla follia. Forse il mio dolore e le lacrime servivano semplicemente ad attenuare il senso di colpa, a espiare il peccato compiuto. Non riuscivo a ricordare e a provare nulla.

L'uomo col completo di lana si sollevò goffamente. Il colpo secco dell'inginocchiatoio riecheggiò in tutta la chiesa quando lo ripiegò. La donna davanti alle candele sussultò un secondo.

La luce non filtrava più dalle vetrate. Il sole era infine tramontato. Il colore scomparve dalle finestre colorate.

Mi sedetti sulla panca. Avevo le ginocchia indolenzite. Diedi uno sguardo alle stazioni della Via Crucis appese alle pareti: la raffigurazione della passione e della sofferenza di Gesù mi lasciarono indifferente, annoiata. Non solo avevo scoperto di essere un'ipocrita, ma diventavo anche sacrilega. Non mi importava più di niente. Quel giorno, un anno prima, avrebbe potuto essere stato vissuto da qualcun altro. L'avevo immaginato? Avevo davvero un figlio?

Rinunciai, raccolsi i libri, mi alzai e uscii dal banco. Mi chiesi se Chris si ricordava che era il compleanno di nostro figlio. Poi, come se fossi stata colpita da un'onda gigantesca, ricaddi all'indietro, mi inginocchiai e piansi a lungo. Utilizzai tutto il pacchetto di Kleenex, poi mi tolsi quello che avevo in testa e usai anche quello. Piansi finché non ebbi consumato tutte le lacrime che avevo.

Dissi una preghiera per mio figlio e mi sedetti, esausta. Eppure mi sentivo piena di una nuova vitalità. Mi chiesi che ora era. Riuscivo a vedere che fuori faceva buio. Volevo qualcosa da mangiare e desideravo tornare in camera mia per essere vicina all'orologio alle 21.51.

Uscii dalla chiesa. I ricordi mi assalirono mentre attraversavo il campus. Trattenni il respiro ogni volta che, provando una fitta di dolore, ripensavo a una nuova immagine.

Tornata in camera, mi sedetti a gambe incrociate sul letto, con i libri sulle ginocchia e sparpagliati dappertutto attorno a me.

Guardai l'orologio. Alle 21.51 augurai a mio figlio un buon primo compleanno. Indipendentemente dai festeggiamenti che gli aveva riservato la sua famiglia per il resto della giornata, quel momento, lo sentivo, sarebbe sempre stato nostro.

# 9

## CONOSCERETE LA VERITÀ
## E LA VERITÀ VI RENDERÀ LIBERI

Mi fermai, colpita dalle parole scolpite sull'altare di cemento nell'edificio che ospitava le facoltà umanistiche. Mi chiesi perché non avevo mai prestato attenzione a quelle parole prima di allora: quella frase non mi era nuova.

Mi riscossi e feci il giro dell'edificio per raggiungere l'entrata; una volta dentro, percorsi il lungo corridoio per seguire il corso più esilarante di tutta la mia carriera universitaria. Mi sedetti in prima fila accanto alla mia nuova compagna di stanza, Anita, e guardai il viso bonario del professore di filosofia, Nolan P. Jacobson. Dietro di me e Anita sedevano venticinque ragazze nate e cresciute in famiglie di rigida fede battista. Quando il dottor Jacobson cominciò a esporre il suo pensiero, secondo cui, in un futuro non lontano, ci sarebbe stata una fusione di religioni occidentali e orientali, le ragazze dietro di noi cominciarono ad agitarsi, aspettandosi che l'ira di Dio si abbattesse su tutta la classe. Quando il dottor Jacobson annunciò che nel corso delle lezioni avremmo parlato della reincarnazione, fui eccitata. Era un argomento che mi affascinava fin da quando, a quindici anni, avevo per la prima volta considerato la questione.

Gli altri corsi che seguivo erano quelli di sviluppo umano, matrimonio e famiglia e la temutissima statistica. Frequentavo quelle lezioni con un misto di meraviglia e dolore. Studiammo la gravidanza, lo sviluppo del feto, il parto, la crescita del neonato e del bambino. Rimanevo in silenzio con il mio segreto. Ero avida di ogni informazione che potesse fornirmi degli indizi sulla vita di mio figlio, che mi aiutasse a seguire il suo sviluppo.

Ingaggiai una vera e propria guerra contro chi condivideva la teoria secondo cui l'ambiente ha un impatto maggiore di quello dell'ereditarietà sulla vita di una persona. Speravo almeno di giungere a un cinquanta per cento di ereditarietà e un cinquanta per cento di ambiente, in modo da poter continuare a pensare che la mia vita avrebbe esercitato qualche influenza sulla vita di mio figlio. Ero presa dal panico, invece, quando pensavo che, se ci fossimo incontrati, sarei stata per lui una sconosciuta e avrei avuto la stessa importanza di un passante. Doveva esserci un retaggio, proveniente da me e da Chris, che manteneva un legame tra di noi.

Mi chiesi se i suoi nuovi genitori erano convinti di poter scrivere il copione della vita del bambino. Se era così, si sbagliavano. Avevo guardato nei suoi occhi: già allora esprimevano una forte individualità. Aveva una personalità sua. Nessuno dei libri accennava a quello sguardo così eloquente, ma io sapevo che era reale. Sapevo ciò che ogni madre sa: l'individualità di un bambino è presente già alla nascita, e anche prima. Non avevo tenuto in braccio un mucchietto di batuffoli di cotone, né ero fatta di fil di ferro o di spugna.

Era Pasqua. Feci visita per la prima volta a Tim in Kentucky, a casa dei suoi. I colpi sulla porta della camera degli ospiti furono leggeri ma insistenti. Mi raddrizzai, cercando di apparire rispettabile quando la madre di Tim entrò.

Senza guardarmi, quella donna dall'aspetto minaccioso appoggiò un vassoio con una tazza di caffè forte e uscì dalla stanza. Il suo viso paffuto indossava una maschera di cortesia, ma chiuse la porta troppo rapidamente. Mi spinsi lentamente verso l'angolo del letto per evitare la nuvola di disprezzo che si era lasciata dietro.

Capii subito da dove veniva. Tim aveva confessato di aver raccontato a sua madre del mio bambino. Agli occhi della madre, Tim era perfetto, così come la sua sorella minore, che era un anno avanti a me all'università. La sera precedente, avevo ascoltato una litania dei suoi successi scolastici, tra cui la menzione tra gli studenti più meritevoli delle università americane, il *Who's Who in American Universities and Colleges*. L'unica volta in cui la madre di Tim mi aveva guardato negli occhi era stata mentre si vantava dei risultati raggiunti dai suoi figli. Ricevetti il messaggio forte e chiaro: non ero degna di suo figlio. Se avessi potuto, avrei fatto i bagagli e me ne sarei andata. Non mi ero mai sentita una codarda, ma in quell'occasione mi stavo comportando da vera vigliacca. Ero furiosa con lui perché gliel'aveva raccontato.

Feci scivolare la mano sulla pesante ringhiera di legno mentre scendevo le scale. Tim si trovava in fondo alla rampa, e mi aspettava per portarmi alla chiesa di suo padre. Sarebbe stata la prima volta in cui partecipavo a un rito protestante. Studiai Tim per tutto il tragitto. Perché non mi ero accorta che era un cocco di mamma?

« Mi fa sdraiare in verdi pascoli. Mi conduce ad acque tranquille... » Il sermone era destinato a stimolare il pensiero, non era una vera e propria predica. Non c'erano statue che mi fissavano, cariche dell'energia di milioni di proiezioni. La chiesa aveva l'aria pulita e semplice. E certamente cantavano meglio dei cattolici.

Tornati a casa di Tim, sua madre servì un pasto domenicale secondo le tradizioni del sud: pollo fritto e focaccine salate, purea di fagioli verdi, torte fatte in casa. Era tutto delizioso, ma non riuscivo a sentirmi a mio agio in sua presenza. Poi partii da sola, in auto, per il lungo viaggio verso l'università.

Alberi maestosi crescevano addossati a muri di pietra vecchi di secoli, costruiti dagli schiavi portati in Kentucky. Le mura costeggiavano la strada per chilometri e chilometri, e proteggevano le distese di fienarola e i purosangue che pascolavano. Mi chiesi se non ero stata troppo permalosa con sua madre. Giurai di mostrare a *tutti* che non ero una persona avariata, ma una ragazza perbene.

Era un pensiero positivo e, tornata a scuola, mi dedicai allo studio e alle feste del Sigma Chi. Andò tutto bene, finché non lessi nel capitolo sul « comportamento sessuale deviante » nel libro di psicopatologia il seguente paragrafo:

« Altri tipi di psicopatologia, come le reazioni maniacali, possono avere una rilevanza eziologica nel comportamento sessuale promiscuo. Vi è l'incapacità di sviluppare un controllo interno normale, o un abbassamento di tale controllo, in seguito a una grave inadattabilità emotiva. In uno studio su 54 ragazze madri tra i 15 e i 39 anni, Cattell (1954) ha rilevato una psicopatologia in ogni soggetto: 30 avevano disturbi caratteriali, 17 erano schizofreniche e 7 soffrivano di nevrosi».

Il ricercatore aveva forse concluso che, dal momento che erano ragazze madri, l'attività sessuale eccessiva era la causa dei problemi psicologici delle donne? Il troppo sesso, però, non provocava disturbi psicopatologici nella totalità delle donne sposate! Se avesse approfondito lo studio, avrebbe potuto scoprire che le psicopatologie delle ragazze madri erano dovute al fatto che si erano dovute separare dai loro bambini.

Nella maggioranza dei casi, le ragazze di Seton House avevano avuto rapporti con i loro ragazzi solo in qualche occasione, e in genere nel quadro di relazioni di lungo periodo. Nessuna di loro era stata promiscua.

Dopo aver riflettuto su quel notevole studio, mi sentii un po' meno pazza, pur avendo conferma che *ero davvero pazza*, come a volte avevo sospettato. Allo stesso tempo mi sentivo un po' più pazza, sapendo *quanto* ero pazza. Cento per cento, in ogni studio, costituisce una percentuale fenomenale. Forse la madre di Tim aveva ragione.

Dopo la fine del semestre, tornai ad Akron a lavorare durante l'estate, ma la mia vecchia città mi mancava molto. Akron non riusciva a sostituirla. Alla fine di agosto, quando io e Bob ci rimettemmo in viaggio verso l'università, dove mi attendeva l'ultimo anno di studi, mi trovavo ormai in uno stato di profonda depressione. La macchina sembrò muoversi attraverso strati di melassa per tutto il tragitto.

Sedute nella nostra stanza, io e Anita cercavamo di farci venire delle idee per arrivare alla fine di quell'anno, che ci pareva interminabile. Non sapevo perché avevo così fretta di finire, visto che non avevo alcun progetto per dopo. Decidemmo di darci alla politica in ambito universitario e di candidarci a delle cariche. Mi candidai come vicepresidentessa degli studenti e arrivai seconda, poi mi misi in lizza per diventare coordinatrice del campus e venni eletta. Anita curava l'edizione della rivista letteraria, ed entrambe facevamo parte del «governo» degli studenti. Avevo molti corsi da seguire, dal momento che dovevo sostenere un esame in più per recuperare il semestre perduto. Presto cominciai a prendere pillole per dimagrire (in realtà erano degli stimolanti), per poter restare sveglia e non rimanere indietro. In realtà avevo bisogno di quelle sostanze per combattere l'ansia e la depressione che mi attanagliavano in modo orribile. Sembrava che stessi bene, ero sempre attiva grazie alle pillole, mi davo da fare nei corsi e nelle attività politiche, ma dopo pochi minuti di solitudine mi sentivo prendere dal panico. Perdevo subito la pazienza: Anita cominciò a evitarmi, e gli altri amici la imitarono. Cominciai a sentirmi abbandonata, anche se ero io che mi alienavo le simpatie della gente. Aumentai quindi la dose delle pasticche; mi sentivo una specie di genio quando ero sotto il loro effetto. Poi mi ammalai, mi venne una tosse tremenda che teneva tutte sveglie. Le amiche cercarono di aiutarmi, e mi confessarono di essere preoccupate per me, per le collere improvvise e l'effetto che avevano sulle persone che mi circondavano. Il giorno seguente mi recai all'infermeria: stavo troppo male per tornare a casa per il Ringraziamento.

Dormii per due giorni. Il campus era stranamente silenzioso e vuoto. Fui l'unica paziente durante tutto il fine settimana del Ringraziamento.

Fluttuavo tra strani sogni, ed ero felice che il Darvon mi rendesse incosciente la maggior parte del tempo. Ebbi la sensazione che qualcosa stesse andando male per mio figlio, ed ebbi il desiderio di parlare di quella premonizione con Chris. Ma pensai che quei pensieri lugubri erano semplicemente frutto del delirio; non potevo più fidarmi dei miei sentimenti.

I corsi erano ricominciati da due giorni quando venni dimessa dall'infermeria. Non ricordavo di essere mai stata così male prima di allora. Ero ancora debole, ma soprattutto soffrivo per la grave depressione. Dovevo tenermi occupata e distrarmi. Desiderare la presenza di mio figlio non mi giovò. Uscii dall'infermeria come se fosse stato un lungo sogno.

Alcune idee, però, mi si erano chiarite. Avrei smesso di prendere pillole. Mi sarei scusata con tutti, soprattutto con Anita, e avrei voltato pagina. Cominciai a rimettere insieme i pezzi della mia identità, ma la mia autostima aveva subito un colpo violento. Non volevo in alcun modo sembrare diversa dagli altri. Era come camminare con la paura costante che mi si vedesse la biancheria intima. Dovevo mantenere dei segreti, e non era facile.

Seguivo quattro corsi che avevano a che fare con i bambini. Cominciò il tirocinio per il corso di educazione prescolare. Esso comportava molte ore di osservazione nell'asilo nido del campus, un grazioso edificio rosso di mattoni.

Mio figlio aveva quasi due anni. Mentre guardavo i bambini, cercavo di immaginarmelo. Era biondo e attivo come il piccolo che costruiva gallerie e ponti con i cubi di legno? O era tranquillo come quello vicino al cavalletto, tutto preso dai colori primari? O assomigliava al bambino timido che osservava tutti gli altri? Non poteva certo essere simile a quel monello che gettava la sabbia contro i compagni di gioco. Era così difficile sopportare di non saperlo...

Comparvi sulla lista degli studenti migliori per la prima volta nella mia vita, e vidi Tim ad Akron durante le vacanze natalizie. Non ci eravamo visti per tutto il semestre. All'inizio del nuovo anno, io e Bob tornammo alle rispettive università; per me si trattava dell'ultimo semestre.

Mi aspettava un messaggio di uno dei ragazzi del Sigma Chi. Pensavo che si fossero dimenticati di me. Si chiedevano se la sera successiva potevo fare da madrina nella cerimonia delle promesse. Avrebbero mandato qualcuno a prendermi, dal momento che non avevo un'auto, e mi avrebbero riaccompagnato agli alloggi studenteschi prima delle undici, ora in cui le porte venivano chiuse. Ciò significava che qualcuno avrebbe dovuto guidare per quattro ore. Il fatto che desiderassero la mia presenza mi fece sentire molto onorata. La mia autostima, in quel periodo piuttosto bastonata, cominciò a riprendersi un po'.

Quando entrai nella sede del Sigma Chi, venni accolta con tanto calore che i resti della mia depressione scomparvero del tutto. Mentre parlavo con i vecchi amici e facevo conoscenza dei nuovi membri, notai e continuai a guardare un ragazzo che non conoscevo. Era molto alto, biondo e con un sorriso enorme. Mi si avvicinò sorridendo e mi ringraziò di essere venuta. Era lui che aveva organizzato la festa, e disse che gli altri avevano insistito per invitarmi. Ora capiva il perché. Avrei voluto accettare e apprezzare il complimento di Jerry, ma in un angolo della mia mente sapevo che il giorno successivo sarebbe stato il secondo compleanno del mio figlio segreto. Parlava già? Che aspetto aveva? Era felice? In buona salute? Vivo? Se solo avessi potuto saperlo, forse la sensazione di panico che non mi abbandonava mai avrebbe potuto dissiparsi. Per il secondo compleanno i miei sentimenti erano diversi rispetto all'anno precedente, il dolore si era smorzato, i ricordi erano offuscati. Tornata a Winthrop, celebrai ancora una volta quel momento alle 21.51, e recitai una versione più lunga della preghiera che dicevo per lui ogni sera.

Jerry mi chiamò. Voleva venire a Winthrop per portarmi fuori, e mi chiedeva anche se conoscevo qualcuna per il suo amico Frank. Chiesi ad Anita che disse: «Meraviglioso!» Quando Anita e io li accogliemmo nel salotto comune dell'edificio, la sua risata risultò contagiosa. Quando lo guardai negli occhi, ebbi la sensazione di trovarmi con un vecchio amico. Mi sentii completamente a mio agio.

L'aria della sera era tiepida, come se fossimo stati in primavera inoltrata, mentre era solo l'inizio di febbraio. Andammo all'Holiday Inn per una birra. I bar del South Carolina vendevano birra e servivano cocktail a base di superalcolici, che i clienti dovevano però portarsi in sacchetti di carta. Ci sedemmo al bancone scarsamente illuminato. Il locale era frequentato da rappresentanti, che si trovavano in città per lavoro, seduti ai tavolini rotondi e neri, a diversi stadi di ubriachezza. Nel South Carolina una legge proibiva di guidare con una bottiglia aperta di liquore in macchina. La gente, quindi, rimaneva al bar finché non aveva finito la bottiglia, in modo da non sprecare alcol.

Anita e Frank erano immersi nella conversazione, così come me e Jerry. Continuammo a parlare, e ridemmo spesso.

A un'ora ormai avanzata, Jerry si girò verso di me, con un'espressione seria e preoccupata. Fui stupita dal suo cambiamento di umore. Disse che doveva farmi una domanda: voleva chiarire qualcosa che aveva sentito e che, secondo lui, non poteva essere vero.

Mi irrigidii. La mia mente non voleva credere al peggio.

Alcuni degli amici del Sigma Chi gli avevano raccontato che avevo saltato un semestre di università perché avevo avuto un bambino. Era strano, non ricordavo di aver sentito parlare del fatto che avessi avuto un figlio dai tempi di Richmond. Però gli udii ripetere le stesse parole, mentre continuava a raccontare.

Mi trovai fuori, nel parcheggio, accanto alla macchina di Frank, a singhiozzare disperata. Jerry corse, mi raggiunse e mi tenne stretta. Singhiozzai contro la sua spalla: « È vero ».

« Oh, mio Dio », disse, e mi strinse ancora più forte. Era la prima volta che qualcuno mi consolava così. Jerry disse: « Sono onorato dal fatto che sia riuscita a dirmi la verità, e ammiro il tuo coraggio ».

Quando finalmente mi districai dalla sua presa, avevo il respiro più leggero. Chiesi a Jerry come l'aveva saputo. Tim, mi spiegò, l'aveva raccontato ai ragazzi non appena avevamo cominciato a uscire insieme.

Mi sentii umiliata e profondamente tradita. Non credevo che sarei più riuscita a guardare in faccia uno di loro, ma ero profondamente grata a Jerry per la sua dolcezza, anche se pensavo che non l'avrei più rivisto, visto che sapeva la verità su di me.

Il mattino successivo, per prima cosa mi avviai con passo deciso verso i telefoni. Ero furiosa mentre componevo il numero di Tim a Lexington. Era in casa, e gli dissi quello che si meritava. Come aveva osato tradire la mia fiducia? Come era riuscito a guardarmi negli occhi per un anno e mezzo? L'aveva raccontato a tutti i membri dell'associazione in un incontro della domenica sera e aveva finto di serbare il segreto! Aveva permesso che venissi umiliata in quel modo! Non volevo più rivederlo. Riattaccai. E Tim scomparve dalla mia vita.

Jerry e io continuammo a frequentarci. Cominciai a tenere molto a lui. I miei sentimenti si fecero sempre più profondi, ma ebbi troppa paura per impegnarmi a fondo nel rapporto. Cercai di mantenerlo a un livello superficiale.

I corsi erano stimolanti, e i professori sembravano interessarsi al mio lavoro. Io e Anita comparimmo negli elenchi del governo studentesco. In aprile otto di noi volarono a Mobile, in Alabama, per una conferenza dei rappresentanti delle università del sud-est degli Stati Uniti. Fu un vero onore, per me, essere scelta per far parte della delegazione. Se avessero saputo la verità sul mio conto, mi avrebbero probabilmente scacciata, pensai. Vivevo una battaglia continua tra la fiducia in me stessa e una profonda vergogna. Andavo avanti con la mia vita mio malgrado e, se i sentimenti diventavano un fardello troppo gravoso, bevevo per allontanarli momentaneamente.

Sollevai lo sguardo dalla pagina del giornale dell'università per vedere dove si trovavano Anita e le altre. Erano già sedute ai tavoli della mensa, e mi fecero un gesto per richiamare la mia attenzione. Ricominciai a leggere mentre camminavo lungo il corridoio centrale, verso la fila per prendere da mangiare. L'articolo principale riguardava la selezione per il *Who's Who in American Universities and Colleges*. Scorsi la lista, fitta di nomi prevedibili, e mi fermai, sbalordita, quando lessi il mio nome. I piedi si rifiutarono di avanzare mentre leggevo di nuovo la lista per assicurarmi di non essermi sbagliata. Rimasi immobile al centro del corridoio, così che gli altri, per procedere, dovettero fare il giro. Passai dalla gioia più totale all'orrore, alla felicità, alla colpa, di nuovo all'orgoglio, poi a un estremo imbarazzo. Andai direttamente al tavolo dei miei amici. Una vocetta dentro di me mi bisbigliò che me lo meritavo. Accettai con un sorriso le congratulazioni degli altri ripensando, con meravigliosa soddisfazione, alla reazione della madre di Tim.

Il Sigma Chi aveva organizzato un fine settimana sulla spiaggia nel week-end della festa della mamma (figuriamoci). La maggior parte delle ragazze si stava ancora vestendo. Ero impaziente di sedere sotto l'asciugacapelli per assicurarmi di avere una piega perfetta. I miei jeans color crema erano rigidi come una tavola, essendo stati inamidati a dovere. Erano perfetti.

Trovai Jerry. Era in cima a una duna di sabbia, e si occupava della grigliata. Mi sentii attirata verso di lui per un attimo, poi la paura ebbe di nuovo il sopravvento. Mi guardò mentre camminavo verso di lui, salutandomi con un sorriso sulle labbra, ma con un'ombra triste e seria negli occhi. Per me fu un attimo che durò un'eternità. L'incantesimo si ruppe: gli allungai un bicchiere di scotch e cominciai a dare una mano per la preparazione della cena. Feci del mio meglio per dimenticare che era il week-end della festa della mamma e del compleanno di Chris. Associavo sempre le due ricorrenze. Lo sforzo mi rese malinconica. Poi, d'un tratto, si era fatto tardi, ed entrambi eravamo esausti per la settimana appena trascorsa e il lungo tragitto in macchina. Jerry e io camminammo fino alla spiaggia. Voleva spiegarmi come ci saremmo sistemati per la notte. Era la prima volta che veniva sollevata la questione del passare la notte insieme. Fino ad allora, avevo dormito negli alloggi studenteschi con le altre ragazze. Eravamo entrambi imbarazzati.

Avrei voluto dormire da sola con Jerry, invece di dividere una stanza con altri, anche se avessimo deciso di fare solo quello, dormire. Jerry avrebbe facilmente potuto organizzarsi in quel senso, ma rifiutò. Quando vide che ci ero rimasta male, il suo viso divenne, alla luce della luna, una campo di battaglia tra emozioni contrastanti. Ci fu un lungo silenzio. Riuscivo a udire le onde che si infrangevano sulla spiaggia nel buio.

« C'è qualcosa che finora non ho voluto dirti », cominciò, « ma ora devi saperlo, così capirai perché non possiamo avere una stanza tutta per noi. » Apparentemente era tradizione, nel loro gruppo, trovarsi la domenica sera e raccontare il fine settimana appena trascorso. Si confrontavano le esperienze di chi aveva « segnato » e chi era andato in bianco con la ragazza. Naturalmente, tutti affermavano sempre di avere « fatto centro ». (Tim aveva raccontato a tutti del mio bambino in una di quelle occasioni.) Tutti si aspettavano che io e Jerry avessimo rapporti sessuali visto che io, naturalmente, non ero più vergine. Jerry voleva continuare a poter dire, ogni domenica sera, che non mi aveva neppure sfiorata, cosa del resto vera. In quel modo, diceva, sperava di mettere fine alle dicerie sul mio conto e di ripristinare il mio « onore ». Si comportava così, disse, anche se a volte mi desiderava più di ogni altra cosa al mondo. Dovevamo dividere la camera con qualcun altro, spiegò, perché non si fidava a restare da solo con me. E così fu.

La sera successiva Jerry mi chiese di fare una passeggiata con lui fino alla spiaggia. Un paio di cari amici di Jerry sembravano osservarci con particolare insistenza. Sembravano sapere qualcosa che io ignoravo. Jerry era nervoso e reticente, e trattenni il fiato per quasi tutto il tragitto, finché non ci sedemmo nell'oscurità.

Cominciò a parlare della ragazza che aveva da molto tempo a Houston, la sua città. Gli aveva chiesto di prendere una decisione. Egli teneva a entrambe, disse, ma io mi sarei presto laureata e sarei tornata al nord, mentre lui era di Houston. Non nutriva grandi speranze sul fatto che potessimo continuare la nostra relazione. Tuttavia, spiegò, non era quello il motivo principale alla base della sua decisione. Aveva la sensazione che lei avesse più bisogno di lui, che il nostro rapporto non fosse invece radicato nella realtà. Era convinto che una relazione non potesse conservare la magia per sempre, e che dovesse invece fondarsi sulla vita quotidiana. Inoltre, aggiunse, ero molto più forte di lei. Non avevo davvero bisogno di lui. *Per me non sarebbe stato così importante.*

Volevo mettermi a urlare. Crollai. Jerry mi guardò senza sapere cosa fare. Disse che non pensava assolutamente che avrei avuto una reazione simile. Credeva che nulla potesse turbarmi, che non nutrissi sentimenti profondi per lui. E aveva ragione. Solo una volta mi aveva visto esprimere una vera emozione.

Mi alzai e lasciai Jerry seduto nella sabbia, completamente sbalordito, e me ne andai in camera. Non riuscivo a smettere di piangere. Quando Jerry venne a vedere come stavo, gli dissi di andarsene. Rimasi sdraiata sul letto e piansi per ore.

Al mattino ero giunta alla conclusione che non potevo biasimarlo. Lei lo meritava più di me. Sentivo di non avere diritto a nulla. Affrontai quella rottura nell'unico modo che conoscevo per accettare le piccole e grandi perdite della mia vita. Seppellii i miei sentimenti.

La mia carriera accademica era ormai agli sgoccioli. Durante la settimana degli esami, Anita mi raggiunse mentre studiavo in un angolo tranquillo della cucina comune. Mi disse di lasciar perdere tutto e di correre in camera nostra. Non riuscivo a immaginare perché era così eccitata, dal momento che in genere era calma e tranquilla. Varcai la soglia: la stanza era immersa nell'oscurità, se si esclude la pallida luce di una candela. All'interno si trovavano quasi tutte le ragazze del nostro piano. Una di esse aveva ricevuto un disco di musica indiana, e aspettavano il mio arrivo per suonarlo di nuovo. Winthrop era relativamente isolato rispetto al resto del paese. Anche se era la metà del 1968 e il misticismo orientale si stava diffondendo nelle università come un fuoco tra la sterpaglia, non aveva ancora raggiunto il nostro campus. Non sapevo neppure cosa fosse la marijuana, e non avevo mai annusato l'incenso, a parte nelle chiese. Il paese era in preda alle proteste politiche, alle rivolte studentesche, e anche agli assassinii, ma noi dovevamo ancora farne esperienza.

Mi sistemai nell'unico spazio ancora libero sul pavimento e, dietro le insistenze di Anita, chiusi gli occhi. Delle vibrazioni mi attraversarono il corpo, all'inizio in modo leggero, mentre la voce risonante cantava « om ». Non c'era musica, solo quel suono, che aumentò di intensità finché non mi sentii sostenuta da esso. Bramavo quel suono, mi trasportava lontano. Quando terminò e vennero riaccese le luci, non volevo tornare sulla terra. Ma la padrona del disco doveva tornare a studiare. Il dottor Jacobson aveva spiegato che « om » era il suono sacro dell'universo, e che « amen » derivava da quello.

Preparando i bagagli, scoprii il mio messale. Non l'avevo aperto da un anno. Riposto nel nascondiglio segreto c'era il vecchio santino di Seton House. Avrei lasciato il mio bambino lì nel sud? Si sarebbe accorto della mia partenza? Provavo una sensazione orribile, come se lo stessi abbandonando di nuovo. Ma poteva trovarsi in qualunque posto. Mi dondolai avanti e indietro per controllare l'ansia crescente, e dissi a me stessa che si trovava con una famiglia per bene.

Jerry assistette alla cerimonia di laurea con i miei genitori. Avevo completato la mia educazione, uno dei motivi per cui avevo rinunciato a mio figlio. Fu un giorno vuoto e senza senso.

# 10

Trovai un lavoro nell'Ohio come assistente sociale. A quell'epoca i dipendenti della Goodrich e Firestone stavano scioperando. La protesta era durata per mesi, e i soldi stavano diminuendo. Uomini orgogliosi con famiglie spaventate si mettevano in fila per ricevere i buoni per acquistare il cibo. Mi venne assegnata una serie di casi perché facilitassi il lavoro a una persona già esperta che cercava di aiutare i lavoratori.

Volevo lavorare con le persone più povere e indifese; mi diedero invece le pratiche più semplici, quelle di ottanta famiglie che abitavano in un quartiere relativamente sicuro. Dovevo sbrigare una tale quantità di lavoro d'ufficio, che mi restavano poche ore per le visite nelle case. Ma ne feci una che non ho mai dimenticato.

Parcheggiai all'ombra di un enorme olmo accanto alla veranda di una vecchia casa di legno con la vernice che si staccava. Nonostante l'evidente povertà, la stradina manteneva una dignità piuttosto rara nei bassifondi. Camminai sul vialetto di cemento pieno di crepe. La porta esterna con lo schermo di reticella metallica tremò quando bussai. Dall'interno giunsero i suoni di passi e la voce di un bambino piccolo. Vi fu una lunga pausa prima che la porta si aprisse. Le nostre visite venivano fatte sempre all'improvviso, in modo da cogliere impreparati gli imbroglioni, e mi imbarazzava dovermi comportare in quel modo.

Una donna alta, di poco più di vent'anni, con i capelli corti e crespi, mi guardò dall'altro lato della porta a schermo. Il suo piccolo di due anni si teneva aggrappato all'orlo della sua uniforme di cotone marrone. Si trattava di una ragazza madre che riceveva un sussidio per il figlio a carico. Mi presentai come la sua assistente sociale. Mi invitò a entrare, ma disse che aveva solo pochi minuti. Doveva andare a lavorare. Quando controllai il suo salario e l'affitto, vidi che aveva superato il massimo delle indennità consentite. Non dissi niente, ma parlò lei.

Mi pregò di lasciarla restare nella sua casa. Non poteva sopportare di vivere in un quartiere più povero, dove suo figlio sarebbe stato esposto a dei pericoli. Sperava che in sei mesi sarebbe riuscita a mettere da parta abbastanza denaro da non dover più ricorrere agli aiuti dello stato. Il padre di suo figlio l'aveva abbandonata non appena aveva saputo che era incinta, e i suoi genitori l'avevano cacciata. Non aveva nessuno che potesse aiutarla.

Gli occhi del piccolo non lasciarono mai il viso della madre mentre parlavamo. Mentre la guardavo parlare, con suo figlio che le abbracciava un ginocchio, capii che avrei potuto essere quella donna se ne avessi avuto il coraggio. Veniva da una famiglia che le avrebbe permesso di studiare, di intraprendere una professione, di vestirsi bene. Avrebbe potuto avere tutto ciò se avesse fatto adottare suo figlio, mi spiegò. Invece lavorava come cameriera al Brown Derby, viveva accanto ai bassifondi in una città sconosciuta e non aveva abbastanza denaro da potersi permettere un film al cinema. Ma l'amore che lei e suo figlio provavano l'una per l'altro era meraviglioso ed evidente. Sedeva sul bordo del divano sfilacciato, l'unico elemento di arredamento della stanza, ed era una persona intera. Io sedevo all'altra estremità ed ero una persona a metà.

Doveva correre al lavoro. Le dissi di non preoccuparsi: avrei mantenuto il segreto. Uscimmo insieme. La guardai allontanarsi sulla strada chiazzata da macchie di sole con suo figlio, mentre io sedevo nella mia Mercury Cougar color oro nuova di zecca.

Per la prima volta, mi assunsi la piena responsabilità dell'abbandono di mio figlio. Abbracciai il volante e vi appoggiai la testa, lasciando che la vergogna e il dolore mi scuotessero da capo a piedi. Feci ogni sforzo per soffocare il disgusto verso me stessa. Riuscii ad avviare il motore, a innestare la marcia e a tornare in ufficio. Riuscivo a funzionare, quello era l'importante.

All'inizio dell'autunno, mio padre ci annunciò che sarebbe stato trasferito a New York. Lo spostamento era previsto per la metà di novembre, subito prima del Ringraziamento. Presi in considerazione la possibilità di restare dov'ero e di vivere un'esistenza prevedibile ad Akron, ma l'opportunità di stabilirmi a New York era troppo eccitante. Decisi di seguire i miei.

Quando emersi dalle caverne della Grand Central Station, chiamai il mio primo taxi e mi feci portare all'appartamento di Anita, dove sarei rimasta finché non mi fossi sistemata. Il mio entusiasmo era così contagioso che il taxista non poté che dimostrarsi amichevole nei miei confronti.

Vidi che Anita amava la sua nuova vita. Quando si era candidata per un posto di hostess, non aveva mai preso un aereo ed era terrorizzata, ma ora adorava volare. Dovevo scavalcare materassi o corpi per spostarmi in ogni punto dell'appartamento. Divideva l'alloggio con altre hostess che facevano voli internazionali per la TWA. Le cinque ragazze che dividevano l'appartamento con una sola camera non facevano che arrivare, aspettare la chiamata per partire, partire e dormire a ore strane. C'era giusto un angolino per me, almeno temporaneamente.

Non appena cominciai a guardarmi attorno, capii che non volevo tornare a fare l'assistente sociale. Questa era la Grande Mela: volevo un lavoro affascinante. Ebbi però poca fortuna nella ricerca di un impiego, e stavo ormai prendendo in considerazione la prospettiva, per niente affascinante, di accettare un lavoro nell'ufficio del personale alla « Blue Cross and Blue Shield », la mutua. Papà aveva cercato di raccomandarmi per farmi entrare in un'agenzia di pubblicità, il mio sogno, ma avevo fatto fiasco durante il colloquio. Non sapevo neppure cos'era un *copywriter.*

Seguendo un impulso nato dalla disperazione, mi recai in un'altra agenzia di collocamento. Mentre entravo in quel triste ufficio, mi rimproverai severamente per la mia follia: continuavo a inseguire sogni poco realistici. Quella sarebbe stata l'ultima volta; il giorno successivo avrei accettato il lavoro alla Blue Cross. Quando la segretaria scorse il mio curriculum, vide che ero di Akron. Mi disse che lavorava per loro qualcuno di Akron e mi fece entrare in un ufficio. L'intervistatrice era fantastica. Era aperta come le persone di Akron e aveva la schiettezza dei newyorkesi. E aveva da propormi un posto come assistente in una piccola agenzia di pubblicità.

Camminando, nervosa, nell'enorme anticamera in stile liberty dell'edificio Chrysler, trovai gli ascensori che mi avrebbero portato al mio appuntamento. Non cominciò troppo bene. Sapevo scrivere a macchina? No. Avevo mai lavorato come centralinista o come assistente? No. Scrivevo bene? Scrivere mi piaceva, dissi con una vocina stridula. Avevo delle doti artistiche? Che sapessi, no.

Il calore era sparito dai marciapiedi e dagli imponenti edifici della città. Il gelo invernale attraversava facilmente il mio cappotto leggero. Camminai lungo la Quinta strada, perché non volevo ancora tornare nell'appartamento di Anita. Il mio panico era prodotto almeno in parte dal timore che il lavoro alla mutua non sarebbe stato abbastanza impegnativo da soffocare il lancinante dolore che provavo ogni volta che avevo tempo di pensare. Tutto ciò che facevo doveva assumere dimensioni più grandi del normale per compensare l'abbandono di mio figlio.

Per miracolo ottenni il lavoro pubblicitario. Cominciai domenica primo dicembre, perché quel giorno giravano uno spot per la televisione. Il mio debutto nel mondo della pubblicità coincideva con la prima volta dell'attrice Sandy Duncan in una pubblicità destinata al piccolo schermo. Il cliente, Leeming Pacquim, una divisione della Charles Pfizer, aveva avuto un grande successo con Hy Karate, la prima colonia per uomo a essere pubblicizzata su larga scala, e voleva ripetere l'exploit con un'acqua di colonia per ragazze adolescenti chiamata Skinny Dip. Il nome del prodotto e le inquadrature provocarono i sudori freddi ai censori del canale televisivo. Nel bel mezzo della rivoluzione sessuale e della guerra del Vietnam, le cui immagini raccapriccianti ci venivano mostrate ogni sera durante il telegiornale; quella gente si preoccupava ancora delle implicazioni di un nome che chiamava in causa la pelle e si faceva prendere dal panico se l'asciugamano di Sandy Duncan scivolava troppo in basso rispetto al collo.

Fu eccitante. Durante la prima settimana di lavoro andai con una limousine all'appartamento di Peter Max per consegnargli i provini della pubblicità per il nostro prodotto Nutrament. Era il primo spot televisivo psichedelico. In un mese avevo imparato a muovermi bene, ma la maggior parte delle volte il mio lavoro consisteva nel rispondere al telefono. Papà lavorava in città e mi chiamava ogni giorno per ricordarmi di rispondere con una voce allegra e dinamica e in tono cortese. (Grazie, papà.)

Me ne andai dall'alloggio di Anita e mi trasferii in un enorme appartamento tra la Settantanovesima e Riverside, dove una collega di Anita cercava una ragazza per dividere le spese. L'appartamento ci parve così lontano dall'« azione » che, dopo un mese, Peg (la mia nuova compagna di stanza) e io tornammo all'East Side, dove la vita aveva un ritmo più frenetico e ci sentivamo nel cuore della città. Lasciammo gli enormi locali che avevamo abitato nel West Side per un minuscolo sottotetto con una sola camera situato sopra un bar, The Flower Pot. L'affitto era così elevato che dovemmo trovare un'altra coinquilina. La camera era così piccola che poteva contenere solo una cuccetta e un letto a rotelle. Per raggiungere la prima bisognava scavalcare il secondo, ma non ci importava. Eravamo arrivate. Fortunatamente sia la terza ragazza, Trela, sia Peg erano hostess alla TWA International, ed erano assenti per lunghi periodi. Non capitava spesso che fossimo tutte e tre nell'appartamento.

Cominciai a incontrare gente e a frequentare degli uomini, ma continuavo a non essere capace di stabilire un rapporto vero. A volte, di ritorno da un appuntamento, mi sentivo profondamente depressa. Non potevo dire loro chi ero: una madre. Non potevo neppure essere la ragazza dei loro sogni. E ogni volta che dovevo mentire a qualcuno sulla mia identità, mi sentivo più isolata. O forse avevo solo paura, pensavo che l'amore finisse sempre con una perdita e non volevo rendermi vulnerabile.

New York mi presentava ogni giorno una sfida. Volevo combattere o rinunciare? Era una vita emozionante. Se volevo camminare da un isolato all'altro, attraversare una strada piena di traffico prima che un taxi mi investisse, dovevo accelerare il passo. Tutta quella pressione mi faceva sentire più viva. Preferivo rimanere chiusa a chiave nell'appartamento, o ero pronta a vedere di che pasta ero fatta? Poiché non smetteva mai di domandarmi di più, la città era la mia grande maestra, e mi costringeva a riconoscere il dolore, la pena e la gioia della vita a contatto con il meglio e il peggio della natura umana. Ogni giorno, tornando dal lavoro, passavo davanti al New York Foundling Hospital, un brefotrofio, e contemplavo la possibilità di prestarvi servizio come volontaria, ma non ero ancora abbastanza forte. Ogni volta che mi trovavo davanti a una chiesa cattolica, entravo e accendevo una candela per mio figlio.

Quando ero stata assunta, mi avevano promesso che dopo tre mesi avrei ricevuto una formazione in una delle divisioni dell'agenzia. Cominciai a fare la redattrice pubblicitaria. Si rivelò un'opportunità straordinaria. Dopo qualche mese il mio slogan, «Vi fa sentire carine», venne usato per la pubblicità della colonia Skinny Dip. La frase veniva ripetuta negli spot televisivi e radiofonici. Mi venne affidato un altro cliente, Clairol, e diedi il nome a uno dei loro prodotti, Lemon-Go-Lightly, e progettai io stessa il *packaging*. Adoravo quel lavoro.

Come la laurea, anche una brillante carriera era un elemento della lista di vantaggi risultanti dalla decisione di rinunciare a mio figlio.

Un sabato Peg e Trela erano entrambe assenti. Stavo ammucchiando la biancheria sporca per fare il bucato, quando il campanello di casa suonò. Vidi dallo spioncino che era il ragazzo con cui Peg aveva avuto un appuntamento alla cieca qualche sera prima. Lo invitai a entrare, spostando il cesto della biancheria per permettergli di sedersi sul divano. Ron indossava una giacca di pelle e stivali da cowboy, e aveva i capelli più lunghi di tutte le persone che conoscevo. Lo consideravo molto attraente, anche se aveva un'aria un po' selvaggia, e pensai che fosse un hippie. In realtà stava seguendo un corso di specializzazione in finanza alla Columbia University.

Conversammo; sembrava un tipo normale, anche se non assomigliava ai ragazzi ultraconservatori che ero abituata a frequentare. Mi tenne compagnia intanto che facevo il bucato. Mi baciò durante la centrifuga.

All'inizio del mio secondo anno a New York, io e Ron avevamo smesso di frequentare altre persone. Egli mi aiutò a sentirmi progressivamente più sicura. Gli raccontai di mio figlio, e seppe ascoltarmi. Eravamo stati educati secondo religioni diverse, ma questo non costituì un problema per nessuno dei due.

Prima di sposarci, chiesi a Ron di farmi due promesse. Si trattava per me di due esigenze irrinunciabili: se avesse rifiutato, non avrei potuto sposarlo.

Prima di tutto, Ron non avrebbe dovuto interferire se, un giorno, avessi deciso di cercare mio figlio, e l'avrebbe accettato, dal momento che desideravo che mio figlio facesse parte della mia vita, se ciò fosse stato possibile. Ron acconsentì.

La seconda condizione era che non allevassimo i bambini nell'osservanza di una religione precisa. Ciascuno di noi avrebbe invece insegnato loro le proprie credenze personali, e avrebbe permesso ai figli di compiere essi stessi una scelta, quando sarebbero stati più grandi e maturi. Accettò anche la seconda condizione.

Fummo sposati da un rabbino e da un sacerdote cattolico il giorno successivo al Natale del 1970 nella casa dei miei, nel Connecticut. I miei genitori non sollevarono obiezioni al fatto che sposassi un uomo non cattolico. Mia madre conosceva, e accettava con dolore, il mio allontanamento dalla Chiesa. Forse pensò che assomigliavo a mio padre, che era stato educato alla fede battista. Andava a messa ogni domenica, ma non si era mai convertito. Ma mia madre non avrebbe avuto pace se non avessi ricevuto il sacramento del matrimonio. Un matrimonio al di fuori della chiesa equivaleva a una vita nel peccato. Purché il prete facesse la sua parte, mamma non si sarebbe preoccupata di ciò che sarebbe successo dopo.

Poco dopo il matrimonio andammo a San Francisco, dove Ron era stato trasferito dalla società di mediazione, con sede a New York, per cui aveva cominciato a lavorare.

Il nostro appartamento, che conteneva una sola camera, era sospeso sull'acqua a Sausalito, e aveva ampie finestre che si aprivano sulla baia. Era come vivere su una barca, salvo che non si muoveva. Non avevo un lavoro, ma ero certa che, mostrando il *book* che raccoglieva le mie pubblicità, ne avrei trovato uno rapidamente. Si trattava però di un cambiamento più radicale di quanto avevo previsto. Cominciavo la mia vita matrimoniale lontano dai familiari e dagli amici, mi trovavo in una città dove non conoscevo nessuno. Ero vittima di improvvisi cambiamenti di umore; piangevo senza un motivo apparente. Cominciai a ingrassare: la mia paura di diventare una grassa casalinga si stava avverando. A parte quello, però, eravamo felici.

Quando furono passati quattro mesi senza mestruazioni, andai dal medico per un test di gravidanza, che diede un risultato negativo. Non potevo quindi attribuire a quello i cambiamenti di umore e i chili in più. Non riuscii a trovare lavoro: a San Francisco sfondare nel settore pubblicitario era più difficile di quanto credessi, anche perché a New York gran parte del mio lavoro consisteva nello sviluppo di nuovi prodotti. Iniziai a disperarmi e a passare molto tempo da sola. Le giornate vuote cominciarono a riempirsi di ricordi che avevo sperato di seppellire per sempre. Il dolore riprese a torturarmi. L'unico pensiero che mi impedì di soccombere fu la convinzione che un giorno avrei ritrovato mio figlio.

Un pomeriggio di primavera, mentre stavo prendendo il sole, mi accorsi che, quando mi sdraiavo sulla pancia, sentivo un rigonfiamento simile a un grosso tumore. Presi appuntamento col mio ginecologo per il pomeriggio successivo. Avevo controllato la temperatura basale nei due mesi precedenti per vedere se riuscivano a scoprire il motivo del ritardo del ciclo. Ero piuttosto preoccupata, e temevo il peggio.

Ron si fece dare un passaggio per recarsi al lavoro e mi lasciò l'auto. Quando venne il momento di partire, mi scoprii di ottimo umore, cosa che mi parve un po' strana, viste le circostanze. Il sole inondava la macchina poiché viaggiavo con la capote aperta. All'altezza del Golden Gate Bridge ero ormai euforica. La luce del sole, sul ponte, aveva un'intensità soprannaturale; i miei sensi si erano improvvisamente acutizzati. Rallentai appena quando superai il casello, invece di fermarmi e pagare. D'un tratto seppi cosa mi avrebbe detto il medico. I fischietti dei poliziotti richiamarono la mia attenzione, e quando detti uno sguardo nello specchietto retrovisore vidi i casellanti che mi facevano segno di fermarmi. Mi arrestai, feci retromarcia e pagai il pedaggio con un sorriso che mi andava da un orecchio all'altro.

Il medico chiese: « Cosa succede, mia cara? » Quando gli dissi che avvertivo il rigonfiamento, mi fece accomodare in studio e, con uno sguardo sorpreso, confermò che ero in stato interessante. Un sonogramma, di recente invenzione, confermò che ero incinta già da quattro mesi e mezzo.

Ron e io fummo scioccati. Quella notte andammo in un bar del quartiere con alcuni amici per sentire un gruppo che suonava, e non riuscii a smettere di sorridere. Mi resi conto, tenendo la mano sul ventre durante il concerto, che riuscivo già a sentire i calci del piccolo.

Ma vi furono delle complicazioni dal punto di vista emotivo. Più ero felice per l'arrivo di questo bambino, più mi mancava il primo. Inoltre, questo sarebbe stato il primo figlio per Ron e il secondo per me. Per lasciargli godere fino in fondo il suo ruolo di padre in attesa, non potevo continuare a ricordargli che io c'ero già passata. Smisi di parlare della mia prima gravidanza. Eppure tutti i ricordi furono amplificati, non dimenticati; avevo un bisogno ancora maggiore di parlarne.

I genitori di Ron erano emozionati all'idea che sarebbero diventati nonni per la prima volta. La mia famiglia si comportò come se per me fosse il primogenito, e ciò mi fece soffrire perché non volevo che l'esistenza del mio primo figlio venisse negata. Naturalmente, la maggior parte della mia famiglia credeva veramente che fossi alla prima gravidanza. Poi c'erano gli altri, gli sconosciuti gentili, i conoscenti. Il macellaio: « Ah, è il primo? Meraviglioso. Congratulazioni! » Il commesso della lavanderia a secco: « Il primo. Dev'essere molto emozionata ». Le vicine: « Lasci che le dica cosa deve aspettarsi ».

Dovevo restare lì, ascoltarle e fingere. Ero eccitata per questo bambino, ma la gioia era rovinata dalla necessità di altre menzogne.

Inoltre continuavo ad avere dei dubbi sulla mia capacità come madre. Il mio « peccato » avrebbe in qualche modo danneggiato il secondo bambino? Ero l'unica ex ragazza madre a reagire in modo così strano? Le altre avevano forse cancellato tranquillamente l'accaduto? Ero io l'unica a non riuscirci?

Comprammo un cane, a dispetto di tutti i proprietari che rifiutavano di affittare le case a persone con animali domestici o bambini. Anche per Ron Wiffle era il primo cane. Ci trasferimmo in un appartamento nel quartiere cittadino della Marina. A Ron, per solidarietà, crebbe una discreta pancetta. Frequentammo le lezioni di Lamaze: « Sì, è il mio primo figlio ». Il mio medico sarebbe andato in ferie per due settimane in ottobre. Mi promise che non avrei partorito prima del suo ritorno, anche se mi sentivo nelle ossa che si sbagliava. Per una settimana, all'inizio di ottobre, vi fu un caldo orribile: in quei giorni non avevo energia, mi limitavo a sonnecchiare.

Il diciotto di ottobre avrei dovuto incontrare un'amica per andare a un'asta di oggetti d'arte e antichità. La chiamai e annullai l'impegno. La giornata era soleggiata e invitante, ma mi sentivo di stare a casa. Mezzora dopo persi un po' di sangue. Poi ebbi qualche contrazione. Andai nella stanza del bambino che avevo appena finito di decorare, una cameretta piena di sole con tante finestre e tendine di cotone giallo per creare un'atmosfera allegra. La culla aveva bordi e tendine a quadretti turchesi e bianchi. Rimasi a lungo sulla sedia a dondolo bianca che non avremmo potuto permetterci, con Wiffle acciambellato ai miei piedi. Mi dondolai per molto tempo, assorbendo l'allegria della stanza. Tutto era pronto. Poiché attendevo con ansia l'arrivo di questo bambino, avevo il cuore leggero e gonfio di gioia. Lottai contro il terrore irrazionale di perdere anche il secondo figlio. Almeno *sapevo* che era irrazionale la paura di andare in ospedale e perdere di nuovo il controllo della mia vita. Dissi a me stessa di non fare la stupida, di non lasciare che quei timori rovinassero l'esperienza di Ron. Ma dovetti continuare a ricordare a me stessa che ero al sicuro. Nessuno avrebbe preso mio figlio. Passeggiai per l'appartamento e sentii che quel bambino mi avrebbe procurato innumerevoli gioie, si trattava solo di superare quel momento difficile.

Con uno sguardo diffidente, Wiffle seguì ogni mio passo come un'ombra. Dovevo calmarmi un po' prima di chiamare Ron. Mi riscossi quando un dolore lacerante mi colpì. Era pomeriggio inoltrato. Telefonai a Ron in ufficio: stava partecipando a una riunione. Mi scusai con la segretaria e le spiegai la situazione: poteva, per favore, chiedergli di tornare a casa? (Rimasi meravigliata dalla mia capacità di mettere in disparte le mie esigenze personali.) La sua segretaria praticamente mi urlò: « È già schizzato fuori dalla porta! »

Quando Ron si precipitò in casa, mi scusai di nuovo per averlo interrotto durante una riunione. Mi diede un'occhiata strana. Il mio medico era ancora in vacanza, quindi chiamammo il dottore di turno, che ci consigliò di restare a casa il più a lungo possibile e di cronometrare le contrazioni. Mentre mi sistemavo comodamente sul divano del soggiorno, Ron andò a prendere il nostro unico orologio in camera. Attaccò la spina nella presa di corrente più vicina, sistemò una sedia accanto al divano, mi appoggiò la sveglia con i numeri luminosi sul ventre prominente e... tutte le luci d'un tratto si spensero. Era mancata la corrente in tutto il quartiere. Ron tornò a sedersi e cercò di contare ad alta voce la durata delle contrazioni e l'intervallo tra l'una e l'altra, ma presto l'attività divenne noiosa. Nessuno dei due aveva al polso un orologio. Dopo un paio d'ore sentii uno spostamento improvviso e seppi che era ora d'andare. Mentre uscivamo di casa, le luci si riaccesero.

Ci fecero entrare in una sala travaglio scarsamente illuminata, molto più piccola di quella che ricordavo al Richmond Memorial. Conteneva due letti. Ci raggomitolammo in attesa, e venimmo lasciati da soli la maggior parte del tempo. Ron si sedette su una sedia ai piedi del letto e continuò a torcere le nappe della tenda. L'infermiera gli chiese di uscire, così avrebbe potuto visitarmi. Provai panico quando si chiuse la porta alle spalle. Avevo bisogno che restasse lì con me.

L'infermiera mi chiese se era il mio primo figlio. Avrei voluto mentirle, non sapevo quanto era importante per loro sapere la verità. Non poteva limitarsi a leggere la cartella? I farmaci cominciarono a fare effetto, rendendomi lenta e intontita e, quando le raccontai del mio primo figlio, mi sentii schiacciata dalla vergogna. Chiesi un'epidurale, senza rendermi conto che era il dolore emotivo che cercavo di lenire.

Il medico che avrebbe fatto nascere mio figlio entrò a presentarsi e a controllare l'andamento del travaglio. Ancora una volta a Ron venne chiesto di uscire e il cuore mi si strinse per la paura. Le gambe, rese completamente insensibili dall'epidurale, ricaddero come due balene finite in secca quando il dottore cominciò a esaminarmi. Mi obbligai a squarciare la nebbia che mi invadeva il pensiero. La voce che udii sembrò venire da un punto distante. «Il farmaco ha interrotto il travaglio», stava dicendo il medico. Gli chiesi di smettere di somministrarmi i farmaci. Le doglie ricominciarono. Per fortuna, i ricordi si allontanarono. Ero presente, in quel luogo e momento, completamente assorbita dal parto in corso. Quando fu il momento di andare in sala parto, il dottore diede un'occhiata a Ron e gli consigliò di aspettare fuori. Mancava ormai pochissimo all'espulsione. Prima di spingerlo fuori, udii il primo vagito di un bambino nato nella stanza accanto. Poi udii il pianto di mio figlio. Improvvisamente mi accorsi della presenza di Ron, e gli chiesi del bambino. Mi rispose che era un maschio. Me lo diedero, e lo tenni stretto.

Cominciai ad avere il singhiozzo. Il suono squarciò il silenzio assolato della camera del bambino. Sorrisi a Brett, così piccolo, che aveva solo due settimane. I suoi occhi incontrarono i miei. Era un bambino allegro e felice, e troppo socievole per addormentarsi. Poi, proprio come avevo previsto, ebbe anche lui il singhiozzo. Eravamo così in sintonia che mi veniva sempre il singhiozzo poco prima che l'avesse anche lui. Gli massaggiai il pancino per alleviare il fastidio. Per distrarlo, cominciai a leggergli le filastrocche del libro per bambini che mia madre aveva mandato. Ascoltò con grande attenzione. Arrivai a una poesia intitolata « Al mio piccolo », e scoprii, giunta alla fine, che era stata scritta da una delle mie compagne di appartamento del Winthrop College. Che coincidenza meravigliosa, pensai. Che cosa strana, però. Era la prima volta che il passato mi raggiungeva in California.

Dal momento che Brett sembrava avere ancora voglia di compagnia, gli raccontai tutto della mia amica, l'autrice della poesia, e della vita all'università. Amavo l'attenzione e il rapimento con cui mi ascoltava. Gli raccontai di suo fratello e gli dissi del legame che esisteva tra loro due e il mio cuore. Un giorno l'avremmo incontrato, e speravo che l'esperienza non sarebbe stata troppo sconvolgente e che lui e Brett si sarebbero sentiti fratelli. C'era però un cammino ancora lungo da compiere prima di allora.

Dopo sei anni in cui ero stata madre e avevo dovuto negarlo, ora potevo dire apertamente: « Sono madre ». Anche se non potevo essere completamente onesta, fu comunque un grande sollievo, e io e Ron eravamo molto felici. Avevamo molti cari amici; potevo finalmente vivere nel presente.

Ma avevo grosse difficoltà quando si trattava di lasciare il bambino, anche solo per andare al cinema. Ero restia a chiamare una baby-sitter.

Quando Brett aveva otto mesi, Ron espresse il desiderio di partire con me per una seconda luna di miele alle Hawaii. Trovammo una persona estremamente competente a cui affidare il bambino in nostra assenza. Era probabilmente più in buone mani con lei che con me, eppure separarmi da lui fu straziante. Piansi sull'aereo, piansi mentre la gentile brezza marina entrava nella nostra stanza al Royal Hawaiian, piansi sulle spiagge meravigliose. Furono otto giorni interminabili.

Quando tornammo, Brett si comportò come se non mi avesse neanche riconosciuto. Allora era vero che i bambini dimenticavano così rapidamente le loro madri? Il legame prodotto dal fatto che l'avevo partorito e portato in grembo non aveva dunque alcun valore? Il fatto che avesse dimenticato il mio viso significava anche che aveva dimenticato ciò che provavo per lui? Era così facile sostituire una madre? Era possibile che la connessione spirituale con i miei figli esistesse solo nella mia immaginazione?

Ron stava facendo carriera, e cominciai a lavorare come volontaria al reparto di pediatria del Children's Hospital una volta alla settimana. Per il primo compleanno di Brett acquistammo una casa. Cominciammo a parlare di un secondo figlio, e poco dopo rimasi incinta.

Brett aveva poco meno di due anni. Potevo godermi quella gravidanza senza dover fingere che fosse la prima. I ricordi, nel frattempo, erano diventati più confusi. Tornarono a farsi vividi solo quando superai la data prevista per il parto. L'attesa per questo bambino mi ricordò i giorni di attesa a Seton House. Ero in ritardo di due settimane quando mi cominciarono le doglie.

Ron fu presente questa volta. Per affrontare il travaglio e il parto non ebbi bisogno di alcun medicinale. Il dottore arrivò giusto in tempo per prendere il bambino: non dovetti neppure spingere. Alla nascita Kip sembrava un piccolo indiano, con moltissimi capelli neri, proprio come Phillip.

Ron tornò al pomeriggio, e rimanemmo davanti alla vetrata della stanza dei bambini a guardare Kip e gli altri neonati. Quella sera, Ron fece entrare di nascosto Brett per mostrargli Kip. Avrei voluto tornare anch'io a casa con loro e con il piccolo, perché la permanenza in ospedale mi rendeva depressa. Sembrava che tutto quello che assomigliava a Seton House o al Richmond Memorial mi facesse ripensare, con un dolore quasi fisico, ai brutti momenti trascorsi. Il senso di perdita, di lutto, non se n'era andato del tutto; si limitava a restare al di là della mia consapevolezza per certi periodi. Quando uscii dall'ospedale, scomparve di nuovo.

# 11

Brett aveva tre anni e Kip quasi uno. I cubi del Lego erano sparpagliati sul pavimento di parquet del salotto. Ero seduta per terra in mezzo a quella confusione, raccoglievo i pezzi e li gettavo nella scatola. L'inventore del Lego, chiunque fosse, senz'altro non aveva figli. Ron era al piano inferiore: stava facendo coricare i bambini per un sonnellino. Udii i suoi passi sulle scale: sembrava che a, ogni gradino, la sua andatura rallentasse. Diventai leggermente circospetta. Wiffle aspettava in cima alle scale scodinzolando.

Quando si chinò per accarezzare Wiffle e aiutarmi a raccogliere il Lego, Ron, a differenza del solito, evitò di guardarmi negli occhi. Aveva qualche pensiero, e doveva trattarsi di una cosa seria. Gli chiesi che cosa non andava. Smise di raccogliere i giocattoli, ma continuò a evitare il mio sguardo. Con voce grave, disse che secondo lui dovevo smettere di pensare a mio figlio e di parlare di lui. (Avevo forse cominciato a parlare ad alta voce della mia ossessione?) Aveva la sua famiglia, continuò Ron, e noi avevamo la nostra. Avevo due figli meravigliosi e non mi comportavo bene con loro, poiché pensavo all'altro figlio che, del resto, non era più mio. Mi chiese di non prendere neanche in considerazione la possibilità di cercarlo. Ascoltai le sue parole, sbalordita.

Temeva forse che il mio amore per Phillip limitasse quello che potevo provare per Brett e Kip? Perché l'affetto che provavo per il mio primo figlio sembrava così *sbagliato* a tutti gli altri? Poteva forse essere dannoso a Phillip stesso? Perché non riuscivo a smettere di pensare a lui, di amarlo, di preoccuparmi per lui? Ora Ron stava ripetendo ciò che tutti gli altri mi avevano detto.

Il mio primo figlio non era figlio suo, ma era fratellastro dei suoi due figli. I legami di sangue hanno la loro importanza, pensai. È loro fratello. Non dissi nulla ma continuai a raccogliere i giocattoli. Infine suggerii a Ron di andare al circolo di tennis per un po'. Quando udii la sua auto che imboccava il vialetto d'ingresso, sentii qualcosa che si rompeva dentro di me.

Ron aveva tradito quella che per me era una promessa sacra. Se qualcuno mi avesse aiutato ad affrontare in modo giusto il mio passato, probabilmente quella discussione non sarebbe stata una tragedia, e saremmo riusciti a risolvere le incomprensioni reciproche. Ma con tutto ciò che era accaduto prima, mi risultò impossibile. Anche se era l'ultima cosa che volevo, e non riuscivo quasi ad ammetterlo a me stessa, il nostro matrimonio aveva appena subito un durissimo colpo.

Non appena ebbi sistemato tutti i pezzi di Lego, udii delle vocine provenienti dal piano inferiore. Doveva esistere un legame invisibile tra i bambini e la scatola di Lego che li avvisava quando tutti i pezzi erano stati riposti. Wiffle li leccò entrambi quando giunsero in cima alla scala. Afferrarono un paio di libri e mi salirono sulle ginocchia. Uno dei libri si intitolava *Horton cova l'uovo*. Era la storia di Mayzie l'Uccellina Pigra che faceva un uovo ma non voleva restare nel nido a covarlo. Chiedeva quindi a Horton l'Elefante di sedersi sul nido, e il pachiderma aveva, in effetti, covato l'uovo, nonostante una serie di difficoltà e pericoli, dicendo sempre che « un elefante è fedele al cento per cento ». Quando l'uovo finalmente si era schiuso, il piccolo era un uccello elefante. Mayzie era tornata per riprendersi l'uccellino una volta che tutto il lavoro era già stato terminato, e naturalmente non suscitava la simpatia di nessuno, me compresa. Era così che sarei stata considerata, quando avrei trovato mio figlio?

Con Kip e la spesa tra le braccia e Brett che camminava davanti a me con passo malfermo, cercai di aprire la porta della cucina. Se si fosse spalancata troppo, il vento avrebbe spazzato la stanza. In punti come quello della costa settentrionale della California, le estati erano più fredde degli inverni. I bambini giocavano all'aperto infagottati in giacche a vento invernali, mentre a dieci minuti di distanza, oltre il limite della nebbia, c'era il sole e faceva caldo. Dovevamo trasferirci.

Il telefono cominciò a squillare mentre eravamo sulla soglia.

Brett si arrampicò sulla sedia per rispondere e il vento mi strappò la porta dalle mani. Fogli di carta, giocattoli e foto cominciarono a volare per la stanza. Deposi Kip a terra e chiusi la porta con una spinta.

« È nonna Anne », disse Brett. Ron entrò in cucina e prese in consegna i bambini per permettermi di parlare al telefono. Udii dei singhiozzi all'altro capo del filo. Ero terrorizzata. Mia madre riuscì infine a dirmi il motivo della chiamata: lei e papà stavano divorziando.

Nel corso degli anni avevo assistito all'allontanamento tra i miei genitori, nonostante i coraggiosi tentativi di entrambi per tenere in piedi il matrimonio. Erano troppo incompatibili, troppo diversi in innumerevoli modi. Non potevo fare molto per mia madre, a parte lasciarla sfogare. Mentre guardavo, fuori dalla finestra, la nebbia pesante che si spostava a banchi, avvertii un fortissimo senso di perdita. Stentavo a credere che ciò stesse accadendo proprio alla mia famiglia. Ero sbalordita.

Solo nove anni fa i miei genitori erano stati molto preoccupati per le reazioni dei vicini alla mia condizione di ragazza madre. Ora erano loro che stavano facendo l'impensabile. Erano diventati più coraggiosi? O gli anni Sessanta avevano modificato la morale della società in meno di un decennio?

Nell'autunno del 1976 ci trasferimmo in una casa che si trovava al di là della linea della nebbia, e Brett cominciò ad andare all'asilo. La nostra nuova casa non era niente di speciale, ma il terreno circostante era meraviglioso. Su un lato del giardino sul retro c'era un boschetto di sequoie. L'altro lato era uno spazio aperto e soleggiato, con un minuscolo laghetto. Ma il particolare che preferivo era il corso d'acqua che attraversava il terreno dietro la casa. La nostra prima iniziativa fu di costruire un ponte che passava sopra il fiume e raggiungeva i boschi al di là delle sequoie. Lì, in mezzo a tutto quel verde, i bambini potevano avere un'infanzia davvero magica. Ripensai a tutte le case in cui avevo abitato negli anni Cinquanta. Spesso non si vedeva un albero in tutto il quartiere. I costruttori spianavano sempre il terreno prima di erigere degli edifici, e papà avrebbe dovuto cominciare dai semi per avere un prato o piantare alberi che non avremmo mai visto crescere.

Il mio maggiore desiderio era dare vita a una famiglia felice. In effetti, eravamo felici la maggior parte del tempo. Ero convinta di avere i figli più fantastici del mondo. Ma nel bel mezzo della mia vita normale e piacevole, spesso mi sentivo più sola, più pazza, più alienata che mai. E quando c'era qualcosa che andava non proprio alla perfezione mi disperavo, non riuscivo ad affrontare neppure la più piccola difficoltà.

Un giorno, per caso, scoprii che nella trasmissione televisiva che stavo guardando parlavano di un gruppo di persone adottate che cercavano i loro genitori. Allora, da qualche parte esistevano anche individui adottati che cercavano le loro origini! Ma non riuscii quasi a rendermi conto dell'informazione che avevo ricevuto. Per i giorni successivi vissi quasi in uno stato di trance e fui incapace di reagire in modo coerente a ciò che avevo udito.

Trovai un terapista in modo che Ron potesse risolvere i *suoi* problemi. È sempre più facile pensare che è qualcun altro ad avere un problema, e che per noi tutto va bene. Il terapista ci vide entrambi.

Poi andai da sola a una seduta. Ci vollero diverse sedute prima che riuscissi a smettere di dipingermi come la vittima innocente. Non sapevo prendere le mie difese, avanzare delle esigenze nell'ambito del matrimonio, e non credevo neppure di avere il diritto di farlo. Che Ron si servisse consapevolmente di me in quel modo oppure no, ero diventata uno zerbino. La terapia mi aiutò ad accettare con serenità la mia individualità senza avvertire sensi di colpa. Ma solo dopo sei mesi accennai casualmente al fatto che avevo avuto un figlio e che l'avevo fatto adottare.

Mentre raccontavo la storia per sommi capi, scoprii di studiare attentamente le reazioni del terapista. Parlavo in modo distaccato, come se stessi chiacchierando a una festa. In genere era calmo e professionale, si limitava a mostrarmi com'ero, quasi fosse uno specchio. Ma quella volta i suoi occhi lasciarono trasparire uno choc. Lo sbalordimento non era dovuto a ciò che gli dicevo, ma al fatto che non gliel'avessi detto molto tempo prima. Intuii, prima ancora che me lo confessasse, che non avrebbe potuto aiutarmi con quel problema. Mi sentivo alienata da me stessa in un luogo dove avevo cominciato a conoscermi. Temevo di perdere il suo rispetto, ma mi sbagliavo.

La sua risposta, carica di compassione, mi fu di grande aiuto. Gli dispiaceva molto per me, per ciò che avevo dovuto sopportare. Capii quanto fosse sconvolto e riuscii a perdonare me stessa almeno un po'. Ma mi ricordò che era un consulente matrimoniale e che non aveva una preparazione adatta per aiutarmi. Mi consigliò una terapista, ma rifiutai di consultarla.

Capii che Ron aveva sposato solo una metà di me: era quello il nostro problema. Il senso di colpa mi aveva reso debole, le bugie avevano insidiato la mia integrità. Solo parlandone e vedendo come le figure tremendamente autoritarie della mia adolescenza mi avevano privato del potere di tenere il bambino ero diventata più forte. Ma l'improvviso orgoglio per l'individualità recuperata, il bisogno di affermare la mia volontà resero ancora più vacillante il mio matrimonio. Non ero maturata abbastanza da permettere a Ron di abituarsi alla nuova me prima di cominciare ad esigere sempre di più da lui e dal mondo esterno. Dal momento che non lavoravo e non avevo altre fonti di reddito, dipendevo da Ron da un punto di vista economico. Mi sentivo una bambina. Pensai di risolvere il problema con l'apertura di un conto intestato a entrambi. Avrebbe significato che Ron valutava il mio lavoro di madre alla stregua del suo contributo al sostentamento della famiglia. In una delle sedute comuni dal terapista, mi offrì un libretto di assegni per il nostro conto in comune. Su ogni assegno erano raffigurate scene di battaglie famose. Ne fui felice. La nostra forza era proprio quella, la capacità di ridere di noi stessi. Tuttavia, dopo non molto tempo fui costretta a chiedere a Ron di mettere del denaro sul nostro conto comune. Odiavo il pensiero di trovarmi per tutta la vita in una posizione del genere.

Cominciai a dedicarmi alla fotografia, allestii una rudimentale camera oscura e appresi da sola a sviluppare le foto in bianco e nero. Le immagini, dapprima invisibili, apparivano a poco a poco nelle bacinelle per lo sviluppo. Per primi i punti più scuri, quelli in cui la luce meno intensa aveva colpito il negativo, emergevano dal bianco assoluto della carta. Poi arrivavano i grigi. L'abilità consisteva nell'estrarre l'immagine dalla bacinella quando i neri erano più neri e i bianchi più puri. All'inizio era emozionante sviluppare qualunque immagine. Man mano che divenni più esperta, però, mi feci anche più critica nel giudicare i risultati.

Lessi molti libri, qualunque testo sulla scoperta di se stessi che mi capitava sottomano. Vi era una bramosia insaziabile nella mia ricerca: desideravo ardentemente trovare il libro giusto, che mi avrebbe rivelato ciò che stavo cercando. I miei studi erano affascinanti ma non soddisfacenti. Lavoravo come volontaria alla scuola dove studiavano i ragazzi, giocavo a tennis e studiavo fotografia il più possibile.

Il nostro matrimonio fallì. Ci separammo nell'aprile del 1980, dopo dieci anni. Andammo molto più d'accordo quando cominciammo ad abitare in case diverse, e ci impegnammo a rimanere amici. In settembre comprai una casa vecchia, graziosa e affascinante. Naturalmente ero preoccupata per l'effetto che la separazione dal padre avrebbe avuto su Brett e Kip, ma avremmo continuato a vivere nelle vicinanze. Ron e i ragazzi avrebbero potuto continuare a frequentarsi ogni volta che lo desideravano.

Un venerdì pomeriggio, quando Ron venne a prendere i ragazzi per il fine settimana, mi allungò un pezzetto di carta, un paio di righe strappate da un giornale. Aprii con cautela il foglietto. Era l'indirizzo dell'ALMA, un'associazione che cercava persone adottate. Era il gruppo di cui avevo sentito parlare in televisione qualche anno prima. Erano anni che non parlavamo di mio figlio. Fissai il pezzetto di carta e cominciai a piangere.

Attraversai la casa, giunsi in cucina e cercai la borsa. Misi il foglietto nello scomparto più sicuro e nascosto del portafoglio.

Diverse volte al giorno controllavo e ricontrollavo che fosse ancora lì. Ogni volta, prima di trovarlo, venivo attraversata da un'ondata di panico al pensiero che l'avevo perso. Ancora tre anni, e sarebbe stato diciottenne.

Le piogge arrivarono all'inizio di novembre. Stavo spazzando le foglie del susino giapponese dalla veranda di stucco bianco, quando le prime, impalpabili goccioline di pioggia filtrarono dalle fronde delle nostre palme enormi. Smisi di spazzare e annusai il dolce profumo della pioggia. Ci eravamo appena trasferiti, ed ecco la prima pioggia a casa mia! Che meraviglia!

Più tardi, quella sera, provai sentimenti diversi. La pioggia si era fatta torrenziale ed entrava da un buco nel bagno al piano terra, rovinando la carta da parati e la moquette. Dopo aver tappato il buco tirai l'acqua, e il water traboccò, e cominciò a rovesciare acqua sulla moquette che avevo appena asciugato. Udii uno strano suono sotto la casa, e capii infine che doveva trattarsi della pompa del pozzo nero. Andai in cucina per bere un bicchiere di vino e sentii uno sgocciolio. Lo stesso suono, ma più forte, tanto da diventare quasi uno scroscio, proveniva dalla sala da pranzo. Da quello che mi avevano detto, la casa doveva avere un tetto nuovo. Ma le pentole cominciarono a suonare una melodia lugubre quando raccoglievano le gocce d'acqua che cadevano dappertutto. Salii al piano superiore; nel bagno dei ragazzi entrava acqua dal soffitto. Tornata in cucina, trovai un'altra pentola e bevvi un altro bicchiere di vino.

Molto tempo e molto denaro vennero spesi per riparare i punti che perdevano, aggiustare impianti elettrici difettosi, sostituire in modo definitivo le soluzioni di emergenza con cui i vecchi padroni avevano rimediato ai problemi della vecchia casa, nascosti con una graziosa decorazione. Dovetti infine trattare con i riparatori dei guasti, le compagnie di assicurazione, il mondo esterno, senza uno straccio di presenza maschile per tenerli a distanza. Fui obbligata a diventare abbastanza forte per risolvere da sola tutti i problemi che mi si presentavano.

Senza renderci conto della gravità del temporale, io e ragazzi saltammo in macchina; li volevo accompagnare a scuola per il primo giorno di lezioni dopo le vacanze di Natale. Facemmo la curva e vedemmo una macchina che veniva trasportata dalle acque nella strada perpendicolare alla nostra. Ron era a circa due chilometri di distanza, nella nostra vecchia casa. Il ruscello che costeggiava la proprietà doveva essere ormai diventato un fiume in piena. Non c'era comunque modo di saperlo, perché i telefoni erano fuori uso e mancava la corrente elettrica. Per tutto il giorno aiutammo i vicini e guardammo il livello dell'acqua che saliva sempre più. Quando feci uscire la nostra nuova cagnolina Buffy, dovette nuotare per raggiungere un pezzo di terreno sopraelevato. Il gatto di Kip, Blackie, si era infilato sotto la casa, e riusciva a restare sopra il livello dell'acqua solo perché le fondamenta erano abbastanza alte; ma per quanto tempo avrebbe potuto resistere? Dopo un'ora di insistenze, riuscii a farlo uscire da lì.

L'acqua si ritirò più tardi, nel corso della notte, e il giorno successivo riuscimmo a parlare a Ron. L'acqua non era entrata per un pelo nella nostra vecchia casa.

Acquistai la mia prima auto, trattai il prezzo ed ebbi rapporti con altri assicuratori. La mia fiducia in me stessa cominciò a risalire. Cercai, senza successo, di trovare lavoro in campo pubblicitario. Nel frattempo, seguii corsi di fotografia e costruii un'altra camera oscura in garage. Mi misi a studiare giornalismo. Papà mi aveva un tempo dissuasa dal seguire la carriera giornalistica: non voleva che sua figlia si circondasse di reporter che fumavano sigari puzzolenti. Le redazioni non erano un ambiente adatto per donne del sud beneducate.

Gestivo una squadra di baseball di bambini, ed ero la prima donna della zona che si assumeva un incarico del genere. Mio padre aveva sempre giocato a baseball con me e Bob, ma solo i maschi erano ammessi nel campionato della Little League. Allora ci avevo sofferto molto; per questo avevo deciso di dare il buon esempio alle ragazzine e a Brett e Kip.

Perseguitata da uno scontento non ben definito, presi in considerazione di ricominciare la terapia. Continuavo a sentirmi in disaccordo con un mondo che adorava un tipo di donna più dolce, servile e passiva di me. Gli anni Sessanta e Settanta avevano provocato tutta una serie di cambiamenti, ma gli stereotipi sul ruolo femminile persistevano. Era la Vergine Maria davvero passiva come i Padri della Chiesa la dipingevano? Doveva avere avuto un'anima ardente e il senso dell'umorismo. Ma nelle litanie non si parlava mai di Nostra Signora della Risata Perpetua, e si alludeva invece sempre al suo eterno dolore.

Superai la mia avversione nei confronti di una terapista di sesso femminile quando mi accorsi che, in realtà, non mi fidavo in genere delle donne e di me stessa in quanto donna. Quando abbandonai mio figlio, furono le donne a facilitarmi il compito: mia madre, l'assistente sociale, le suore di Seton House, le infermiere dell'ospedale. Nessuna donna venne in mio aiuto, espresse preoccupazione per l'enorme potere femminile che mi si chiedeva di negare, tenere segreto e abbandonare. Ero furiosa per il tradimento da parte delle rappresentanti del mio sesso. Le donne avrebbero dovuto conoscere l'entità del danno che stavano infliggendo a una loro simile. Non era poi impossibile vivere nella società nel ruolo di ragazza madre. Una qualunque delle donne con cui ero venuta a contatto avrebbe potuto aiutarmi a trovare un'altra soluzione. Perché nessuna di loro lo aveva fatto? Dopo aver riconosciuto l'origine della mia collera, potei smettere di dare per scontato che una donna fosse meno competente di un uomo per aiutarmi. Andai in cerca di una donna capace di darmi una mano.

Toni era la terapista di una mia buona amica. Aveva il suo ufficio su una casa galleggiante. Fui stupita dal mio anticonformismo: cercai con ogni mezzo di tenermi alla larga dai giudizi borghesi. A bordo dell'*Omphale* (la regina greca di cui Ercole, vestito da donna, era stato il servitore) c'era una vasta zona adibita a ingresso e sala d'aspetto. Toni era in cima a una scala e mi fece salire fino al suo piccolo ufficio. Dalla mia poltroncina potevo guardare fuori della finestra e vedere i ponti delle altre case galleggianti allineate davanti alla banchina di Sausalito. Mentre la guardavo e le parlavo, vidi che Toni combinava femminilità e forza. Era la donna matura, di età indefinita, che appariva sempre nelle favole quando si trattava di indicare la strada da seguire ai bivi; era bella, intelligente, aveva un grande senso dell'umorismo e una buona e sincera conoscenza di sé.

Poco alla volta, nel corso delle settimane, mi fece parlare delle circostanze esterne e delle persone che popolavano la mia vita per condurmi poi a me stessa, a come ero fatta dentro. Non ero definita dalle persone e dalle situazioni della vita come da uno specchio che rimandava la mia immagine? No, potevo cominciare a conoscere me stessa osservando il modo in cui reagivo alle persone e alle situazioni. Poi potevo imparare a cambiare quelle reazioni e, quindi, potevo cominciare a cambiare la mia vita.

Toni era una seguace di Jung e lavorava con i sogni e gli archetipi, in particolare quelli femminili. L'esplorazione dei miti insieme a lei mise in questione lo stereotipo culturale alla luce del quale consideravo me stessa e tutte le donne. Eppure, era facile dimenticare tutto una volta che scendevo dall'*Omphale* e tornavo a immergermi nella vita di tutti i giorni. Ma lentamente cominciai a incorporare fili di autenticità nella trama della mia vita. Il prodotto della mia tessitura era tuttavia fragile. Pensai alle donne vittoriane, sedute in circolo, con le teste chine sui preziosi ricami, che replicavano inconsapevolmente la ragnatela mistica di Gaia, la dea della terra, della procreazione, della vita.

In ogni seduta cercavo di rivangare i drammi e i sogni della settimana appena trascorsa. Un giorno non riuscii a farli riaffiorare abbastanza da parlarne. Toni attese pazientemente. Per tutta la settimana avevo preso in considerazione la possibilità di parlarle di mio figlio, ma avevo un'opinione così alta di lei che odiavo confessarle cosa mi era successo. Mentre stavo seduta, in attesa di trovare le parole giuste, avevo l'impressione che qualcosa mi strisciasse sul corpo. Vergogna e colpevolezza, penitenza e autopunizione sembravano avanzare fino a ricoprirmi in ogni punto del corpo. Trassi un respiro profondo, che attirò completamente l'attenzione di Toni. Poi dissi: «Quando avevo diciannove anni, ho avuto un figlio e l'ho fatto adottare».

Mentre cercavo di controllare il mio corpo in preda alla vergogna, osservai Toni con estremo distacco. Aveva gli occhi colmi di lacrime. Mi calmai, e la fissai affascinata: i suoi occhi esprimevano una compassione profonda. Raccontarlo a una donna era completamente diverso che confessarlo a un uomo: era più difficile ammettere a una donna il modo in cui avevo fatto violenza a me stessa.

Le raccontai la mia storia. Fui prodiga di dettagli ma non parlai dei miei sentimenti. Del resto, non riuscivo assolutamente più a capire cosa provavo per ciò che mi era accaduto. Parlai con un tono troppo alto e con brevi e leggeri respiri. Studiai ogni reazione di Toni come un visitatore straniero che osserva costumi a lui ignoti, cercando di assimilarli e di non compiere errori per sopravvivere. In alcuni momenti sembrava inorridita, in altri arrabbiata. Pianse diverse volte. Sperai che non mi considerasse senza cuore per il modo freddo in cui raccontavo. Per me non era una buona idea piangere; sapevo che avrebbe voluto abbracciarmi, consolarmi, ma non avrei potuto sopportarlo. Rimasi rigidamente seduta sulla mia sedia. Avevo vissuto in quel modo per sedici anni. Se avessi lasciato trasparire i miei sentimenti ormai sepolti, se avessi riconosciuto e accettato il dolore provocato dal fatto che non conoscevo mio figlio, cosa mi sarebbe successo? Non potevo rischiare di perdere la stabilità mentale: non potevo rischiare di perdere Brett e Kip. Ne sarei morta.

Alla fine del racconto, dissi a Toni che avevo in mente di cercare mio figlio quando avrebbe compiuto diciotto anni. Si chiese perché avvertivo la necessità di attendere quella data. Le spiegai, con suo grande stupore, che per legge i registri delle adozioni in ogni stato erano sigillati, e questo mi faceva considerare la mia ricerca un atto criminale. Avevo l'impressione che diciott'anni era l'età minima in cui potevo iniziare la ricerca di mio figlio. Non sarebbe più stato minorenne, e avrei potuto rivolgermi direttamente a lui, se necessario. Sarebbe stato meno probabile che venissi trattata come una criminale irresponsabile. O così, almeno, speravo.

« Sento di amarlo in modo così profondo », dissi con aria di scusa. « Avrei dovuto dimenticarlo. Non lo conosco neppure, non lo riconoscerei se lo incrociassi per la strada. Eppure, avverto un bisogno immenso di trovarlo. L'ho abbandonato. Non ha alcun ricordo, probabilmente alcun desiderio di conoscermi. Vive certo con una famiglia di brave persone. Rischio forse di rovinare la sua vita e quella dei suoi familiari. So di essere estremamente egoista nel mio desiderio di ritrovarlo, ma non posso farne a meno. »

« Certo che non puoi », esclamò Toni, interrompendo il mio mormorio, « sei sua madre! »

Buon Dio, cosa stava dicendo? Le lacrime mi bruciarono negli occhi, e fui sul punto di balzare fuori dalla porta. Ma rimasi immobile e ascoltai Toni. Era il primo essere umano a dirmi che era giusto che amassi mio figlio, anche se non lo conoscevo e avevo rinunciato a ogni diritto che mi avrebbe permesso di avere rapporti con lui. La mia pena si sarebbe protratta per tutta la vita, come quella di una persona colpevole di omicidio di primo grado. Quella donna mi stava offrendo la speranza di una liberazione sulla parola.

Imbarazzata, le raccontai che avevo mantenuto un legame, costituito dalla preghiera alla Madre Benedetta. Toni capì perfettamente. Disse, anzi, che dovevo inviargli il mio amore ogni volta che ne avevo voglia, ed essere convinta che lui lo avrebbe ricevuto e riconosciuto a qualche livello. Ero senza parole per la gioia. Una verità alla quale mi ero aggrappata quasi senza speranza era stata ribadita da un altro essere umano. Forse non ero pazza, dopotutto. Abbracciai forte Toni e la ringraziai di cuore.

Quella sera, passeggiando, lasciai che il verde dolce dei pini e degli altri alberi penetrasse in ogni cellula del mio corpo ed eliminasse il dolore che vi era restato annidato per un periodo tanto lungo. Poi inviai un pensiero silenzioso di amore, proveniente dal cuore, a mio figlio, sicura, per la prima volta, che l'avrebbe ricevuto. Gli ripetei di nuovo che l'avevo sempre amato, che era stato terribile abbandonarlo, che l'avrei trovato. Gli raccontai che aveva due fratelli e che li avrebbe amati. Pregai che lui e la sua famiglia adottiva fossero felici e in buona salute e che lui avesse avuto una vita migliore di quella che avrei potuto offrirgli io, come le suore avevano promesso.

Il mio amore mi parve così potente che mi augurai che Phillip non stesse guidando l'auto in quel momento.

9 gennaio 1983. Quello fu quasi un anno commemorativo: l'ultimo San Valentino prima di cominciare la ricerca, l'ultima primavera, l'ultimo mio compleanno, l'ultimo compleanno dei miei figli prima di sapere dell'esistenza del loro fratello...

In alcuni momenti quell'anno mi parve interminabile. Era strano: sapevo quanto fosse significativo, eppure vedevo la vita che continuava in modo normale attorno a me, e nessuno sapeva quanto quel periodo fosse importante ai miei occhi. Oscillavo tra la gioia e il terrore, ma mi tenevo tutto dentro.

Alla fine dell'estate ero ormai sempre distratta, c'ero con la testa solo a metà. Il giorno della Festa del Lavoro mi trovavo con degli amici intorno a una piscina, e sentii che mi richiudevo in me stessa. Ero concentrata sui grandi e imprevedibili cambiamenti che si sarebbero verificati dopo alcuni mesi. Pregai che nessuno, soprattutto Brett e Kip, dovessero soffrire a causa di ciò che dovevo fare. Molti erano i nodi che dovevano venire al pettine durante il conto alla rovescia.

Entrai nell'ambulatorio della dermatologa e suonai il campanello che si trovava sul banco dell'accettazione. La finestrina di vetro scorrevole si aprì. L'infermiera prese nota del mio arrivo e mi chiese di accomodarmi. Lessi un cartello che pubblicizzava un esame gratuito per il melanoma, un pericoloso cancro della pelle. Perché no? Del resto, mi trovavo già lì per farmi togliere due nei.

I nei vennero rimossi senza problemi, e fui felice che fossero spariti. Chiesi alla dermatologa di controllarmi il ginocchio sinistro, già che c'era. Si sporse per osservarlo con attenzione. Una mezzora dopo la dottoressa mi stava cucendo il buco nel ginocchio, e la porzione di pelle che aveva asportato era in viaggio verso San Francisco, dove sarebbe stata studiata dal miglior patologo della città. Si trattava di un melanoma. E pensare che ero arrivata un'ora prima, desiderosa di sottopormi a un'operazione di chirurgia estetica spinta solo dalla vanità, e ora dovevo affrontare...

La dottoressa era sicura al novantanove per cento di averlo eliminato completamente, dal momento che si trovava allo stadio iniziale, ma dovevo aspettare il giorno successivo per il referto del patologo. La dermatologa mi lasciò da sola per darmi il tempo di rivestirmi: guardai la mia gamba, sconvolta e arrabbiata. Venivo da una famiglia che aveva sempre goduto di ottima salute. La prestanza fisica era sempre stata tenuta in grande considerazione e data per scontata. Avevo avuto fiducia nel fatto che, se mi fossi presa cura del mio corpo, sarei stata in buona salute molto a lungo. A cosa potevo credere, ormai? Mi sentii piena di vergogna per quel difetto, come se io stessa avessi tradito il mio patrimonio genetico, avessi creato qualcosa di nuovo contro cui le generazioni future avrebbero dovuto combattere.

I bambini erano fuori, a giocare a football, quando entrai in casa. Quella notte, appoggiata a un cumulo di cuscini e con una luce che diffondeva un bagliore rosato in tutta la stanza, guardai in faccia la mia mortalità e mi sentii più viva che mai.

Quando dovevo prendere decisioni importanti, cercavo di valutarle immaginando di avere ottant'anni e di sedere su una sedia a dondolo in una veranda dipinta di bianco e assolata. Volevo poter ripensare alla mia vita passata da quella sedia senza alcun rimorso. In quel modo, vivevo con la morte che mi incombeva alle spalle. Ma ora, ecco l'angelo nero, e avevo solo trentasette anni. Perché stava succedendo proprio ora? Forse non era destino che ritrovassi Phillip? Era la punizione per essere rimasta incinta o per averlo abbandonato? Ma non potevo abbandonare Brett e Kip come avevo abbandonato il loro fratello. Non poteva essere giunta la mia ora.

Alle dieci del mattino successivo, la dottoressa mi disse che il patologo era certo al cento per cento che le cellule cancerogene fossero state eliminate completamente. Mi chiese, però, di fare la TAC per essere completamente sicura. Un'ora dopo mi trovavo di fronte all'enorme capsula bianca che sembrava appartenere già al secolo successivo. Mi spiegarono che dovevo sdraiarmi su una tavola stretta davanti all'imboccatura della capsula, a forma di tunnel.

Quell'apparecchio magico mi avrebbe fatto rinascere e mi avrebbe dato un'altra possibilità per non rovinare la mia vita? Avevo l'impressione di essere sepolta viva in un sarcofago, legata con le cinghie nell'ambulanza, con la sirena che urlava il mio segreto. Il mio bambino stava nascendo di nuovo e non potevo allungare le braccia per prenderlo. Persi la testa. Il mio respiro si fece irregolare. Venni tirata fuori e i tecnici dell'apparecchio mi diedero una breve lezione di respirazione Zen. Poi mi infilarono di nuovo in quella specie di ventre.

Questa volta andò tutto bene. E il verdetto fu positivo.

Nonostante il fallimento del nostro matrimonio, ero rimasta legata alla famiglia di Ron. Sua sorella, Barbara, conosceva un uomo che leggeva la mano e che, secondo lei, era molto bravo. Decisi di consultarlo. L'uomo che aprì la porta sarebbe apparso completamente a suo agio allo sportello di una banca. Sembrava assurdo che un persona dall'aspetto tanto «normale» si dedicasse alla lettura della mano. Mi sedetti di fronte a lui allo scrittoio antico. Il soggiorno del suo appartamento era ampio e soleggiato. Entrò sua moglie, con un bambino in braccio, salutò e andò in cucina.

Mi prese entrambe le mani e le girò con i palmi rivolti verso l'alto. Dopo qualche istante, cominciò a dirmi cosa vedeva.

«Ah», mormorò. «Vedo che da poco ha cominciato ad apprezzare la musica classica.» (Forse la musica, che ascoltavo in macchina con il finestrino aperto, era arrivata fino al suo salotto?) Si accorse del mio scetticismo e mi mostrò la linea, al di sotto del mignolo, che rivelava il recente avvicinamento alla musica classica. Disse che la mano sinistra mostrava il potenziale della vita e la destra ciò che facevo di quel potenziale. A quel punto, continuò, le mie mani erano piuttosto diverse, cioè non avevo realizzato il potenziale che era indicato nella mano sinistra. Disse che mi sarei messa a scrivere. Diventiamo sempre esperti delle nostre debolezze, aggiunse. Quel commento era piuttosto interessante. Poi disse una frase che mi sbalordì completamente. Affermò che sulla mano si leggeva che, quando avevo diciannove anni, avevo subito un grande trauma, e che nulla di così tragico mi sarebbe più successo, potevo starne certa.

# 12

9 gennaio 1984. Mio figlio è diventato maggiorenne. Era un lunedì mattina. Preparai la colazione ai ragazzi nella meravigliosa luce, tipica della stagione invernale. Il loro pane tostato alla cannella emanava un gradevole e dolce profumo. I sacchetti di carta contenenti il pranzo scricchiolarono mentre i miei figli li infilavano negli zaini. Ciao, mamma! E la porta sbatté. La nostra cagnolina Buffy rimase con il naso incollato al vetro, appannandolo, e agitò la coda. Li guardai mentre estraevano le biciclette dal garage e giravano l'angolo dopo il segnale con lo stop. Poi scomparvero. Li aspettava un normale giorno di scuola, mentre io stavo per dare il via a una ricerca che avrebbe potuto sconvolgere completamente le loro vite.

Mi sedetti al tavolo, sentendomi improvvisamente debole. Buffy trovò un punto caldo sul pavimento e si acciambellò. Mi alzai e mi risedetti accanto a lei. Avevo il tipico nervosismo dell'ultimo minuto. Era sbagliato che volessi ritrovare mio figlio? I registri delle adozioni erano sigillati in ogni stato (con l'eccezione dell'Alaska e del Kansas). Questo significava che, per la legge, l'incontro tra un figlio adottato e la madre naturale avrebbe sicuramente rovinato la vita del figlio stesso. Certamente la mia ricerca avrebbe avuto un effetto sulla vita di molte persone. Avevo il diritto di sconvolgere delle esistenze a quel punto?

Feci una carezza a Buffy e mi rimisi in piedi. La mia borsa si trovava sul piano della cucina, accanto alla scatola con il preparato per i toast e al cartone di succo d'arancia mezzo pieno. Mi avvicinai come se si trattasse di una reliquia sacra, mentre si trattava della stessa borsa che avevo gettato sul banco della cucina, con noncuranza, la sera prima. Con gesti riverenti aprii la cerniera della borsa di pelle italiana e cercai il portafoglio. Con dita tremanti, estrassi il foglietto ripiegato che Ron mi aveva dato e che avevo conservato per quattro anni.

Lo portai con me al telefono. Sentivo il cuore che mi batteva forte. Il peso di diciotto anni cominciò a sollevarsi da me. Il mio corpo era improvvisamente più leggero. Composi il numero dell'ALMA, l'associazione che aiutava i genitori a ritrovare i figli dati in adozione.

Dissi alla sconosciuta che mi rispose che mio figlio aveva compiuto diciott'anni proprio quel giorno e che volevo cercarlo, ma che non sapevo da dove partire. Mi spiegò che ci sarebbe stato un incontro, dalle mie parti, la domenica seguente alle tredici. Era il loro incontro mensile, e l'avrei trovato interessante, mi disse.

Quale era stata la sua prima parola? Com'erano i suoi genitori? Sapeva di essere stato adottato? Dove abitava? Voleva che lo trovassi? Praticava degli sport? Portava l'apparecchio per i denti? Che voti aveva a scuola? Aveva una ragazza? Si era diplomato, frequentava già l'università? I suoi genitori lo amavano? Gli avevano spiegato che *io* lo amavo quando era nato? Lui li aveva creduti? Le risposte si facevano sempre più vicine.

Domenica. Il luogo dell'incontro si trovava dietro l'ospedale di Alameda. Mi guardai attorno nel locale, e provai un sollievo enorme quando vidi che i presenti erano persone piuttosto normali e dall'aspetto perbene.

Mi venne spiegato all'ingresso che la prima parte dell'incontro era aperta a tutti. Ci sarebbero stati dei relatori e delle persone che raccontavano la loro storia. La seconda metà del meeting era invece riservata alla ricerca vera e propria, e avrei dovuto diventare membro dell'ALMA per partecipare. Sarei allora stata assistita da due persone per la mia ricerca. Firmai un assegno da cinquanta dollari e mi associai all'istante. Prima dell'inizio dell'incontro mi guardai in giro, presi opuscoli e cercai di farmi una prima impressione. Rimasi stupita dalla quantità di libri e articoli che erano stati scritti sull'argomento.

Il presidente picchiettò sul microfono e cominciò l'incontro citando una frase di Florence Fisher, una donna adottata che aveva fondato l'ALMA:

«La legge non prevede alcun contratto – con l'eccezione della schiavitù – per cui un accordo tra adulti può essere vincolante per un bambino una volta che costui diventa maggiorenne. Affermo che un bambino non firma un contratto per essere abbandonato e adottato e non è vincolato da esso».

Poi cominciarono i resoconti. Una donna prossima alla quarantina aveva trovato sua figlia dopo averla cercata per soli quattro giorni. La madre adottiva le aveva dato lo stesso nome che la donna le aveva dato alla nascita. Aveva parlato al telefono con sua figlia, ed era stata un'esperienza così intensa che ne era rimasta scossa. Vidi che avevo perso molto tempo sentendomi unica per il fatto di non essere riuscita a dimenticare mio figlio, e colpevole perché non vi ero riuscita.

Vi furono poi degli aggiornamenti da parte di persone adottate che avevano cercato per anni e senza successo i loro veri genitori, ostacolati dal sistema, dalle paure dei genitori adottivi e dai loro stessi dubbi. Alcuni di quegli individui erano stati sottoposti a vere e proprie atrocità. Il padre adottivo di una ragazza aveva approfittato della posizione importante che occupava in ambito governativo per distruggere tutti i documenti che contenevano informazioni sui veri genitori della ragazza, sebbene sapesse quanto sua figlia desiderava scoprire le sue origini. Sembrava che l'adozione comportasse una buona dose di paura, rabbia e possessività. Ma c'erano anche storie di amore e di coraggio, di famiglie che accoglievano in modo incondizionato nuovi membri nella loro vita. Una donna alta ed elegante, di meno di sessant'anni, sembrava essere ritornata una ventenne accanto al figlio recentemente ritrovato, che le assomigliava in modo impressionante. Con loro c'era anche la sua nipotina. Quella donna non era riuscita ad avere altri figli. La gioia di essersi ritrovati era palpabile.

Guardandoli mi sentii crollare. Smisi di udire le voci attorno a me. Ebbi una reazione molto violenta; immaginai che quella riunione, la mia presenza, fossero solo un sogno, così come la mia capacità di sentire il mio dolore e anche quello delle altre persone. Ritornai al presente. Nel frattempo, la gente si era alzata e si stava spostando. Mi alzai anch'io, come un automa, e uscii nel parcheggio. Rimasi là fuori finché non riuscii ad acquistare di nuovo la sensibilità del mio corpo.

Mi obbligai a rientrare. Si stavano formando dei gruppetti. Numerose teste erano chine su appunti, lettere e documenti. Individuai le due donne che mi ispiravano più confidenza. Stavano studiando un quaderno pieno di appunti meticolosi, che documentavano la ricerca, durata cinque anni, di una donna di una settantina d'anni che, temendo di ferirli, aveva atteso la morte di entrambi i genitori adottivi prima di cominciare la sua ricerca. Ora temeva di scoprire che anche i suoi genitori naturali, nel frattempo, erano morti.

Mi meravigliai di una lealtà così forte da superare il bisogno di conoscere la sua vera identità. Dopo le innumerevoli ore trascorse in quella ricerca, perché ora diceva che voleva solo conoscere l'anamnesi dei suoi genitori? Era assurdo. Avrei voluto avvicinarmi e scuoterla, per farle ammettere il suo vero bisogno.

In che modo fare conoscenza con i suoi veri genitori avrebbe potuto distruggere il rapporto che aveva con la famiglia adottiva? Quel senso di lealtà mi spaventò. E se mio figlio si fosse trincerato dietro a una lealtà simile?

La donna raccolse i suoi milioni di fogli e li infilò di nuovo nel blocco. Si alzò per lasciarmi il posto, con i fogli ancora tutti storti, uno sguardo triste negli occhi e le mandibole strette in un atteggiamento di grande determinazione.

Presi il suo posto davanti al tavolo di formica, di fronte alle mie due assistenti alla ricerca, Lu, la donna anziana che aveva appena ritrovato il figlio e la nipotina, e Dolores, una donna della mia età. Raccontai loro che avevo appena deciso di cominciare a cercare, ma che non sapevo assolutamente da dove partire. Mi chiesero di cercare di ricordare alcuni particolari: il luogo di nascita di mio figlio, il nome dell'agenzia, della casa per ragazze madri, dell'ospedale. Non riuscii a ricordare nessuno di quei dettagli, a eccezione della sua data di nascita. *Avevo rimosso quasi tutto dalla memoria.* Come avevo fatto a dimenticare tutto ciò?

Lu raccontò che molte donne non ricordavano la data di nascita precisa del loro figlio, e alcune neppure il mese. Per continuare a vivere avevano dovuto seppellire un dolore fortissimo e i ricordi che lo accompagnavano. La mente non riesce a essere selettiva quando si trova in una situazione traumatica. Molte donne accusano, in effetti, delle amnesie che si concentrano in quel periodo della loro vita, e per molti anni hanno solo ricordi vaghi e episodici. La memoria riaffiora successivamente sotto forma di inspiegabile depressione, che viene raramente attribuita al trauma originario. Era vero. Ormai non riuscivo a ricordare i nomi delle infermiere, delle suore, dell'ospedale e della casa per ragazze madri. Era incredibile.

Lu mi chiese se ero sposata, e le risposi che avevo divorziato. Non ne fu sorpresa. Le donne che rinunciavano ai loro figli spesso erano incapaci di avere un buon matrimonio, mi disse. Non mi piaceva la parola *rinunciare*. Sembrava un tentativo di addolcire la realtà. Una scarsa stima di se stessi riduce le probabilità di un matrimonio ben riuscito, continuò. Spesso le donne che fanno adottare il loro figlio iniziano relazioni con uomini che hanno dolori e disagi pari ai loro. E il trauma del tradimento da parte dei genitori, persone che amavano, rende queste donne incapaci di avere fiducia negli altri e le induce a sottoporre a uno stress in più il loro matrimonio. La verità delle sue parole mi attraversò il corpo come un brivido freddo.

Dolores aprì il suo blocco e mi mostrò delle foto di suo figlio. Aveva un paio di mesi più del mio. Dolores e la madre adottiva di suo figlio si scrivevano, usando un'assistente sociale come intermediaria. Ogni mese, la madre adottiva del ragazzo inviava delle foto a Dolores per mostrarle la crescita di suo figlio dalla nascita in poi. Aveva chiesto a Dolores di aspettare ancora due anni prima di stabilire un contatto diretto, perché pensava che il ragazzo non fosse ancora pronto per affrontarlo. Non sapeva, però, che Dolores sapeva già il loro nome e l'indirizzo. Dolores sembrava compiaciuta dalla prospettiva di dirglielo, al momento opportuno, e sfatare così uno dei miti correnti, quello secondo cui le madri naturali sono instabili e incapaci di fare ciò che è meglio per il loro figlio.

Odiai da subito il termine per indicare la madre naturale, cioè « madre di nascita »: sembrava che fossimo cavalle da riproduzione e implicava che il rapporto con i nostri figli terminava alla nascita. Dolores spiegò che neppure « madre naturale » era un termine adatto, perché voleva dire che la madre adottiva era innaturale. Lo stesso valeva per «madre vera» e «prima madre». «Madre biologica» suonava troppo clinico.

La difficoltà di trovare un termine per descriverci metteva in evidenza la presenza di una situazione di competizione. Perché qualcuna delle madri adottive sarebbe giunta alla conclusione di essere *innaturale* se l'altra veniva chiamata naturale? Capivo perché «vera» poteva essere sbagliato per entrambe. Prima madre era una pessima scelta. La seconda non era necessariamente peggiore della prima, ma chi è secondo è comunque secondo. La mancanza di un termine valido per definirci indica, secondo me, che la società si sforza di negare o di minimizzare il fatto che l'altra madre del bambino esiste ancora dopo l'adozione.

Dolores richiuse il blocco e mi istruì su come iniziare la mia ricerca. Lei e Lu mi consigliarono di riflettere sulla possibilità di dire a Brett e a Kip che mi ero messa a cercare un figlio che avevo fatto adottare. Altrimenti, i ragazzi si sarebbero chiesti perché ero così distratta e irritabile. Avrebbero potuto incolpare se stessi. Inoltre, avrei potuto ricevere un'importante telefonata quando non ero in casa ed era fondamentale che essi me la riferissero. C'era, inoltre, la possibilità che anche mio figlio mi stesse cercando.

Il mio cuore perse un colpo. Ma non ero ancora sicura che fosse arrivato il momento di parlarne ai miei figli. Dovevo pensarci ancora un po'.

L'odore stantio dei vecchi libri aleggiava come nebbia tra gli scaffali della Sutro Public Library, una biblioteca genealogica a San Francisco. Ero seduta per terra, e sulle ginocchia avevo una pesante copia, rilegata in pelle, della Polk Directory del 1966, un elenco, ordinato via per via, di istituzioni e privati. Si trattava dell'elenco della città di Richmond, in Virginia. Copiai tutti i nomi degli ospedali. Il nome del Richmond Memorial mi fece risuonare un campanello in testa, dopo diciotto anni. Cercai i nomi delle case per ragazze madri. Trovai St. Gerard's, gestito dalle Suore Missionarie di Verona. Non era un nome familiare, ma non vi erano altri indirizzi di case rette da religiose cattoliche. Trascrissi tutti i nomi delle chiese cattoliche e quelli di qualche convento.

Vedere tutti quei nomi di santi mi diede i brividi. Il passato stava tornando a perseguitarmi.

Trovai poi l'elenco telefonico della mia città per l'anno 1966. Cercai il nostro vecchio numero di telefono e quello dei miei amici, dei posti che frequentavamo. Sì, erano esistiti tutti, anche se sembravano tanto irreali. Ogni avvenimento del mio passato sembrava essersi verificato in un'epoca estremamente remota. I ricordi erano sepolti tanto in profondità che ebbi paura. Ebbi difficoltà anche a ricordare gran parte della mia infanzia. Rimasi a lungo seduta tra le scaffalature, con il pesante elenco sulle ginocchia, e tentai disperatamente di ricordare nomi, indirizzi, un particolare qualunque.

Tornando a casa dalla biblioteca, in macchina, mi sentii sempre più depressa. Mi pareva di essere tra le sabbie mobili, e fui spaventata. In preda al panico, chiamai Toni quando arrivai a casa. Trovò il tempo per vedermi quella sera stessa.

Toni mi fece salire al suo ufficio sulla casa galleggiante. Un bel fuoco ardeva nella stufa, e l'ambiente aveva l'aria confortevole. Toni rimase sorpresa quando mi vide in quello stato. Prima di allora, non mi aveva mai visto perdere il controllo. Quella volta, invece, seduta nel suo studio, ero tornata a essere un'adolescente incinta e inerme, che cercava aiuto ma si aspettava di ricevere solo dei rimproveri. Sarei stata di nuovo mandata in esilio e allontanata dalla mia vita, tenuta nascosta. La vergogna per essere stata nella casa per ragazze madri mi fece sentire una specie di lebbrosa. Non volevo ricordare nulla di quell'esperienza, ma la mia ricerca stava facendo riaffiorare tutto, ingrandendolo. Il passato avrebbe finito per inghiottirmi.

Toni mi aiutò enormemente. Disse che il rispetto per me stessa sarebbe tornato quando avrei ripreso il controllo della mia vita e avrei trovato mio figlio. Proprio come ogni altra madre, dovevo accertarmi che stesse bene.

La mattina successiva, dopo che i ragazzi furono andati a scuola, estrassi la mia lista e trovai il numero di St. Gerard's. Come formulare la mia richiesta? All'ALMA insistevano nel dire che non bisognava fare accenno all'adozione, perché quello avrebbe potuto comportare una porta chiusa in faccia, non solo a me, ma anche alle altre madri, dopo di me. Pensai di dire che stavo cercando una vecchia zia, persa di vista da molto tempo, che era stata suora in una casa per ragazze madri. Il termine « ragazze madri » mi faceva orrore, anche se io stessa avevo fatto parte di quella categoria. Forse vi appartenevo ancora, non so esattamente se, e quando, tale definizione cessa di essere valida.

Altre bugie dopo diciott'anni di menzogne. Era degradante. Mentire a delle suore su altre suore era troppo, anche per me. Decisi di raccontare la verità. Un allontanamento dalla verità sarebbe stato un insulto per me e per mio figlio, e avrebbe significato accettare e sostenere il falso bisogno di segretezza.

Composi il numero, con le dita che tremavano in modo incontrollabile. Una voce dolce e gentile rispose al telefono. Scoprii che St. Gerard's era diventata una casa di riposo per anziani gestita dalle Piccole Sorelle dei Poveri. Le chiesi se conosceva una casa per ragazze madri. Certo, rispose. Seton House. La responsabile era una certa suor Agatha.

« Oh, mio Dio », esclamai. « Era in Washington Avenue? » Mi era tornata la memoria.

La voce cortese, all'altro capo del telefono, disse che sette anni prima aveva spesso fatto a maglia dei golfini per i piccoli di Seton House. Trattenni il respiro, ricordandomi improvvisamente della signora Hogan che ci aiutava con il lavoro a maglia nella sala della televisione. Disse che Seton House aveva chiuso un anno prima e che gli schedari erano conservati altrove. Gioii in silenzio.

Quante schede in totale? Quante ragazze? Quanti bambini? Quante lacrime? Abbastanza da riempire un oceano. E Seton House era solo *uno* di quei posti.

Disse che avrebbe verificato con il vescovo per scoprire dov'erano stati trasferiti i registri. Il vescovo! Ero felice di non avere mentito. Mezzora dopo, il telefono suonò. Era la stessa donna. Mi diede il numero di telefono del luogo in cui erano conservati gli schedari, e mi augurò buona fortuna nella ricerca di mio figlio.

Questa volta composi il numero con maggiore sicurezza. La donne che rispose, ai Servizi di assistenza cattolici per la famiglia e i bambini, fu piuttosto amichevole e gentile, sebbene la mia ricerca fosse illegale. Mi spiegò che poche erano le informazioni che comparivano nei registri, ma mi assicurò che mi avrebbe fatto avere quello che sarebbe riuscita a trovare. Mi diede anche l'indirizzo e il numero di telefono di un'agenzia del North Carolina che si occupava direttamente delle adozioni. I registri principali si sarebbero trovati lì. Anche lei mi augurò buona fortuna. L'ALMA mi aveva preparato per il peggio, quindi fui riconoscente per l'insperata fortuna.

Mentre riflettevo sulla prossima chiamata da fare, una forma oscura mi raggiunse dal passato. Chi era quell'assistente sociale dei Servizi sociali cattolici di Charlotte, che veniva in macchina a trovarmi? Ebbi paura mentre cercavo di metterla a fuoco. Solo il desiderio di ritrovare mio figlio mi fece superare il terrore di dover parlare di nuovo con lei. Era passato tanto tempo, *doveva* essere andata in pensione, ormai. O forse era stata destinata a un altro incarico. Ancora non riuscivo a ricordarmi il suo nome, ma ero quasi in grado di ricordarmi il suo viso.

Telefonai. La segretaria mi passò subito un'assistente sociale, Elinor Green. Ebbi la strana sensazione, mentre le parlavo, che stesse per succedere qualcosa di molto importante. Aveva una voce dolce e comprensiva. Le spiegai il motivo della chiamata. Disse che avrebbe dovuto consultare l'archivio, e promise di richiamarmi entro trenta minuti. Mi avvisò, però, che avrebbe potuto fornirmi solo una quantità minima di informazioni. Le leggi del North Carolina proibivano di fornire dati rivelatori sulla famiglia adottiva e il bambino adottato. Se mi fossi trovata in una stanza e mio figlio, con la madre adottiva, si fossero trovati nella camera adiacente, e tutti e tre fossimo stati d'accordo per incontrarci, essa non avrebbe potuto aiutarci. Sarebbe stata un'infrazione della legge.

Dopo aver riattaccato rimasi seduta per terra a gambe incrociate, cercando di comprendere fino in fondo cosa significavano le sue parole. Poi mi alzai, andai a grandi passi in cucina e percorsi tutta la casa infuriata. Era possibile che non rivedessi mai mio figlio. I legislatori erano alla stregua dei padroni di schiavi, poiché a sangue freddo si arrogavano il diritto di separare i figli dalle loro madri. Eppure mi sentii dubbiosa. Forse avevano ragione?

Il telefono suonò. Corsi e risposi al secondo squillo.

Era Elinor. Aveva davanti agli occhi i registri. La mia vita era nelle sue mani. Conosceva il nome di mio figlio, il nome dei suoi genitori. Sapeva più di me sul suo conto. Essa aveva accesso legalmente a tali informazioni, io no. Eppure, non riuscii ad arrabbiarmi con lei: stava solo facendo il suo lavoro. Mi dispiacque per lei, poiché mi accorsi, dal suo tono di voce, che avrebbe voluto dirmi di più.

Disse che poteva darmi solo poche informazioni tratte dai registri: non vi era stato alcun contatto dopo il primo anno, com'era normale. L'adozione era diventata definitiva nel 1967. La scheda diceva che era un bambino felice ed equilibrato.

Oh, mio Dio, sta parlando di mio figlio.

Cercai di impedire alla mia voce di rompersi. Mi si chiuse la gola e non potei più parlare o respirare. L'udii chiedermi se ero ancora lì. Le risposi a fatica di sì.

Era stato adottato da una famiglia affettuosa e piena di amore. I genitori erano persone simpatiche, intelligenti e colte.

Scrissi ogni parola che pronunciava.

Era riportata una frase della madre, che diceva di sentirsi « così fortunata, così fortunata ». Il bambino era allegro e intelligente. Era stato operato d'ernia a poco meno di un anno.

Mi si strinse il cuore. Aveva subito un'operazione chirurgica e io non c'ero.

Disse che aveva i capelli biondi e gli occhi castani.

Deglutii rumorosamente. Le chiesi se poteva dirmi qualcosa d'altro.

No, non poteva. Mi consigliò di iscrivermi all'International Soundex Reunion Registry, un registro di « consenso comune » che cerca di mettere in contatto le diverse persone che si cercavano: individui adottati, genitori adottivi e genitori naturali. Mi suggerì anche di scrivere una lettera che essa avrebbe inserito nei registri, nel caso che la legge del North Carolina cambiasse. Disse che sperava che sarebbe accaduto.

Dovevo riattaccare, mi sentivo svenire.

« Non posso dirle più nulla a meno che non vi sia una ragione medica », le sentii dire. « In quel caso, sarebbe mio dovere cercare di contattarli. »

La mia voce aveva un suono strano, come se avessi aspirato da un pallone gonfio di elio. « Questo vale anche per i melanomi? »

Sì, era certa di sì. I melanomi valevano!

Ero stata a un nanosecondo dall'abbandonare ogni speranza. Improvvisamente, essa si trovava obbligata a contattare mio figlio e i suoi genitori. Anche quello era stato deciso dalla legge. Mi promise di chiamarmi non appena li avesse trovati. La ringraziai ripetutamente e riattaccai, euforica.

Nello stato in cui mi trovavo, non sarei mai riuscita a inventare una bugia decente su una ragione medica che l'avrebbe messa nelle condizioni di cercare mio figlio. Se non fossi stata colpita recentemente dal melanoma, non avrei avuto la presenza di spirito di pensarci. Quel tumore, che mi aveva fatto tanta paura, in realtà era stato un regalo.

Tenni gli appunti in entrambe le mani, contro il petto, e mi dondolai avanti e indietro. Fissai il foglio con i miei appunti scarabocchiati rapidamente. Bambino felice, equilibrato. Capelli biondi. Occhi castani. Famiglia affettuosa e piena d'amore. « Così fortunata, così fortunata. »

Mi veniva chiesto di accontentarmi, di sapere solo quello, e forse niente più, del mio primogenito. Come avrei potuto?

Per tutto il pomeriggio continuai a entrare e uscire da un sogno, fui tra le nuvole. Avevo un figlio. Era successo davvero. Naturalmente lo sapevo già, ma per diciott'anni solo le mie lacrime erano state qualcosa di tangibile. Ed erano state rare.

Seduta sui gradini fuori di casa, con le braccia avviluppate attorno al cane, pensai di dirlo a Brett e a Kip. Non volevo tenerlo nascosto un altro giorno ai miei figli. Il fardello era diventato troppo pesante per me sola.

Brett aveva dodici anni, e faceva le medie, Kip ne aveva nove e frequentava la quarta elementare. Erano abbastanza grandi per sapere una notizia del genere? Un conto è immaginare di scoprire di avere un fratello maggiore (io stessa l'avevo sempre desiderato), ma cosa succede quando la fantasia diventa realtà? Cosa avrebbero pensato di me? Ero in procinto di danneggiare in modo permanente la loro psiche, di mettere in pericolo le loro relazioni con le donne, di frantumare la fiducia che avevano in me come madre? Ero inadatta anche per *loro* come madre? Tornò a perseguitarmi la vecchia paura: avrei potuto perdere anche loro.

Udii il tonfo degli zaini gettati sul pavimento di legno all'interno della cucina. Il coperchio della scatola dei biscotti tintinnò sul bancone. Entrai mentre lo sportello del frigorifero veniva sbattuto. Protestando, come sempre, sugli spuntini troppo sostanziosi prima di cena, indagai in modo discreto sulla quantità di compiti a casa. Se avessero avuto molti compiti da svolgere, non avrei detto niente.

« Non molti. »

Oh, mio Dio. Decisi di aspettare dopo cena, in modo che il livello degli zuccheri nel loro sangue fosse dalla mia parte. (Ogni scusa era buona, a quel punto.) Come diavolo avrei fatto?

Guardai ogni boccone di cibo che scompariva dai piatti con un misto di paura ed euforia. Quando anche l'ultimo pezzetto di cibo fu mangiato, Brett e Kip spinsero le sedie all'indietro contemporaneamente: volevano andare a tirarsi la palla da baseball all'aperto intanto che c'era ancora un po' di luce.

Chiesi loro di aspettare. Dovevamo discutere di una cosa che riguardava tutta la famiglia. Si fecero immediatamente attenti, rendendosi conto che stava per succedere qualcosa di importante. Fissarono con aria seria la mia espressione vacua. Ogni volta che ero nervosa, cominciavo a sorridere come l'idiota del villaggio. Più cercavo di diventare un pilastro di forza e saggezza, più mi sentivo una stupida.

« Riguarda gli uccellini e le api? » chiese Brett, buttandola sullo scherzo. La noia si stava già dipingendo sul suo viso. Che inizio brillante!

« Be', sì », dissi. « In un certo senso, ha proprio a che fare con gli uccellini e le api. » Raccontai loro tutta la storia, con semplicità e calma, senza infiorarla e senza trovare delle scuse.

Brett era abbastanza grande da afferrare in pieno il significato di ciò che stavo dicendo. Poiché aveva una profonda conoscenza e un interesse, tipico da dodicenne, per gli uccelli e le api, comprese a fondo le implicazioni del mio racconto. Dovevo allora aver fatto del sesso tre volte, due con suo padre e una con un uomo che non aveva mai conosciuto. Guardando la sua espressione, era ovvio che era scioccato. Poi mi fissò e disse: « Mamma, dev'essere stato terribile per te ».

Spostai lo sguardo su Kip, che aveva gli occhi spalancati, e lo guardai mentre le notizie si sedimentavano in lui. Quando vidi le espressioni di amore e comprensione sui loro visi, capii che quello era il mio momento migliore, più emozionante e più carico di soddisfazioni nel mio ruolo di mamma. Nulla mi renderà fiera quanto quella loro reazione spontanea. La loro prima domanda fu: « Pensi che potrebbe trattarsi di John Elway? »

Per entrambi i ragazzi John Elway era l'eroe numero uno, perché in quel momento veniva corteggiato dalla National Football League e dalle principali squadre di baseball. Risposi che, per quanto ne sapevo, John Elway non era stato adottato. Brett volle sapere a che ora era il prossimo aereo per il North Carolina. Fu difficile spiegare al suo ingenuo cuore di bambino che le leggi non ci permettevano di andare a cercarlo. Provai imbarazzo quando dovetti dire ai miei figli che per alcune persone era sbagliato che incontrassero il loro fratello.

Kip voleva che lo guardasse giocare a baseball e lo aiutasse a fare i compiti. Pensavo che avrebbe voluto? Mi sentii rivoltata quando spiegai che era possibile che non lo avremmo mai incontrato. Un conto era discuterne con degli adulti, un conto doverlo dire a dei bambini fiduciosi.

Provai un nuovo tipo di orrore quando dovetti ammettere ai miei figli che avevo abbandonato uno di loro. « Perché? » mi chiesero. Dire loro che avevo fatto la cosa migliore per il fratello, senza poter avere la certezza che fosse stato proprio così, sembrava falso. Era chiaro dalle loro espressioni che non se l'erano bevuta.

Gli avevo dato un nome? Sì, l'ho chiamato Phillip. Come era grande quando è nato? Che tipo era suo padre, Chris? Quanto era alto? Kip chiese se amavo Phillip più di loro, visto che avevo divorziato dal loro padre. Non avrei potuto prevedere quella domanda neppure se avessi avuto a disposizione un milione di anni. Furono sollevati quando seppero che Ron era al corrente dell'esistenza di Phillip. Kip si rivolse a Brett e, con una malizia tutta infantile, gli disse: « Non sei più il primogenito! » Non avevo preso in considerazione quel risvolto. Brett replicò che lo sapeva già. Vidi il suo dolore e provai un'ondata di amore per lui.

Provvisoriamente soddisfatti, andarono in camera loro per fare i compiti. Non avevo abbastanza forza per lavare i piatti, ma mi sentivo profondamente in pace, più ancora di quando avevo iniziato la ricerca. Non sostenevo più quell'enorme menzogna che mi aveva separato dai miei figli. Eravamo, finalmente, una vera famiglia.

La sera successiva portai i ragazzi a cena da McDonald's. Pensai che era meglio scoprire sotto la protezione neutrale degli archi dorati come si sentivano dopo aver saputo del fratello. Aspettai, finché la pazienza me lo consentì, che ruminassero Big Mac e patatine, poi chiesi con aria disinvolta: « Allora, che effetto vi fa sapere che avete un fratello maggiore? » (Che parole avrebbe usato Donna Reed?)

Immaginai di vedere un lampo di dolore negli occhi di Brett. « A me va bene », fu la sua unica risposta.

Kip esclamò, sollevando lo sguardo: « Oggi l'ho detto a scuola! I miei compagni pensano che è meraviglioso ».

Riuscivo perfettamente a immaginare il silenzio sbalordito a una trentina di tavoli, durante la cena, mentre i compagni di Kip, sparsi in tutta la città, raccontavano ai genitori le meravigliose notizie dell'amico. Una patatina fritta mi si bloccò in gola. Non avevo programmato di andare allo scoperto così presto.

Il giorno successivo era il mio turno come volontaria al Giorno dell'Hot Dog a scuola, una ricorrenza annuale. Sean fu il primo a corrermi incontro. Era stato nella mia squadra di baseball. « Signora Schaefer, ho saputo di suo figlio! Come si chiama? Quando lo troverà? Spero presto! » Dietro di lui, pronti a cogliere la fine delle sue domande, c'erano gli altri amici di Kip. Uno di essi mi chiese come mai Kip aveva avuto tanta fortuna. Promisi che l'avrebbero conosciuto tutti quando l'avrei trovato, e cercai di spiegare ogni cosa nel modo più semplice possibile. Soddisfatti, corsero a giocare. La facilità con cui avevano accettato la mia situazione lasciò in me la sensazione che tutto sarebbe andato per il meglio.

Tornando a casa, mentre attraversavo in macchina le strade costeggiate dagli alberi, vissi di nuovo il momento in cui avevo svoltato in Friendly Road, diretta alla mia vecchia casa nel North Carolina, con quel terribile segreto che andava a ogni costo celato ai vicini. Se avessi davvero avuto il bambino tra le braccia, saremmo stati accolti con comprensione? Erano i nostri atteggiamenti individuali a creare la « società » o era l'atteggiamento della società che ci creava? Quante donne abortivano per lo stesso motivo che ci aveva spinto ad abbandonare i nostri figli, quando tutto ciò che desideravamo era tenere i bambini?

Ogni giorno compivo qualche progresso. Mi feci mandare le schede dell'ospedale, il certificato di nascita originale, mi iscrissi al Soundex Reunion Registry, trovai un gruppo nel North Carolina, l'Adoption Information Exchange. Cominciai a scrivere le lettere che volevo comparissero nei registri del Soundex e del North Carolina.

Ogni piccolo passo che riuscivo a fare mi sembrava un atto estremamente importante. Quando imbucai la lettera con la richiesta della mia cartella dell'ospedale, vidi che lasciava una traccia fumosa attraverso la nazione. Gli sconosciuti potevano pensare che le mie azioni erano sbagliate, ma io dovevo continuare. Mentre aspettavo le risposte, il momento culminante del giorno divenne la consegna della posta. La buca delle lettere si trasformò in un reliquiario sacro, un luogo con particolari poteri. La rapida apertura dello sportello era sufficiente per rovinarmi o rendere meravigliosa la giornata.

Cominciai anche a cercare Chris. Sentii che aveva diritto di sapere cosa stavo facendo; inoltre, era possibile che sapesse qualcosa o che potesse aiutarmi a ricordare. Non riuscii a trovarlo, ma in compenso trovai Jessica. Avevamo perso i contatti da anni, da quando Kip era appena nato. Allora lei e suo marito erano venuti in California a trovarci. Vederla mi aveva fatto troppo male, aveva fatto riaffiorare il passato, così avevo smesso di scriverle. Prima di cominciare la ricerca, non ero riuscita a vedere il legame. Mi mandò una lunga lettera, che comprendeva anche l'indirizzo e il numero di telefono di Chris. Mi chiesi se avrei mai trovato il coraggio di chiamarlo.

Il giorno successivo, a pomeriggio inoltrato, mi sedetti per fare quella telefonata. Era venerdì. Chris avrebbe avuto a disposizione il fine settimana per riaversi. Erano passati diciott'anni da quando c'eravamo detti addio. Avevo saputo che si era sposato poco dopo il mio matrimonio con Ron. Riuscivo ancora a sentire il profumo di gelsomino nell'aria dell'inizio dell'estate, a vedere gli enormi boccioli di magnolia illuminarsi nella notte triste e scura, a sentire di nuovo il sapore delle lacrime. Ora ricordavo la nostra premonizione sul fatto che il bambino non stesse bene, e il terrore di fronte alla forza della mia illusione, la speranza che in qualche modo saremmo riusciti a riavere il piccolo. Non volevo ricordare troppo, tutto quell'amore di due giovani misto a un tale dolore straziante.

Composi il numero che Jessica mi aveva dato, con il cuore che mi martellava nel petto. Sperai di riuscire a parlare. Rispose Chris, e il suono della sua voce fece dissolvere in un istante diciott'anni. Dissi: « Chris, sono Carol ».

« Accidenti! Che sorpresa! » disse.

Gli spiegai perché lo chiamavo. Era felice che avessi deciso di cercare nostro figlio, perché in passato ci aveva pensato anche lui. Anzi, lui e sua moglie Emily avevano preso qualche iniziativa, ma poi non avevano saputo come procedere. Fui felice del fatto che avesse sposato una donna che lo amava tanto da amare anche suo figlio. Dissi che doveva essere una persona eccezionale. « È vero », confermò.

Il destino aveva creato delle coincidenze strane nella sua vita. Sua moglie aveva avuto dal marito precedente un bambino che aveva un anno più di nostro figlio. Chris l'aveva adottato. Sentì che avrebbe potuto seguire la crescita di nostro figlio osservando i cambiamenti del figlio adottato, di cui era molto orgoglioso. Gli aveva fatto frequentare le migliori scuole private, e in seguito il ragazzo era stato ammesso in una delle migliori università degli Stati Uniti, e progettava di studiare legge.

Ci aggiornammo sulla nostra vita e i vecchi amici, e cercammo di vedere ciò che era accaduto in una sorta di prospettiva. Gli dissi che solo due cose rendevano sopportabili i miei rimpianti, Brett e Kip. Nient'altro. Nulla di tutto ciò che avevo fatto aveva compensato l'abbandono di mio figlio, non l'agiatezza che avevo conquistato, non l'educazione, la « carriera » o altro. Non glielo dissi con amarezza, e sperai di non farlo sentire in colpa. Era semplicemente la verità. C'era da sperare che il nostro bambino avesse avuto la vita meravigliosa che le suore ci avevano promesso, anche se, secondo gli studi che avevo letto, i bambini che venivano adottati erano profondamente disturbati dal fatto di non conoscere i loro genitori naturali. Dovevamo semplicemente pregare che nostro figlio non avesse sofferto della nostra separazione.

Riattaccammo un'ora e mezzo dopo, senza che avessi avuto il tempo di dire la maggior parte di ciò che avrei voluto. Non avrei saputo da dove cominciare. Era diventato un uomo veramente meraviglioso, pensai. Mi aveva promesso di scrivere anche lui una lettera per i registri e di aiutarmi nella ricerca in ogni modo possibile. Rimasi seduta nello stesso punto per un'ora dopo aver riattaccato, con gli occhi fissi sul telefono. Quella ricerca mi stava rovesciando addosso delle ondate di emozioni forti, quasi più forti di quello che riuscivo a sopportare. Ma significava molto, per me, sapere che Chris non aveva dimenticato il nostro bambino.

Guardai Brett e Kip svoltare l'angolo sulle biciclette da cross e sbandare sul vialetto d'entrata. Grazie a Dio c'erano loro. Mi riscossi dalle mie fantasticherie e cominciai a preparare la cena prima che la porta della cucina si aprisse d'un colpo. Raccontai ai ragazzi che avevo parlato con Chris, felice di poter dire che era una persona estremamente sensibile.

Dopo cena Kip, che si era avviato verso la stanza della televisione, si fermò e mi chiese cosa sarebbe successo se Phillip fosse stato uno « sfigato » e non ci fosse piaciuto. Anzi, proseguì, probabilmente era uno « sfigato », ed era *sicuro* che non gli sarebbe andato a genio. Anche Brett disse di essersi posto la stessa domanda. Mi sedetti, svuotata, furiosa perché il senso dell'umorismo mi aveva abbandonata proprio quando ne avrei avuto più bisogno.

Nessuno può immaginare i sentimenti potenti, crudi, messi a nudo che provavo senza avere sperimentato qualcosa di analogo. Gli amici che cercavano di sostenermi divennero frustrati. Mi facevano notare tutto ciò per cui dovevo essere grata. Non avevo bisogno che mi dicessero ciò che sapevo già. Frasi filosofiche come « tutto si risolverà per il meglio » o « tutto andrà come il destino ha voluto » non contribuivano granché a sollevarmi il morale, e si limitavano ad aumentare il mio senso di colpa. L'unica comprensione autentica proveniva dalle persone che avevano vissuto la stessa situazione. Ma, con gli scarsi progressi ottenuti con la ricerca, eravamo come ciechi che guidano altri ciechi.

Vidi che la mia ricerca provocava un profondo dolore alle donne che avevano abortito. Almeno io potevo ritrovare mio figlio; la loro perdita era permanente. Ma esse erano riuscite, in un modo o nell'altro, a piangere la loro perdita e ad andare avanti con la loro vita. Io, invece, non riuscivo a lasciarmi alle spalle il passato, non volevo, e non avrei potuto farlo neppure se avessi voluto. In uno dei notiziari a cui mi ero abbonata, c'era un articolo di una donna che aveva perso due figli, uno era morto e l'altro era stato adottato. Disse che poteva piangere la perdita del bambino che era morto, ma il dolore per il bambino che aveva abbandonato era inconsolabile. Un'altra aveva raccontato la sua vita, piena di abusi e morti, che però era riuscita a sopportare. Ma di tutto ciò che aveva provato, la lontananza dal bambino che aveva abbandonato era sicuramente il dolore più forte. Dopo aver letto quelle storie, smisi finalmente di chiedermi se ero pazza.

Grazie a Toni avevo compiuto enormi progressi: essa mi aveva aiutato a capire quali erano i miei diritti e a considerare con orgoglio il rapporto con il mio primo figlio. Ora che non mi vergognavo più di quello che era successo, potevo parlarne agli amici in modo sereno. Con mia enorme sorpresa, tuttavia, ne persi alcuni. Gli uomini avevano più facilmente delle donne una reazione negativa: secondo loro i miei diritti erano terminati quando avevo firmato i documenti. Avrei dovuto lasciarmi alle spalle il passato e dimenticare il bambino.

Le donne in genere si mostravano più comprensive. Ma se qualcuno aveva una persona adottata nel nucleo familiare, mi guardava con sospetto quando parlavo della mia ricerca. L'orrore al pensiero delle madri che cercavano i *loro* familiari adottati riusciva a cancellare completamente la mia persona. Improvvisamente avevano paura di me, e il loro comportamento mi faceva temere che anche la famiglia di mio figlio avrebbe reagito a quel modo.

# 13

Tornai a casa dopo un'intera giornata trascorsa a San Francisco. Ron era venuto a prendere i ragazzi per il fine settimana, e io e la mia amica Janie volevamo andare a teatro più tardi nel corso della serata. Salendo i gradini che conducevano alla porta della cucina, decisi di recarmi in città più spesso. Il cambiamento mi faceva bene. Per non rompere l'incantesimo, accesi solo una luce soffusa in soggiorno mentre guardavo la posta.

C'era una lettera dei Servizi sociali cattolici e una di Chris. Fissai entrambe le buste, paralizzata. Elinor, l'assistente sociale, doveva aver avuto qualche notizia di mio figlio. Quella lettera era la prima prova concreta della sua esistenza da quando l'avevo stretto a me e gli avevo sussurrato arrivederci. Era incredibile che la lettera di Chris arrivasse lo stesso giorno. Le afferrai entrambe e le strinsi a me, temendo che si sarebbero volatilizzate prima che potessi leggerle, e avendo al contempo paura del messaggio che contenevano.

Volevo aggrapparmi alle speranze, ai sogni e alle fantasie ancora un po' prima di leggere la verità. Mi alzai dal bordo del camino in soggiorno, dove mi ero seduta, andai in cucina e chiamai Janie per vedere se poteva venire da me un po' prima di andare a teatro. Non sapevo come mi sarei sentita dopo aver letto le lettere, e avrei potuto aver bisogno di lei. Poi tornai a sedermi sulla pietra del camino e aprii la lettera di Elinor per prima.

L'aveva scritta il giorno di San Valentino.

*Cara signora Schaefer,*

*sono felice di poterle dire che ho trovato il suo figlio naturale. Ho parlato con sua madre. Il ragazzo ha la pelle chiara e sensibile e, poiché trascorre molto tempo all'aperto, la madre ha apprezzato la sua volontà di avvisarli del suo tumore alla pelle.*

*Ho avuto l'impressione, nel corso della nostra conversazione, che fosse una persona matura, cordiale e sensibile. Ha fiducia nel suo rapporto con il figlio. Dice che lui non ha fatto molte domande sulle sue origini e sui genitori naturali, ma penso che lo sosterrebbe se egli decidesse di approfondire l'argomento o di cominciare a cercarvi.*

*La madre l'ha descritto come un bel ragazzo. Ha i capelli castani e ricci. È un bravo studente e un appassionato sportivo. Ha un certo talento artistico e s'interessa di psicologia. Appare una persona affettuosa, sensibile e sicura, e la madre afferma che considera in modo positivo se stesso e la sua famiglia.*

*Spero che queste informazioni le saranno utili. In base alle leggi di questo stato, non posso dirle di più. Grazie per essersi preoccupata e per aver voluto fornirci le informazioni mediche.*

*Cordiali saluti*
*Elinor Green*

Stava bene. Era proprio come l'avevo sempre immaginato. Grazie a Dio, sembrava un ragazzo normale. I suoi capelli erano ricci come quelli di Chris o ondulati come quelli di mia madre? Le parole si sollevarono dal foglio ed ebbi la sensazione di conoscerlo, in un certo senso, di sentire che tipo era. « Il suo figlio naturale », aveva scritto. Cosa significava? Sua madre? Suo figlio? La sua famiglia? Considera in modo positivo la sua famiglia...

Non molte domande sulle sue origini... Non doveva aver ereditato la mia curiosità: io avrei avuto un milione di domande. Non dovevo permettere a me stessa di rimanerci male. Cos'altro aveva scritto? Era affettuoso, sensibile, un giovane sicuro che considera in modo positivo se stesso e la sua famiglia. Forse dovevo smettere di cercare; rischiavo di sconvolgere la sua meravigliosa vita. Forse non mi ci voleva, non aveva bisogno della mia presenza. Aveva poche domande. L'unica cosa che sapeva di me, ora, era che potevo trasmettergli il cancro. Fantastico. Cosa doveva pensare della sua « famiglia naturale »? Come m'immaginava ora? Elinor non poteva dirgli, nel corso della telefonata, che l'amavo, l'avevo sempre amato e pregavo per lui? Grazie a Dio stava bene!

La mattina dopo feci dieci fotocopie della lettera di Elinor. Ne spedii una a Chris, e sistemai le altre in diversi nascondigli nel caso che succedesse un disastro e qualche copia andasse distrutta. L'ironia della situazione non mi sfuggì. Ero soggetta a quel genere di compulsioni per una sola lettera, e diciotto anni prima avevo abbandonato un neonato.

L'emozione della lettera cominciò a svanire. Le scarse notizie su mio figlio non soddisfacevano in alcun modo il mio prepotente desiderio di conoscerlo. Sapevo che avrei dovuto reagire con gratitudine. Ma come poteva una descrizione lunga un paragrafo sopire il desiderio di una madre per suo figlio?

Per calmarmi, raccolsi i negativi che avevo sviluppato per il corso di fotografia e mi chiusi nella rudimentale camera oscura per stamparli. Le immagini che nascevano dal nulla, create dalla luce, erano così affascinanti da adattarsi perfettamente all'agitazione e al rimescolamento dentro di me. Quando uscii dalla camera oscura, il sole si era coricato da un pezzo e l'aria si era raffreddata parecchio. Guardai la casa. Tutte le luci erano spente e Buffy e i gatti gironzolavano attorno alle loro ciotole con un'aria da fare pietà, cercando di farmi capire che l'ora della pappa era passata da tempo. Riempii le ciotole e cominciai a pulire la camera oscura.

Dovevo cominciare a riflettere sull'ipotesi di parlarne ai miei genitori. Avrei chiamato papà e scritto a mamma. Sapevo che papà avrebbe sostenuto qualsiasi mia iniziativa, o almeno il mio diritto di prenderla. Dopo il divorzio dei miei, avevo avuto l'opportunità di parlare a mio padre del passato, soprattutto del fatto che Ron sapeva di mio figlio. L'aveva scioccato sapere che l'avevo detto subito a Ron. Mio padre viveva ancora in un'epoca in cui certe cose venivano tenute nascoste. Aveva temuto per me durante tutti quegli anni, si era preoccupato che qualcuno lo scoprisse. E allora, cosa sarebbe successo? Mi avrebbero forse decapitata? Bruciata sul rogo? Bandita dalla vita pubblica? Sapevo che, da quel momento, sarebbe stato riconoscente a Ron per tutta la vita perché mi aveva sposata comunque.

Io e mamma non ne avevamo mai parlato. Sentivo che il nostro rapporto era soggetto a una tensione quasi insopportabile. Si chiedeva sempre perché non scrivevo, perché telefonavo così di rado. Me lo chiedevo anch'io. Ero sempre arrabbiata con lei, ma avevo rimosso le ragioni. Anche durante la terapia non avevo mai messo in relazione la mia rabbia con la necessità di abbandonare mio figlio; la imputavo, invece, solo a me stessa. Sapevo che era ferita e perplessa per la freddezza che dimostravo nei suoi confronti, ma non potevo farci niente. Le avrei scritto per dirle che stavo cercando mio figlio. Temevo la sua rabbia, scatenata dal fatto che mettevo ancora una volta a repentaglio l'onore della famiglia di fronte ai vicini. C'era anche il rischio che non mi parlasse mai più, ma questa volta non avrei abbandonato la mia ricerca.

Cercai di assumere un atteggiamento maturo, di soffocare la rabbia che ribolliva in me. Non volevo sentirla. Tuttavia, non avrei voluto dirlo a mia madre. Avrei voluto che la ricerca fosse il *mio* segreto, in modo che questa volta potessi tenermi mio figlio. Poi pensai: e se mio figlio mi stesse cercando e la chiamasse? Dovevo avvisarla. E dovevamo tutti assumere un comportamento uniforme prima che lo trovassi.

Il mattino dopo chiamai mio padre. Brett era stato impegnato in un progetto intitolato *Radici* a scuola, l'anno precedente, e mio padre l'aveva aiutato con le ricerche. Aveva scoperto che i ragazzi appartenevano alla dodicesima generazione nata negli Stati Uniti, e che la nostra famiglia esisteva già durante il regno di quattro sovrani scozzesi, e poi risaliva fino a Isabel, madre di Robert Bruce, e fino a un barone che aveva firmato la Magna Charta. Mi disse che sperava che un giorno mio figlio avrebbe conosciuto le sue origini.

Che effetto faceva avere le proprie radici tranciate di netto? La conoscenza delle proprie origini era importante per tutti o era un bisogno individuale, un capriccio legato ad alcune personalità? Che importanza aveva per mio figlio?

Incoraggiata dalla conversazione con mio padre, mi accinsi a scrivere a mamma. Scrissi in modo semplice. Dopo avere imbucato la lettera, chiamai mia sorella Janice. Volevo che mi aiutasse a indovinare quale sarebbe stata la reazione di nostra madre. Quando raccontai a Janice del mio bambino, fui sconvolta dal fatto che lo sapeva già. Aveva cominciato a insospettirsi quando in casa erano iniziate le tensioni e mi era stato proibito di rivedere Chris. Poi, al matrimonio di Joanie, aveva udito la discussione sulle guaine, e aveva dunque avuto conferma ai suoi sospetti. Quanto profonda era stata la ferita psicologica di mia sorella, una quindicenne che aveva assistito all'allontanamento di sua sorella che era incinta e che era tornata senza bambino? Janice, quella di noi più amante della vita domestica, non aveva avuto figli. Non aveva potuto parlarne con nessuno, poiché era un segreto e i miei genitori avevano dato per scontato che non lo sapesse. Aveva forse creduto, nel suo inconscio, che, se avesse avuto un bambino, sarebbe scomparso nella foresta nera e impenetrabile, catturato da streghe cattive? Fino a che punto i segreti avevano influenzato la nostra vita? Neppure mio fratello aveva mai avuto figli. Anche se mi giurò di non avere avuto idea, all'epoca, di ciò che stava succedendo, non è possibile che, nel profondo della sua anima, avesse intuito qualcosa? E cosa dire di mia sorella Ellen, che aveva solo quattro anni e mezzo al momento della nascita di mio figlio? Phillip avrebbe potuto essere un fratello per lei. Neppure lei aveva avuto figli. Era stata la tensione prodotta dal nostro segreto la ragione per cui il matrimonio dei miei genitori non era durato? Qual è il potere di erosione dei segreti in seno a una famiglia?

Per tutta la settimana mi chiesi quale sarebbe stata la reazione di mia madre alle notizie che le avevo dato. Ipotizzai che, dopo qualche tempo, mi avrebbe risposto con una lettera prudente, in cui il vero contenuto sarebbe stato tra le righe. Invece telefonò. Aveva appena letto la mia lettera. Era eccitata dalla mia ricerca. Volevo sedermi, ma non potevo smettere di passeggiare per la cucina, con il telefono premuto sull'orecchio.

Era felice ed emozionata per ciò che stavo facendo. Tre anni prima, anzi, aveva avuto lei stessa un forte impulso a cercare mio figlio. Era strano: anche Chris aveva voluto cercarlo tre anni prima. Una spira di paura mi strinse la gola: c'era forse un motivo legato alla vita di mio figlio che aveva stimolato in loro il desiderio di cercarlo? Le raccontai che avevo parlato con Chris, e di nuovo accolse con gioia eccitata le mie parole. Non avrei osato fare il nome di Chris con mio padre. Poi mia madre affermò di avere sempre creduto che io e Chris ce l'avremmo fatta se ci fossimo sposati.

Rimasi allibita. Forse il mio cervello aveva distorto i ricordi nel corso degli anni? Forse aveva ricevuto informazioni deformate quando avevo abbandonato mio figlio? Si era trattato solo di un malinteso, dovuto a una comunicazione difettosa?

« Sai », proseguì, « ho conservato una piccola decorazione natalizia che si trovava nel tuo bagaglio quando sei tornata dalla casa per ragazze madri. L'ho appesa all'albero di Natale ogni anno in onore del bambino. Mi sono sempre chiesta se te n'eri accorta. »

Le chiesi che aspetto aveva. Non me lo ricordavo assolutamente. Ma insieme allo choc provai un profondo sollievo e una grande gioia. La sua felicità era autentica.

Parlammo ancora un po', poi dovetti riattaccare. Ero esausta. Non appena la cornetta del telefono fu al suo posto, venni colpita da un fiume di rabbia. All'inizio mi sentii colpevole per quella collera e non capii da cosa era provocata. Non avrei potuto desiderare una reazione più affettuosa da parte di mia madre. Poi mi venne in mente la decorazione, appesa all'albero di Natale ogni anno. Come aveva potuto celebrare un rituale del genere senza chiedermi come mi sentivo *io* senza il mio bambino, senza pensare al dolore che *io* potevo provare quando mi chiedevo dove stesse trascorrendo il Natale, senza accennare alla sofferenza che provavo ripensando a quel primo, triste Natale. Eppure l'aveva fatto in modo innocente, lo sapevo. Si era semplicemente comportata come lei e tutti gli altri ritenevano giusto. Tutta la sua generazione aveva una capacità sovrumana di soffocare i sentimenti e i ricordi dolorosi, e vi erano alcuni particolari che non conosceva, e che non voleva scoprire, del cuore umano.

Il giorno successivo avrei ricominciato a cercare mio figlio.

Mi era stato detto che era importante cercare un gruppo il più vicino possibile al luogo in cui era stato adottato mio figlio, per avere maggiori probabilità di aggirare il sistema. Contattai l'Adoption Information Exchange nel North Carolina. Come gli altri gruppi di ricerca di persone adottate, sparsi in tutto il paese, l'AIE organizza gruppi di sostegno, pubblica un bollettino mensile e aiuta nelle ricerche. È anche attivo politicamente in quello stato.

Scoprii che Grace, la presidentessa dell'AIE, conosceva bene Elinor Green. Avevano partecipato insieme a dibattiti televisivi. Mi assicurò che Elinor era estremamente aperta alle riunioni tra genitori naturali e figli adottivi. Grace promise di aiutarmi nella ricerca e di mandarmi una lista di nomi, uno dei quali sarebbe stato quello di mio figlio. Poteva restringere il campo ma, come molte delle persone impegnate nella ricerca, non volle dirmi come si sarebbe procurata la lista, per paura che la scoperta della sua fonte da parte dei funzionari la rendesse inutilizzabile in futuro. Capii che stavo entrando in contatto con una rete sotterranea di collegamenti che faceva del suo meglio per aggirare un sistema estremamente rigido.

Grace mi chiese di darle un paio di settimane. Avrebbe chiamato non appena si fosse trovata in possesso della lista. Era la terza settimana di febbraio.

Passò un mese, senza che avessi avuto notizie di Grace. Purtroppo, i volontari che cercavano di mettere in contatto le famiglie degli adottati avevano anche un lavoro e la propria famiglia a cui dedicarsi. Sapevo che Grace stava facendo del suo meglio, ma mi risultò impossibile aspettare ancora. La richiamai. Con il suo accento meridionale, mi spiegò che aveva molte notizie ma ancora nessun nome. Elinor aveva parlato con lei della mia ricerca e le aveva chiesto di aspettare che mio figlio prendesse il diploma delle scuole superiori prima di darmi delle informazioni. L'estate sarebbe stato un periodo migliore per quelle novità sconvolgenti. Grace aveva avuto la distinta impressione che Elinor stesse usando il mio come un caso esemplare, poiché aveva avuto l'impressione, parlando con entrambe le madri, che questa riunificazione avesse tutte le carte in regola per avvenire in modo splendido. Improvvisamente, mi sentii schiacciata da una responsabilità enorme. Molte vite potevano venire influenzate e modificate dalla mia ricerca. Decisi, in modo più determinato che mai, di coronarla di successo. Ma pregai Grace di controllare subito le schede dei figli adottivi, nel caso che in futuro, per qualche motivo, non avesse potuto procurarsi la lista dei nomi.

Piansi quando riattaccai. Era difficile capire che potevo avere un effetto negativo su mio figlio: volevo solo che fosse felice. Cominciai senza accorgermene a massaggiarmi il ventre, ricordando l'epoca in cui era stato dentro di me. Sembrava impossibile pensare che non avrei potuto assistere alla cerimonia della consegna dei diplomi perché si temeva che la mia presenza avrebbe potuto rovinargli la giornata. Perché la gente partiva dal presupposto che noi ragazze madri eravamo incapaci di amare, insensibili, avide? Sentivano forse, in fondo al cuore, che dovevamo esserlo? Ci disprezzavano perché avevamo rinunciato ai nostri bambini?

La mia cartella clinica dell'ospedale arrivò il giorno successivo. Ma il dolore che mi trasmise era troppo forte da digerire in un colpo solo; era meglio procedere a piccole dosi. Ogni volta che riuscivo a fare un piccolo progresso, mi sentivo più forte, più equilibrata, al pensiero di quanto ero stata coraggiosa allora. Se respiravo troppo profondamente, mi ritrovavo lì. Controllavo la mia memoria con rapidi e superficiali respiri. *Respiro. Prana. Vita.*

Erano inclusi anche i registri di Seton House. Ero ingrassata solo di quattro chili durante la gravidanza, e ne avevo persi due mentre ero nella casa per ragazze madri. Il mio attuale medico sarebbe scioccato se lo sapesse. Controllai le annotazioni per vedere se quel particolare avesse suscitato preoccupazione. L'unico commento ripetuto ogni settimana era «nessuna lamentela». Che brava ero. Vidi che avevamo preso dei diuretici: eravamo tutte ossessionate dalla ritenzione idrica. Ricordai le visite settimanali, tutte sedute insieme nella stanzetta. Ricordai l'eccitazione perché avremmo visto il dottore, un essere umano che proveniva dal mondo esterno.

La prima settimana di marzo mandai una lettera a mio figlio. Elinor si sarebbe incaricata di fargliela avere.

Era stato strano scrivergli, perché non potevo dirgli nulla che lo aiutasse a identificarmi: niente luoghi, niente nomi, niente descrizioni fisiche troppo precise. E non conoscevo il nome con cui avrei dovuto chiamarlo nella lettera. L'avevo cominciata scrivendo: «Ho scoperto, parlando con altri figli adottivi, che è forte in voi il desiderio di conoscere le vostre origini e le circostanze in cui vostra madre ha dovuto rinunciare a voi. Cercherò di informarti su entrambe entro i limiti impostimi dalla legge. Prima, però, voglio che tu sappia che sei stato nel mio cuore per ogni giorno della tua vita». Mi chiesi se avrebbero lasciato l'ultima frase.

Descrissi la mia famiglia e gli raccontai delle sue origini, usando le informazioni che mio padre voleva trasmettergli. Nel caso che non avesse desiderato incontrarci, volevo almeno che sapesse il più possibile sul nostro conto.

Passò un mese, poi quasi due. Alla fine di aprile, chiamai Elinor per sapere se c'era stata una risposta. Sì, Phillip (usava sempre il nome che gli avevo dato) e sua madre avevano acconsentito a ricevere la lettera; l'aveva appreso di recente. E lui voleva una fotografia.

Elinor l'aveva spedita, ma non l'avevano di sicuro ancora ricevuta. Phillip aveva chiesto se volevo una foto. (Che domanda! Sarebbe stato come chiedere agli uccelli se vogliono cantare!) Poi, Elinor aggiunse che non voleva vedermi; desiderava procedere con calma.

Ne rimasi ferita, ma capivo perfettamente. La sua apprensione doveva essere diversa dalla mia. Ed era già meraviglioso essere in contatto, anche se con un intermediario. Sapevo che ciò che Elinor faceva non aveva precedenti nella sua agenzia. Si stava veramente prodigando per noi, a costo di correre dei rischi. Avvertii la grande responsabilità che avevo: doveva funzionare.

Chiamai Chris per comunicargli i progressi fatti. Cercammo di non sentirci ridicoli davanti alla strana necessità di cercare di ipotizzare che aspetto aveva nostro figlio.

Poi giunse una lettera di Elinor. Mio figlio e la sua famiglia avevano ricevuto la mia lettera, contenente le informazioni che non erano in grado di farmi identificare. Aveva dovuto tagliarne delle parti, con suo dispiacere. Purtroppo mi comunicò anche che non poteva fare da tramite per le nostre foto. Mio figlio e i suoi genitori avrebbero dovuto mettersi in contatto con me tramite il Soundex Reunion Registry se desideravano trovarmi. Terminò la lettera dicendo che sperava che sarei riuscita ad avere la bontà e la pazienza di mantenere il mio equilibrio in attesa che Phillip compisse il suo percorso.

Gli altri esseri umani erano forse tutti più pazienti di me? Perché Dio non mi aveva concesso la bontà e la pazienza? O era l'agenzia che mi chiedeva di essere paziente, mentre Dio mi incitava ad agire?

Ricevetti una telefonata di Grace. Mi avrebbe mandato una lista di dieci nomi. La sua ricerca era stata difficile perché un'informazione non collimava con nessuna delle possibilità. Aveva avuto l'impressione di trovarsi in un vicolo cieco. Mi consigliò quale nome, dei dieci, avrei dovuto provare per primo, poiché secondo lei si trattava di mio figlio. Il nome del ragazzo era Paul.

Tre lunghi giorni e lunghe notti dopo, arrivarono i nomi. Non c'era alcun Phillip sulla lista. Sapevo che l'attuale nome di mio figlio era uno di quei dieci, ma quale? Potei eliminare alcuni nomi da subito, perché non erano scozzesi, irlandesi né inglesi, e suor Dominic si era impegnata a trovare una famiglia adottiva con lo stesso nostro ceppo etnico.

Cercai di convincermi che quel Paul a proposito del quale Grace aveva avuto un'intuizione era proprio mio figlio, ma avevo la sensazione che non fosse così. L'ultimo nome sulla lista era quello che aveva attratto maggiormente la mia attenzione. Grace l'aveva aggiunto all'ultimo momento: John Aloysius Ryan III. Ma chi chiamerebbe «il terzo» un bambino adottato? Nel corso di una riunione a cui avevo partecipato, un trentacinquenne adottato aveva raccontato che era stato chiamato con lo stesso nome del padre accompagnato da Junior: suo padre era la metà di lui e diverso da lui come il giorno dalla notte. Eppure il ragazzo aveva dovuto fingere che il suo nome fosse normale e adatto a lui. Poteva davvero trattarsi di mio figlio? Perché Grace aveva esitato a metterlo sulla lista?

Mi venne in mente la storia di una donna dell'ALMA. Aveva raccontato che, quando faceva scorrere il dito lungo la lista di sessanta possibili nomi, i peli del braccio le si drizzavano ogni volta che passava un nome che si trovava verso la metà della lista. Nonostante questo, aveva deciso di procedere in modo metodico, andando in ordine alfabetico. Scoprì poi che suo figlio era il trentacinquesimo nome, quello che le aveva dato i brividi. Il mio interesse in John Aloysius Ryan III era significativo o irrazionale?

A quel punto, mi immersi completamente nella ricerca. Nessuna delle persone che mi stavano intorno, fatta eccezione per quelle che a loro volta stavano intraprendendo lo stesso tipo di ricerca, riusciva a capire la mia ossessione. Decisi di concentrare le mie energie sul nome che Grace mi aveva consigliato.

Riuscii perfino, con l'immaginazione, a creare un'immagine del ragazzo dalle informazioni in mio possesso: il suo nome e la città dove abitava. Era una cittadina di provincia nel North Carolina, e temevo che fosse stato educato secondo principi conservatori: non saremmo allora riusciti a stabilire un rapporto tra di noi, e i suoi genitori avrebbero avuto troppa paura per permetterci di incontrarci. Che influenza aveva avuto l'educazione ricevuta sui suoi geni? Il fatto che fossi divorziata avrebbe confermato la mia immagine di donna scostumata? Tutti i miei difetti sembravano enormi e tremendi quando immaginavo i suoi genitori perfetti. Dovevo riavvicinarmi alla Chiesa e ottenere l'assoluzione prima di avvicinarmi a loro? Senz'altro erano normalissimi esseri umani. Cosa andavo a immaginarmi?

E perché non avevo avuto notizie dal Soundex Reunion Registry? Mio figlio e i suoi genitori avevano forse cambiato idea e non volevano più tenere i contatti con me? A ogni giorno che passava senza aver ricevuto una loro lettera o telefonata, cercavo in ogni modo di immedesimarmi in loro per capire il loro atteggiamento. Era il *loro* figlio. Dopo diciott'anni, la verità della sua nascita da un'altra donna doveva essersi sbiadita. Immaginai che se lo ricordassero appena. La mia riapparizione aveva dovuto avere un effetto sconvolgente.

Dovevo sapere il suo nome. Poi avrei potuto aspettare tutto il tempo che gli sarebbe parso necessario. Forse era a causa del melanoma che temevo di non avere il tempo di conoscerlo. La vita sembrava troppo precaria per sprecarla con dosi eccessive di pazienza. E se a *lui* fosse accaduto qualcosa? Non potevo neppure pensarci.

# 14

Avevo bisogno di staccare per un po', altrimenti rischiavo di avere un esaurimento. Pregare per una telefonata, aspettare una lettera, sperare di ricevere il suo nome, cercare di mantenere il mio equilibrio per Brett e Kip, ogni volta che il cuore mi si spezzava, quotidianamente, perché un'altra giornata era passata senza novità, tutto questo mi aveva messo a dura prova. Non ero riuscita a vedere la cerimonia della consegna del diploma, come avevo sognato, ma non era solo quello a farmi soffrire. Il mio cuore si spezzava perché mi ero persa il suo primo sorriso, i primi passi, il primo dente, le prime parole, il primo giorno di scuola, perché non ero stata presente per vedere come si comportava con gli amici, per nutrirlo, per accudirlo, per amarlo.

Fortunatamente mi capitò l'occasione di un viaggio in Europa. Un altro continente era sufficientemente lontano dal telefono e dalla cassetta delle lettere perché potessi ritrovare un po' di equilibrio. E forse, al mio ritorno, avrei trovato il nome di mio figlio ad attendermi.

Poco prima della partenza, un'amica mi parlò di un uomo che, apparentemente, era un bravissimo chiaroveggente. Forse il mondo ultraterreno era disposto, più di quello terreno, a fornirmi informazioni su mio figlio. Ero disposta a tutto, anche ad aggrapparmi a una speranza così flebile.

Seguii Yvonne sul ripido sentiero che faceva il giro della collina in mezzo ad alberi di sequoia e che portava alla casa di John. Salimmo i gradini di una bella casa. John sembrava un allegro elfo più che un mago. Mentre Yvonne lo consultava, l'aspettai seduta in una comoda poltrona accanto al pianoforte. Presi in considerazione di chiedergli informazioni su mio figlio, e mi sentii leggermente imbarazzata. Mi chiesi se mi avrebbe giudicata male.

Quando arrivò il mio turno, seguii John e mi sedetti con lui davanti a una gran finestra che incorniciava un giardino pieno di rose e una collina sulla cui sommità c'era un boschetto di sequoie. Ero eccitata più che nervosa. E molto curiosa. John parlò per un po' per mettermi a mio agio. Mi spiegò che non leggeva la mente, ma cercava risposte in quella che chiamava la «mente divina». Mi domandò se volevo che la seduta venisse registrata. Dissi di sì. John volle sapere che domande avevo. Respirai profondamente e gli dissi che avevo fatto adottare il mio primo figlio e lo stavo cercando. Avevo in mente un nome, quello di cui Grace era tanto sicura. Cosa ne pensava?

«È a sud di dove siamo noi? Vedo delle grosse lettere che mi dicono "sud".»

Ero sconvolta. «A sud», confermai. Era nato in Virginia, e io ero cresciuta nel North Carolina.

John continuò. «Sembra che in questo momento abbia in mente soprattutto lo studio. Mi pare che sia stato educato bene, non con i principi conservatori tipici del sud. A mio avviso, non ha ricevuto un'educazione da persone con ristrettezza di vedute. Ha avuto fortuna ed è stato cresciuto ottimamente.»

Ebbi la sensazione che avesse ragione, o almeno, così speravo. «Incontrerà prima suo padre, Chris, dal momento che vive più vicino a lui?» chiesi.

«No, incontrerà prima te.» Era improbabile, visto che avrebbe dovuto fare più di quattromila chilometri per vedermi.

«I suoi genitori si opporranno?» domandai.

«No, mi pare di no. Se a questo punto non sono ancora sicuri del loro rapporto col ragazzo, non lo saranno mai.»

In effetti, le sue parole sembravano logiche e confermavano ciò che Elinor mi aveva riferito.

Gli chiesi se mi vedeva compiere degli spostamenti. Disse che vedeva una grande stella d'oro proprio a nord di San Diego e che, quando mi sarei trovata lì, avrei visto qualcuno che sarebbe rimasto per sempre nella mia vita. Non si trattava necessariamente di una relazione sentimentale. Vide anche che avrei trascorso un periodo nell'area di Fresno/Bakersfield.

Non provavo alcun interesse per quella zona, ma amavo le comunità che erano insediate sulle spiagge di Los Angeles: Long Beach e Redondo Beach. Forse si trattava di quello, pensai. Disse che mi vedeva impegnata in una serie di programmi per il futuro che avevano a che fare con il senso di colpa e la Chiesa cattolica. Non aveva senso, perché credevo di avere già risolto i miei sensi di colpa riguardo alla religione.

Terminammo la seduta con una «guarigione delle energie», che non avevo mai provato prima. Mi sentii stupida mentre John si spostava gesticolando per reagire a energie che non vedevo. Ma i benefici furono incredibili. Quando tornai a casa e mi guardai nello specchio, ebbi l'impressione di avere fatto un lifting facciale.

La sorella di Ron, Barbara, m'incontrò a Roma. Due ore dopo, mi trovavo dietro di lei a bordo di una Vespa, e mi chiedevo quanto tempo sarebbero sopravvissute le mie ginocchia, prima che qualche automobilista folle me le sbriciolasse. L'appartamento di Barbara si trovava dalle parti del Colosseo. Dopo qualche giorno partimmo per Siena. Barbara e io viaggiammo insieme fino a Firenze, e da lì a Venezia. Avrei proseguito da sola per Innsbruck, Salisburgo e Zurigo, poi avrei attraversato la Francia e sarei tornata a Roma.

A Zurigo, un'ora prima dell'appuntamento per la cena con una coppia che avevo incontrato sul treno partito da Salisburgo, decisi di chiamare a casa. In stanza non c'era il telefono. La chiamata doveva passare dal centralino nella hall, che sembrava un pezzo da museo. C'era una sola spia in tutto il pannello. Mi chiesi se, con quella strumentazione antiquata, sarebbero riusciti a effettuare la chiamata. Le campane della chiesa dall'altra parte della strada suonarono il quarto d'ora, poi Kip rispose. Era a casa con la madre di Ron, che si occupava dei bambini durante la mia assenza. Sembrava che tutti stessero bene e che la situazione fosse sotto controllo. Poi Kip disse che c'era una lettera proveniente dalla Virginia, e mi passò sua nonna. Il mio corpo si fece immobile. Chiesi a mia suocera di aprire la lettera e di leggermela.

Era il risultato di una ricerca che Grace aveva intrapreso per mio conto su Paul, il nome della lista che a suo avviso corrispondeva più probabilmente a quello di mio figlio. In fondo alla lettera c'era un'annotazione: quel bambino era morto a sette anni. Mi sentii male.

Kip tornò al telefono e mi chiese cosa significava. Cercai di spiegarglielo; fu piuttosto difficile. Anche lui ne rimase profondamente turbato.

Fu uno choc terribile. Salii faticosamente i larghi scalini, passando davanti ai mobili antichi, e percorsi il corridoio che portava alla mia camera, al terzo piano. Mi sedetti sul bordo del vecchio letto e guardai fuori del lucernario, dove si stendevano il fiume e i tetti. Il sole stava tramontando sulla città. Avevo pensato a quel ragazzo, Paul, e alla sua famiglia. Avevo sperato che fosse il bambino che avevo dato alla luce. Ora ero felice che non fosse lui, felice che Elinor mi avesse già assicurato che mio figlio era vivo e in buona salute. Ma ero comunque turbata. Ero sicura che anche la sua madre naturale aveva pensato a lui ogni giorno della sua vita. Forse non avrebbe mai scoperto che era morto da tanti anni, a meno che non decidesse – o non avesse già deciso – di mettersi a cercarlo. A nessuno sarebbe venuto in mente di informarla. (Pensavano forse che se ne fosse dimenticata? Che sarebbe stata meglio se non l'avesse saputo?)

Sarebbe potuto succedere anche a me. Mi chiesi cosa aveva fatto il giorno in cui suo figlio era morto. Era forse caduta a terra, completamente svuotata da un dolore che non poteva comprendere? Provai una forte compassione per i suoi genitori adottivi. Prima di partire per Parigi entrai in una chiesa e accesi una candela per Paul, che in un certo senso era uno sconosciuto, per me, come mio figlio, ma a cui ora mi sentivo in qualche modo legata.

Il quarto giorno di permanenza a Parigi partii a piedi dal Moulin Rouge e, attraverso strette stradine in salita, dopo aver superato negozietti e caffè, giunsi a una piazza sulla collina, dove degli artisti dipingevano i ritratti dei turisti. In cima c'era il Sacré Coeur. Il mio allontanamento dalla Chiesa cattolica non aveva mai fatto scemare il piacere che provavo a visitare le chiese. Nonostante il loro splendore, nessuna, a eccezione della chiesa bizantina di Siena, mi aveva comunicato qualcosa. Non riuscivo a percepire nulla di sacro in loro. La chiesa di Siena, almeno, trasmetteva un certo senso di comicità.

Il Sacré Coeur non era certo imponente come altre chiese che avevo visitato. Eppure, venni improvvisamente colta da un profondo senso di pace quando vi entrai. Feci il segno della croce immergendo addirittura le dita nell'acqua santa, seguendo forse per la prima volta un impulso sincero. Camminai lungo la navata centrale e mi infilai in un banco verso la metà della chiesa. Accanto a me trovai un volantino, che presi in mano e lessi. Parlava dei cento anni di devozione perpetua della chiesa. Ecco una parola che non udivo da molto tempo. Immagini di suore silenziose, che facevano passi misurati lungo freddi e interminabili corridoi di conventi, e sgranavano i rosari mormorando delle preghiere, emersero dalle nebbie della mia mente. Vidi un gruppo di turisti dietro all'altare. La curiosità fu più forte della stanchezza, e mi alzai dalla panca per seguirli. La chiesa rimase luminosa fino a quando non svoltai dietro l'altare. Vidi lì un gruppo di persone attorno alla statua della Santa Madre, circondata da un mare di candele votive.

Essa fissava i fedeli a braccia tese, e sembrava emanare un'infinita compassione e consolazione. Mentre osservavo la statua, mi chiesi cosa la faceva apparire così vitale, così diversa dalle altre sculture che la raffiguravano. Sembrava che da un momento all'altro potesse scendere dal piedistallo e sollevare uno dei fedeli. Alcuni dei presenti la guardavano come se ciò fosse già avvenuto.

Mi avvicinai lentamente, cercando di dare uno sguardo d'insieme alla scena. Quando fui a una distanza di due metri, ebbi l'impressione di attraversare un muro di aria più spessa. Un dolore estremamente intenso dovuto alla perdita di mio figlio sembrò esplodere in me, e cominciai a piangere. Contemporaneamente, mi sembrò che le sue braccia protese avessero aperto una tenda davanti a me e, per un secondo, riuscii a vedere mio figlio. Era così reale che avrei potuto toccarlo. Almeno sembrava mio figlio, anche se non sapevo che aspetto aveva.

Mi sentii enormemente riconfortata. Accesi una candela, poi mi sedetti e lasciai scorrere le lacrime. Erano le lacrime da cui avevo tentato di sfuggire. Lì trovavo finalmente la pace che avrebbe guarito le mie ferite.

Durante l'ultima notte che trascorsi a Parigi cenai con una donna che avevo incontrato sul treno da Venezia all'Austria. Al tavolo accanto al nostro c'erano due uomini che cercavano di attirare la nostra attenzione, e decidemmo di stare al gioco. Uno disse di essere un banchiere svizzero. L'altro aveva la carnagione scura, con occhi castani e un'aria triste e pensosa. Era un pittore iugoslavo che possedeva una galleria sull'Ile de la Cité. Parlava male l'inglese.

Avevo espresso il desiderio di vedere Parigi di notte prima di partire. Poiché ero una donna che viaggiava da sola, non avevo il coraggio di restare fuori fino a tardi senza una scorta. Accettammo quindi l'invito dei due uomini e, dopo cena, salimmo nella macchina del banchiere e andammo a fare un giro per la città prima di ritrovarci alla galleria d'arte. Il proprietario volle assolutamente leggerci i tarocchi, come se fosse per lui l'unico mezzo di rilassarsi. Gli altri si fecero leggere le carte per primi. Quando fu il mio turno, dovetti ascoltare attentamente per capirlo, perché il suo inglese era molto stentato. Dal momento che riuscivamo a malapena a comunicare, non avevo avuto modo di raccontargli nulla di me.

La luce della candela gli danzava sul viso mentre mescolava il mazzo di carte. Le appoggiò sul tavolo, scosse il capo e le riprese in mano. Le mescolò ancora una volta, le dispose sul tavolo, scosse la testa e raccolse di nuovo il mazzo. Le risistemò sul tavolo per la terza volta, poi sospirò con aria rassegnata. Indicò un fante e disse che quella carta aveva continuato a uscire tutte le volte, ed egli non capiva perché. Avevo un figlio che aveva forse una ventina d'anni e che era in qualche modo separato da me? Lentamente, emisi il respiro che mi si era bloccato per lo sbalordimento e risposi di sì.

Ero appena ritornata dall'Europa. I ragazzi giocavano a baseball fuori, Buffy era sul gradino più alto, agitava la coda e guardava la palla. Il telefono squillò.

Sobbalzai, come facevo ogni volta che suonava il telefono, sperando sempre che si trattasse di qualche notizia su mio figlio. Era mia madre. Mia sorella Janice era all'ospedale in Georgia a causa di ulcere gastriche che aveva trascurato, ed era mantenuta in vita dai macchinari. I medici pensavano che non sarebbe sopravvissuta fino al giorno dopo. Un'ora dopo mi trovavo in viaggio verso

# TEA ESPERIENZE

## Storie vere
## Testimonianze di vita autentiche

Scritti in prima persona dai protagonisti, questi libri puntano dritto al cuore: sono il racconto di un conoscente, il ricordo di un famigliare, la confidenza di un amico. Persone di origini ed età diverse raccontano la loro storia, il loro destino – una malattia grave, la scomparsa di una persona amata, la fine di un amore. Spesso ci si chiede dove abbiano trovato la volontà e la forza per superare il dolore e per ricominciare a vivere. Eppure ci sono riuscite e proprio per questo possono essere un esempio per tutti coloro che si trovano ad affrontare situazioni simili. I loro libri parlano semplicemente, colpiscono, commuovono, e soprattutto contengono un grande messaggio di speranza: ogni esperienza, anche la più drammatica, e ogni dolore, anche il più grande, possono essere superati con la sincerità, la comprensione e l'amore.

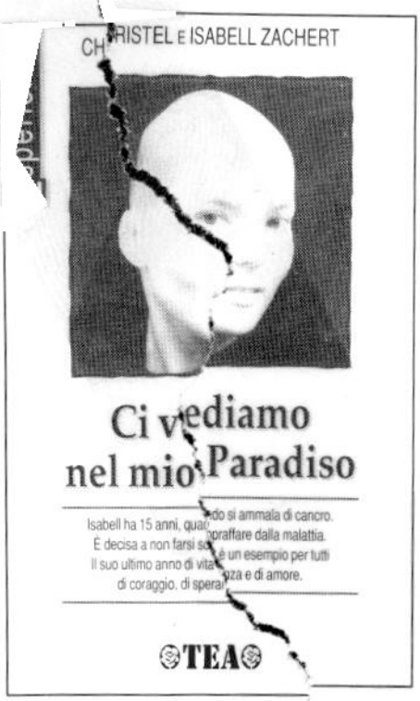

Christel
e Isabell Zachert
**Ci vediamo nel mio Paradiso**

*«Il mio desiderio di vivere è fortissimo ma non ho più paura di morire. Se questi sono stati i miei ultimi giorni di vita, sono stati senza dubbio i miei giorni più belli.»*

Isabell ha solo 15 anni quando le viene diagnosticato un cancro al polmone. Da subito decide di lottare contro la malattia, aiutata dall'amore incondizionato dei famigliari e degli amici.

Torey L. Hayden
**Una bambina e gli spettri**

*«Jadie a scuola non aveva mai parlato. Inoltre non rideva, non piangeva, non tossiva. Era ripiegata in un terribile isolamento.»*

Torey Hayden, psicopatologa infantile, dopo tanti anni di «casi difficili» credeva di essere pronta a tutto, ma non era preparata all'incontro con Jadie, una bambina colpita da mutismo elettivo e completamente chiusa nel suo dolore.

Laura De Luca
**Vuota per sempre**
Appunti dall'anoressia

*«Cara mamma, voglio provare, finalmente. Oggi mi sento in forze perché ho mandato giù una castagna e non l'ho ancora vomitata.»*

Laura, 22 anni, scrive alla madre per spiegare le ragioni della propria anoressia, per raccontare le proprie fobie e per difendere una sua personale lettura della storia recente.

Jean-Dominique Bauby
**Lo scafandro e la farfalla**

*«C'è nello spazio una chiave per aprire il mio scafandro? Una moneta abbastanza forte per riscattare la mia libertà? Bisogna cercare altrove. Ci vado.»*

Quando esce dal coma, Jean-Dominique Bauby può soltanto sbattere la palpebra sinistra. Ma con quell'unico, quasi impercettibile movimento è riuscito a raccontare come il suo spirito abbia continuato a viaggiare, a sognare e ad amare.

Ursula Barzaghi
**Senza vergogna**
Una storia di coraggio contro l'AIDS

*«Ho potuto seguire con un solo occhio l'evolversi della malattia di mio figlio, perché con l'altro ho dovuto vigilare che nessuno gli facesse più male dello stesso virus.»*

La storia di una madre che scopre la sieropositività del figlio e con lui affronta la paura, la sofferenza e il dolore, ma anche l'isolamento e la vergogna.

Kay Redfield Jamison
**Una mente inquieta**

*«Quando ho pensato di scrivere questo libro, l'ho concepito come un libro sull'umore e su una malattia dell'umore. Così come l'ho scritto, invece, è diventato anche un libro sull'amore.»*

Il coraggioso resoconto di una lotta durata trent'anni, una testimonianza di grandissimo valore, al tempo stesso umano e scientifico, su cosa significhi «essere depressi» e su cosa si possa fare per uscire dal tunnel del «male oscuro».

l'aeroporto. L'ultima cosa che desideravo fare era imbucare la richiesta allo stato della Virginia per ottenere il certificato di nascita di John Aloysius Ryan III, l'ultimo nome sulla lista che Grace mi aveva inviato. Aveva annotato, accanto al nome, che c'era qualcosa di strano sulla sua posizione nei registri e che forse avremmo dovuto ignorarlo. Ma era il nome della lista che più mi aveva colpito. Quindi, ora che sapevo che Paul non era il nome giusto, dovevo seguire quella traccia.

Arrivammo tutti – io, la mia sorella minore, mio fratello e sua moglie – all'aeroporto di Atlanta nello spazio di dieci minuti. Ci precipitammo tutti al centro di rianimazione. Trovammo mia madre seduta, impegnata a recitare una novena. I dottori ci avrebbero permesso di vedere Janice per cinque minuti. Erano stupiti dal fatto che fosse ancora viva.

La vedemmo dapprima attraverso una grande vetrata. Venimmo accolti dal suono del respiratore, che si gonfiava e si svuotava. Fu uno spettacolo orribile; sembrava già morta. Bob, Ellen e io ci disponemmo attorno al suo letto, e sentimmo la grande forza dell'amore che ci univa e che nella vita di tutti i giorni non avevamo mai percepito con quella intensità. Mi parve che Janice si accorgesse della nostra presenza. I medici, più che altro per un gesto di bontà nei confronti della famiglia, le avevano dato il 5 per cento di probabilità di farcela.

Ellen e io passammo la notte su delle poltroncine nell'area dell'accettazione. Janice era ancora viva la mattina successiva. Mio padre e sua moglie, Lucy, arrivarono nel pomeriggio. Era la prima volta che ci ritrovavamo tutti insieme dal giorno del mio matrimonio, quattordici anni prima. Più di chiunque altro, Janice sarebbe stata felice di vederci riuniti.

La sua vita rimase appesa a un filo per una settimana. Ellen e io passammo ogni notte su una poltroncina. Familiari e pazienti andavano a venivano. I medici non riuscivano a trovare una cura per strappare Janice a quello stato prossimo alla morte. La pressione e il battito cardiaco erano a livelli pericolosi. Ogni ora, passavamo a turno con lei cinque minuti. Le parlavamo per tenerle compagnia, ma apparve chiaro che non c'era alcun rapporto tra gli argomenti che toccavamo e l'aumento o la diminuzione del battito cardiaco e della pressione. Poteva sentirci e reagire ma, dopo una settimana e mezzo trascorsa senza alcun segno di miglioramento, i medici decisero di operarla. Quel pomeriggio, io ed Ellen andammo a trovarla. Ellen le teneva la mano destra, io la sinistra.

Mi venne in mente di chiedere a Janice di far passare dalla sua mano alla mia tutte le ragioni per cui non voleva continuare a vivere. Le dissi che ce l'avrei fatta a sopportarlo, e le ripetei di far passare tutto dentro di me. Mentre la guardavo, provando un amore profondo, le chiesi più volte di liberarsi delle ragioni per cui non guariva. Poi, improvvisamente, mi sembrò così brutta che scoprii di guardarla con disgusto. Compresi che mi aveva trasmesso l'odio verso se stessa. Ce l'aveva fatta. La ringraziai e le promisi che non avrebbe mai più provato sentimenti del genere. Grazie alla sola forza di volontà, cambiai i suoi sentimenti dentro di me. Ellen, dall'altra parte, faceva da parafulmine. Entrambe ci accorgemmo che era successo qualcosa, ma si trattava di un fenomeno che non avevamo mai visto prima. Ci era sembrato di essere diventate dei veicoli attraverso cui era passata dell'energia soprannaturale. La pressione e il battito di Janice si ridussero. Non saremmo riuscite a spiegare a une medico cos'era successo.

Quella sera, ci allineammo lungo i corridoi bui e silenziosi e guardammo Janice che veniva portata in chirurgia, ancora tenuta in vita artificialmente.

Ellen e io giocammo a carte. Mamma ripeté la sua novena. Bob, Jeri e il marito di Janice, Charles, stettero seduti insieme. Nessuno di noi parlò di ciò che provavamo. Passò un'ora e mezzo. Poi, dal fondo del corridoio, udimmo le porte dell'ascensore che si aprivano e il lettino che cigolava e vibrava sulle crepe del linoleum. Era ancora viva. L'operazione chirurgica non era stata necessaria.

Il giorno successivo i suoi valori si erano stabilizzati. Mi sentii abbastanza sicura per lasciare l'ospedale senza preoccuparmi che succedesse qualcosa. Andai a casa di mia madre, schiacciai un pisolino senza sogni e feci un lungo bagno bollente.

Chiamai a casa, desiderando disperatamente di sentire le voci dei ragazzi. Rispose la madre di Ron e disse che andava tutto bene e che era arrivata un'altra lettera dalla Virginia. Chiese a Kip di andare a prenderla.

Kip sollevò il ricevitore dell'altro telefono; gli chiesi di aprire la lettera e di leggerla. Restai seduta nel buio, immobile, respirando appena. Sentii la busta che veniva aperta da Kip. Disse che era un certificato di nascita.

Che nome c'era scritto?

«John Aloysius Ryan III.»

Qual era la data di nascita?

«9 gennaio 1966.»

C'era anche l'ora precisa?

«21.51.»

«Kip, si tratta di tuo fratello. Sono così felice che sia stato tu a dirmelo», dissi tra le lacrime. «Per favore, da' il certificato alla nonna. Ho bisogno che me lo legga.»

La madre di Ron venne all'apparecchio e mi lesse tutte le informazioni sul certificato. Ora conoscevo il nome, la professione e il luogo di nascita dei suoi genitori. Erano di New York, cosa che mi sorprese. Sua madre aveva otto anni più di me, suo padre undici. Con mio figlio erano arrivati a tre generazioni di John Aloysius Ryan.

Quindi il nome di mio figlio era John. Non appena ebbi riattaccato, chiamai Chris per dargli la notizia. Ero talmente eccitata che riuscivo a malapena a parlare. Chris mi calmò; udii il sollievo nella sua voce.

Ritornai all'ospedale; mi sentivo tra le nuvole. Mio figlio si chiamava John. Era meraviglioso anche solo poter dire il suo nome. John... Aloysius... Ryan. Suor Dominic aveva certamente trovato una famiglia *irlandese*. Ed era gente del nord, come noi. Suo padre era stato capitano nei Marines. Sicuramente era stato in Vietnam. Nonostante la scarsità delle informazioni in mio possesso, cominciai a creare una storia.

Prima di dirlo agli altri, volevo raccontarlo a Janice. Mi resi conto che sarebbe potuta morire prima di incontrarlo. Certo, poteva succedere qualcosa a uno qualsiasi di noi. Era quello uno dei motivi della mia fretta.

Ellen e io entrammo insieme a vederla. Le infermiere avevano aperto le tende e il sole inondava la stanza. Avevano sollevato il letto e lo avevano spostato verso la finestra, in modo che i raggi del sole colpissero le lenzuola e non la sua testa. Il respiratore era silenzioso; ormai respirava da sola il 20 per cento del tempo. Sembrava tranquilla, quindi sentii che era il momento giusto per dirglielo. Capii che, a qualche livello della mente, avrebbe capito.

«Janice», dissi. «Ho una notizia meravigliosa da darti. So il nome di mio figlio, l'ho scoperto oggi. Si chiama John Aloysius Ryan III.»

Come se avesse avuto una visione meravigliosa, il suo viso si illuminò del sorriso più bello che avessi mai visto. Si girò verso il suono della mia voce, con gli occhi, ancora vacui per i farmaci che assumeva, che cercavano il mio viso. Guardai Ellen, che era doppiamente sconvolta, per le mie notizie e per la reazione di Janice, la prima da quando era entrata in ospedale.

Avevo dormito in ospedale ogni notte da più di due settimane, e mi sentivo spossata. Janice sarebbe stata definitivamente e completamente staccata dai macchinari nel pomeriggio. L'ora del mio volo non mi avrebbe consentito di vederla del tutto libera dal respiratore, ma partii sapendo che sarebbe stata bene.

Non ero mai stata lontana da Brett e Kip per tanto tempo. Quando posai finalmente i bagagli sul pavimento della cucina, avrei voluto lasciarmi cadere anch'io per terra, ma dovevo occuparmi di un milione di cose contemporaneamente. Dopo che i ragazzi furono usciti per andare a giocare con gli amici, guardai con occhi ostili il mucchio della posta. Aveva scritto mio figlio? Vi era una domanda di autorizzazione per la mia richiesta del certificato di nascita? Tutto ciò che sapevo per certo era che il suo certificato di nascita era da qualche parte nel mucchio.

Nessuna domanda di autorizzazione, nessuna lettera di mio figlio o della sua famiglia. Nulla dal Soundex Reunion Registry. C'era però il certificato di nascita. Aprii quella busta di un'importanza fondamentale, proveniente dallo stato della Virginia. Vedere sul certificato di nascita un nome diverso da quello che gli avevo dato, ma la stessa data, la stessa ora, lo stesso ospedale, lo stesso medico, era strano. Sotto «nome completo della madre» c'era il nome di un'altra donna. Era come se fosse stata lei a darlo alla luce, invece di me. Ma essa non aveva firmato il certificato sulla linea tratteggiata che richiedeva, appunto, la firma della madre. Il suo nome era invece scritto a macchina.

Sarebbe sembrato strano a John guardare quel certificato, che tranciava di netto il suo legame con le sue radici? Sarebbe riuscito a fingere che le radici non fossero importanti, che quel pezzo di carta dicesse la verità su di lui? Perché quel certificato non poteva dichiarare senza vergogna, ma anzi con grande orgoglio, che quella famiglia era stata creata con l'adozione, non con il parto, e che lei era la sua madre *adottiva*? Perché era necessario fingere?

Il suo rapporto con lui, poiché genitrice, era una relazione che con me lui non avrebbe mai potuto avere. Non avrei mai osato fingere di essere sua madre. Era un privilegio di cui non potevo godere e una perdita per cui avrei sempre pianto. Ma io l'avevo messo al mondo, non avevo mai smesso di amarlo. Anch'io ero sua madre, e non ritenevo giusto essere cancellata dalla sua vita come se non fossi mai esistita.

Era l'estate delle Olimpiadi del 1984, che si tenevano a Los Angeles. Mi ero persa la maggior parte dei giochi olimpici. In primavera, durante una delle conversazioni con Elinor, l'assistente sociale, essa mi aveva detto che mio figlio avrebbe trascorso un'estate incredibile. Considerai quel commento come una specie di messaggio cifrato. Non poteva dirmi che cosa l'avrebbe resa così incredibile, quindi la mia immaginazione cominciò a formulare ipotesi di ogni tipo. Dal momento che mi era stato descritto come un bravo sportivo (Brett e Kip erano entrambi atleti eccezionali), e che avrebbe avuto un'estate incredibile, giunsi a una conclusione folle. Avrebbe partecipato alle Olimpiadi. Ciò significava che sarebbe stato sulla costa occidentale quell'estate.

Ora conoscevo il suo nome, quindi non rischiai di impazzire come mi era accaduto durante l'inverno. Gli annunciatori raccontarono che Greg Louganis era stato adottato. Mi chiesi se la sua madre naturale sapeva che era suo figlio il ragazzo che vinceva tutte quelle medaglie. La rete televisiva ABC aveva fatto un meraviglioso servizio su fratello e sorella che pattinavano in coppia alle Olimpiadi invernali, e aveva mostrato un filmino fatto in casa della piccola pista da pattinaggio che i loro genitori adottivi avevano fatto costruire per loro nel giardino dietro casa. All'epoca non sapevo ancora il nome di mio figlio, quindi il ragazzo che era stato adottato avrebbe potuto essere il mio. Mi ricordai di avere pensato, a quell'epoca, che quei due ragazzini erano un prodotto di entrambe le loro famiglie. I genitori adottivi non sembravano particolarmente atletici, ma avevano compiuto volentieri dei sacrifici per costruire la pista. I ragazzi dovevano aver ereditato le loro abilità sportive dai genitori biologici. Quando fratello e sorella pattinavano, si chiedevano se le loro famiglie naturali li guardavano? Desideravano che i genitori naturali sapessero che si trattava di loro?

La mente di una madre che non sa come sta suo figlio è sempre in fermento, prende in considerazione anche le possibilità più remote. Ma non è forse vero che anche i bambini sognano a occhi aperti e viaggiano con la mente in posti fantastici? La conoscenza della verità non è forse nell'interesse di tutti?

# 15

In autunno avevo ormai perso le speranze di avere notizie da mio figlio o da sua madre attraverso il Soundex. Se avessero avuto intenzione di mettersi in contatto con me, l'avrebbero già fatto. Mio figlio era probabilmente all'università; quel cambiamento sarebbe già stato parecchio importante per lui, non aveva certo bisogno che a esso si aggiungesse lo sconvolgimento portato dalla mia riapparizione. Il mio progetto era di continuare a cercarlo, così almeno avrei potuto mettermi in contatto con lui in caso di emergenza, e pregai di trovare la pazienza che tutti mi consigliavano di chiedere a Dio. Tuttavia non ero ancora del tutto convinta che aspettare sarebbe stata la Sua prima scelta.

Per rendere più facile l'attesa, m'iscrissi a un gruppo della zona di San Francisco chiamato PACER (Post Adoption Center for Education and Research). Organizzava incontri mensili, seminari e consulenze per genitori naturali, genitori adottivi e individui adottati. Il primo incontro a cui presi parte si teneva a casa di una donna adottata di una trentina d'anni. Julie aveva appena incontrato la sua madre naturale, che avrebbe partecipato anch'essa all'incontro, così come altri genitori e figli adulti che si erano ritrovati di recente. Faceva quasi buio quando trovai la casa. Udii voci di bambini quando mi avvicinai. Uno di loro aprì la porta d'ingresso. Mi presentai a Julie, che a sua volta mi presentò sua madre, seduta un po' in disparte rispetto al gruppo al centro della stanza. Aveva l'aria di una dolce nonna e, in effetti, lo era. La maggior parte delle persone pensa alle madri non sposate immaginandole come le adolescenti che un tempo erano. Ne avevo davanti una con i capelli grigi, che aveva ritrovato sua figlia dopo trent'anni.

Mi sentii leggermente a disagio a entrare in un locale pieno di sconosciuti, ma mi ero spesso sentita estraniata anche tra persone che conoscevo bene. Dipendeva dal fatto che mi trovavo in un territorio non familiare.

Un piccolo gruppo circondava una donna attraente sui cinquant'anni e un uomo che le assomigliava talmente che poteva solo essere suo figlio. Entrambi parlavano dei loro sentimenti reciproci e del loro incontro. Ascoltai, come ipnotizzata, il giovane che raccontava di non sapere cosa provava per la sua madre naturale che aveva cercato e trovato.

« È mia madre, una mia amica, come un'amante, o una conoscente? Ho sentito istantaneamente di avere un legame fortissimo con lei, una connessione spirituale, mistica. Ma la mia madre adottiva è quella che considero la mia "vera" madre. Tuttavia, mi sono spesso posto delle domande sulla mia prima madre. Quando avevo cinque o sei anni, a volte, quando ero in macchina con il resto della famiglia, mi sporgevo dal finestrino con la testa con la speranza che la mia madre naturale mi passasse accanto e mi riconoscesse. »

La sua madre naturale, Nancy, raccontò: « Avevo diciott'anni quando sono rimasta incinta. Quando mia madre seppe che aspettavo un bambino, mi consegnò un biglietto di sola andata per Chicago. Quando arrivai a Chicago, chiamai una serie di case per ragazze madri, ma in tutte mi risposero che non c'erano letti liberi. Mi sentii stranamente rassicurata, perché voleva dire che non ero la sola. Mi venne somministrato un anestetico che mi rese incosciente durante il parto. L'ultimo particolare che ricordo è che il lettino su cui fui trasportata colpì le doppie porte, e che chiamai "mamma". Non ho mai chiamato mia madre in quel modo. Il medico mi consigliò di non vedere il bambino: mi disse che in quel modo mi sarebbe risultato più facile dimenticare. In realtà, non si dimentica mai. » Il suo viso assunse un'espressione dolente. « Stanno attualmente compiendo degli studi che assimilano questa esperienza a quella della nevrosi post-traumatica di cui soffrono i veterani del Vietnam. È possibile rimanere insensibili per dodici anni dopo aver abbandonato il bambino, e poi venire assalite di nuovo dal dolore. Ho cercato di lenire quel dolore, i ricordi e gli incubi con l'alcol. »

Quando l'aveva incontrato, suo figlio le era risultato incredibilmente familiare. « Avevo allevato altri cinque figli maschi, e lui si armonizzava così bene con loro che a volte dimenticavo di non averlo cresciuto io. » Fece una pausa. « Nessuno dei miei figli avrebbe mai potuto sostituire il mio primogenito. Nessuno di loro avrebbe potuto sostituirne un altro. Ogni figlio ha la sua anima individuale ed è insostituibile. »

Mi sorprese quando disse che non si sarebbe mai messa a cercarlo. Sentiva di non averne il diritto. Affermò che, in quella fase del movimento per i diritti riguardanti le adozioni, solo il 5 per cento delle madri naturali cercavano i loro figli.

Quando cominciò l'incontro, facemmo un giro di presentazioni, poi si dette spazio agli interventi e alla discussione.

Il figlio di Nancy, Carlos, si presentò come terapista familiare e illustrò la sua attività con il PACER. Così descrisse la sua ricerca: « Nel corso dei tre anni in cui cercai la mia madre naturale, avvertii un senso di destino e di mistero. Guardando indietro, ho poi visto che la ricerca avrebbe potuto essere concentrata in tre settimane, ma ogni minima informazione era quasi troppo importante per me. Ogni elemento della mia identità doveva essere digerito poco per volta, intanto che cominciavo a sentire, per la prima volta nella vita, di avere delle radici nel mondo reale ».

Lui e sua madre si incontrarono all'Holiday Inn di Chicago. « Quando ho sollevato gli occhi dal giornale che avevo finto di leggere, vidi una donna alta e bionda che si avvicinava alla reception con la mia stessa andatura dinoccolata. Potevo sentirla, quell'andatura goffa. Balzai in piedi e le andai incontro. Improvvisamente smisi di sentirmi nervoso, e fui sollevato e felice.

« Il mio nome è seguito dal numero romano III. Il mio cognome deriva da quello di un uomo che è arrivato a bordo della *Mayflower*. Essere il terzo significava che ero come loro, ma non era così. Ricordo che, quando stavo imparando a scrivere il mio nome, non riuscivo a finirlo senza pensare, dentro di me, che stavo imbrogliando tutti. L'unica cosa certa che sapevo di me era che ero un bravo artista, a differenza di tutti i membri della mia famiglia adottiva. All'età di sette od otto anni ricordo di avere pensato: "Sono chi sono perché sono io a decidere chi devo essere". Sono un artista di talento perché non faccio che dipingere.

Da quello che ho visto, molte persone adottate sviluppano un'ansia esistenziale che investe la loro identità e la loro idea di realtà. Quando si è membri della propria famiglia biologica, molte cose vengono date per scontate. Quando si è stati adottati, invece, ci si pongono molte domande. Ecco perché il periodo dell'adolescenza può rivelarsi particolarmente difficile. Quando ho visto la mia madre naturale e ho "sentito" la sua andatura e l'ho riconosciuta come uguale alla mia, ho smesso di sentirmi una tabula rasa. Ho trovato i miei fratelli, anch'essi artisti. A quel punto è arrivato il momento di integrare e conciliare quelle due vite e identità separate.

« È importante che capiate che la ricerca vi dà qualcosa di positivo, indipendentemente dal suo esito », continuò Carlos. « Il nostro rapporto cambierà e si farà più forte per il resto della nostra vita. »

Cathie si presentò. Aveva trentaquattro anni ed era stata adottata. Aveva enormi occhi verdi e un viso incredibilmente attraente. Mi chiesi che effetto facevano degli occhi del genere nel viso di una neonata, e pensai che era una tragedia che sua madre non avesse mai visto la figlia crescere e diventare una donna così bella e sensibile. Sua madre non sapeva neppure di essere diventata nonna. Cathie spiegò che aveva deciso di cercare sua madre dopo la nascita di suo figlio.

« Ho pensato che mio figlio, Nicholas, avrebbe fornito il legame di parentela vitale che mi era sempre mancato. Ma, per mia sorpresa, non è stato così. Il suo arrivo non è stato sufficiente. Ecco perché ho cominciato a cercare mia madre. Sento un desiderio intenso e profondo per quella connessione. Mi chiedo se, a un livello profondo, le persone adottate non si sentano separate dalla terra, come esseri alieni, depositati sul pianeta ma non parte di esso, per il fatto che viene loro a mancare il legame con il corpo che le ha date alla luce. »

Morgan aveva cercato sua figlia per otto anni. Spiegò il bisogno di sapere che fine aveva fatto paragonandolo al panico che ogni madre avverte quando suo figlio si perde, si sottrae al suo sguardo, anche solo per pochi secondi.

« Solo che tale panico ci attanaglia per tutti gli anni in cui siamo separate dai nostri figli. Le donne non sono fatte per sopportare di abbandonare i loro figli; l'istinto materno è troppo forte. Come potrebbe essere altrimenti? »

Marylin, seduta accanto a me, cominciò a piangere. Pesanti lacrimoni cominciarono a scenderle lungo le gote. Il bambino che aveva adottato, Josh, non aveva ancora tre anni. Essa provava sentimenti contrastanti riguardo all'adozione e al modo in cui veniva organizzata. E a volte era ossessionata dal pensiero della madre naturale di Josh. Si sentiva tremendamente in colpa per essere così felice a sue spese. Disse che era difficile, per lei, ascoltare tutte quelle storie di madri naturali e di figli adottivi. L'ultima cosa al mondo che voleva era l'infelicità di Josh o della sua madre naturale. Continuò a piangere. La sua era la tipica storia di madre adottiva.

« Mio marito e io ci eravamo sottoposti a tutti gli esami esistenti. I test ci obbligavano a umiliazioni indicibili, tra cui quella di dover fare l'amore entro un'ora dalla visita e di farci esaminare subito dopo. Era quasi roba da pervertiti. Quando ci venne confermato che non potevamo avere figli, ci prendemmo un po' di tempo per discutere le varie possibilità e decidemmo che adottare un bambino sarebbe stata la cosa migliore. Consultammo un avvocato che era specializzato nelle adozioni aperte. Purtroppo, l'avvocato era più preoccupato di ricevere il suo onorario che di guidarci in modo competente attraverso quel processo emotivamente mutevole. Ci spiegò come "presentarci", cosa che ci umiliò ulteriormente dopo il processo già degradante dei test di fertilità. Poco tempo dopo, l'avvocato ci chiamò con la notizia che una donna era interessata a incontrarci.

« La madre di Josh venne a casa nostra quando era già incinta di otto mesi. Nei tre giorni precedenti la visita, non avevo fatto che pulire la casa. Prese la decisione proprio lì da noi, in salotto. Mi sentii euforica. Non ho mai più provato la stessa sensazione. Sono una brava ragazza ebrea, ma in quel momento mi parve di essere come la Vergine Maria. Mi sentii bella e in forma: per un anno intero avevo avuto l'impressione di essere difettosa. Quando mio marito e io facemmo l'amore, quella notte, mi sembrò che stessimo concependo Josh.

« Nessuno sembrava tenere conto del nostro bisogno di stabilire un legame con il bambino. L'ospedale chiamò per avvisarci che le doglie erano cominciate. Volai all'ospedale, dove mi venne detto che non potevo vedere il bambino. Un'infermiera, vedendo la mia frustrazione, mi permise di prendermi cura di una piccola neonata. Stabilii accidentalmente un forte legame con quella piccola, e desiderai portarla a casa con me. Aveva la pelle scura e gli occhi grandi, e mi assomigliava molto. Josh aveva invece carnagione e capelli chiari: apparentemente aveva preso da suo padre, invece che da sua madre, che era simile a me.

Quando ho portato a casa Josh, desideravo con tutte le forze stabilire un legame profondo con lui. Mi tornò in mente un episodio della mitologia greca: Era, moglie di Zeus e protettrice delle donne che si sposano e partoriscono, quando adottò Eracle se lo strinse al petto e se lo spinse giù all'interno della toga, lasciando che cadesse e si distaccasse da lei come se lo avesse partorito. Provai anche quello. Provai ad allattarlo, a dargli qualcosa del mio corpo che potesse nutrirlo e creare un legame tra di noi. Non funzionò. È piuttosto rara la lattazione nelle donne che non sono puerpere. Volevo dargli ciò che gli mancava per compensare il fatto che non si trovava con la sua madre naturale.»

Trovai la sua storia profondamente commovente. Era estremamente coraggiosa a mettere a nudo i suoi sentimenti in quel modo. Le donne che avevano abbandonato i loro figli fecero a gara a rassicurare Marylin, desiderando a tutti i costi convincerla che aveva diritto a suo figlio.

Aveva abbattuto le difese quasi di tutte. Quando il pianto di Marylin si calmò, un'altra donna, che si presentò come madre adottiva, prese la parola. Lei e sua figlia avevano deciso insieme di intraprendere la ricerca della madre naturale. Per trovarla c'era voluta solo una settimana. Ora sua figlia era al colmo della gioia, ma la madre adottiva si sentiva orribilmente rifiutata.

A quelle parole, il gruppo reagì come se avesse ricevuto addosso un secchio di acqua gelida. Tutte ci lasciammo ricadere sulle sedie. Il suo intervento sembrò mettere fine a ogni altra testimonianza. Quella donna ci aveva colpito nel punto debole. Avevamo continuato a parlare di riunioni gioiose: era inevitabile che qualcuno dovesse perdere se gli altri vincevano?

Vidi che la mia storia era piuttosto comune. Per qualche ragione dovetti ascoltare numerose volte ciò che era accaduto alle donne ospitate nelle case per ragazze madri per credere che ciò era successo anche a me.

Vi sono almeno due milioni di individui adottati negli Stati Uniti. Fonti diverse danno numeri diversi dal momento che i dati sono difficili da reperire, visto l'alone di segretezza che ha circondato per tanto tempo le adozioni. Probabilmente si tratta di una stima per difetto. Ognuno di questi due milioni di figli ha dei genitori adottivi, e spesso molti altri familiari, che si preoccupano per lui e che gli vogliono bene. Se facciamo la somma, il numero ottenuto è piuttosto alto. Ma c'è un altro gruppo, ugualmente folto, di cui nessuno parla. È evidente, una volta che ci si riflette, che ci sono, da qualche parte, un'altra madre, un altro padre, e altri familiari: nonni, zii, cugini, fratelli e sorelle. La legge che ostacola le ricerche dei figli da parte delle madri naturali, o dei genitori naturali da parte dei figli adottivi, causa un danno anche a tutte quelle persone.

Non sarebbe più facile, e meglio, guardare in faccia la realtà e riconoscere la nostra esistenza, permettere ai figli adottati di cercare i propri genitori naturali, se lo desiderano, e lasciare che i genitori naturali trovino e cerchino di riconciliarsi con i loro figli biologici? Non sarebbe questo il comportamento più generoso, normale e sicuro?

Che incontrino o no i figli, le altre madri esistono, nonostante tutti gli sforzi per soffocare o negare questa realtà.

All'inizio di novembre intervistai Carlos e sua madre per un articolo che sarebbe apparso su un quotidiano locale. Per me era un modo di prepararmi. Per lo stesso motivo, mi scoprii a guardare tutti i diciannovenni di sesso maschile. Avrebbe potuto essere imbarazzante, ma volevo farmi un'idea di che aspetto avesse un ragazzo di quell'età.

Scrivere l'articolo, però, mi rese depressa. La loro storia era così simile alla mia che mi trovai a rivivere il passato come se stesse accadendo per la prima volta. Nel bel mezzo di tutto ciò, ricevetti una telefonata di Chris. Disse che mi aveva pensato intensamente negli ultimi tre giorni, e si chiedeva come me la passavo. Mi sentii riconfortata: mi ero sentita molto sola, come quando avevo diciannove anni. Ci chiedemmo se nostro figlio aveva ereditato le nostre facoltà telepatiche.

Chiesi a Chris come la stava prendendo sua moglie. La giudicavo una santa, perché riusciva a essere così tollerante nei confronti della situazione. Mi rispose che si trattava di una persona eccezionale, e che entrambi avevano sempre saputo che sarebbe successo, un giorno. Mi chiesi se, al suo posto, sarei stata altrettanto comprensiva.

Telefonai a Emma Vilardi, la fondatrice del Soundex Reunion Registry, per ottenere qualche informazione che mi sarebbe servita per l'articolo. Quando accennai al fatto che Chris mi aiutava e mi stava vicino per la ricerca di mio figlio, disse che avevano cominciato a ricevere numerosissimi messaggi da parte di padri naturali di bambini abbandonati e fatti adottare. Quegli uomini, spiegò, speravano di potersi un giorno incontrare con i loro figli. Erano essi stessi sorpresi dalla durata dei loro sensi di colpa dopo avere rinunciato ai bambini. Le avevano confidato di sentirsi colpevoli per aver permesso a loro stessi di farsi manipolare dai genitori o per essere stati troppo immaturi per fare quello che era « giusto ».

Poi disse qualcosa che mi stupì profondamente. Forse mio figlio e i suoi genitori non si erano resi conto di avere abbastanza informazioni da rendere possibile il nostro incontro tramite il registro. Per tutti quei mesi avevo creduto che volontariamente non si fossero iscritti e che avessero deciso di non incontrarmi. Può darsi che desiderassero farlo, ma che non sapessero che bastava conoscere le informazioni riportate dal certificato di nascita e il nome dell'agenzia.

Intensificai le mie ricerche. Chiamai il servizio abbonati e mi feci dare tutti i John Aloysius Ryan della zona dello stato di New York che compariva sul certificato di nascita di mio figlio. Quell'area era prevalentemente irlandese, e tale cognome era piuttosto diffuso. Presi nota anche di tutti gli abbonati con il nome da ragazza della madre adottiva di mio figlio, ma decisi di cominciare con il padre. Composi il primo numero e rispose una donna. Dissi che stavo cercando un certo John Aloysius Ryan che nel 1966 aveva trentun anni.

« Sì », rispose.

«Era nei Marines?»

«Sì.»

«Be'», dissi, «penso che stiamo parlando della stessa persona. Quest'uomo ha un figlio adottivo?»

Il telefono smise di dare segnali di vita. Poi, dopo una lunga pausa, la donna disse: «In realtà, a questo punto più nulla mi stupisce sul suo conto».

Mi raccontò che erano separati da cinque anni. *Non era* lo stesso John Ryan, e mi profusi in scuse, sentendomi mortificata.

Piuttosto di rischiare un'altra esperienza del genere, pensai a una nuova tattica. Era la metà di dicembre. Feci un'altra spedizione alla Sutro Library per ottenere un elenco di chiese cattoliche della loro città: speravo di trovare quella in cui si erano sposati o mio figlio era stato battezzato. Sapendo di essere ormai vicina, temevo di compiere un passo falso e non sapevo che storia raccontare in chiesa per ottenere quelle informazioni. Decisi infine di dire che ero una vecchia amica di sua madre, che ero stata al suo matrimonio e che ci eravamo perse di vista nel corso degli anni. Mi scrissi la traccia del mio discorso, sapendo che sarei stata estremamente nervosa nel raccontare tutte quelle bugie. Anche dopo aver deciso cosa dire, mi ci volle un giorno intero per trovare il coraggio di chiamare. Ero terrorizzata al pensiero che non funzionasse.

Per prima cosa, il mattino successivo presi in mano il telefono. Rispose una volontaria della parrocchia. Speravo che sarebbe stata abbastanza ingenua da cercare nel registro e darmi l'indirizzo e il numero di telefono di mio figlio. Invece trascrisse tutte le informazioni, poi mi disse che mi avrebbe fatto richiamare dal sacerdote. Ci sarebbe voluto un paio di giorni. Mi sentii demoralizzata.

Dovevo uscire di casa per andare a fare la spesa: la dispensa era più che vuota. Decisi di uscire verso le tre, cioè le sei per la costa orientale: erano scarse le probabilità di una telefonata così tardi.

Al mio ritorno, mentre tentavo di aprire la porta della cucina con un sacco di provviste in ogni mano, il telefono suonò. Entrai appena in tempo. Pensai che fosse qualcuno che mi faceva uno scherzo. Poi apparve chiaro che si trattava del prete. Era un filippino che aveva un accento così forte e un inglese così scarso che non riuscivamo a capirci. Dovemmo sillabare ogni parte della conversazione.

Mi confermò che i genitori adottivi di mio figlio si erano sposati nella sua chiesa, ma nei registri non compariva alcun certificato di battesimo. Dissi lentamente: « Grazie mille comunque », e riattaccai. Non mi restava che una possibilità, che avevo sempre lasciato per ultima, temendo che, se anch'essa fosse fallita, non mi sarebbe rimasto più nulla a cui aggrapparmi. Decisi di affidarmi a un investigatore privato perché setacciasse tutti gli stati per trovare quello in cui mio figlio aveva fatto la richiesta per la patente. Grace me ne raccomandò uno, amico suo.

L'accento meridionale del detective era confortante. Mi spiegò che, quando effettuava una ricerca, procedeva in ordine alfabetico, stato per stato. Gli dissi di non darsi tanto disturbo: poteva cominciare dagli stati meridionali, poi passare a New York, e infine concludere con la costa orientale. Ero certa che avrei trovato lì mio figlio.

Promise di portare a termine il lavoro entro la domenica dopo Natale, ovvero in soli dodici giorni!

Due giorni prima di Natale scrissi una lettera dai toni pessimistici a Chris, spiegandogli cosa avevo fatto e confessandogli che avevo il terrore che non avrebbe funzionato. Non appena l'ebbi imbucata, il telefono squillò. Era Grace. Il cuore cominciò a battermi all'impazzata.

« Carol, volevo essere io la prima a dirtelo. L'investigatore ha trovato tuo figlio e... non indovineresti mai! L'ha trovato nel quarantottesimo stato in cui l'ha cercato! »

« Cosa significa? »

« Non gli avevi chiesto di cominciare dalla costa orientale e di passare poi a ovest? L'ha finalmente trovato in *California*! »

Feci un urlo. Mentre misuravo a grandi passi la cucina, aspettando che l'investigatore mi chiamasse con maggiori informazioni, mi sentii priva di peso. Dov'erano Brett e Kip? Fuori faceva buio. Non avevo idea di cosa avrei preparato per la cena. Il telefono squillò. Il mio cuore si arrestò.

Era una donna che chiedeva il mio aiuto per una cerimonia scolastica. Spiegai che dovevo riattaccare e lasciare la linea libera:

aspettavo una telefonata importante, la più importante della mia vita. Incredibilmente, la donna insisteva e mi voleva trattenere al telefono. Mi scusai e riattaccai.

Misi sul fuoco la minestra per la cena. Il telefono suonò di nuovo. Era l'investigatore.

Sembrava eccitato quanto me. Mi scusai per averlo fatto lavorare tanto, quando avrebbe potuto avere risultati quasi subito se avesse seguito il suo metodo dell'ordine alfabetico.

Non gli importava. Non riusciva a credere che eravamo *entrambi* in California. La città in cui mio figlio viveva si chiamava Mission Viejo. Aveva un suono familiare, ma non riuscivo a collocarla. Disse che mio figlio era alto un metro e ottantatré, aveva i capelli castani e gli occhi color nocciola. Mi stava venendo la pelle d'oca su tutto il corpo. Ma il numero di telefono della famiglia non compariva sull'elenco.

Ma certo, era normale! Lo ringraziai di cuore per essere stato il mio angelo di Natale. Non appena ebbi riattaccato, corsi a cercare l'atlante e guardai dove si trovava Mission Viejo. Era a sud di Los Angeles, immediatamente a nord di San Diego.

Oh, mio Dio. Fissai l'atlante, allibita. Una stella d'oro subito a nord di San Diego... Il chiaroveggente.

Continuai a leggere, cercando di immaginarmi la casa di mio figlio. «Mission Viejo è stata la prima comunità californiana progettata a tavolino.» Ora ricordavo di avere letto qualcosa in proposito. Il loro lago artificiale era stato riempito con la nostra acqua nel periodo di siccità. Tutti, nella California del nord, ne erano rimasti indignati. Fissai la carta per un tempo lunghissimo. La gioia chc provavo era indescrivibile.

Brett e Kip tornarono a casa e dissi loro le novità. Anch'essi erano eccitati. Dovetti spiegare loro che non potevamo prendere la macchina e andare subito laggiù. Del resto, dovevo continuare a ripetere anche a me stessa il medesimo concetto.

Presa dall'euforia, feci un milione di telefonate. Morgan, la mia amica del PACER, sarebbe andata a Los Angeles per Natale. Mi promise di cercare l'indirizzo sulla Polk Directory mentre si trovava là e di farmi avere il numero di telefono. Mi avrebbe chiamata non appena avrebbe avuto delle novità.

La vigilia e il Natale passarono quasi senza che me ne accorgessi. Il ventisei, Morgan chiamò con il numero di telefono, ma nell'elenco compariva un cognome diverso.

C'era forse un errore? Avevo dunque l'indirizzo sbagliato? Non riuscivo a rimanere calma, quell'agonia si era protratta troppo a lungo.

Dopo cena, non appena Brett e Kip furono assorbiti da un programma in televisione, mi versai un bicchiere di vino e mi sedetti al mio posto preferito al tavolo della cucina. Il telefono e il numero, che speravo essere quello di mio figlio, erano davanti a me. Mi scrissi un « copione », in modo da non dimenticare quello che volevo dire. Mi sentivo quasi stordita. Bevvi un sorso di vino, composi tre cifre e riattaccai. Sorseggiai ancora il vino. Ricominciai a fare il numero e riattaccai. Dopo aver ripetuto l'operazione diverse volte, decisi che sarebbe stato meglio aspettare. Non ero ancora pronta. I ragazzi avrebbero preso il traghetto per andare in città a vedere Ron venerdì mattina. Avrei chiamato allora.

Per tutto il giorno successivo mi chiesi se era meglio chiedere di mio figlio o dei suoi genitori. Era qualcosa che riguardava solo noi due, ragionai. Avrei dovuto parlare dapprima con lui e lasciare che fosse lui a decidere. Non aveva potuto esprimere la sua opinione quando era nato. Ora avrebbe potuto esercitare un controllo sugli eventi che influenzavano la sua vita. Eppure si trattava di una novità talmente sconvolgente, per lui, che mi chiesi se non fosse il caso di parlarne prima ai suoi genitori.

Li rispettavo e non volevo che si creassero delle incomprensioni o delle ostilità tra di noi. L'ultima cosa che desideravo era che mio figlio si trovasse tra il martello e l'incudine, risultato piuttosto frequente, da quello che avevo capito. Decisi che avrei cercato di parlare dapprima con lui, se fosse stato possibile. Dopo aver atteso diciannove anni – metà della mia vita – tutto ciò che mi interessava era di parlargli e che lui mi parlasse, finalmente.

Venerdì mattina rimasi seduta in auto davanti al capolinea del traghetto, e guardai i ragazzi mentre acquistavano i biglietti e passavano al di là della barriera. L'aria era frizzante e limpida, e il sole era piuttosto caldo per quel periodo di fine dicembre.

Tornata a casa, feci una lunga doccia e mi lavai i capelli. Mi truccai con estrema cura. Avevo sempre fatto del mio meglio per mantenermi giovane. Entrambi i miei genitori costituivano un magnifico esempio di individui rimasti in forma anche in età avanzata. Eppure, il mio desiderio di restare giovane sembrava leggermente diverso. Avevo sempre sperato di rimanere il più somigliante possibile a com'ero quando avevo visto mio figlio per l'ultima volta.

Mentre mi accingevo a vestirmi, cominciai ad avere l'impressione di prepararmi per un colloquio di lavoro. Dovevo indossare le calze di nylon? No, non mi sarei sentita a mio agio con le calze lunghe, quindi infilai un paio di jeans puliti e il maglione di angora color corallo che avevo acquistato a Roma.

Sua madre era il tipo vestito alla perfezione anche per colazione? La sua casa era sempre immacolata? Si alzava al mattino con una messa in piega perfetta? Era certamente una bravissima cuoca. (Brett e Kip pensavano di non avere avuto molta fortuna a trovarsi una madre come me, per quanto riguardava le qualità culinarie.)

Afferrai uno dei molti foglietti su cui avevo scritto il numero di telefono e scesi le scale. Erano circa le undici. Mi preparai del caffè, trovai dei fogli di carta e una biro e mi sedetti in salotto. I raggi del sole inondavano la stanza, entrando dalle spaziose finestre. Ricontrollai i miei appunti e composi il numero; riattaccai prima che cominciasse a suonare. Era ridicolo. Stavo tremando come una foglia. Continuavo a rimandare il momento cruciale.

Chiamai la mia amica Yvonne. « E se non mi vogliono nella loro vita? E se stessi compiendo un terribile errore? E se mi sbattono il telefono in faccia? Ho il diritto di fare questa telefonata? »

Yvonne aveva udito quelle paure ormai molte volte. Le avevo ripetute come una litania per anni. La mia amica aveva dovuto sopportare tutte quelle mie noiose insicurezze. Mi ripeté per molte volte che tutto sarebbe andato bene. Era destino che ritrovassi mio figlio, altrimenti non sarei riuscita ad arrivare a quel punto.

Cercai di calmarmi sul serio. Sarei stata in grado di agire non appena mi fossi liberata di tutti quei pensieri su ciò che sarebbe o non sarebbe potuto succedere. Richiamai alla mente, ancora una volta, il motivo per cui credevo che mio figlio avesse bisogno della mia telefonata: c'erano cose che doveva sapere su di sé e che solo io potevo dirgli.

Composi il numero.

Il telefono suonò quattro volte. Poi, una voce *infantile* rispose. Chiesi: «C'è John?»

La vocina rispose: «No, è a Kansas City per imparare a fare il pilota di linea».

Il cuore mi martellava rapidamente in petto. Avevo sempre immaginato che fosse all'università.

«La mamma è a casa?» chiesi.

«Solo un attimo. Vado a chiamarla.» La vocina si allontanò.

Passò mezzo minuto. Una voce di donna disse: «Pronto».

Mi si fece il vuoto in testa. Mi accorsi di non essermi preparata qualcosa da dire a sua madre. I cognomi erano diversi: *questo* John era a Kansas City. Forse si trattava ancora di un numero sbagliato. Dopotutto, poteva non trattarsi della famiglia giusta. Fissai il mio pezzo di carta, cercando di trovare qualcosa da dire. Poi, improvvisamente, le parole mi vennero in mente.

«Parlo con Rosemary?» Se si chiamava Rosemary, allora era la madre di mio figlio.

Vi fu una breve pausa dubbiosa. «Sì, sono Rosemary.»

Tutto cominciò a girarmi intorno. «Ho motivo di credere... che sono la madre di suo figlio.»

«Oh, wow!» disse. «Probabilmente ha scelto il momento giusto per chiamare. Sono convalescente. Sono stata a letto con l'influenza per quattro giorni e mio marito, Don, è a Kansas City per un addestramento supplementare per piloti. Jack ha accompagnato uno dei suoi fratelli più piccoli a trovare la nonna, in modo da lasciarmi riposare. Non tornerà per un paio d'ore.»

Lo chiamavano Jack. Jack.

«Non abbiamo mai spedito il formulario per quel registro di cui ci ha parlato l'assistente sociale: il tempo è passato così rapidamente! E Jack ha avuto un'estate piena di impegni. Fa il bagnino qui al lago di Mission Viejo, quindi è stato un bene avere le informazioni sulla predisposizione al cancro della pelle. Non appena l'ho saputo, l'ho portato dal medico per un controllo. Mi è capitato di svegliarmi, di notte, e di chiedermi se lei stava morendo di cancro.»

Mi dispiacque molto che fosse stata quella la prima cosa che mio figlio aveva dovuto fare dopo aver avuto mie notizie, che fosse stata quella la prima informazione che mi riguardava. Mi chiesi se gli aveva fatto accapponare la pelle.

«È andato anche in Cina con la squadra di pallanuoto quest'estate. Fa il portiere.»

Non avevo mai visto una partita di pallanuoto.

«È strano. Mentre Jack cresceva, abbiamo cercato di fargli provare diverse attività, non sapendo molto di lei né cosa aspettarci da lui. All'inizio, non gli ho fatto praticare sport d'équipe, ma quando è entrato nella squadra, è stato il giocatore che è migliorato di più perché il suo talento è emerso nel gioco assieme agli altri.

«Pregavamo per lei ogni sera», continuò Rosemary. «Ho sempre detto a Jack che lo amava quando ha rinunciato a lui. Ho semplicemente immaginato cosa avrei provato io nella sua situazione... Avrei spesso voluto raccontarle tutto quello che Jack ha fatto.»

Ero stata preparata, da ciò che avevo sentito dire sui genitori adottivi, ad aspettarmi un'accoglienza molto meno calorosa. Provai commozione – e ammirazione – per la generosità della sua reazione spontanea. Mi sarei aspettata qualcosa del genere tra due donne che avevano lo stesso figlio, ma mi resi conto immediatamente della fortuna che avevo avuto.

Credetti di udire una sorta di sospiro e un respiro profondo quando prese la decisione di farmi entrare nella loro vita.

«È seduta?» mi chiese.

«Sì.»

«Prima di dirle ciò che devo, mi preme farle sapere che Jack sta bene. Non ha avuto alcun problema ed è normale sotto tutti gli aspetti.»

Mi sentii improvvisamente nauseata.

«Abbiamo avuto Jack solo quando aveva otto mesi.»

Deglutii a fatica. Delle lacrime salate e brucianti mi salirono immediatamente agli occhi. Oh, il mio bambino. Cosa ti è successo? Avevo sempre *saputo* che qualcosa non andava.

Rosemary mi raccontò che Jack era stato dato in adozione a un'altra coppia all'inizio. Ed era stato dato in affidamento per sei settimane prima che quella coppia lo portasse a casa. Le chiesi se era sicura. L'unica cosa che avevo chiesto a suor Dominic era che fosse dato immediatamente alla famiglia che l'avrebbe adottato.

Era sicura, disse. La prima coppia che aveva adottato mio figlio era giovane. Il marito aveva ventun anni, l'età di Chris. Lei ne aveva venti, un anno in più di me. Nessuno dei due aveva fatto l'università. Il loro matrimonio era piuttosto in crisi. Un bambino avrebbe dovuto renderlo più solido. (*Quella* era la coppia perfetta, superiore a me e a Chris sotto tutti gli aspetti, che avrebbe dato a mio figlio molto più di quello che avremmo potuto fare noi! Com'era possibile che avessero avuto il permesso di adottare un bambino?)

Chiesi cos'era successo. Rosemary mi assicurò che Jack non aveva subito alcuna forma di violenza. Non appena l'aveva avuto, l'aveva portato da un medico per farlo visitare e assicurarsi che non gli fosse accaduto niente di male.

Volevo che continuasse, e temetti che non avrei mai udito tutta la storia se avesse saputo quanto le sue parole mi turbavano.

L'avevano chiamato Dennis. Vivevano a Charlotte... Non sapevo per quanto tempo ancora sarei riuscita ad ascoltare. Era stato solo a quaranta chilometri di distanza quando ero all'università. Avrebbe dovuto essere tra le mie braccia.

Quando suo marito l'aveva lasciata, la donna aveva cercato di crescerlo da sola. Il marito tornava quando era programmata una visita dell'assistente sociale, per far credere che il matrimonio procedesse bene. Poi, però, aveva cambiato idea e aveva informato l'agenzia che la donna era rimasta da sola, e così l'agenzia si era ripresa il bambino.

Rosemary continuò a ripetermi che Jack stava bene. Non c'era stata alcuna ripercussione. Era sano e normale. Ma io stavo cominciando ad avvertire una rabbia incredibile. Il mio bambino aveva avuto tre nomi nei primi otto mesi di vita!

Rividi una scena del passato: io e Chris eravamo in macchina, i gelsomini si muovevano nella brezza, noi avevamo paura per nostro figlio, e pensavamo che la nostra premonizione significasse che eravamo squilibrati. C'era effettivamente qualcosa che non andava, e in qualche modo io e Chris l'avevamo percepito. Desideravamo tanto recuperare nostro figlio. Se avessimo potuto riaverlo, avremmo detto di sì in un secondo e ci saremmo sposati. Era tutto ciò che desideravamo. Quando si erano trovati nelle condizioni di cercare una nuova famiglia per il bambino, i Servizi sociali cattolici avrebbero potuto chiamare prima noi per vedere se la situazione era mutata, se avevamo cambiato idea. Probabilmente non ci avevano neanche preso in considerazione quando nostro figlio aveva avuto bisogno di un'altra famiglia. Se solo avessero chiamato per controllare!

Avrebbero preferito metterlo in un orfanotrofio piuttosto che farci sapere dove si trovava? Eravamo meno qualificati del personale di un orfanotrofio? Mi chiesi cosa avrebbero fatto se avessimo davvero telefonato per avere sue notizie. Avrebbero mentito, affermando che era felice e in buona salute? Probabilmente sì.

Dopo l'esperienza con la prima famiglia adottiva, il mio bambino era stato affidato a un'altra famiglia, mi raccontò Rosemary. Le persone a cui era stato affidato si innamorarono di lui e volevano adottarlo, ma era contro il regolamento. Quando Rosemary e suo marito (da cui Jack aveva avuto il nome) ricevettero una telefonata con l'annuncio di un bambino disponibile, ebbero solo un giorno per prepararsi. Non si erano certo attesi un piccolo di otto mesi. Le suore gli avevano tagliato i capelli cortissimi, e aveva l'aspetto di un bambino che non aveva mai visto la luce del sole. Rosemary era impaziente di portarlo all'aria aperta. Le fui riconoscente.

Mentre raccontava, riuscivo a immaginarmi ogni particolare. Lei e suo marito lo misero in un seggiolino sul sedile posteriore del loro «maggiolino» Volkswagen, e Rosemary cercò di dare a Jack qualcosa da mangiare, ma il piccolo non voleva deglutire. La guardò come se da un momento all'altro avesse potuto sputare il boccone dappertutto intorno a lui. Chi poteva fargliene una colpa? Era già un buon segno che avesse ancora in lui tanta vitalità. Rosemary disse che ricambiò la sua occhiata con una che diceva «non osare!»; Jack inghiottì il boccone e, da quel momento in poi, fu un bambino perfetto. Ma naturalmente: in fondo era un sopravvissuto.

Lo portarono a casa loro a Camp Lejeune, nel North Carolina. Era stato allora vicinissimo all'università dove Chris studiava. Disse che, quando le avevano dato Jack, si era sentita investita di un'enorme responsabilità nei miei confronti, perché avevo riposto la mia fiducia nelle suore, certa che avrebbero trovato per lui dei genitori che l'avrebbero amato e che si sarebbero occupati di lui come avrei desiderato.

«Dio agisce tramite gli uomini», continuò. «E, per qualche ragione, voleva che Jack stesse con me. Jack è stato il regalo che Dio mi ha fatto. Lei e Chris siete stati i Suoi strumenti.» Rimasi in silenzio. «Mio marito John è rimasto ucciso in Vietnam quando Jack aveva ventidue mesi. Dio deve aver saputo quanto avrei avuto bisogno di Jack in quel momento. E se fosse arrivato nella nostra famiglia quando era un minuscolo neonato, John non avrebbe provato la stessa gioia nello stabilire un rapporto con lui per il breve periodo che abbiamo potuto trascorrere tutti e tre insieme.»

Volevo cambiare posizione, ma mi sentivo troppo debole. Le lacrime mi rigavano il viso. Sentivo un gran freddo.

Dopo la morte di suo marito nell'ottobre del 1967, aveva portato Jack con sé ed era andata a New York per vivere accanto alla sua famiglia nel quartiere del Queens. Io mi ero trasferita a New York nel novembre del 1968.

L'adozione non era ancora diventata definitiva quando suo marito era morto. Rosemary disse che era stata terrorizzata al pensiero che, nel frattempo, io mi fossi sposata, e che, scoprendo che lei non aveva più un marito, le chiedessi di restituirmi il bambino.

«L'avrebbe fatto? Jack era spesso la mia unica ragione di vita in quel periodo. Non avrei potuto sopportare di perderlo.»

Non sapevo cosa rispondere.

Nel 1971 si era risposata, e si era trasferita con il resto della famiglia in California. Era lo stesso anno in cui io e Ron ci eravamo spostati in California. Avevano vissuto nell'East Bay, a quarantacinque minuti di distanza da noi. Ron aveva dei buoni amici che abitavano nella loro stessa città, e che andavamo spesso a trovare. Anzi, Ron avrebbe voluto che ci trasferissimo lì anche noi.

Per breve tempo avevano vissuto in Virginia, quando Jack aveva nove anni. Le dissi che Chris era di Virginia Beach. Mi raccontò che i loro vicini della porta accanto, in Virginia, avevano una casa a Virginia Beach. Avevano una figlia che era stata la migliore amica di Jack in quel periodo. Mi chiese di domandare a Chris se conosceva i suoi ex vicini. (Scoprimmo che li conosceva, e che l'amica di Jack era stata una buona amica anche di Steven, il figlio di Chris ed Emily.)

Erano poi tornati nell'East Bay. A trentanove anni, aveva scoperto di essere incinta per la prima volta. Non aveva preso neppure in considerazione quella possibilità: era stata sicura che si trattasse di un tumore. Suo figlio era nato quando Jack aveva dieci anni. Successivamente, disse che aveva pianto per me, quando aveva compreso quello che avevo dovuto passare abbandonando Jack. Poi, un anno e mezzo più tardi, era nato un altro figlio.

Disse che una volta Jack, quando era molto piccolo, si era rivolto a lei e, di punto in bianco, le aveva chiesto: « Di chi sono figlio? » Le fui grata per avere avuto il coraggio di condividere con me quel ricordo. « Jack e io eravamo come due cloni, le nostre personalità erano del tutto simili. »

Non avrei voluto che fosse altrimenti, ma avvertii una profonda gelosia.

Parlammo per quattro ore, che passarono a una velocità inaudita. Disse che sperava che ci saremmo incontrate, che sentiva di aver trovato in me una buona amica, che avevamo un'amicizia durata diciannove anni. Anch'io avevo la stessa sensazione. Che legame forte potevano stringere due donne, se solo trovavano il coraggio di superare le loro paure! Le promisi di mandarle delle fotografie, e Rosemary fece altrettanto. Le chiesi di non esercitare pressioni su Jack perché mi chiamasse, se egli si sentiva a disagio.

Il momento più difficile fu quello in cui dovetti riagganciare il ricevitore e interrompere la comunicazione, ma dovevamo farlo. L'orecchio mi faceva davvero male, ed ero in stato di choc. Era tardo pomeriggio, ed ero ghiacciata. Anche se continuavo a indossare indumenti sopra indumenti, non riuscivo a riscaldarmi.

Era stato amato e seguito. Saperlo mi provocò un enorme sollievo. Eppure, sentire la storia della vita di mio figlio da una sconosciuta – per quanto meravigliosa – era doloroso.

Io non c'ero stata. Non conosceva il contatto fisico con me, il mio sguardo. Mi ero persa la sua crescita. Mi mancava il suo amore. Ero, dopotutto, una completa sconosciuta per lui. Non mi avrebbe mai conosciuta a fondo come conosceva lei. Ma stava bene ed era stato amato. Provai una profonda gratitudine nei confronti di Rosemary.

# 16

Raggruppai le foto che desideravo mandare a Jack. Sapendo che non ne aveva alcuna di sé nei primi otto mesi di vita, inclusi molte immagini di Brett e Kip neonati, nel caso che avesse potuto trovare qualche somiglianza. Aggiunsi anche delle foto della mia famiglia; forse assomigliava a qualcuno dei miei parenti stretti. Mia sorella Janice mi aveva inviato una foto di Chris e me prima del ballo alla fine dell'ultimo anno di liceo, e decisi di mandargli anche quella, anche se ero imbarazzata dalla mia somiglianza con Alice nel Paese delle Meraviglie. Completai il pacchetto con alcune foto di me neonata e alcune immagini delle diverse case dove avevamo abitato. Quale foto gli avrebbe suscitato delle reazioni?

Cercai di immaginare che effetto avrebbe fatto a Jack vedere finalmente i suoi parenti, persone alle quali forse assomigliava. Anche lui, come Cathie, aveva forse imparato a stabilire una connessione con qualcosa che non capiva ma di cui sapeva di avere bisogno? Si era sentito smarrito nella parte più profonda del suo essere? L'amore, anche in enormi quantità, era in grado di rimediare a tale perdita?

Mi spaventavano quelle domande. Temevo le risposte. Non volevo pensare che avesse sofferto, ma non volevo neppure serbare immagini serene nella mia testa per poter evitare di preoccuparmi. Allora non sarei stata in grado di aiutarlo, se ne avesse avuto bisogno.

Cathie, che aveva amato la sua famiglia adottiva, aveva però avvertito una discordanza a livello fisico. Il suo corpo aveva sempre percepito una differenza: odori, consistenza dei capelli, senso del tatto diversi. Credeva di essere stata in qualche modo separata dalla natura a un livello primario. Ma forse le donne erano più sensibili degli uomini.

Conoscevo una donna adottata che aveva scritto la sua tesi di dottorato sul paragone tra i pazienti con personalità *borderline* che erano stati adottati e quelli che erano stati allevati dalla propria famiglia. I pazienti *borderline* venivano descritti come persone con due personalità, una mostrata agli altri e una basata su una fantasia. Apparentemente, le persone adottate venivano spesso scambiate erroneamente per pazienti *borderline*, quando invece la loro cosiddetta fantasia si avvicinava al loro essere autentico. I figli adottivi in genere crescevano meglio in famiglie che, fisicamente, erano molto diverse da loro. Quando, invece, il bambino assomigliava ai genitori adottivi e tutti potevano fingere che fosse il loro figlio naturale, allora il bambino non aveva il permesso di essere la persona che sentiva di essere. Questo creava sensazioni di profondo isolamento fisico e rendeva difficile un'autentica intimità nei rapporti sociali.

Dalla mia conversazione con Rosemary, avevo intuito che Jack non aveva subito ripercussioni profonde quanto quelle accusate da altri bambini adottati.

Inviai le foto per l'ultimo dell'anno, mettendo nel pacchetto anche una lettera di Chris e una scritta da me, e anche una copia di *The Adoption Triangle: The Effects of the Sealed Record on Adoptees, Birth Parents and Adoptive Parents*, di Arthur D. Sorosky, Reuben Pannor e Annette Baran. Speravo che quel libro li aiutasse come aveva aiutato me. Si trattava di una situazione rischiosa per noi tutti. Ripetei più volte a me stessa che ero in grado di aspettare, che non sarei crollata per la tensione.

Alcuni amici non consideravano con comprensione i miei sentimenti. Qualcuno dichiarò che avvertivo il bisogno egoista di rovinare la vita di mio figlio. Ricevetti anche una lettera anonima, nella quale venivo attaccata per il mio tentativo di mettermi in contatto con mio figlio. C'era scritto che i suoi genitori erano coloro che l'avevano allevato e che Jack aveva bisogno solo di loro. La mia presenza non faceva che interferire con la sua vita. Avevo firmato i documenti, dovevo assumermi la responsabilità delle mie decisioni. Essere una madre per Kip e Brett avrebbe dovuto essere sufficiente per me.

Mi chiesi chi poteva sentirsi così minacciato da ciò che stavo facendo per scrivere una lettera del genere. Secondo me, il bisogno che avvertivo di cercare il loro fratellastro non faceva che dimostrare a Brett e a Kip l'entità del mio amore per loro. Se uno di loro fosse stato Jack, mi sarei comportata allo stesso modo.

Il due di gennaio, andai a sciare con Brett e Kip. Tornammo il cinque. Speravo che avrei trovato una lettera e delle foto al nostro ritorno, ma non c'era nulla. Ogni volta che il telefono suonava, era come se ricevessi una scarica elettrica, ma non si trattava mai di Jack. L'attesa mi stava facendo impazzire. Cominciai a provare gli stessi sentimenti che mi avevano perseguitato quando ero stata nella casa per ragazze madri: ero io quella bisognosa, non avevo il diritto di chiedere nulla; erano loro ad avere il potere, e io ero alla loro mercé. L'attesa mi fece provare di nuovo quel senso di vulnerabilità.

Avevano probabilmente tanto da fare nella loro vita di tutti i giorni e continuavano a dimenticare di spedire il pacchetto con le foto, mi dissi. Trovavo delle scuse, ma stavo cominciando ad avvertire una certa sensazione di panico. Jack avrebbe avuto diciannove anni il nove gennaio.

C'era un incontro del PACER l'otto gennaio, e vi partecipai. Le luci al neon nella sala riunioni si riflettevano sulle sedie e sul piano d'alluminio dei tavoli. Non era un locale molto confortevole, eppure era l'unico posto dove potevamo recarci senza che nessuno ci considerasse persone irrazionali. Avevo un bisogno disperato del gruppo per decidere se chiamare o no Jack per il suo compleanno.

Raccontai loro la meravigliosa conversazione che avevo avuto con Rosemary, l'impressione positiva che mi aveva fatto. Eppure non avevo più avuto notizie. Avevano dovuto ricevere le mie foto almeno quattro giorni prima, e non si erano ancora manifestati in alcun modo. E non si erano mai iscritti al Soundex. Provavano chiaramente nei miei confronti una profonda ambivalenza, che poteva anche non essere intenzionale. Confessai al gruppo quanto desideravo chiamare Jack per il suo compleanno, ma, a quel punto, il loro messaggio mi era parso chiaro: non erano pronti ad accogliermi nella loro vita, neppure ai margini di essa. Forse non sarebbero mai stati pronti. Cosa ne pensavano gli altri partecipanti all'incontro?

Risposero senza alcun'esitazione. «Chiamalo!» Chiusi gli occhi mentre recitavo in silenzio una preghiera. Quando li riaprii, incontrai lo sguardo di Greg, ventisei anni. Mi fissò e disse: «Chiamalo». (Quando Greg riuscì finalmente a conoscere l'identità di sua madre, tre anni dopo, scoprì che era morta all'incirca a quell'epoca. Non la conobbe mai.)

Progettai di chiamare alla sera, perché Jack era nato di sera. In questo modo, se avessero avuto in mente di chiamarmi proprio in occasione del suo compleanno, non li avrei privati di quell'iniziativa. Volevo telefonare alle 18.51, in modo che l'ora coincidesse, tenendo conto delle tre ore di differenza del fuso orario, con il momento esatto della nascita di Jack. No, poteva essere l'ora in cui si mettevano a tavola per la cena. Aspettai. Infine, non potei più resistere e chiamai.

Rispose Rosemary. Aveva una voce fredda, come se avesse preferito riattaccare. Le chiesi se c'era qualcosa che non andava.

Alcune persone le avevano detto che era stata stupida a essere così aperta con me e ad accettarmi con tanta facilità. Esse credevano che non avessi il diritto di entrare nella sua vita. Ormai ne sapevo abbastanza per aspettarmi quella situazione. Era una reazione tipica, molto più diffusa dell'accettazione immediata della madre naturale. L'avevo sentita raccontare molte volte nel corso dell'ultimo anno, avevo asciugato molte lacrime, tentando di consolare le madri naturali affrante. Ma quando udii tale rimprovero rivolto a me, mi sentii improvvisamente sporca e spaventata.

Dissi a Rosemary che si trattava di una reazione piuttosto comune. Sentivo nel mio cuore che essa, in realtà, non voleva dare retta a quelle persone. Chiesi cosa avevano pensato lei e Jack delle foto.

Erano stati felici di riceverle, ma non avevano ancora spedito le loro.

Quando il mio pacchetto era arrivato, Rosemary era stata impaziente di aprirlo, ma naturalmente aveva atteso il ritorno di Jack. Poi, quando mio figlio era arrivato a casa, aveva atteso tre ore prima di aprirlo. Disse che aveva continuato ad avvicinarsi e ad allontanarsi. Infine l'aveva aperto. La sua prima reazione era stata la considerazione che non assomigliava a nessuno di noi. Era stato felice di scoprire che, alla festa di fine anno, aveva indossato uno smoking identico a quello scelto da Chris nella stessa occasione. A quella festa Jack aveva portato una ragazza che di cognome si chiamava Schaefer. Era corso di sopra e aveva portato giù una foto in bianco e nero di lui a circa dieci mesi, e l'aveva confrontata con la mia a sei mesi. Aveva cominciato a notare una certa somiglianza.

Rosemary disse che aveva coperto i capelli in una mia foto all'epoca in cui ero incinta di Brett, e vide che il viso che la osservava dalla foto era quello di Jack. Le era risultato molto difficile accettare tutto ciò. Aveva sempre pensato che Jack assomigliasse a lei, e aveva notato una certa somiglianza anche tra lui e alcuni suoi cugini.

Parlammo per due ore. Stavamo per riattaccare, quando Rosemary esclamò: « Ho sentito sbattere la porta. Jack è tornato ».

« Oh, mio Dio », dissi. « Vuole che riattacchi, così può riflettere con calma se vuole parlare con me? »

Ma dopo un attimo, sentii la sua voce. « Ciao! »

Il mio corpo fu attraversato da un'ondata di amore, ma la mia bocca si rifiutò di funzionare. Cercai di biascicare un « ciao », ma non riuscii a emettere alcun suono. Ero forse morta? Era imbarazzante, e mi sembrò che quell'istante durasse un'eternità. Poi ricominciai a sentire i miei piedi a contatto con il pavimento di legno in cucina. Dissi « ciao », e avrei voluto spiegargli perché avevo dovuto restare in silenzio un attimo. L'avevo sempre amato in silenzio, era così che lo conoscevo. L'unico suono che gli avevo sentito emettere era stato il suo primo vagito.

Disse: « Ho capito che eri tu quando sono entrato e ho visto mia madre al telefono ».

« Avevi voglia di parlare? Non vorrei che ti sentissi obbligato. »

« Ma certo. »

Non era arrabbiato. Non riuscivo a crederci. Mi sentii perdonata. Ma lo meritavo davvero? Dissi: « Hai la stessa voce di Chris, ma senza il suo accento del sud ».

Tutto ciò che mi veniva in mente da dire sembrava ridicolo in confronto alla solennità del momento, ma non volevo imbarazzarlo. Parlammo della sua reazione alle foto. Disse che era felice di avere due nuovi fratelli. « Ho scritto loro una lettera », disse, e con quella frase mi conquistò di nuovo. Disse che sperava che non fossero troppo delusi dal fatto che non era John Elway.

Parlammo della pallanuoto, e mi chiese da chi aveva ereditato i piedi piatti. Era strano: non riuscivo a immaginare cosa aveva significato, per lui, ignorare particolari del genere. « Da mio fratello Bob », gli risposi. Quelli di mio fratello erano piatti come frittatine, e quelli di Kip erano uguali. Era curioso che mio fratello Bob, che non aveva avuto figli, avesse trasmesso i suoi piedi piatti ai nipoti. Dissi a Jack di non lamentarsi: gli erano sicuramente risultati molto utili per la pallanuoto. Mi raccontò del suo viaggio in Cina. Disse che era felice di vedere, dalle foto di famiglia, che c'erano poche probabilità che diventasse calvo.

Gli chiesi come mai aveva deciso di tenere il cognome Ryan; mi spiegò che aveva preso quella decisione solo quando aveva fatto domanda per la patente di guida. Fino ad allora, aveva utilizzato a scuola il nome del suo patrigno. Gli confessai di essergli grata per tale decisione: se avesse deciso di farsi chiamare con un altro cognome, avrei potuto non trovarlo mai.

Parlammo per mezzora. Era mezzanotte passata, ed ero già esausta per la conversazione di due ore con Rosemary. Dovevo riattaccare, per poter uscire all'aperto e gridare la mia gioia ai quattro venti. Non riuscivo più a tenermela dentro. Avevo veramente sentito la sua voce, ero finalmente riuscita a parlare con mio figlio.

C'erano talmente tanti discorsi da affrontare che non sapevo da dove cominciare. Dalla sua voce capii che potevo stare tranquilla: sarei stata accettata, sarei diventata parte della sua vita. Promise di mandarmi le foto all'indomani. Glielo feci giurare: gli dissi che l'attesa era orribile. Rispose che riusciva a capirlo.

Lo salutai e uscii da casa. Faceva un freddo terribile, le stelle erano nitide e luccicanti, e più vicine di quanto non mi ricordassi. Ero felice che facesse così freddo. Avevo bisogno di una temperatura estrema che controbilanciasse ciò che stava accadendo dentro di me. Il corpo umano non è preparato per provare una gioia simile; il mio si stava comportando come uno spettacolo di fuochi d'artificio. Finalmente mi calmai e andai di sopra a letto, dove dormii profondamente. Per tutto il giorno successivo, notai che nessuna musica era abbastanza forte, che l'oceano non era abbastanza vasto per neutralizzare le mie emozioni. Dovetti praticamente legarmi a un albero per impedirmi di saltare in macchina e di andare verso Los Angeles per vederlo, portando con me Brett e Kip.

Fui felice di poter dire loro che al telefono mi era sembrato meraviglioso e che aveva scritto loro una lettera. Quella situazione era rischiosa per tutti, ma almeno noialtri eravamo adulti. Brett e Kip, invece, erano ancora giovani e vulnerabili. Speravo che filasse tutto liscio per il bene dei loro cuori fiduciosi, e del mio.

Calcolai che avevo ancora due giorni di tranquillità prima di ricominciare a controllare la cassetta delle lettere. Impiegai il tempo chiamando i miei familiari e gli amici per comunicare loro la notizia. Chris era emozionato. Gli promisi di fargli avere le copie delle foto il prima possibile. Gli dissi che a Jack avrebbe fatto sicuramente piacere una sua telefonata.

Il terzo giorno ricominciai a fare la guardia in attesa del postino. Nella cassetta non trovai niente, né quel giorno né quello seguente. Cominciarono ad affiorare nella mia mente alcuni dubbi su come Rosemary – o una qualsiasi madre adottiva – avrebbe affrontato la situazione. Avevo corso troppo? Avevo detto troppo, o allarmato lei o Jack senza neppure rendermene conto? Nove giorni dopo aver parlato con Jack le fotografie non erano ancora arrivate.

Il decimo giorno tornai a casa nel tardo pomeriggio. Attaccato alla porta di casa c'era un avviso del postino, che non aveva potuto consegnarmi un pacco. Kip era a casa, ma non aveva udito il campanello. Cercando di rimanere calma, gli chiesi come mai non aveva sentito suonare.

« Ah, probabilmente è la mia palla da bowling », disse.

Lo guardai con aria incredula. « Stai aspettando una *palla da bowling* per posta? »

« Sì. Papà me ne ha ordinata una per Natale. »

Ebbi pietà del povero impiegato dell'ufficio postale a cui fosse toccato in sorte consegnarmi un pacco contenente una palla da bowling invece che le foto di mio figlio.

Aspettandomi il peggio, il mattino successivo andai immediatamente all'ufficio postale. Ero davanti alla porta quando vennero ad aprire. Consegnai la ricevuta all'impiegato e trattenni il respiro. Non era la palla da bowling. Gli lanciai un lungo sguardo riconoscente e tenni stretto il pacco al petto come se fosse stato un neonato. Tornai verso la macchina, mi sedetti al volante e cercai di aspettare di arrivare a casa. Impossibile. Spostai il sedile all'indietro.

Quella sulla busta era la calligrafia di mio figlio. Lo immaginai da piccolo, con un grosso pastello in mano, che cercava di scrivere delle lettere, e passava dallo stampatello al corsivo. E ora aveva una calligrafia matura, gradevole e facile da leggere. Era la prima volta che scriveva il mio nome. Che effetto doveva avergli fatto?

La prima foto era quella del diploma del liceo. Mi assomigliava molto ed era esattamente come l'avevo sempre immaginato: la stessa struttura fisica, lo stesso sorriso, lo stesso sguardo. Mi sembrava incredibilmente familiare. Aveva la fronte di Chris. Era così bello...

Erano stati davvero molto generosi: c'erano moltissime foto. Non erano in ordine, quindi lo vidi all'età di dieci anni, a un anno, poi sedicenne. L'assenza di foto di lui neonato mi pareva un delitto. Poi vidi una foto di Jack sui sei anni e il cuore mi si fermò. Era Kip, quel bambino che mi guardava, ed ebbi la stessa impressione anche guardando un'altra foto.

Jack sembrava avere una corporatura, un certo modo di stare in piedi e di muovere la testa che assomigliavano in modo impressionante a quelli di Brett. Allo stesso tempo, capii perché Rosemary diceva che la gente non si accorgeva mai che era un figlio adottivo. C'erano alcune foto in cui madre e figlio si assomigliavano parecchio. Era alta come me, una bella donna con i capelli chiari. Anche nelle foto con i suoi cugini si vedeva una somiglianza incredibile. Rosemary mi aveva detto che erano molto legati. E c'era un paio di foto di Jack con il primo marito di Rosemary. Jack aveva ricevuto il suo nome. Era evidente che il padre era pazzo di lui.

Lessi la lettera che Jack mi aveva scritto. Era molto dolce, così come quella per Brett e Kip. Sembrava felice di sapere che veniva da una famiglia di brave persone, e raccontò che a volte si era chiesto chi eravamo. Disse anche che amava la sua famiglia e che si sentiva fortunato ad avere una madre come quella. Continuò, dicendo che era strano che avessimo abitato così vicini quando loro si trovavano a East Bay. Una delle foto era stata scattata il quattro di luglio a Sausalito, a dieci minuti di macchina da casa nostra. Mia madre aveva fatto una foto a me, Brett e Kip lo stesso giorno, quando era venuta a trovarci. Dieci minuti...

Una delle foto che gli avevo mandato mi ritraeva con due care amiche, Marybeth e Lynne, ai campi da tennis Vic Braden, a nove o dieci minuti da casa sua. Tutte quelle coincidenze erano davvero strane.

Assieme alla gioia arrivò il senso della realtà. Eccolo, tutta la sua vita riassunta nelle foto, in compagnia di individui che erano per me perfetti sconosciuti, gente dall'aria gentile che gli sedeva accanto, che lo teneva in braccio, ma pur sempre gente sconosciuta. Mio figlio mi sembrava così familiare, eppure non l'avevo ancora incontrato. Desideravo stringere tra le braccia il mio bambino, ma ormai era un uomo adulto.

Brett e Kip si consideravano troppo vecchi per farsi abbracciare dalla loro mamma. Probabilmente Jack si sarebbe spaventato se avesse saputo del mio impellente bisogno di toccarlo. Spaventava anche me. Era una reazione primitiva. Il mio corpo desiderava ancora tenere stretto il bambino che non aveva potuto nutrire e crescere, e non si lasciava consolare dalla mente. Desiderai con tutto il cuore stringerlo a me.

Dopo la lezione di giornalismo, tornai alla macchina. Mentre stavo salendo, vidi Brett e il suo amico Mark sulle biciclette da cross che attraversavano il campus universitario per tornare a casa dopo la scuola. Li chiamai con un gesto. «Brett! Ho le foto!» Gli mostrai soprattutto quelle più recenti, sapendo che le immagini di Jack piccolo l'avrebbero presto annoiato. Era eccitato. Quando gli mostrai una foto di Jack alla festa per la fine dell'anno scolastico con una meravigliosa ragazza, chiese se poteva prenderla per mostrare ai suoi amici che aspetto aveva suo fratello. Gli dissi di sì.

Guardai, nel retrovisore, Brett e Mark che tornavano a scuola in bici a tutta birra. Li seguii con lo sguardo finché non scomparvero. Poi feci per avviare il motore. I raggi dorati del sole apparivano tra le fronde verde scuro dei cipressi. Le ombre umide tenevano prigioniera quell'intensa fragranza. Aprii la capote e mi sentii riconoscente. Guardai il monte Tamalpais: oltre le cime degli alberi riuscivo a vederne solo la sommità. La montagna era come un'antica divinità madre per il nostro paese. La sua presenza era confortante, come un buffetto sulla testa che diceva: «Pazienza, abbiamo l'eternità davanti a noi». In genere si trattava di un messaggio subliminale, ma in quel momento mi entrò di prepotenza nel cuore.

La mia vita stava ricominciando ad avere un senso. Non ricordavo di essere mai stata tanto viva. Respirai in quell'aria miracolosamente benefica e guardai le foto per la centesima volta. Mi sentii quasi intera.

# 17

Passarono i mesi, e non ricevetti un invito formale per rendere visita a mio figlio. Ero stanca di essere ossessionata, stanca di aspettare. L'anno precedente era stato così denso di avvenimenti; rivolevo la mia vita. Volevo essere normale, uguale agli altri, volevo poter dire: « Ho tre figli » senza sentirmi colpevole.

I taoisti definiscono la grazia in modo diverso da noi. Il Tao è il flusso dell'universo, simile allo scorrere dell'acqua che riempie gli spazi vuoti, trova i punti di minor resistenza e scorre attorno agli ostacoli, finendo per consumarli, arrestandosi per riempire cavità particolarmente profonde e riprendendo poi a muoversi. L'unico modo in cui potevo mantenere il flusso nella mia vita era amare mio figlio in silenzio, facendo in modo che il mio amore scorresse tranquillamente attorno a tutti gli ostacoli. Mi sembrava un modo molto profondo di amare. Mi veniva da dentro, e nessuno era in grado di portarmi via l'amore che tenevo per me.

Mi serviva del tempo per assimilare tutti i grandi cambiamenti che stavano avvenendo dentro di me, e che modificavano me stessa e i miei rapporti con gli altri. Mi accorsi del terrore che avevo provato nella parte più profonda di me, dovuto al fatto che non sapevo se mio figlio stava bene o no. Realizzai pienamente il suo potere solo quando scomparve improvvisamente. Forse la parte di me che era rimasta con Jack ora poteva tornare a completarmi, visto che sapevo che mio figlio era al sicuro. Non avevo più bisogno di rimanere distaccata dai miei sentimenti. Anche la memoria mi stava tornando. Interi frammenti della mia vita tornarono a riempirmi.

Ricominciai a lasciarmi coinvolgere completamente dai rapporti personali, poiché non avvertivo più il bisogno impellente di proteggere me stessa. La sensazione di essere diversa, che mi impediva di arrivare a una vera intimità con qualcuno, cominciò a dissiparsi. Mi sentii di nuovo bene con me stessa, un membro del genere umano a tutti gli effetti.

Potei cambiare la disposizione dei mobili senza venire presa dal panico, e gettare ciò che trovavo quando facevo pulizia negli armadi. In tutti quegli anni non avevo mai gettato via nulla. Anche se non avevo Jack, avevo però il camicione premaman di velluto marrone che avevo indossato a Seton House. Avevo anche conservato il maglione da montagna con un punto sbagliato e il vestito che i miei mi avevano regalato quel Natale. Era bucherellato dalle tarme, ma non ero riuscita a disfarmene. Avevo conservato tutti gli indumenti da neonato di Brett e Kip, anche quelli irrimediabilmente macchiati e quindi inutilizzabili. Venivo attanagliata da una paura irrazionale quando era necessario buttare qualcosa. Poiché ero stata indotta a compiere il gesto più impossibile del mondo per una donna matura e sensibile, mi aggrappavo agli oggetti per trovarvi una compensazione.

Brett e Kip andarono da Ron per il lungo fine settimana di Pasqua. Quattro giorni erano molti da trascorrere da sola. Non sapevo che fare. Il primo giorno, mentre stavo facendo acquisti per i ragazzi, mi avventurai in una piccola libreria chiamata Paper Ship – nave di carta – e comprai un paio di libri sulla reincarnazione.

Il mio interesse per quell'argomento era tornato a manifestarsi. La lettura di quei concetti mi portò oltre ogni immaginazione, verso verità che ebbi l'impressione di conoscere da sempre. Feci una lunga passeggiata dopo la lettura. Dovevo tornare sul pianeta terra prima che i ragazzi tornassero. Le passeggiate riuscivano sempre a calmarmi.

Quando tornai a casa, nascosi le uova di Pasqua, poi salii in camera e cercai la cassetta con la registrazione della mia seduta con John, il veggente. Infilai la cassetta nel registratore, mi misi comoda e ascoltai.

« Vedo la parola "sud". È a sud di dove siamo noi? »

Ascoltai me stessa rispondere che era nato nel sud. Ma Jack era letteralmente a sud di dove ci trovavamo noi in quel momento. John aveva avuto ragione anche sulla sua famiglia, che non l'aveva educato secondo i principi conservatori tipici del sud né con ristrettezza di vedute. Aveva indovinato anche che Jack aveva avuto fortuna e che era stato cresciuto ottimamente. Lo studio occupava la maggior parte dei suoi pensieri, perché stava tentando di farsi ammettere all'università con una borsa di studio per la pallanuoto. Udii la mia voce stupita, quando John mi disse che mio figlio avrebbe incontrato me prima di suo padre che abitava in uno degli Stati Uniti orientali.

Udii la voce di John che diceva: «Non riesco a credere a ciò che vedo, perché mi sembra l'area di Fresno/Bakersfield. Ho cercato di eliminare tale pensiero, eppure non mi appare nessun altro luogo. Quella zona esercita una forte attrazione. Forse si tratta di brevi spostamenti che lei farà. Prova una forte attrazione per le comunità insediate sulle spiagge di Los Angeles: Long Beach e Redondo Beach. Vedo anche una grande stella d'oro proprio a nord di San Diego. Sarà lì con qualcuno o per qualcuno. Sarà un buon rapporto, ma non si tratta di un matrimonio o di una relazione sentimentale. Sembra un rapporto che si svilupperà nel corso di un certo periodo di tempo.»

Spensi il registratore e rimasi immobile. Un brivido mi percorse la schiena. Quella seduta si era svolta sei mesi prima che scoprissi dove si trovava Jack, due mesi prima che conoscessi il suo nome.

Il pittore iugoslavo a Parigi aveva «visto» mio figlio. La persona che mi aveva letto la mano aveva «visto» il trauma della mia separazione da lui. Ricordai le volte in cui tremavo quando passavo da Charlotte. Chris e io avevamo sentito che qualcosa stava andando male per nostro figlio in quel periodo. Non si era trattato di visioni da pazza.

Le donne che avevo incontrato e che si erano separate dai loro figli dopo il parto sembravano dotate di grandi capacità telepatiche. Ogni volta che se ne parlava nell'ambito del nostro gruppo di sostegno, tale facoltà sembrava spiegare molti fenomeni altrimenti inesplicabili.

A volte, nel corso delle mie conversazioni con Jack, avvertivo che avremmo potuto comunicare meglio per via telepatica, empatica. Era incredibile quel dialogo con il proprio figlio che era familiare e, allo stesso tempo, non lo era.

Durante una delle più lunghe conversazioni fino a quel momento, io e Jack parlammo di che effetto gli aveva fatto viaggiare e spostarsi così spesso. Mi raccontò che l'anno peggiore della sua vita era stato il primo in cui si era trasferito a Mission Viejo. Si era sentito estremamente solo: era l'anno in cui io e Ron c'eravamo separati, l'anno in cui sia mia madre che Chris avevano pensato di cominciare a cercarlo.

Sperai che la mia preghiera alla Madonna, l'ultimo legame che mi era rimasto con qualsiasi forma di spiritualità, avesse funzionato e ci avesse tenuti in contatto. Rosemary aveva ripetuto quasi esattamente le parole della preghiera quando c'eravamo sentite per telefono. L'aveva sentita nell'etere?

Sembrava che fossi sempre io a telefonargli, e cominciai a preoccuparmi perché temevo che mi considerasse una specie di persecuzione. Spesso era Rosemary a rispondere, e conversavamo piacevolmente. Era una persona estremamente generosa, fiduciosa e comprensiva, ma avevo paura che avremmo finito per estromettere Jack dal processo di riunificazione.

Mi scrisse una bella lettera, in cui mi ringraziava per avere trovato Jack e mi spiegava che le facevano pena i bambini che le madri naturali non cercavano di ritrovare. In un certo senso, le pareva meglio quando era la madre a cercare il figlio e non viceversa, perché ciò testimoniava l'amore della madre per il figlio che aveva abbandonato. Era anche importante, secondo lei, che il figlio sapesse che la madre non l'aveva mai dimenticato.

Aveva indubbiamente ragione, perché, quando chiesi a Jack se non mi considerava troppo invadente, mi rispose che per lui era necessario che, almeno le prime volte, fossi io a cercare un contatto con lui. Doveva assicurarsi che non l'avrei lasciato, abbandonato un'altra volta, prima di sentirsi abbastanza sicuro per ricambiarmi emotivamente.

Il suo commento mi fece comprendere meglio alcuni strani comportamenti, di cui avevo sentito parlare, che si manifestavano quando alcuni genitori naturali contattavano i figli a cui avevano rinunciato. In alcuni casi i figli rubavano o chiedevano degli oggetti ai genitori naturali, ed erano così incolleriti che facevano paura alle persone più vicine a loro. Forse dovevano mettere alla prova la forza del legame o esprimevano rabbia per l'abbandono. L'intensità del loro dolore sembrava, in un modo piuttosto ingarbugliato, confermare la gravità della perdita, e quindi la forza del legame.

Chris si sentiva riluttante a imporsi a Jack, ma continuai a incoraggiarlo perché facesse il primo passo per conoscerlo. Indubbiamente si assomigliavano molto, essendo entrambi dotati di una grande dose di pazienza. Dopo cinque mesi, Jack chiamò Chris. Parlarono per tre ore.

Verso la metà di maggio, cominciai a essere piuttosto nervosa. Non avevamo ancora parlato della possibilità di incontrarci. Poi Brett e Kip si iscrissero a un raduno di giocatori di football che si sarebbe tenuto alla fine di giugno a Los Angeles. Era perfetto. Non volevo che loro due si sentissero esclusi: avremmo potuto incontrare Jack tutti insieme. Chiamai Jack e Rosemary per informarli sui nostri progetti, e ci accordammo per incontrarci alla fine di giugno. Prenotai una camera in un costoso albergo sulla spiaggia, assicurandomi che avesse una finestra sull'oceano. Avevamo tutti un mese per prepararci.

Partimmo giovedì 20 giugno, il giorno dopo il mio trentanovesimo compleanno. Decisi di seguire la strada costiera, anche se ci avremmo messo il doppio. Perché non scegliere il percorso più suggestivo e unirlo a qualche nozione di storia californiana durante un viaggio che aveva come destinazione l'incontro dei miei figli con il fratello che non avevano mai conosciuto?

Prima ancora di accendere il motore, avevo le mascelle strette. Volevo a ogni costo che ci divertissimo. Brett costruì una tenda sul sedile posteriore con delle lenzuola e dei cuscini, si infilò il walkman sulle orecchie e si isolò del tutto.

Prima attraversammo il meraviglioso Seventeen-Mile Drive, un percorso in mezzo alla natura e sulla spiaggia da compiere in macchina. I ragazzi cominciarono a soffrire il mal d'auto; quello non era nel copione. Poi insistetti per un'escursione a Carmel. Essi attraversarono la missione di corsa, senza osservare nulla. Dissero che dava loro la pelle d'oca. Una volta usciti, li pregai di sedersi vicino a un piccolo stagno, così avrei scattato qualche foto. Brett strappò un ramo da un cespuglio lì vicino e si mise in posa, fingendo di pescare. Corsero dappertutto, si inseguirono, turbando del tutto la tranquillità della missione. Li seguii, lanciando occhiate colpevoli ai turisti che li fissavano con disapprovazione. Ero già al limite della tensione, e avevamo appena iniziato il viaggio.

Ma ero ben decisa a rendere la nostra gita un viaggio memorabile per tutta la famiglia. La fermata successiva fu quella per il pranzo. Nepenthes, Big Sur, su una scogliera direttamente sull'oceano. La vista era spettacolare. I ragazzi avrebbero preferito mangiare da McDonald's. Anzi, avrebbero preferito andare in aereo direttamente a Los Angeles. Speravo solo che ai ragazzi, almeno a livello inconscio, rimanesse qualcosa del viaggio. Avevamo ancora almeno nove ore di tragitto.

La strada era stretta, scavata nel lato della montagna. Di tanto in tanto c'erano dei dirupi che arrivavano fino alla spuma delle onde. Brett emergeva talvolta dalla tenda, quando insistevo perché osservasse un panorama particolarmente bello. Kip sedeva tranquillamente accanto a me, facendo in un certo senso da àncora tra me e la realtà. Mi sudavano le mani, che un paio di volte mi scivolarono sul volante. Dei ricordi estremamente vividi mi invasero la mente: i volontari dell'ambulanza che mi spingevano sul lettino all'interno del pronto soccorso pieno di luce mentre stavo per dare alla luce il mio primo bambino (mentre facevo una curva brusca), la donna che urlava nel letto vicino al mio. Ricordai vagamente di essermi data dei colpetti sul ventre e di sentire Jack che mi rispondeva muovendosi, mentre preparavo l'altare di Seton House per la messa. Le immagini continuarono a scorrermi in testa di loro spontanea volontà.

«Non stai soffocando, Brett?» chiesi, e, quando mi diedi un'occhiata alle spalle per vedere la sua tenda, vidi, invece, la tenda della vetrata della stanza dei neonati che si chiudeva, e la testolina di Jack, coperta di capelli neri, che scompariva. Mentre le ruote dell'auto scricchiolavano sui sassolini, udii le culle che venivano spinte in corridoio. Il mio cuore si colmò di gioia quando ricordai i suoi occhi, il suo primo sguardo. Poi, lo tenevo tra le braccia e gli dicevo addio, uscivo dall'ospedale con la signora Hogan, con un freddo tremendo e i fiocchi di neve che mi vorticavano attorno, e il mio vestito dell'epoca antecedente alla gravidanza non riusciva a farmi tornare com'ero prima, e il mio bambino era abbandonato là, da solo.

Quando ci spostammo verso l'interno, dalle parti di San Simeon, cominciai a sentirmi meglio. La costa frastagliata si allontanò. Brett emerse dalla tenda. Il sole del tardo pomeriggio e dell'ora del tramonto era tiepido e gentile, e la strada, larga e dritta, procedeva tra le colline dai dolci pendii. Giungemmo a San Simeon mentre il sole stava scomparendo e il cielo era violetto e roseo. Proposi ai ragazzi di andare a visitare il famoso Hearst Castle il giorno successivo. Essi cominciarono subito a protestare. « Vogliamo solo andare in spiaggia e incontrare Jack », dissero quasi all'unisono. « Non ci importa di quel castello. »

« Volete dire che preferireste continuare ancora un po' in macchina questa sera e avvicinarvi a Los Angeles? » chiesi. Era quello che desideravano. Trovammo quindi il nostro motel a San Simeon, cambiammo le prenotazioni per un altro albergo, della stessa catena, un po' più a sud, e ripartimmo, allegri per la prima volta da quando avevamo progettato il viaggio.

Il mattino successivo ci rimettemmo in marcia. A tutti piacque Santa Barbara, e ci sentimmo sempre più eccitati man mano che ci avvicinavamo a Los Angeles. Mi persi dalle parti di Redondo Beach, poi ritrovai l'autostrada. Arrivammo al Surf and Sand di Laguna Beach poco dopo le due del pomeriggio. I ragazzi corsero subito nell'acqua; c'era solo una sottile striscia di spiaggia tra l'albergo e l'oceano, e potevo guardarli stando sul mio balcone.

Speravo che avrebbero voluto incontrarci quella sera: sapevano che saremmo arrivati. Eravamo a venti minuti di distanza, era davvero incredibile.

Passai parecchio tempo a disfare i bagagli, a rimettermi in sesto dopo le lunghe ore trascorse in macchina, a cercare di mettermi a mio agio in camera. Spesso guardavo fuori dalla finestra, e la vista dell'oceano mi rassicurava. Controllai che i ragazzi fossero ancora in spiaggia. Infine, mi sedetti sul bordo del letto di fronte al telefono. Diedi un'ultima occhiata fuggevole all'oceano e composi il numero. Come sempre, fu Rosemary a rispondere.

Le dissi che eravamo arrivati e le chiesi quando potevamo incontrarci. Cosa ne pensavano di venire a farsi una nuotata e poi di uscire insieme a cena?

No, Jack stava ancora lavorando e lei e suo marito avevano appena finito di lavare la moquette; la casa era completamente sottosopra. Avevano pensato che ci saremmo incontrati solo il giorno successivo. Non potevamo andare da loro il mattino dopo per colazione? Mi diede le indicazioni e ci salutammo.

Uscii sul balcone e lasciai che l'oceano calmasse i miei nervi logori. Dovevo riuscire a sopportare quell'ultimo periodo di attesa. Riflettei che, probabilmente, desiderava esercitare una sorta di controllo sul nostro incontro imponendogli certe limitazioni. Era comprensibile che volesse proteggere suo figlio da una completa sconosciuta, anche se la sconosciuta in questione era la sua madre naturale. (In realtà, come seppi più tardi, era stato Jack a insistere perché tutto fosse «perfetto» prima del nostro arrivo.)

Avevo udito molte storie orribili su genitori adottivi che avevano cambiato numero di telefono, rendendosi irreperibili, scritto lettere minatorie con l'aiuto del loro avvocato, aizzato i figli contro i genitori naturali. Ero quindi estremamente grata a Rosemary per la sua generosità. La dura realtà era che avevo rinunciato a mio figlio e l'avevo affidato ai genitori adottivi. Il termine di rinuncia implicava la resa del potere, la resistenza alle emozioni, l'abbandono di ogni resistenza, la capitolazione.

Adottare qualcuno significava accogliere il figlio di un'altra persona e trattarlo come se fosse il proprio. Desiderare che la situazione fosse diversa non mi arrecava alcun beneficio.

Scesi alla spiaggia e guardai Brett e Kip. Ordinammo la cena in camera e guardammo la televisione. Volevo dire qualcosa ai miei figli per prepararli, ma non sapevo da che parte cominciare. Continuai a sperare che Jack, d'impulso, ci chiamasse e venisse a trovarci. Sarebbe stato molto più semplice se il nostro incontro si fosse svolto in maniera spontanea. Ma non telefonò. Scattai una foto del sole al tramonto per immortalare l'ultimo giorno prima di conoscere mio figlio.

Brett e Kip si svegliarono presto e, senza bisogno che lo chiedessi, indossarono i loro indumenti migliori. Erano bellissimi, ed ero molto orgogliosa di loro. La televisione non venne mai accesa. Controllai e ricontrollai per tre volte per assicurarmi di avere con me le istruzioni prima di uscire. Erano piuttosto complicate, quindi dovetti concentrarmi sulla guida. Non commisi errori e, improvvisamente, ci trovammo sulla strada di casa sua.

Non appena me ne accorsi e cercai di individuare la casa, vidi Jack. Era appena uscito dalla porta principale, e stava spostando un triciclo che si trovava in mezzo al vialetto.

Jack seguì con lo sguardo la discesa del prato davanti a casa e vide la nostra macchina che si avvicinava. Sorrise quando ci individuò. Aveva un sorriso magnifico: tenero e dolce, timido e felice, pieno di umorismo. Catturò di nuovo il mio sguardo, proprio come quando l'avevo tenuto in braccio dopo averlo partorito. Ero come ipnotizzata. Come quella volta, ebbi l'impressione di conoscerlo da un'eternità.

Mentre scendeva lungo il pendio per venirci incontro, le ginocchia mi cedettero. Seppi, guardandolo negli occhi, che non eravamo mai stati separati. In quell'istante, lo *seppi* per certo.

Gli sportelli della macchina sbatterono dopo che Brett e Kip furono scesi. Fu un suono sgradevole. Mi sentii confusa e disorientata per un attimo. Rosemary e i due figli più piccoli, Mark e David, uscirono a salutarci. Uscii dall'auto: tutto il corpo mi era diventato di gelatina, e non aveva più forza. Guardai Jack stringere la mano a Brett e Kip e mi imposi di riprendere il controllo di me stessa. Grazie a Dio non stavo piangendo. Jack e io ci stringemmo in un abbraccio imbarazzato e meraviglioso. Ero profondamente consapevole delle persone che ci stavano attorno.

Ci avviammo verso casa, entrammo dalla porta principale, attraversammo il soggiorno e uscimmo sul retro. Desideravo vedere la camera di Jack, esplorare tutta la casa, capire a fondo quale era la sua vita in quel luogo, ma sarebbe stato scortese.

Ci sedemmo tutti attorno a un tavolo bianco. Jack e Kip si sedettero vicini, di fronte a me. Kip aveva un aspetto fantastico e serio accanto a Jack. Entrambi erano tipi silenziosi, osservatori. Brett si lanciava una palla da baseball con Mark e David sul prato dietro di noi. Ero completamente ammutolita; per fortuna Rosemary teneva viva la conversazione.

Jack andò a prendere l'annuario scolastico e ci mostrò la sua scuola, i suoi amici e la squadra di pallanuoto. Mi sentivo una completa ritardata, e speravo che non fosse quella l'impressione che davo anche agli altri. La mia bocca si rifiutava di funzionare.

Con quella miriade di impressioni da assorbire, era quasi impossibile concentrarsi. Volevo dire a Jack come mi sentivo. Lo sorpresi a studiarmi e sentii che aveva capito cosa stavo attraversando.

Poi il padre adottivo di Jack si unì a noi. Avevo avvertito la sua resistenza prima di quell'incontro, ma vidi che si accorse che eravamo persone normali.

Rosemary volle accompagnarci al lago dove Jack lavorava, portarci a fare un giro e poi andare a pranzo insieme. Suo marito promise di raggiungerci più tardi in albergo per una nuotata.

Cercavamo tutti di essere normali, per quanto era umanamente possibile, di trasformare quell'incontro in un avvenimento sociale, ma i sentimenti che si agitavano attorno a noi minacciavano di soffocare tutto il resto. Ebbi la sensazione di camminare su una corda sospesa nel vuoto: se avessi mostrato le mie emozioni, avrei turbato tutti e la giornata si sarebbe conclusa presto. Rosemary confessò che i suoi figli, Mark e David, temevano che avremmo portato via il loro fratello maggiore.

Rosemary sembrava controllare la situazione; era sicura di sé e del suo rapporto con Jack, proprio come Elinor mi aveva riferito. Brett e Kip sembravano affascinati da Jack, ma mi accorsi che neppure loro sapevano cosa pensare di tutta la faccenda. Cominciai a chiedermi se quella visita sarebbe stata la prima e l'ultima. Ciascuno di noi avrebbe soddisfatto la propria curiosità e sarebbe tornato alla vita normale e separata da quella degli altri?

Passammo in macchina per le strade, davanti alla scuola superiore, e ci fermammo al centro sportivo. Vidi la piscina dove giocava a pallanuoto. La sua vita era molto diversa da come avrebbe potuto essere con Chris e me. Rosemary e suo marito erano molto diversi da noi. Erano persone adorabili, ed essa conosceva mio figlio molto meglio di me, anche se avevo la sensazione di conoscerlo anch'io in modi a lei ignoti. Notava in lui particolari che a me sfuggivano, perché per me erano assolutamente naturali. Di tanto in tanto, gli diceva: «Jack, stai dritto con le spalle». E anch'io raddrizzavo le mie. Mio padre ci diceva sempre di tirare indietro le spalle, perché avevamo la tendenza a lasciarle cadere verso il basso. Osservando Jack, appresi anche cose che ignoravo su Brett e Kip. Non avevo mai notato certi comportamenti prima di vederli anche in Jack.

Dopo la nostra gita, tornammo in casa. Prima di partire per la spiaggia, il padre di Jack mi mostrò il suo frutteto, e cominciai così a conoscerlo meglio. Non appena arrivarono all'hotel, tutti i ragazzi corsero in acqua. Rosemary chiese a Jack di andare con loro, perché Mark e David erano troppo piccoli per nuotare senza che qualcuno li tenesse d'occhio. Dal balcone riuscii a scattare una foto di Jack, Brett e Kip insieme nell'acqua.

Rosemary e suo marito volevano passeggiare con me per Laguna Beach mentre i ragazzi nuotavano. Avrei voluto restare seduta sulla spiaggia e guardare Jack, ma pensai che sarebbe stato scortese rifiutare; inoltre, mi interessava conoscerli più a fondo. Volevo anche che loro mi conoscessero meglio, così si sarebbero sentiti al sicuro e mi avrebbero permesso di far parte della vita di Jack. Ora ero terrorizzata al pensiero di non vederlo mai più.

Alle quattro Jack doveva andare al lavoro al ristorante Black Angus, quindi tornammo a casa per passare un po' di tempo con lui prima della partenza. Quando ci trovammo da sole, Rosemary cominciò a farmi delle domande sulla vita nella casa per ragazze madri, sulla decisione di rinunciare a Jack. Jack entrò e si sedette con noi. Anche lui voleva starmi ad ascoltare, capii. Ma, mentre cercavo di parlare, mi si chiuse la gola e mi salirono agli occhi le lacrime, e temetti di crollare. In quel momento, con Jack presente, mi veniva da svenire al pensiero di quello che avevo fatto abbandonandolo.

Era successo tanto tempo prima; come mai i sentimenti erano così forti? Mi scusai per il fatto che non riuscivo a parlarne, ma promisi che un giorno l'avrei fatto. Mi accorsi che Jack era riluttante ad andarsene.

Rosemary e io discutemmo ancora un po', poi gli altri ci raggiunsero. Ci chiedemmo dove andare a cena. Non riuscivo a immaginare un posto diverso dal Black Angus.

Ci incontrammo al ristorante alle sette. Solo quando fummo seduti in un ampio séparé mi accorsi dei camerieri che continuavano a passare e tentavano di individuare dov'ero seduta. Jack doveva aver parlato loro di me. Ero emozionata al pensiero che avesse avuto l'impulso di raccontarlo. Jack veniva a fare due chiacchiere ogni volta che ne aveva l'occasione: guardando il suo largo sorriso, capii che doveva essere contento. Mi sciogliev o ogni volta che lo vedevo. Mi presentò la ragazza che frequentava.

Dopo cena tornammo a casa loro a vedere dei filmini. Jack promise di tornare a casa appena terminato il lavoro. (Ogni volta che lo salutavo avvertivo un dolore lacerante, anche se sapevo che l'avrei rivisto presto.)

I filmini erano fantastici. Poi Rosemary fece allineare Jack, Brett, Kip e me per fare delle foto: profilo sinistro, profilo destro, primo piano di fronte, come un confronto all'americana. Era un'amante dei dettagli, e disse che sarebbe stato divertente confrontare i nasi, le bocche e il resto. Le ero grata per la sua capacità d'osservazione, perché grazie a lei potei apprendere molti particolari della vita di Jack. Avevo l'impressione che non avesse dimenticato nulla.

Era l'una e mezzo del mattino, e ci sentivamo tutti stravolti. Rimanemmo tuttavia allibiti quando ci accorgemmo dell'ora. Dissi: « Incontriamoci di nuovo! Sarò qui per una settimana ». Non vi fu risposta. Non mi avevano udito? Dunque, finiva tutto così? Percorsi lentamente il prato fino alla macchina per lasciare loro il tempo di rispondere: « Ma certo, rivediamoci! » Forse volevano rifletterci con calma. E se avessero riflettuto e avessero deciso che non volevano vederci più? Abbracciai Jack ed entrai in macchina con Brett e Kip. Stavo tremando. Vidi che la strada era buia quando feci manovra con l'auto. L'unica casa dell'isolato con le luci ancora accese era la loro. Mi voltai e vidi Jack che camminava sul prato e si avvicinava alla porta d'ingresso dove Rosemary ci stava ancora salutando con la mano. Rispondemmo al saluto. Era impossibile non desiderare che Jack ripartisse con noi. Ero terrorizzata all'idea di non rivederlo più.

Dall'oscurità del sedile posteriore, Kip disse: « Mamma, mi sembra così familiare! »

« Anche a me », risposi.

La camera d'albergo era buia quando aprimmo la porta. Vedemmo, attraverso le ampie finestre, la luce della luna che danzava sulle onde dell'oceano. Accesi la luce e aiutai i ragazzi a mettersi a letto. Dovevamo svegliarci presto per arrivare all'allenamento di football in tempo. Mentre sistemavo i loro vestiti, notai uno strano paio di occhiali da sole: erano di Jack. Immaginai che almeno una parte di lui volesse rivederci.

Partimmo presto per il raduno di football. Durante il ritorno, dopo aver depositato i ragazzi, mi chiesi se avevo il diritto di chiedere a Rosemary se potevo trascorrere un po' di tempo da sola con Jack. Non sapevo perché mi sentivo in dovere di chiederle il permesso: dopotutto, Jack aveva diciannove anni, l'età che avevo avuto io quando l'avevo abbandonato. Non pensavo neppure che Rosemary pensasse che quella decisione dipendesse da lei, ma psicologicamente ero regredita. Sapevo che era ridicolo sentirsi così inerme e indegna, ma era così che mi sentivo. Nonostante tutto quello che avevo compiuto per la parte restante della mia vita, la condizione di ragazza madre mi faceva ancora sentire colpevole e disperata, a volte.

Una fresca brezza proveniente dall'oceano entrava attraverso la finestra aperta. La mia discussione solitaria, in auto, aveva esaurito tutte le mie ansie sull'eventuale chiamata. Mi avvicinai al televisore, presi in mano gli occhiali e chiamai. Rispose, come sempre, Rosemary. Sembrava felice di sentirmi ed eccitata per il giorno prima. Avevo letto il giornale di domenica? C'era un lungo articolo su una donna che si era appena riunita con suo figlio. Era un articolo estremamente positivo, e Rosemary non riusciva a credere alla coincidenza. Era incredibile. Le dissi degli occhiali e le chiesi se le dispiaceva se vedevo Jack da sola.

Capiva perfettamente. Jack aveva un'ora prima di andare al lavoro. Avrebbe potuto passare a trovarmi? Certo, anzi, era già schizzato fuori dalla porta ed era in arrivo!

Aspettai Jack sul balcone. Una farfalla giunse svolazzando e si posò sulla ringhiera. Udii qualcuno bussare. Quando vidi Jack, provai un piacere di una profondità inconsulta. Le parole che mi vennero alle labbra non erano quelle che avrei voluto dire. Invece, cominciai a raccontare la storia che avevo ripetuto un milione di volte, la spiegazione del motivo per cui l'avevo abbandonato. Cominciai a balbettare tutto ciò che avevo sentito dire sui diritti delle persone adottate ma, mentre parlavo, pensavo invece all'incredibile sensazione che avevo di conoscere Jack. Il suo spirito non mi era sconosciuto. Anche se l'ultima volta che l'avevo visto era stato un neonato e ora era un uomo cresciuto, lo conoscevo, lo « sentivo ». I nostri spiriti si conoscevano, ed erano qualcosa di diverso, di più profondo rispetto alle mere entità fisiche di cui si occupavano le leggi sull'adozione.

Può qualsiasi madre separarsi da suo figlio e dimenticarlo solo perché una legge glielo comanda?

Quando Jack ebbe finalmente l'opportunità di parlare, chiese se avevo preso in considerazione la possibilità di abortire. Non mi aspettavo una domanda del genere. Ma, quando lo guardai in faccia, capii che dovevo rispondere sinceramente.

« Sì, ci abbiamo pensato. Ma credo che fosse destino che tu nascessi. Non mi sono mai sentita incinta e il test di gravidanza non è risultato positivo finché non è stato troppo tardi per abortire. E ormai, sentivo la tua presenza. Eri già profondamente vivo. »

Mi sentii strana a descrivere la pressione esercitata dalla Chiesa e la situazione nel sud durante gli anni Sessanta che mi avevano impedito di tenerlo con me. I ragazzi di Los Angeles dell'epoca attuale non si sognerebbero neppure di capitolare in quel modo. La mentalità era molto cambiata. Jack se ne sarebbe reso conto?

Jack sembrò prendersela perché la sua adozione aveva provocato il mio allontanamento dalla Chiesa. Disse che pensava che la Chiesa era cambiata, da allora.

Replicai che gli stavo creando dei problemi in più. Soffriva al pensiero che avessi dei sentimenti tanto negativi per la Chiesa e la società. Voleva che la sua presenza mi rendesse felice, non triste. Non volevo che fosse turbato dal mio atteggiamento critico, ma non potevo neppure nasconderglielo.

« Ti ha dato fastidio, ieri, quando ho chiamato mia madre "mamma"? » mi chiese. Mi stava fissando negli occhi.

Trasalii e gli diedi una risposta che rispecchiava ciò che avrei desiderato provare: « No, assolutamente no. È tua madre e sono felice che voi due abbiate un bel rapporto ». I miei occhi incontrarono di nuovo i suoi dopo la mia bugia. Non ci aveva creduto; non riuscivo a mentirgli. « Sì, mi ha dato fastidio. E mi ha dato fastidio che mi abbia dato fastidio. »

« È quello che pensavo », replicò.

Ricordandomi la lettera di Elinor, in cui scriveva che Jack si poneva poche domande sul mio conto, gli chiesi se non aveva mai pensato a me. Disse che stava cominciando a ricordare momenti in cui mi aveva pensata. In particolare, gli veniva in mente di quella volta che aveva dodici anni e doveva portare a casa una pagella con voti orribili. In un momento di ribellione, sapendo che sarebbe finito nei guai, stracciò la pagella e la gettò nella spazzatura tornando a casa. In quel momento, disse, avrebbe voluto scappare via e trovarmi.

Gli spiegai che è tra i dodici e i tredici anni che i bambini adottati desiderano maggiormente trovare le madri e i padri biologici. È un periodo in cui i bambini sono molto vulnerabili, perché cominciano a scoprire la loro identità. I figli adottivi hanno così poche informazioni su loro stessi, che si tratta per loro di un compito quasi impossibile.

Gli confessai che avevo avuto l'impressione che non fosse sicuro di volermi incontrare. Rispose che, fino al giorno prima, non era stato sicuro se voleva incontrarmi o no e del motivo che lo spingeva a farlo; sapeva solo di essere incuriosito. Ma gli aveva fatto molto piacere trovarsi con qualcuno di così simile a lui. Mi ringraziò per il fatto di averlo trovato. Gli dissi che mi stava insegnando molto su me stessa. C'erano in lui dei particolari che non avevo mai riconosciuto in me prima di allora.

L'ora passò rapidamente e dovette andare al lavoro. Mi chiese se volevo pranzare con lui e sua madre mercoledì. Ne sarei stata felice. L'unico problema sarebbe stato aspettare fino a mercoledì.

Accompagnai Jack fino al parcheggio e lo guardai salire in macchina. Detestavo vederlo partire. Mi sentivo quasi come se fossi stata innamorata.

# 18

Telefonai a Chris in Virginia e gli raccontai tutto. Riuscivo solo a immaginare cosa provava. Mi era stato vicino durante tutta la ricerca; ogni volta che avevo avuto bisogno di lui, era stato presente. Più di chiunque altro, sapeva cosa significava per me trovare mio figlio, perché per lui era lo stesso. La perdita che aveva subito era uguale alla mia. Non parlammo mai della perdita della nostra prima famiglia: eravamo troppo leali verso le nostre famiglie attuali, che amavamo. Mi chiesi se Jack avrebbe mai avuto la possibilità di vederci tutti e due insieme.

Per il resto della giornata feci lunghe passeggiate, cercando di riprendermi. Chiamai i miei genitori per raccontare di Jack e della sua famiglia. Lessi l'articolo del *Los Angeles Times* di cui mi aveva parlato Rosemary. Feci degli acquisti.

Chiamai un vecchio amico, Lee, che mi aveva aiutato a prepararmi all'incontro con Jack dandomi preziosi consigli: « Mi raccomando, cerca di non essere troppo soffocante... » Il ricordo delle sue parole mi aveva aiutato a non perdere la testa quando i miei sentimenti si erano fatti troppo intensi. Dopo avermi lasciato raccontare e sproloquiare sulle meravigliose e incredibili qualità del figlio che avevo ritrovato, Lee disse ridendo: « E ha perfino dieci dita delle mani e dieci dei piedi! »

Era *quello* il sentimento che stavo provando, che mi sembrava prossimo all'innamoramento. Mi comportavo come una neomamma che tesse le lodi del suo neonato dalle caratteristiche miracolose. Era ridicolo, ma era proprio così. Non avevo mai avuto la possibilità di fissare per ore con aria sognante quella perfezione di bambino e di formulare dei desideri su di lui mentre dormiva nella culla. Forse col tempo sarei riuscita a controllare i miei sentimenti, in modo che la loro intensità non minacciasse le persone che amavo.

Per il resto della settimana, andai a trovare degli amici a San Marino. Mercoledì, mentre mi recavo all'appuntamento con Jack e Rosemary, mi accorsi che stavo di nuovo combattendo contro le vecchie insicurezze. Ancora una volta mi sentivo indegna, troppo indegna per ottenere quello che veramente desideravo, e troppo indegna anche solo per chiederlo.

Andammo a pranzo in un ristorante messicano con la vista sul lago dove Jack lavorava d'estate come bagnino. Continuai a ripetere a me stessa che dovevo accettare la situazione; anche se mi *sentivo* sua madre, Rosemary *era* sua madre. Jack, in fondo, non mi conosceva. Eppure, quando disse: «Mamma, mi servono delle nuove Topsiders», dovetti soffocare l'istinto di balzare in piedi e di correre al negozio di calzature. Il mio istinto non era in grado di capire che quel ruolo apparteneva a un'altra madre, che dovevo amarlo in silenzio, che dovevo accettare passivamente che chiedesse qualcosa alla madre adottiva.

Per cercare di tornare alla realtà, scattai delle foto. Intendevo comunque immortalare tutti per mostrare le loro immagini una volta tornata a casa, ma all'inizio dovetti fare uno sforzo. Quando cercai di fotografare Jack, mi concentrai talmente sulla contemplazione del suo viso che mi sentii quasi troppo debole per premere il pulsante. E mi risultò difficile anche fotografare assieme Rosemary e Jack.

Dopo pranzo, tornammo a casa loro. Jack scattò delle foto e riuscì a vincere la mia riluttanza a farmi immortalare. Rosemary suggerì di programmare l'autoscatto e di fotografarci tutti e tre. Fatto quello, ci sentimmo tutti più naturali. Cominciai a divertirmi.

Trascorremmo una bella giornata insieme. Jack fu piuttosto coraggioso a trascorrere tutte quelle ore con due madri. Parlammo a lungo, e ricordammo tutte le incredibili coincidenze.

Jack disse: «Dovresti scrivere un libro».

Risposi: «Non ci penso neanche».

Stavo appena cominciando ad abituarmi a raccontare agli amici il mio gran segreto: non riuscivo a immaginare di svelarlo al mondo intero. Ma quando lo guardai, mi sentii piena di orgoglio. Non sarebbe mai più stato un segreto.

Chiesi a Jack se voleva incontrarmi al raduno di Brett e Kip venerdì per assistere alla partita dell'ultimo giorno. Rosemary disse che sarebbero venuti tutti; avrebbe portato anche i suoi figli, Mark e David.

Disperai di riuscire a trovare Brett e Kip, così come Jack e la sua famiglia. Il campo enorme era occupato dalle famiglie, impegnate a cercare i vari membri e a guardare le mischie. C'era una folla incredibile. Finalmente individuai Kip. Jack ci trovò: aveva in mano un thermos. Rosemary, Mark e David lo seguivano. Kip era *quarterback*, e capii che voleva dare il meglio di sé nel gioco poiché Jack lo guardava. Brett non ci aveva visto, ma fece un ottimo intervento sugli avversari.

Dopo la partita, tornammo tutti al dormitorio. Brett e Kip prepararono i bagagli. Studiando il viso di Rosemary, sperai che il mio ingresso nelle loro vite le avesse arricchite, non private di qualcosa. Speravo che sapesse quanto le ero grata per essersi presa cura di nostro figlio.

Poi vi sarebbe stata una cerimonia di premiazione, ma Jack e i suoi dovettero andarsene. Li accompagnammo alla macchina e facemmo altre foto. Abbracciai Rosemary e Jack. Il piccolo David era già salito in auto e ci fissava con aria ostile, ancora preoccupato per i nostri possibili progetti su suo fratello. Mark gli sedette accanto. Nel suo modo tranquillo e discreto, anch'egli fece un sospiro di sollievo. Rosemary si sedette accanto al guidatore e Jack prese posto al volante. I pneumatici scricchiolarono sulla ghiaia quando la grossa station wagon fece retromarcia. Jack partì lentamente. Un attimo prima di scomparire, si voltarono e ci salutarono con la mano, e noi rispondemmo.

Kip ruppe il silenzio. « Ecco tuo figlio che se ne va, mamma. »

C'era un'ombra di collera e di desiderio di protezione nella sua voce. Guardai Kip e Brett. Ricordai le espressioni sconcertate sui visi di David e Mark. Non avrei saputo trovare le parole per spiegarne il significato ai miei figli.

Dovevo essere stata immersa in una delle mie fantasticherie, perché il suono del telefono mi fece sussultare. Era Jack. Era reduce da cinque giorni a Virginia Beach con Chris. Quando mi aveva raccontato che andava a New York per trovare sua nonna, avevo avuto la sensazione che la Virginia sarebbe stata troppo vicina per resistere alla tentazione.

Jack aveva avvisato Chris solo con mezza giornata di anticipo. Cercai di immaginare come Chris avesse affrontato quella situazione sconvolgente. Jack disse che era rimasto perfettamente calmo fino a quando l'aereo era atterrato. Poi si era sentito così debole che aveva creduto di non riuscire ad alzarsi dal suo posto. Disse che si erano riconosciuti immediatamente; si erano sentiti a loro agio insieme e si erano divertiti un mondo. Gli erano piaciuti anche la moglie di Chris, Emily, e il loro figlio Steve. La ragazza che era stata la migliore amica di Jack quando entrambi avevano avuto nove anni (e che era stata compagna di scuola di Steve) era andata spesso a trovarli. Parlammo per un'ora e mezzo e mi parvero solo dieci minuti.

Non appena riattaccammo, il telefono suonò di nuovo. Era Chris. Era al settimo cielo, ed era grato a Jack perché non l'aveva fatto sentire in colpa per ciò che era successo e perché era una persona tanto generosa e affettuosa. Erano rimasti in cucina a parlare fino alle prime ore del mattino. Anche Emily era pazza di Jack, e questo aveva significato molto per Chris. Disse che aveva avuto la sensazione di conoscere nostro figlio da sempre.

Alcune settimane dopo, ricevetti una lettera di Chris con le foto scattate durante la visita di Jack.

Ero curiosa di vedere come Chris era cambiato invecchiando: era uguale a quando era stato ragazzo, a parte i capelli grigi. Chris mi scrisse che aveva ricevuto una lettera di Jack, in cui nostro figlio si diceva frustrato per non potersi sentire libero di dire ai suoi genitori come si sentiva dopo averci incontrato. Ironicamente, si sentiva ora libero di amare i suoi genitori anche più di prima.

Sapevo che la sua reazione era piuttosto tipica. I figli adottivi sembravano avvertire il bisogno di proteggere tutti, anche dai propri sentimenti, che fosse necessario o meno. Purtroppo, però, mi sembrava, in base a ciò che avevo letto o udito, che spesso ciò si rendesse davvero necessario.

Avevo mandato a Elinor Green delle foto e l'avevo tenuta aggiornata sui progressi del nostro incontro. Confessò che aveva fatto fatica a non dirmi che anche Jack si trovava in California. Quando le chiesi della prima adozione disastrosa di Jack, mi disse che era estremamente raro che un neonato non rimanesse con la prima famiglia adottiva. Aggiunse anche, però, che aveva scoperto delle storie orribili di ogni tipo quando aveva consultato i vecchi registri. Il numero di bambini da adottare era così grande, a quell'epoca, che si erano commesse molte leggerezze.

Mi disturbava molto non sapere niente dei primi otto mesi della vita di Jack. Volevo procurargli foto di sé neonato, scoprire com'era stata la sua vita allora, e restituirgli alcuni dei mesi che gli mancavano. Per molto tempo, sentii che non spettava a me fare quella telefonata. Infine, compresi che avevo diritto di sapere per mettermi l'anima in pace. Anch'io, in fondo, ero la madre di Jack.

Grace trovò per me il nome della madre del primo padre adottivo. I Servizi sociali cattolici rifiutarono di inviarmi copia dei registri, quindi non mi restava che chiamare. Questa volta, mi ero preparata per bene il copione.

La donna che rispose al telefono fu presa alla sprovvista dalla mia chiamata, ma fu gentile. Mi rassicurò più volte sul fatto che Jack (continuava a chiamarlo Dennis) era stato amato profondamente da tutti. Era un bel bambino con un carattere dolce e socievole. Erano soliti vestirlo di trine ed esibirlo a tutti. Purtroppo non aveva delle foto da mandarci. Si scusò. Promisi di spedirle delle foto di Jack, e ricevetti da lei un biglietto di auguri di Natale.

Jack e io non ci rivedemmo per sei mesi, anche se parlammo al telefono una mezza dozzina di volte. Sembrava avere bisogno di un certo tempo per assimilare le novità. Sapevo che dovevo resistere alla tentazione di esercitare delle pressioni su di lui o di essere invadente nei confronti della sua famiglia.

Fummo invitati da alcuni amici alla parata del Rose Bowl il

primo dell'anno, e avevamo programmato di restare da loro un paio di giorni. Aspettai di essere arrivata a Los Angeles prima di telefonare. Rosemary mi disse che Jack era andato al lago Tahoe e che non sapeva esattamente quando sarebbe tornato.

Per capodanno i miei amici, i ragazzi e io ci trovammo in prima pagina sul *Los Angeles Times*; eravamo di schiena, appollaiati su delle scale per vedere il corteo. La mia amica Kathy e io decidemmo di appiccicare la foto sugli sportelli dei nostri frigoriferi per trovare il coraggio di cominciare l'anno nuovo con una dieta dimagrante. Stavo per tornare di sopra per finire di fare i bagagli, poiché progettavo di partire un'ora dopo per il lungo viaggio verso casa, quando il telefono suonò. Era Jack, che era appena tornato da Tahoe. Quando seppe che stavamo per partire, chiese se non potevamo aspettare. Ma certo che sì!

Decidemmo di andare all'ippodromo di Santa Anita. Non c'ero mai andata prima. Rosemary avrebbe pensato che stavo corrompendo Jack? Avrebbe cominciato a sospettare che, dopotutto, ero davvero una donna dissoluta? Era solo un attacco di paranoia, lo sapevo. Jack mi assicurò che Rosemary non sarebbe rimasta scandalizzata da un pomeriggio all'ippodromo.

Interpretammo come un segno positivo la vittoria di Virginia's Pride – l'Orgoglio della Virginia –, sebbene non fosse tra i favoriti. Avevamo scommesso su di lui perché Jack era nato in Virginia. Avevo la sensazione che stessimo imparando a conoscerci sempre di più. Il suo ventesimo compleanno sarebbe stato dopo otto giorni. A vent'anni, Jack aveva il naturale desiderio di rendersi indipendente. Trovarsi con due madri invece che una rischiava di rendere due volte più difficile l'impresa; capii, e cercai di mantenere nei suoi confronti un atteggiamento che gli dimostrasse il mio sostegno amorevole ma che non rischiasse di mettere in pericolo la sua libertà.

L'abbandono del nido familiare sembrava essere un momento difficile per tutti, ma lo era ancora di più in situazioni come quella. Uno dei problemi presenti nelle famiglie costituitesi tramite adozione è proprio la difficoltà a lasciare che i figli vivano la propria vita in modo indipendente. Alcuni genitori adottivi temono inconsciamente che, poiché non c'è alcun vincolo biologico, il figlio non tornerà mai più. Il figlio adottivo, ricordando a livello inconscio il terrore dell'abbandono iniziale, ha paura di partire. Non volevo rendere tutto più difficile per Jack.

Mentre mi accomiatavo da lui, mi accorsi di tutto ciò che non ci eravamo detti. Non l'avrei rivisto fino all'estate, quando mia madre sarebbe venuta a trovarmi. Jack promise che mi avrebbe fatto visita anche lui.

Ci eravamo trasferiti di nuovo, e i ragazzi e io ci trovavamo nella nuova casa da solo un mese quando mia madre arrivò. Lei e io eravamo sedute al sole sul balcone e guardavamo un airone bianco che restava immobile nel fango della bassa marea, in attesa del pranzo. Ero triste perché mi ero rassegnata all'idea che Jack non sarebbe riuscito a venire in tempo per incontrare mia madre. Sarebbe partita dopo un paio di giorni: non c'era più tempo. Le dissi che avevo più o meno perso le speranze. Come sempre, non lasciò trasparire i suoi sentimenti. Cercai di parlare del passato per dissipare il malumore, ma i miei tentativi si rivelarono inutili.

Mi alzai dalla sedia, frustrata, e salii in camera mia. Pensai con calma all'ansia che doveva causare a Jack il pensiero di venire qua da noi. Gli inviai un messaggio silenzioso, pregandolo di venire solo se era la cosa migliore per lui, e non perché si sentiva colpevole o obbligato a renderci visita. Mezzora dopo, il telefono squillò. Avrebbe preso il volo delle quindici, ma sarebbe potuto rimanere solo un giorno. Gli chiesi quando aveva deciso di venire. Una mezzora prima, rispose. Lo ringraziai per l'enorme favore che mi stava facendo.

Mia madre stava ancora leggendo quando tornai di sotto. Le dissi che Jack stava arrivando. Mise da parte il suo libro e mi aiutò a pulire la casa.

Andai a prenderlo all'aeroporto e, per il lungo tragitto che ci avrebbe condotto a casa, attraversammo San Francisco per imboccare il Golden Gate Bridge. Mentre guidavo, Jack rievocò le sue gite in città, per andare al cinema e a visitare i dintorni, risalenti all'epoca in cui avevano abitato nell'East Bay. Non riuscivo a mandare giù il fatto che avessimo abitato in posti così vicini; avremmo potuto incrociarci per strada. Avremmo potuto trovarci al cinema nello stesso momento, a poche file di distanza. Avrei potuto finirgli addosso per strada senza riconoscerlo, come immaginavo nel mio incubo ricorrente. Forse era successo davvero.

Quando arrivammo a casa, mia madre e i ragazzi erano a pezzi. Per qualche motivo la vasca dell'idromassaggio si rifiutava di spegnersi, ed erano preoccupati che il motore si bruciasse. Brett era arrabbiato perché mia madre gli aveva chiesto di pulire alla perfezione la sua camera per Jack. Non volevo che i ragazzi fossero gelosi di Jack per il trattamento di favore di cui godeva. Non riuscivano a capire l'importanza di quell'incontro per mia madre. La confusione creatasi attorno alla Jacuzzi fu sufficiente a rendere meno imbarazzanti le presentazioni ufficiali.

Jack diede un'occhiata alla Jacuzzi, premette un tasto vicino al motore e la spense. Il nostro sollievo dissipò in parte la tensione; eppure, vidi che mia madre era sconvolta dal fatto che Jack sembrasse il mio gemello. Era il suo primo nipote, e lo incontrava solo a vent'anni. Si dimostrò tuttavia piuttosto elastica.

Avevo invitato Cathie a unirsi a noi per la cena. Da quando ci eravamo incontrate tramite il PACER, eravamo diventate buone amiche. L'avevo aiutata a cercare sua madre. Le aveva parlato per la prima volta da casa mia. Non avrei mai dimenticato l'espressione sul viso di Cathie mentre componeva il numero: era terrorizzata all'idea di venire rifiutata. Ma dopo soli due minuti stavano chiacchierando come due vecchie amiche. Quello, mi spiegò Cathie, era il tipo di legame che neppure suo figlio Nick poteva darle. Avevo pranzato con Cathie e sua madre il giorno dopo il loro primo incontro, ed ero rimasta ipnotizzata davanti a quelle due donne che eseguivano gli stessi gesti nei minimi particolari. I gesti erano forse contenuti nel patrimonio genetico di ciascuno?

Durante la sua ricerca, Cathie sapeva solamente che era nata da una famiglia di armeni di Chicago trentacinque anni prima. Quando ci trovammo a un punto morto delle indagini, le consigliai di rivolgersi a John e di chiedergli cosa riusciva a « vedere ». John le disse che sua madre era in California, forse dalle parti di Bakersfield. Si era sbagliato solo di centocinquanta chilometri: si trovava a Los Angeles. Cathie mi raccontò che l'incontro con sua madre le aveva permesso di ottenere molte informazioni su se stessa e che, se avesse potuto incontrarla prima, e avesse quindi potuto conoscersi meglio, avrebbe potuto evitare di commettere molti errori.

Fu un bene che Jack e mia madre ascoltassero la storia di qualcun altro: rendeva loro più facile capire la nostra.

Sul tragitto verso l'aeroporto, il giorno successivo, Jack e io riuscimmo ad approfondire un po' i discorsi sui momenti passati che avevamo condiviso, e su ciò che significava per entrambi esserci ritrovati. Si era trovato bene con mia madre e sembrava sensibile al periodo difficile che stavano attraversando, a causa sua, Brett e Kip. Eppure, avevo l'impressione bizzarra che, se avessimo potuto estrinsecare la comunicazione che avveniva tra di noi a livello empatico, avremmo potuto trovarvi molte più informazioni di quelle che ci scambiavamo tramite le parole. Non avevamo quasi bisogno di parlare per capirci e conoscere i nostri pensieri.

Fu diverso quando Jack tornò da noi per conoscere mio padre. Forse mio padre era meno nervoso. Dopo il divorzio dei miei genitori, e prima del suo secondo matrimonio, aveva frequentato per un po' una donna che lo obbligava ad affrontare gli argomenti che lui tendeva a evitare. Confessò che era rimasto scioccato quando quella donna aveva considerato orribile il suo gesto di abbandonare il nipote a dei completi sconosciuti. Gli disse che l'adozione era una malattia tipica della classe media. Tra i ricchi, la madre della ragazza sarebbe partita con lei e, tornando, avrebbe finto che il figlio fosse suo. Anche se nessuno ci credeva veramente, tutti avrebbero continuato a fingere e il bambino sarebbe restato nell'ambito della famiglia. Tra i poveri si trovava in genere qualcuno che poteva prendersi cura del bambino, e la condizione di ragazza madre non era considerata un marchio di infamia; c'erano questioni più importanti da risolvere, aveva detto.

Fino ad allora, disse mio padre, aveva sempre creduto di aver fatto l'unica cosa possibile in quelle circostanze. Ironia del destino, la moglie di mio padre, Lucy, ha due figli adottivi, uno di un anno maggiore di Jack e uno più giovane di un mese. Essa è persuasa che i suoi figli non provino alcun desiderio di cercare i loro genitori naturali, ma è felice per me e Jack.

Non ero ancora riuscita a spiegare ai miei genitori quali fossero i miei sentimenti su ciò che era successo a me e a Jack; mi sembrava più importante che, per cominciare, capissero ciò che loro provavano. Avevano fatto ciò che avevano ritenuto la cosa migliore a quell'epoca.

Poco prima che Jack e io dovessimo partire per l'aeroporto, la mia amica Morgan passò per incontrare Jack e mio padre. Raccontò cosa aveva provato ad abitare in una casa per ragazze madri e ad abbandonare sua figlia Beth. Guardai mio padre, Lucy e Jack che la osservavano mentre raccontava più o meno la mia stessa storia, eppure per loro era più facile ascoltare il suo racconto. Erano troppo vicini a me per riuscire a pensare a ciò che mi era successo.

Molte di noi, che avevano creduto di riuscire ad abbandonare i figli e si erano impegnate a farlo prima della loro nascita, avevano cambiato idea e avrebbero preso una decisione diversa se tale opportunità fosse stata loro presentata con chiarezza. Ma, naturalmente, le autorità l'avevano previsto e ci avevano incitato con maggiore energia a firmare, a rinunciare al neonato, rendendosi conto che il nostro desiderio prepotente e il bisogno di tenere il bambino minacciavano di mandare all'aria i loro progetti. I bambini venivano sottratti rapidamente alle madri.

La maggior parte di noi non era riuscita a « riprendere la vita normale » dopo. Fino al 60 per cento non aveva avuto altri figli. Alcune non potevano neppure sopportare il dolore provocato dalla vista di un neonato. La vita, per molte, si era fermata al momento della rinuncia al piccolo. Una gran parte di noi rimaneva con i figli dati alla luce anche dopo che veniva separata da loro; il potere di quella connessione aveva un'influenza profonda sulla nostra vita. Proprio come le incredibili coincidenze che caratterizzavano molte storie di ricongiungimenti, la tremenda devastazione emotiva provocata dalla separazione fisica era una prova dell'innegabile forza spirituale di quel legame.

Quella volta, sul tragitto verso l'aeroporto, Jack e io potemmo infine parlare francamente della sua nascita. Gli raccontai di come ero solita giocare con lui, quando era nel mio grembo, e di come lui mi rispondeva, di come gli parlavo continuamente e mi accorgevo della sua presenza. Fu un momento di grande intimità.

Capii che Jack doveva riconoscere ad alta voce che lo avevo dato alla luce per essere in pace con se stesso.

La ricerca e il ricongiungimento con mio figlio erano diventati misteriosi e mistici per me. Avevo un desiderio profondo di sapere di più, poiché mi pareva che vi fosse una realtà nascosta che fino ad allora avevo solo intravisto. Cominciai a lavorare con un ipnoterapista.

Rob mi accompagnò indietro nel tempo, schiudendo per me le porte della memoria. I ricordi e le sensazioni erano fantastici. Nel corso di una seduta di meditazione, raggiunsi un punto perfetto di energia che riconobbi come me stessa.

Quella stessa scintilla era visibile nelle foto di me neonata. In effetti, era normale: i bambini sono più vicini degli adulti alla loro autentica essenza. Ero felice di riuscire a ricordare, eppure mi sentivo a disagio perché non c'era modo di confermare quelle intuizioni mistiche, finché Jack non tornò a trovarmi. Portò con sé la sua ragazza, Anna; per lei era il primo viaggio in aereo, e ciò la rendeva molto eccitata. Era una persona vivace e divertente, adatta a Jack.

Gli avevo raccontato di Rob e dell'ipnoterapia, e gli chiesi se voleva provare anche lui. Ero leggermente imbarazzata, chiedendomi cosa ne avrebbe pensato Rosemary. La maggior parte delle persone considerava ancora con sospetto tale tipo di terapia. In realtà, stavo proiettando su di lei le mie preoccupazioni. Non volevo sentirmi responsabile, avevo ancora la sensazione che l'accoglienza riservatami potesse essere modificata all'improvviso da qualche mio comportamento risultato sgradito. Ma Jack aveva ormai quasi ventun anni, ed era certo capace di prendere decisioni riguardanti la sua vita. Ebbi fiducia nel suo giudizio quando mi rispose di sì.

Mentre Jack era da Rob sabato pomeriggio, Anna ed io pranzammo in un ristorante greco. La ragazza apparteneva a una famiglia cattolica molto numerosa: aveva otto fratelli e sorelle. Aveva un carattere aperto e un modo di fare diretto, e una curiosità naturale che ci rese più facile affrontare i discorsi che a entrambe pareva importante toccare. Avevo l'impressione che, grazie a lei, Jack trovasse la disinvoltura emotiva per vedermi davvero per ciò che rappresentavo per lui e per chiarire le sue impressioni. Per lei non rappresentavo una situazione esplosiva, ma ero solo me stessa.

Quando Anna e io ritornammo allo studio dell'ipnoterapista, Rob e Jack andavano ormai splendidamente d'accordo. Rob aveva chiesto a Jack di regredire a età diverse della sua vita. Quando gli aveva chiesto di tornare all'epoca in cui aveva sei mesi, Jack disse che si trovava in una culla in una strana camera. C'era una donna con lunghi capelli castani su una sedia. Gli sembrava una sconosciuta e Jack si sentiva estremamente confuso. Rob gli chiese successivamente di tornare al momento della sua nascita, e Jack disse di non riuscirci, ma subito dopo vide se stesso neonato. Disse che mi vide mentre lo tenevo in braccio e gli sorridevo. Sapeva che ero io. La stanza sembrava completamente bianca, con alte finestre e il pavimento bianco. Rob disse che Jack doveva aver portato quel ricordo con sé, a qualche livello, per tutta la vita. Mi sentii scossa.

« Ho ben presente quel momento », spiegai. « L'infermiera ti aveva portato nella stanza, ed era la prima volta che avevi gli occhi aperti. Li guardai e avvertii una gioia indescrivibile, come se stessi vedendo e salutando la tua anima. E mi sembrò di conoscerti da sempre, e di poter vedere il paradiso guardando attraverso i tuoi occhi. La stanza aveva alte finestre e un pavimento di linoleum bianco. »

In autunno, Jack si iscrisse alla Fresno State. Aveva scelto quell'università perché così poteva giocare a pallanuoto. (Ecco perché John mi aveva « visto » andare a Fresno.) Ci andai con Morgan. Anche sua figlia Beth frequentava la Fresno State. Chi avrebbe mai indovinato, quando ci incontrammo durante la ricerca dei nostri figli, che avrebbero finito per frequentare la stessa università? La madre adottiva di Beth cenò insieme a noi. Jack sembrò sollevato dal fatto che, per una volta, era solo un osservatore.

Anna si iscrisse al College of Idaho grazie a una borsa di studio per la pallavolo. Riuscii a vedere Jack un paio di volte quando si fermò a San Francisco tra un volo e l'altro per andare da Anna. E la ragazza passava la notte da me quando doveva aspettare il giorno successivo per il suo aereo che l'avrebbe portata nell'Idaho. Ma Anna scoprì di detestare la lontananza da Jack e dalla propria famiglia.

Ora che Jack viveva da solo ed era all'università, la nostra situazione sembrava quasi quella normale tra ogni madre e figlio. Ma la realtà del nostro rapporto si manifestava in momenti come il Natale. Jack andava allora da un'altra famiglia, in un'altra casa. Trascorrere il Natale con lui mi sarebbe parso naturale, ma per lui forse non eravamo che dei lontani parenti, non so, non ho mai voluto chiederglielo.

Due feste della mamma erano trascorse dal nostro primo colloquio telefonico. Soffrivo ancora quando Jack non si faceva vivo in quell'occasione, sebbene comprendessi a fondo la realtà della situazione. Spedii un biglietto a Rosemary per celebrare il nostro rapporto speciale. Di tanto in tanto ci sentivamo ancora per telefono. Era difficile per entrambe superare le nostre insicurezze e fidarci.

Per la terza festa della mamma da quando avevo ritrovato Jack, mio figlio venne per il fine settimana perché la sua squadra di pallanuoto giocava in una città vicina. Sabato, lui e Kip andarono in uno dei miei negozi preferiti e mi acquistarono un regalo. Il solo fatto che ci fossero andati insieme rappresentava già per me il regalo più bello. Il mattino successivo, prima che qualcuno si svegliasse, vidi il nostro gatto, Blackie, che saliva le scale che conducevano alla stanza di Jack. Jack era allergico ai gatti, quindi corsi dietro a Blackie e lo raggiunsi nel momento in cui spingeva la porta della stanza, aprendola.

Vidi Jack che dormiva. Non l'avevo visto dormire da quando aveva due giorni di vita. Fu un momento di incredibile intensità per me.

Anna decise che un anno all'università dell'Idaho era stato sufficiente, e si iscrisse a Fresno con Jack. In ottobre si misero entrambi a cercare un'università più cosmopolita, e vennero a dare un'occhiata alla San Francisco State. Avevano programmato di fermarsi una sola notte, ma finirono per restare quattro giorni, perché il loro «maggiolino» giallo si guastò. Sperai che avrebbero deciso di trasferirsi in un'università così vicina a me.

Una settimana prima di Natale, ero seduta di fronte a Jack e ad Anna da Gatsby's a Sausalito. Jack e io sorseggiavamo una birra; Anna non aveva preso niente. Eravamo appena andati a vedere *L'ultimo imperatore*, il primo film che avessi mai visto con Jack. Mi sforzavo di svolgere con lui per la prima volta tutte le attività che ci erano mancate. Sarebbe stato il primo Natale che trascorrevamo insieme dai tempi di Seton House.

Mentre chiacchieravamo, mi accorsi che avrebbero voluto dirmi qualcosa. Mi chiesi se avevano già preso una decisione sul trasferimento a un'altra università, ma parlammo d'altro. Anna cominciò a farmi delle domande sul periodo in cui ero stata incinta di Jack. Voleva sapere che effetto mi aveva fatto fisicamente, com'era stata la vita nella casa per ragazze madri, come mi ero sentita quando avevo abbandonato Jack. Jack ascoltò attentamente.

Lasciammo Gatsby's dopo mezzanotte. Sebbene fossimo stanchi morti, parlammo fino alle tre del mattino dopo essere arrivati a casa. Ma continuavo ad avere la sensazione che non mi avessero parlato di ciò che li preoccupava.

La sera successiva Morgan e Patrick organizzarono una festa alla quale era invitata tutta la mia famiglia. Anna e io ci andammo insieme con la mia macchina; Cosa stava succedendo di tanto grave che non potevano raccontare? Chiesi ad Anna cosa c'era che non andava.

«Jack e io aspettiamo un bambino», rispose.

Per poco non andai fuori strada. Anna disse che erano terrorizzati all'idea di raccontarlo ai loro genitori. Jack provava una grande vergogna. Avevano cercato di racimolare il coraggio per dirmelo. Ero emozionata e sorpresa all'idea di diventare nonna, e non ero neppure sicura di essere abbastanza vecchia, sufficientemente saggia. Cercai di rassicurare Anna, dicendole che sarebbe andato tutto bene. Avrebbero avuto un bambino eccezionale.

Jack era stupito che non fossi arrabbiata con lui. Io, a mia volta, ero scioccata al pensiero che avesse potuto immaginare qualcosa del genere. Anche se quello poteva non essere il momento ideale per dare vita a una famiglia, come avrei potuto prendere male la notizia di un bambino? Come avrei potuto io, tra tutti, permettermi di esprimere un giudizio?

Anna aspettò di compiere gli anni, verso la metà di febbraio, per dirlo ai suoi genitori. Un certo timore la indusse a pensare che era meglio aspettare che fosse « troppo tardi per rimediare ». Quando lo disse ai suoi, inizialmente furono molto turbati. Poi, però, lasciarono che fosse il loro cuore a rispondere. Jack rimandò di altre due settimane la comunicazione della notizia ai suoi genitori. Rosemary la prese bene, sconvolgendo completamente Jack. E Don andò immediatamente in soffitta a cercare tutti gli accessori per neonati. Forse l'origine dell'apprensione di Jack era ciò che era accaduto a noi tre – Jack, Chris e io –, la paura di venire separati?

Dopo aver terminato il semestre a Fresno, Jack e Anna trovarono un piccolo appartamento a Long Beach. Il bambino sarebbe nato verso la metà di agosto. Mia madre sarebbe venuta a trovarmi le ultime due settimane di quel mese. Pregai perché Anna partorisse prima dell'arrivo di mia madre. Temevo di vivere con lei quell'evento, e mi sentivo al contempo colpevole per quel sentimento.

Mercoledì 17, io e mia madre andammo in città per vedere la mostra di Andrew Wyeth al De Young Museum. Prima che la visita cominciasse, andammo a curiosare in libreria e comprai un album di fotografie per il bambino da donare ad Anna e a Jack. La visita cominciò alle quattordici. Ci precipitammo nella galleria in modo da non perderci niente, ma non riuscii a prestare attenzione alle parole della donna. Avevo una sensazione sgradevole in tutto il corpo, e la mia mente era del tutto assente. In alcuni momenti non riuscii neppure a concentrare lo sguardo sulle immagini. La conferenza durò circa un'ora. Poi mamma e io trovammo il caffè del museo. Anche lì, non riuscii a fare attenzione alle sue parole, e poi, d'un tratto, tutto mi apparve più nitido di prima. Era piuttosto strano.

Passammo il resto del pomeriggio al museo, poi tornammo a casa, perché dovevo preparare la cena. Un attimo prima che portassi i piatti in tavola, suonò il telefono. Rispose Kip.

« Un maschio! Wow! »

Kip discusse un po' con Jack, poi mi passò il telefono.

« Congratulazioni, nonna! » mi disse Jack.

Provai una gioia indicibile. Dylan era nato alle 14.59 di quel pomeriggio. Era nato con gli occhi aperti e aveva subito cominciato a guardarsi intorno. Anna stava bene. Non potemmo stare molto al telefono: le ore di visita erano terminate e Jack doveva andarsene.

Stappammo dello champagne e ci sedemmo. Il telefono suonò di nuovo. Questa volta fui io a rispondere: era Rosemary.

« Come ti senti a essere diventata nonna? »

« Benissimo. E tu? »

« Benissimo! »

Parlammo a lungo e mi raccontò ogni dettaglio.

Dovetti aspettare fino a lunedì per andare a Los Angeles con mia madre per vedere Jack, Anna e il piccolo Dylan. L'amico di mia madre, Gordon, sarebbe venuto a San Francisco per il weekend con un collega di lavoro, ed era troppo tardi per cambiare programma. Avrei però desiderato trovarmi a Los Angeles.

Ci sedemmo attorno al fuoco dopo cena, poi mamma uscì sul balcone a prendere un po' d'aria. L'amico di Gordon, Lamar, commentò la foto con i miei tre figli. Gordon mi guardò con aria sorpresa. « Non sapevo che avessi tre figli! » Gli raccontai rapidamente la mia storia. Lamar continuò a indagare. « Non hai mai paura che il tuo figlio maggiore metta incinta una ragazza? Io mi preoccupo molto per le mie figlie. »

Lo guardai senza sapere cosa dire. Mia madre non aveva dunque detto niente a Gordon di Jack. Spettò a me, quindi, annunciargli che era appena diventata bisnonna.

Quando mia madre e io fummo in viaggio verso Los Angeles, le chiesi perché non ne aveva parlato a Gordon. Disse che non se n'era mai presentata l'opportunità. Fu allora che capii che dovevo rinunciare a parlare del passato con mia madre. Me lo sarei lasciato alle spalle e avrei cercato di godermi il presente insieme a lei.

Mi chiese se il fatto di restare incinte senza essere sposate poteva far parte del patrimonio genetico. Le assicurai che non facevamo parte di una specie mutante. Molte persone avevano rapporti sessuali prima del matrimonio. Poteva darsi che fossimo una famiglia estremamente fertile, ma sicuramente non eravamo in alcun modo difettosi.

Mia madre si chiese come avrebbe dovuto comportarsi durante la visita. Sarebbe stata accettata come la bisnonna di Dylan, o sarebbe stata considerata una lontana parente e nulla più? Brett e Kip sarebbero stati considerati degli zii come Mark e David? Oppure la nostra famiglia avrebbe dovuto trattenere e nascondere l'amore che provava?

Mia sorella Janice aveva mandato a Dylan la piccola sedia a dondolo che i miei genitori le avevano regalato per il suo terzo compleanno. Quando comprese che non avrebbe mai avuto figli, volle che fosse lui ad averla. Sapevo che Jack sarebbe rimasto colpito dal fatto che una parente mai vista si interessasse tanto a lui e a suo figlio.

Arrivammo a casa di Jack e Anna nel tardo pomeriggio. Jack ci venne incontro in fondo alle scale e aprì la porta.

Salendo gli scalini riuscivo appena a respirare. Si trattava del più bel regalo che potessi ricevere: stavo per vedere il loro bambino, mio nipote.

Jack ci aprì la porta, e mia madre entrò per prima. La sua incredibile capacità di vivere nel presente le permise di essere spontanea e disinvolta. Io, invece, rimasi muta, completamente assorbita nell'unicità di quell'attimo. Era troppo intenso perché riuscissi a parlare.

Era coricato nella culla che gli avevo dato, quella che Brett e Kip avevano occupato. Tutto ciò che riuscii a vedere all'inizio fu un ciuffo di capelli scuri. Erano come quelli di Jack quando era nato.

Mi avvicinai in punta di piedi per vedergli il viso. Assomigliava moltissimo a Jack, era come un piccolo indiano. Ero al colmo della gioia. Jack avrebbe potuto farsi un'idea del suo aspetto durante gli otto mesi di cui non restavano testimonianze.

Dylan cominciò a muoversi e mia madre lo prese in braccio. I neonati l'avevano sempre fatta impazzire: ricordo come guardava i piccoli in chiesa, quando noi eravamo bambine. Riuscì subito a far sorridere Dylan. Infine dissi: «Ora basta, mamma. È il mio turno». Quando lo presi tra le braccia, il corpo di Dylan risultò subito familiare al mio. Tenerlo contro di me riempiva in qualche modo lo spazio lasciato vuoto da Jack.

Alla fine della serata, dopo la cena e la poppata di Dylan, chiesi ad Anna se potevo tenerlo in braccio intanto che dormiva. Sedemmo tranquillamente tutti insieme, senza parlare molto. Eravamo stanchi.

Tenni Dylan vicino al cuore. Guardai Jack, seduto sul pavimento. Nel sonno, Dylan faceva un sorriso saggio e antico, e sentii che il circolo si completava attorno a noi.

# Conclusione

La prima volta in cui guardai negli occhi mio figlio, mi sentii una criminale. Mentre aprivo la coperta dell'ospedale e annusavo la sua fragranza di neonato, temetti che le infermiere o le suore arrivassero e mi accusassero di contaminare mio figlio. I tre mesi che trascorsi alla casa per ragazze madri mi convinsero che ero la peggiore madre possibile per lui.

Eppure, nel momento in cui guardai mio figlio negli occhi venni colpita dal loro potere. Sentii che conoscevo la sua anima da un'eternità. Contemporaneamente, però, tutto ciò che mi sentivo dire era: « Se ami tuo figlio, devi rinunciare a lui. Sarebbe egoista da parte tua tenerlo. In men che non si dica ti dimenticherai di lui, avrai una vita meravigliosa e altri figli ».

Diciannove anni e mezzo più tardi, i nostri sguardi s'incrociarono per la seconda volta. Mio figlio stava percorrendo il pendio del prato davanti alla casa dei suoi genitori. Non riuscii a credere alla magia di quell'istante. Quando i nostri occhi s'incontrarono e si fissarono, seppi che il nostro legame era ancora presente.

La mia storia è la stessa di un numero imprecisabile di madri che, un tempo, sono state ragazze madri, e che per la maggior parte hanno rinunciato al loro figlio, dandolo in adozione. L'alone di segretezza che circonda la condizione di ragazze madri rende impossibile sapere quanti milioni di donne sono, e sono state, nelle mie stesse condizioni. Questa storia è stata anche vissuta dalle ragazze che non hanno avuto la stessa sorte. Sarebbe difficile trovare una ragazza, cresciuta negli anni Cinquanta, Sessanta e Settanta, che non fosse acutamente e ansiosamente consapevole di una casa per ragazze madri nelle vicinanze. Sia quelle di noi che hanno vissuto una simile esperienza, sia quelle che l'hanno evitata, ne sono rimaste influenzate. Posti del genere esistono anche oggi.

Mio figlio Jack mi ha convinto a scrivere la nostra storia. Molte volte ho avuto la tentazione di rinunciare, vinta dalle emozioni evocate dai ricordi. Nel corso di ogni mia ricerca che riguardava i genitori adottivi, i genitori naturali e i figli adottati, mi sono imbattuta in donne che avevano rinunciato ai loro figli. Nella loro storia ritrovavo anche la mia: il dolore, l'incomprensione per la mia incapacità di dimenticare, la paura di essere la sola a non riuscirci e, quindi, di essere pazza, la vergogna per avere rinunciato a mio figlio.

So che molte donne devono leggere testimonianze del genere per trovare conferma alla propria esperienza e per potere aiutare se stesse o trovare un aiuto esterno.

Anche se sono trascorsi quasi venticinque anni, l'adozione viene ancora oggi proposta da molte persone in posizioni importanti come un *semplice* rimedio al problema rappresentato da una ragazza madre. E i neonati sono diventati un bene di lusso, cui molti aspirano. Anche se la madre che rinuncia al figlio ha un maggiore potere oggi rispetto ai miei tempi, e può ottenere qualche tipo di adozione « aperta » se lo desidera, bisogna però ricordare che neppure le adozioni aperte rappresentano una soluzione facile.

A meno che non abbiano vissuto l'esperienza dell'abbandono di un figlio, coloro che forniscono una consulenza alla madre non arrivano a comprendere fino in fondo le implicazioni dei loro consigli. Anche se l'adozione può, in effetti, essere la risposta giusta, non può essere consigliata con leggerezza, e presentata come una semplice alternativa all'aborto o alla prospettiva di allevare un figlio da sola. Le madri che rinunciano ai loro figli modificano inevitabilmente e profondamente il resto della loro vita. Molte non riescono ad avere una vita gratificante perché sono sempre perseguitate dai dubbi sul benessere del figlio, dal senso di colpa per averlo abbandonato e per il continuo amore e desiderio nei suoi confronti, e dalla vergogna per avere scelto la via d'uscita più « facile ». Nonostante gli sforzi disperati per nascondere la loro esperienza, alcune la ripetono in modo compulsivo, altre si scoprono sterili in seguito. Alcune cercano volontariamente situazioni che costituiscono una punizione e matrimoni in cui sono soggette a violenze per compensare i loro sentimenti di inadeguatezza. Alcune diventano alcolizzate o si drogano, cercando di dimenticare. Molte si suicidano. Quelle che sembrano maggiormente capaci di nascondere i loro sentimenti, spesso ne sperimentano le esplosioni in forma camuffata. Si tratta di un segreto che non è davvero possibile nascondere, perché, nonostante tutti i suoi sforzi per dimenticare, e tutti gli sforzi fatti dagli altri per dimenticarla, l'altra madre continua a esistere.

Esiste un movimento, diffuso in tutti gli Stati Uniti, che esercita delle pressioni perché vengano modificate le leggi che garantiscono la segretezza dei dossier di adozione. Una volta che i registri saranno resi pubblici, sarà ancora più importante che le persone siano preparate ad affrontare le questioni più delicate perché le riunioni abbiano buon esito per tutti i partecipanti.

Spero che la lettura di questo libro possa aiutare le persone a incontrarsi nel segno dell'amore, e non della paura.

## TESTIMONIANZE DI VITA AUTENTICHE

Laura De Luca
**Vuota per sempre**
Appunti dall'anoressia

*«Cara mamma, voglio provare, finalmente. Oggi mi sento in forze perché ho mandato giù una castagna e non l'ho ancora vomitata.»*

Laura, 22 anni, scrive alla madre per spiegare le ragioni della propria anoressia, per raccontare le proprie fobie e per difendere una sua personale lettura della storia recente.

Torey L. Hayden
**Una bambina e gli spettri**

*«Jadie a scuola non aveva mai parlato. Inoltre non rideva, non piangeva, non tossiva. Era ripiegata in un terribile isolamento.»*

Torey Hayden, psicopatologa infantile, dopo tanti anni di «casi difficili» credeva di essere pronta a tutto, ma non era preparata all'incontro con Jadie, una bambina colpita da mutismo elettivo e completamente chiusa nel suo dolore.

Christel e Isabell Zachert
**Ci vediamo nel mio Paradiso**

*«Il mio desiderio di vivere è fortissimo ma non ho più paura di morire. Se questi sono stati i miei ultimi giorni di vita, sono stati senza dubbio i miei giorni più belli.»*

Isabell ha solo 15 anni quando le viene diagnosticato un cancro al polmone. Da subito decide di lottare contro la malattia, aiutata dall'amore incondizionato dei famigliari e degli amici.

**ESPERIENZE**

TEA

# VIVERE IN POSITIVO

Wayne W. Dyer
**Come fare miracoli**
Nella vita
di tutti i giorni

Questo libro parla di miracoli. Non dei miracoli compiuti dagli altri, ma di quelli che voi stessi potete compiere nella vostra vita. Non è questione di fortuna e tanto meno di far parte dei pochi eletti che hanno assistito a un miracolo. Questo libro è stato scritto con il preciso scopo di insegnarvi come ottenere ciò che vi sembra impossibile.

Erhard F. Freitag
e Gudrun Freitag
**Libera la tua vita**

Tu sei la sorgente della tua felicità. Abbi fiducia in te stesso. E se sarai convinto della tua autenticità, trasmetterai la tua fede anche agli altri. Prendi una decisione importante: scegli di essere libero e positivo.
Di' di sì alla tua vita.

Doris Märtin
e Karin Boeck
**Spazio ai sentimenti**
Scoprire, conoscere e sviluppare l'intelligenza emotiva

Un libro diretto, essenziale e chiaro che illustra i nessi neurobiologici che danno vita al nostro mondo emotivo; descrive l'«alleanza» tra ragione ed emozioni che si stabilisce nel nostro cervello e insegna come gestire la rabbia, l'ansia, lo stress e la delusione, per ottenere le gratificazioni che sentiamo di meritare.

**TEA PRATICA**

TEA

Finito di stampare
nel mese di febbraio 1999
per conto della TEA S.p.A.
dalla Arnoldo Mondadori Editore S.p.A.
Stabilimento N.S.M. - Cles (TN)
Printed in Italy

# Cara lettrice, caro lettore,

vorremmo coinvolgerla nel nostro progetto, conoscere le sue impressioni e le sue idee. Ci interessa sapere quali sono i suoi interessi e cosa legge di solito. Per questo motivo abbiamo preparato un piccolo questionario, che la preghiamo di compilare e rispedire a:

**Tea-Tascabili degli Editori Associati**
**C.so Italia, 13 – 20122 Milano**
Grazie per la sua collaborazione.

**Sesso** ☐ **F** ☐ **M** **Età** ____________

**Professione** ____________

**Interessi/Hobby** ____________

____________

**In quale volume ha trovato questa scheda?** ____________

____________

**Ha letto altri titoli della TEA?** ____________

**Se sì, quali?** ____________

**Quali sono stati per lei gli elementi decisivi quando ha scelto questo libro?**

☐ Tema
☐ Titolo
☐ Copertina
☐ Casa editrice
☐ Autore
☐ Prezzo
☐ Retro di copertina
☐ Altro ____________

**Come ha conosciuto i libri della TEA?**

☐ Li ha visti in libreria
☐ Li ha visti nei nostri cataloghi
☐ Attraverso la segnalazione di amici
☐ Attraverso la recensione in una rivista
☐ Altro ____________

TEA ESPERIENZE

**Cosa le è piaciuto del libro che ha letto?** ______

______

______

______

**Cosa non le è piaciuto?** ______

______

______

______

**Qual è stata per lei la motivazione per comprare un libro che racconta un'esperienza vera?** __

______

______

______

**Altre osservazioni** ______

______

______

______

______

______

**Se desidera ricevere il nostro catalogo, può aggiungere i suoi dati:**

**Cognome/Nome** ______

**Indirizzo** ______ **n.** ___

**Cap** ______ **Città** ______

Ai sensi della legge 31.12.1996 n. 675 il trattamento dei Suoi dati personali sarà improntato ai principi di correttezza, liceità e trasparenza e tutelando la Sua riservatezza. Saranno fatti salvi i Suoi diritti come previsto dall'Art. 13 della citata legge.

TEA ESPERIENZE